21세기 문학의 방법적 모색 1

21세기 문학의 유기존적 대안

책임편집 최승호

새미

머리말

서정시의 위대한 기능은 거부와 통합에 있다. 다시 말하면, 서정시의 위대한 거부는 근대 산업사회의 부정적인 측면에 대한 부정과 끈질긴 비판으로 나타나고, 통합의 기능은 해체화의 힘에 맞서서 해체되어 있거나 해체되어 가는 것들에게 총체성을 회복시켜주는 것이다.

근대이후 서정시는 총체성을 지향하는 이데올로기적 담론 양식이다. 우리는 1970~80년대 이후 소위 루카치적 개념의 총체성이론에 너무 얽매여 서정시의 본질과 그 기능에 대해 오해하거나 소홀히 취급해온 것이 사실이다. 서사라는 거대한 희망의 담론이 너무나도 무력하게 무너지고 없는 21세기 벽두에 우리는 서정시를 통한 새로운 총체성의 꿈을 꾸고 역사적 대안을 마련하고 있는 것이다.

서정적 총체성은 사물들 사이의 긴밀한 내적 연관성을 읽어 내거나 혹은 잃어버린 것을 회복하는 것을 이념적 목표로 하고 있다. 따라서 총체성을 지향하는 서정시는 그것을 방해하는 자본의 폭력적인 힘이나 인간의 이기심, 죄성에 대해 완강하고 끈질기게 저항할 수밖에 없다. 그것이 바로 근대 이후 참된 서정시가 부정정신에 기초할 수밖에 없는 이유이다. 이 부정정신을 바탕으로 깔고 새로운 통합을 꿈꾼다는 의미에서 근대 이후의 서정시는 강한 이데올로기성을 내장할 수밖에 없다. 그리고 이제 그것은 근대의 부정적인 힘과 제도, 그릇된 인성에 대해 선언적인 의미를 띠게 된다. 오늘날 우리가 서정시를 통해 이 세계를 유기적으로 인식하려는 의도는 바로 여기에 달려 있다.

4

통합을 꿈꾸는 서정시와 유기적 세계인식은 이렇게 불가분의 관계에 놓여
있다. 사실 인류사의 초기부터 서정시는 유기적 세계인식을 바탕으로 전개되
어 왔다. 그것은 서정시가 자아와 세계간의 생명적 교감을 전제로 하고 있기
때문이다.

인류사의 시작에서부터 이러한 유기적인 세계인식, 통합적 사고는 줄곧 있
어왔다. 근대 이후 파괴되고 해체된 유기적인 인식방법을 회복하고자 하는 문
학적 운동이 근래에 들어 매우 다양하고 활발하게 이루어지고 있다. 그것도
근원적인 삶의 방식을 회복하는 길 내지 시적 구원의 방법과 관련되어 논의
되고 있다.

자아와 세계, 개체와 보편이 행복하게 어울리는 공동선을 지향하는 서정시
는 근원으로서의 태초에 대한 동경으로 가득 차 있다. 왜냐하면 태초에는 인
간뿐만 아니라 우주적인 삶 전체가 그야말로 완벽한 하모니를 이루고 있었기
때문이다. 이러한 근원으로서의 태초는 과거적 사태로 끝나는 것이 아니고 인
류사의 미래적 비전으로 기능한다. 즉 근원이 목표로 작용하는 것이다. 우리
는 유기적인 삶의 방식을 회복하기 위하여 근원적인 삶의 방식, 그 道를 탐색
하는 것이다.

이 세계를 유기적으로 인식하는 시학에도 여러 가지가 있다. 동양적인 기사
상에 바탕을 둔 유기론적 인식론은 우주 자체를 하나의 자율적인 생명적 시
스템으로 보고 있다. 즉 우주 자체를 자족적인 근원으로 보고 있다. 그 속에

는 유가적인 것, 불가적인 것, 도가적인 것 등 다양한 변종들이 있다. 최근에는 여성성의 문제도 그러한 동양적 생명사상과 관련되어 논의되고 있다. 그리고 한 쪽에서는 아나키즘사상의 입장에서 유기론적 세계인식을 도모하고 있기도 하다. 반면 이 거대한 우주를 유기적인 것으로 보되, 그 유기적인 질서를 창조하고 끊임없이 개입하며 섭리하는 초월적 주체를 궁극적인 근원으로 인식하는 방법도 있다. 그리고 그렇게 다양한 유기론적 인식방법이 실천적으로 어떻게 수사학과 연결되는 지도 비교적 활발하게 선도적으로 연구되고 있다.

이번 편집의 의도는 바로 그 생명의 근본자리를 탐색함으로써 21세기적 대안을 찾아보는 것으로 하였다. 그것이 바로 산업화 이데올로기가 빚어낸 근대의 어두운 측면에 저항하고 새로운 통합의 원리를 찾아가는 서정시의 이념이자 꿈이요 희망이다.

인문학이 크게 위축되고 사람살이가 점점 더 황폐해져 가는 오늘날, 더군다나 서점에서도 홀대받는 국학 관련 서적을 줄기차게 의욕적으로 고집스럽게 발간하고 있는 새미, 국학자료원 정찬용 사장님 이하 전직원에게 깊이 감사드린다. 그리고 편집 과정상 오랜 시간이 걸렸음에도 꾸준히 인내해주시고 귀한 원고를 보내주신 동료 학인들에게도 고개 숙여 인사 드린다.

2000. 10. 20.
책임편집인 최승호

목 차

에코토피아의 시학과 신인간의 역사철학적 방향

崔 東 鎬*

1. 생태계의 파괴와 인간 존재의 부정

20세기가 마감되면서, 심각하게 다가오는 세계사적 쟁점은 자연 파괴와 생태계 변화이다. 자연의 파괴는 그것으로 그치는 것이 아니다. 더 심각한 것은 인간성의 부정이다. 과학 기술의 놀라운 발전은 인간들로 하여금 테크노피아의 세계를 눈앞의 현실로 만들어 주었지만, 그와 동시에 자연 생태계의 파괴와 인간 존재의 부정이라는 심각한 위기 상황을 초래케 한 것이다.

한국 문학에서 산업 공해와 자연 재해가 제기된 것은 1970년대 중반 성찬경의 시 「공해 시대와 시인」(1974)이나 김용성의 「사해(死海) 위에서」(1976)나 김원일의 「도요새에 관한 명상」(1979) 등의 소설에서 비롯되지만 사회적 쟁점으로 크게 확산되지는 못했다. 1978년 10월 5일 정부가 피해자들의 거센 요구를 잠재우고 나름대로 방향 정립을 위해 소극적이기는 하지만 '자연 보호 헌장'을 제정하였다. 그러나 산업 재해나 공해 문제는 군부 독재와 독점 권력의 타도를 목표로 한 민주화 투쟁에 밀려 중심적 과제로 떠오르지 못했다. 산업 공해의 문제들은 90년대를 고비로 김지하의 「생명과 환경」(1990) 등은 물론 김성곤의 「문학 생태학을 위하여」(『외국문학 25

---

* 시인, 문학평론가, 고려대 교수

호』, 1990)를 비롯한 비평적 관심의 부각, 그리고 공산주의 이데올로기의 몰락으로 인한 이념의 공백지대에 중요한 사회·문화적 쟁점이 되었으며, 20세기를 마감하는 오늘에 이르러서는 그 어느 문제보다도 인류의 미래를 가늠하는 심각한 논의의 대상이 되고 있다. 그러나, 최근 많은 논문들이 활발하게 축적되고 있지만 생태학에 대한 철학적 천착이나 문학적 심화 과정에 중요한 전환의 계기를 마련해 주는 체계적 논리나 작품이 발표된 것은 아니다. 이는 아직 우리 학계나 문단의 대응이 초보적인 단계를 크게 벗어나고 있지 못하다는 증거이기도 하다. 이런 와중에서도 이진우의『녹색 사유와 에코토피아』(1994)나 이남호의『녹색을 위한 문학』(1998. 5), 임도한의「한국 생태시 연구」(1998. 12, 고려대 박사 논문), 김경복의『한국의 아나키즘 시의 생태학적 유토피아』(1999), 박희병의「한국의 생태 사상」(1999), 그리고 신덕룡의『초록 생명의 길』(1997)과『환경 위기와 생태학적 상상력』(1999) 등이 종래의 산발적인 논의를 종합하여 진일보시킨 최근의 저작들이라고 할 수 있다. 특히 박희병은 한국의 전통 사상에서 생태 사상의 근원을 탐색했으며 신덕룡은 환경과 문학의 상관성에 집중적이며 지속적인 관심을 보여 주었다는 점에서 주목할 만하다.

생태시를 최초로 분류한 이건청의「한국시와 생태 환경 문제」(『현대시』, 1996. 5)에 이어 필자 또한 시적 상상력의 생태학적 전환이라는 시각에서「21세기를 향한 에코토피아의 시학」(1996)이라는 글을 통해 환경 생태 위기의 심각성을 지적하면서 1970년대부터 1990년대 중반까지의 생태시를 민중적 생태 지향시, 전통적 생태 지향시, 모더니즘적 생태 지향시 등 세 가지 갈래로 분류한 바 있다(생태 문학의 여러 논의의 흐름에 대해서는 신덕룡과 임도한의 논문을 참조할 것).

이 분류에 대해 크게 다음 두 가지 반론이 제기되었다. 첫째, 한 시인의 작품 경향은 어느 하나로 분류할 수 없다는 것, 둘째, 지나치게 기존의 시사적 갈래의 틀에 의거하고 있다는 것 등이다. 이러한 반론에는 그 나름의 논거가 있다고 여겨지지만, 필자의 입장에서도 다음 두 가지를 깊이 생각하고 그러한 분류를 시도했음을 말해 두고 싶다. 그 하나는 아직 한국의 시인들에게 생태 환경 위기에 대한 깊은 인식을 갖고 지속적으로 작품을 쓰는 경우가 드물다는 것이다. 시사적으로 그때그때 제기되는 사회적 문제에 대한 산발적인 대응일 뿐 그의 전 작품을 꿰뚫는 주제 의식을 가지고 현실의 쟁점들을 작품으로 승화시킨 경우는 많지 않다는 것이다. 이른바 시적 사고의 패러다임을 전환하여야만 새로운 감성과 통찰력으로 자신의 예지를 표현할 수 있는 것이라고 필자는 판단한다.

다른 하나는 시적 사고의 패러다임을 전환한다고 하더라도 20세기의 한국시를 갈래지우던 커다란 줄기와 생태 문학을 단절시켜 생각할 수 없다는 것이다. 생태 지향의 시들이 기존의 문학과 전혀 다르게 갑자기 하늘에서 뚝 떨어지는 것은 아니라는 점을 분명히 인식해야 한다. 지속과 변화 속에서 지나치게 변화에만 주목한다면 그것이 아무리 엄청난 것이라도 전후 문맥을 절단시켜 버리는 결과를 초래할 수 있다. 어떻든 아직 우리 학계나 문단은 생태학적 사고나 그 문학적 응전에서 혼란과 과도적 상황을 크게 벗어난 것이 아니며, 생태 지향의 시들에 대한 필자의 분류 또한 이러한 과도기적 상황을 그대로 반영할 수밖에 없다는 것이다.

생태 문학의 명칭이나 분류에 대해 이미 많은 비평가들에 의해 다종다양의 제안이 있었다. 그러나 생태 문학이 그 이전의 문학과 전혀 다른 별종의 것임을 지나치게 강조한다면, 그들의 제안에 그 나름의 유효성이 부분적으로 인정된다고 하더라도 그 설득력이 얼마나 지속될 것인가에 대해 이의가 제기될 것이라는 점을 인식해야 할 것이다.

현재까지 거론된 생태 문학의 문제점은 크게 다음 두 가지로 요약된다. 하나는 생태 문학이 지나치게 현장적이고 소재적이며 산발적이라는 점이다. 다른 하나는 전통 사상과 현대의 생태 문학론이 긴밀하게 접맥되지 않았다는 점이다. 전통 사상에서 앞으로 생태 문학이 나아가야 될 어떤 이론적 근거를 찾는다면 생태 문학은 더욱 확고하게 뿌리를 내리게 될 것이라고 판단된다. 그렇다면 생태 시학은 어떻게 전개되어야 할까. 필자가 제안한 「

21세기를 향한 에코토피아의 시학」에서 근본적으로 문제가 되는 것은 무엇일까. 이 의문을 실마리 삼아 오늘의 논제가 되는 「에코토피아와 신인간의 역사철학적 방향」이란 주제에 접근해 보기로 하겠다.

2. 에코토피아와 신인간의 근거로서의 인간

유토피아라는 것은 인류사의 과거에만 존재했던 것일까. 아니면 새롭게 다가올 테크노피아의 세계에 존재하게 될 것인가. 유토피아가 가진 매혹적 유혹에도 불구하고 선뜻 테크노피아의 세계로 나아가지 못하는 것이 우리들의 인간적 고민이다. 「21세기를 향한 에코토피아」는 다음과 같은 문제 의식에서 비롯되었다.

> 문제는 다가오는 21세기에도 과연 지구라는 녹색별이 인간들의 삶을 풍요롭게 부양할 수 있는 생태계를 적절히 유지할 수 있는 것인가이다. 여기에는 크게 낙관론과 비관론이 있을 것이나 우리에게 필요한 것은 실현 가능한 삶을 위한 모색과 각성이 지구를 위해서, 그리고 앞으로도 지구에 생존해야 하는 인간을 위해서 강구되어야 한다는 것이다.
>
> 자연에 대한 일방적인 착취가 한계를 넘어서고, 위기가 다가와도 그것을 해결하려는 노력이 없다면 우리는 끝내 파국에 도달하고 말 것이기 때문이다.
>
> ― 최동호, 『하나의 도에 이르는 시학』(고려대 출판부, 1996)

그러나, 과연 위에서 제기한 문제 의식은 얼마나 적절한 것인가. 돌이켜 생각해 보면 이와 같은 시각에는 '인간 / 자연'이라는 이항 대립이 '기술 개발 / 자연 파괴'라는 또 다른 대립항을 전제로 하고 있는 것이라는 점에서 가치 중립적 사고로의 전환이 제대로 발휘되었다고 말하기 어렵다.

필자는 위의 글에서 김지하의 「생명과 환경」(1990. 12)이 '합리적·체계적 패러다임에 의해 전개되기보다는 풍수 사상과 동학의 진보 사상에 회귀함으로써 발전적·진취적으로 나아가지 못한다.'고 비판한 바 있다. 특히 김지하가 인용하고 있는 '동기감응론(同氣感應論)'이 순환적 연속 사관에 근거한 풍수 사상의 범주를 크게 벗어나지 못한다는 점에서 논리적 설득력을 확보하지 못했다고 지적하였다.

물론 김지하는 「생명과 환경」에서 한 걸음 나아가 「생명 가치의 구체화를 위한 방향」(1994. 12)에서 다음과 같이 인간의 '영성'을 강조하고 있다.

생명 과정은 무엇인가? 생명은 살아 있음의 과정이다. 살아 있음은 스스로 움직이고 스스로를 조직하며 시간 속에서 지속적으로 존재하는 현상인 생성, 성장, 변화 및 사멸 그리고 종족 번식을 특징으로 한다. 시간의 정지는 과정의 정지이며 생명의 정지이다. 이 흐르는 과정을 지속적으로 가능하게 하는 것을 신기(神氣)라 할 수도 있고 내발적 에너지라 할 수도 있다. 이 내발적 에너지는 외부와의 내적 필연적 연관성을 특징으로 한다. 생명 과정은 인간과 우주 자연, 인간과 인간, 인간과 자기 자신, 상호간의 관계성, 순환성, 다양성과 영성을 특징으로 한다. 특히 관계성, 순환성, 다양성이 단위 생명체들이 만들어 내는 세계 전체에 초점을 둔 생명 과정의 특성이라면, 네 번째의 영성은 생명체 한 단위의 포괄적 통일성과 세계와의 연관을 함축한 것이다. 이 네 가지 특성은 생명 과정에서 서로 분리될 수 없다.

— 김지하, 『틈』(솔, 1995)

이 글은 90년대 초반 뜨겁게 논의되던, '세계화'라는 명제에 대응하여 '지방'은 무엇이고, '생명'은 무엇인가에 대한 성찰을 담고 있다. 특히 '영성'을 강조하면서 영성을 '생명체 한 단위의 포괄적 통일성과 세계와의 연관'으로 파악한다는 점에서 이는 남다른 통찰력을 보여준 것이라 할 만하다.

또한 생명의 과정에서 그가 강조하는 것은 '조화'와 '통합'인데, 문제는 이러한 논리가 어떤 현실적 통어력과 설득력을 가질 수 있는가이다. 김지하는 여기에 머무르지 않고 1998년에는 전통 풍류도를 바탕으로 한 문화 운동 단체 '율려학회'를 발족시키고 '율려'란 '제대로 숨쉬고 노래 부르고 춤추고 배설하는' 것이라 정의하고 '마음이 변하지 않고는 생태계를 지킬 수 없고, 문화가 변하지 않고는 정치·경제·사회를 변화시킬 수 없습니다. 특히 인간에 대한 해석이 변하지 않고는 아무 것도 바뀔 수 없다'고 주장하면서 '신인간주의 문화운동'을 펼치겠다고(『문예중앙』, 1999. 봄,『중앙일보』, 1999. 3. 29. 등) 말한 바 있다. 그의 주장에서 '인간에 대한 해석이 변하지 않고는 아무 것도 바뀔 수 없다'는 명제 자체에 대해서는 누구도 쉽게 이의를 제기하기는 어렵다.

그러나 김지하가 제창하는 '율려운동'이나 '신인간주의 문화운동'은 크게 다음 두 가지 점에서 검토의 대상이 된다. 하나는 그의 논리적 근거가 복고주의적 지향을 갖고 있는 것이 아닌가 의아심을 갖게 만든다는 것이고 다른 하나는 우주적 삶을 회복한다는 명제가 거창하기는 하지만 지나치게 허황하게 들린다는 것이다. 그는 '정복자·착취자로서의 주체가 아니라 우주 만물을 책임감 있게 보살피는 주체로서 인간, 우주적 책임을 가지고 두루두루 이롭게 하는 성숙한 인간이 바로 홍익인간이고 신인간이라고 할 수 있습니다.'라고 말하고 있다.

과연 그러할까. 홍익인간이란 말이 남용되는 것은 아닐까. 앞으로의 21세기적 인간상이 과연 김지하가 내세우는 그러한 '신인간'일까 하는 의문을 떨쳐 버릴 수 없다. 신인간으로서 그가 어떻게 우주적 책임을 가질까 등등의 의문이 생긴다. 오히려 그와 정반대로 앞으로의 인간은 더욱 탐욕스러워질 뿐 아니라 그로 인해 지금까지 자신을 지켜 오던 자기 존재의 정체성마저 부정하고 자기를 주체하기가 힘든 인간이 되는 것은 아닐까.

인간이란 어떤 존재일까. 소포클레스는『안티고네』에서 인간이 얼마나 무서운 존재인가를 다음과 같이 노래했다.

> 무시무시한 것이 많이 있지만, 인간보다
> 무시무시한 것은 아무 것도 없다네.
> 그는 폭풍우 치는 남쪽의 잿빛 바다 위

거센 파도를 가르며 돌진해 가네.
결코 소멸하지도 않고 결코 지칠 줄도 모르는
신들의 지고한 땅마저 파헤치고
해마다 말과 당나귀를 끌고
쟁기와 보습으로 쑤셔대네.

코러스에 불려진 이 노래는 아무리 상상할 수 없을 만큼 교활하고 풍부한 재주를 지닌 인간이라 하더라도 나라의 법과 신께 맹세한 정의를 지키는 자만이 그 나라를 영원히 우뚝한 것으로 만들고, 그렇지 못할 경우 파멸에 이르게 된다는 뜻을 전하는 것으로서 그 자신이 강요하는 국법을 내세워 신께 맹세한 정의를 지키지 않은 크레온에 대한 경고를 담고 있다.

오늘의 인간은 어떠한가. 쟁기와 보습을 버리고 광학현미경과 슈퍼컴퓨터를 동원해 신의 영역을 침범하려는 자들이 아닐까. 인간의 탐욕은 많은 문학 작품에서 징벌의 대상이었지만, 인간의 어리석음에 대한 18세기 영국 시인 포오프(Alexander Pope)의 지적은 다시 음미할 만하다. 그는 『인간론』에서 인간이란 '어두우면서도 지혜롭고, 거칠면서도 위대한 존재'라는 양면성을 갖고 있다고 하면서 다음과 같이 결론짓고 있다.

자신 있게 그 자신을 신으로도 짐승으로도 생각 못하며
자신 있게 정신도 육체도 선택하지 못하며
태어나선 죽고, 판단하되 그르치며
그의 이성이 그 정도니, 적게 생각하나
많이 생각하나 무지하기는 마찬가지.
사상과 감정은 온통 뒤죽박죽의 혼란.
언제나 迷妄에 속고 깨고
일어났다 주저앉도록 지어지고
만물의 영장이면서도 만물의 제물이라.
진리의 유일한 재단자이면서도 끊임없는 오류 속으로 내던져지니
진정 온 세상의 영광이요, 웃음거리요, 수수께끼로다.

인간이 오류를 가진다는 것을 인정하는 것과 인간의 능력을 절대 신뢰한다는 것은 사물을 이해하는 데 커다란 차이를 가져온다. 진리의 유일한 재단자로서 인간은 신에 가까운 존재이다. 그는 만물의 영장이요 온 세상의 영광이다. 그러나, 인간의 이성은 때로는 보잘것이 없어 끊임없이 오류에 던져지고 인간이 세상의 웃음거리가 되기도 한다. 이 인간의 양면성을 고려할 때 인간이란 존재는 영원한 수수께끼일 수밖에 없다.

포우프는 어디까지나 인간과 우주 사이의 어떤 연관을 상정하고, 이 연관이 깨어질 경우 인간이 얼마나 오류에 빠질 수 있는가를 역설하고 있다. 호머가 말한 인간과 자연 사이의 '황금 고리'가 있다는 전제하에 인간의 어리석음과 본성을 말한 것이다. 그럼에도 불구하고 데카르트 이후의 사유하는 존재로서 이성적 인간은 끝내는 니체에 이르러 신의 사망을 선고하고 자연의 정복자로 군림하게 되었으며, 자본주의라는 이데올로기는 인간의 욕망을 자극하면서 20세기 인간들의 찬란한 기계 문명을 이룩하였던 것이다. 그리고 우리는 20세기 문명의 마지막 단계에서 종전의 패러다임으로는 해결하기 어려운 생태계의 파괴와 인간 존재의 부정이라는 위기 상황에 직면한 것이다.

그렇다면, 동양의 인간관은 어떤 것일까. 동양에서의 인간은 하늘과 자연을 매개하는 절대적 존재일 뿐만 아니라 자연과 불가분의 관계에 있는 동시에 다음과 같이 천지와 공동 창조자로서 인식되고 있다.

오직 천하에 지극히 성실한 이만이 자기의 타고난 본성을 극진히 할 수 있다. 자기의 타고난 본성을 극진히 할 수 있다면 사람의 타고난 본성을 극진히 할 수 있다. 사람의 타고난 본성을 극진히 할 수 있으면 만물의 타고난 본성을 극진히 할 수 있다. 만물의 타고난 성질을 극진히 할 수 있으면 천지가 만물을 화육(化育)하는 운동에 참여하고 도울 수 있다. 천지가 만물을 화육하는 운동에 참여하고 도울 수 있다면 천지 즉 우주와 더불어 그 운동에 공동으로 참여할 수 있다.

(唯天下至誠, 爲能盡其性. 能盡其性, 則能盡人之性. 能盡人之性, 則能盡物之性. 能盡物之性, 則可以贊天地之化育. 可以贊天地之化育, 則可以與天地參矣.)

—『中庸』 22章.

우선 『중용』에서 우리는 사람의 타고난 본성과 만물의 타고난 본성을 이원적으로 파악하고 있지 않다는 점에 주목할 수 있다. 그리고 인간이 지극함으로 만물과 하나가 된다면 천지의 화육 운동에 동참하는 공동 주체가 될 수 있다. 위의 인용에서 되풀이 강조되는 것처럼 지극히 하여 타고난 본성과 하나가 된다는 것은 지극히 어려운 일임에 틀림없다. 그럼에도 자연과 인간이 대립하거나 인간이 자연에 군림하려는 자세는 찾아보기 힘들다.

인간 존재의 근거가 자연이라는 사실은 인간과 자연이 궁극적으로 하나이며, 인간이 자연을 파괴할 수 없으며 자연 또한 인간을 부정할 수 없다는 뜻이다. 천지가 만물을 화육하는 운동에 동참하는 인간은 창조적 주체이지 파괴적 주체가 아니다. 왜 그러할까. 인간은 자연으로부터 오고 자연으로 돌아가는 존재이기 때문이다.

16세기 조선조의 철학자 서화담(徐花潭)은 자연의 순환 과정에서 인간이 어디로부터 왔는가에 대해 다음과 같은 시를 남기고 있다.

추위를 물리치는 창을 문득 남으로 열어제치니
얼굴에 맞이하는 서늘한 바람에 봄기운이 돌아오네
맑디 맑은 하늘빛은 의구하게 머니
비로소 나의 본성이 어디로부터 왔는지 알겠네.
(屛寒窓牖忽南聞
 迎面冷風淑氣回
 湛湛天光依舊遠
 始知吾性所從來)

—「창문을 열고 읊음(聞窓吟)」, 『花潭先生文集』 第一卷.

인간의 본성이 만물을 화육하는 자연으로부터 왔고 하늘이 그 주재자가 된다는 것은 자연과 인간을 분리시켜 생각하지 않는 동양적 사고는 물론이고 한국적 사고의 근원이 되고 있음은 두말할 필요가 없다. 한국인들에게는 유(有)와 무(無)는 물론이고 생(生)과 사(死) 또한 하나로 사고하는 경향이 일반적이며, 음(陰)과 양(陽)의 화육 운동 속에서 인간과 자연이 조화를 이루는 것을 이상적 목표로 삼고 있다고 할 것이다.

서화담은 「천기(天機)」라는 시에서 '조물주의 기밀은 알기 어렵다(玄宰難見幾)'라고 하면서도 다음과 같이 끝맺고 있다.

> 봄이 돌아옴은 인자함이 베풀어짐을 보겠고
> 가을이 이름은 위엄이 펼쳐짐을 알겠네
> 바람이 불고 나면 달이 밝게 빛나고
> 비가 온 뒤에는 풀이 풍요롭네
> 보노니, 하나가 둘을 생(生)하고
> 물물(物物)이 서로 의지하네
> 현기(玄機)를 꿰뚫어 얻어
> 허실(虛室)에 앉으니 휘휘한 빛 일어나네
> (春回見施仁 秋至識宣威
> 　風餘月陽明 雨後草芳菲
> 　看來一乘兩 物物賴相依
> 　透得玄機處 虛室坐生輝)
>
> ─「천기(天機)」 끝부분

봄이 자연의 인자함을, 가을이 자연의 위엄을 나타내 주는 것처럼 바람과 달, 비와 풀 등이 서로서로 생육하고 의지하고 있음을 노래한 이 시에서 자연물의 상호 연관은 물론 상생의 이치를 표명하고 있는 자연 사상이 확인된다. 조물주의 기밀은 알기 어렵지만 이렇게 자연 현상을 통해 조물주의 뜻을 파악하는 주체가 되는 것이 바로 인간이다. 그 또한 조물주의 뜻에 따라 만물이 서로 의지하고 있다는 '물물 상의(物物相依)'의 사상을 깊이 천착할 때 구극의 진리인 자연의 빛을 통찰할 수 있을 것이다(전통 사상에서 생태 문학의 여러 근거들은 박희병의 「한국의 생태 사상」을 참조할 것).

이러한 자연 사상을 체득한 인간이라면 결코 자연의 파괴자나 정복자가 되려고 하지 않을 것이다. 이런 점에서 본다면 탐욕적 인간이 아니라 자연과 의지하는 인간, 어리석고 오만한 인간이 아니라 천지 만물의 생성에 동참하는 인간이 동양적 인간의 이상형이다. 그러한 인간이 테크노피아 세계의 기술적 인간형이 아니라 에코토피아의 창조적 인간형이 될 수 있지 않을까. 물론 이러한 대비는 극단적이고 편의주의적인 면이 있다. 그럼에도 자연 파괴를 극단적으로 가속화시키고 있는 탐욕적 인간을 대할 때 『중용』에서 말하는 창조적 인간이 우리에게 더 지극하게 느껴진다는 것 또한 부인하기 어렵다.

한 걸음 물러서서 생각한다면, 김지하가 설정한 '신인간'은 상당 부분 동양적 인간형을 전제하고 있다. 기계 문명의 모순과 부조리는 뛰어넘을 수 있는 대안으로서 그 나름의 설득력을 갖는다. 그럼에도 김지하가 주장한 신인간은 인간의 탐욕과 자기 파괴에 대한 안티테제로서 이상적 인간이라면 모르지만, 현실에서 우리가 만나는 인간은 탐욕으로 일그러지고 마침내 자기를 부정하는 복제 인간을 만들어 낼 위기에 처한 것이 오늘의 상황이라는 것이다. 오늘의 현실을 지배하는 것은 일차적으로 동양적 인간형에 대한 서양적 인간형의 승리이며, 현실 상황은 20세기적 물질 문명의 추구에서 비롯된 것임은 두말할 필요가 없다.

3. 신인간의 역사철학적 의미

앞에서 필자는 「21세기를 향한 에코토피아」의 기본 논리가 인간과 자연이라는 대립항을 전제하고 '기술 개발 / 자연 보존'이라는 이항 대립을 가치 중립적으로 심도 있게 파악하지 못했다고 말한 바 있다. 결국 문제의 핵심을 인간과 자연을 분리시키고, 자연에 대한 인간의 파괴와 그로 인한 재앙이라 보고 있다는 것이다. 그것은 문제를 외각에서 파악한 시각에 불과하다는 것이 필자의 반성이다. 오늘날 자연 파괴로 인한 자연 재해가 도처에서 일어나고 있다는 것은 누구나 경험하고 눈으로 볼 수 있는 구체적인 사실이지만, 더욱더 중대한 위기는 인간의 내부에 있다는 것이다. 인간의 밖이 아니라 인간의 내부에 문제의 출발점이 있다는 것이다. 자연 파괴의 현장을 답사하고 분노하고 흥분하는 것만으로 문제가 해결될 수 없다. 그것은 어디까지나 내적 동기를 가진 인간 행동의 결과일 뿐이다.

자본주의를 추동시킨 인간의 탐욕은 가공할 만한 기술 공학을 발전시켜 왔고, 앞으로도 기술 문명의 발전 속도를 가속시킬 것이다. 기술 공학이 국가 경쟁력으로 나타날 것이며, 이 경쟁에서 패배한 국가는 지구촌의 변방으로 사라져 갈 것이라고 전망된다. 그러나, 여기서 우리가 분명히 인식해야 할 것은 기술 공학의 발전과 더불어 생명 공학의 발전이 끝내는 인간 복제에 이르게 될 것이라는 사실이다.

1999년 4월 '쥐-인간'이 탄생될 것이라는 보도는 1996년 7월 5일 영국에서 복제양 돌리가 탄생했을 때 예견된 일이며, 국내에서도 한우가 복제되어 그 이름을 '진이'로 명명했다는 것 등은 머지않아 인간 복제의 시대가 다가오리라는 사실을 예고해 준다.

'쥐-인간'의 생식 세포 클로닝(cloning - 미수정란의 핵을 체세포의 핵으로 바꿔 놓아 유전적으로 꼭 같은 생물을 얻는 기술)이나 한우 복제에서 사용된 '암·수 교배 없이 체세포를 복제해 대리모에게 수정란을 이식시키는 방법' 등은 생명 공학의 발전이 국내외를 막론하고 어느 정도 수준에 있는가를 보여 준다.

이러한 사실들은 지금까지 확고하게 지켜져 왔던 인간과 동물의 경계선이 무너지고 있음을 알리는 것이며, 생명체로서 인간의 유일 절대성이 부정됨을 뜻하는 것이다. 복제된 인간이 우글거리는 세상이 된다면, 전통적인 의미에서 가정도 파괴될 것이고 윤리·질서가 근원적으로 부정될 것이다. 인류사를 지배해 왔던 종교도 뿌리가 흔들릴 것임에 틀림없다.

그러나 문제의 심각성은 여기서 끝나지 않는다. 『21세기의 승자』란 저서로 한국에도 널리 알려진 자크 아탈리(Jacques Attali)는 최근 가상 미래 소설 『자본주의를 종식시킨 사랑 이야기』에서 21세기의 인간 복제는 가상 복제와 생물학적 복제 두 가지 방향으로 진행될 것이라 예견하여 우리에게 또 다른 충격을 안겨 주고 있다. 인간을 3차원의 가상 현실에서 재현한 가상 복제 즉 '클론이마주(clone-image)'는 5∼10년 후면 실용화될 것이라는 것이다. 가상 복제 인간과 사랑에 빠진 한 남자가 자신의 실연이 모든 물체와 생물들을 그대로 복제할 수 있는 '악마적' 신기술의 결과임을 깨닫고, 이 사실을 전 세계 시장에 알리면서 모든 재화 가치가 소멸하고 자본주의는 2037년 12월에 종말을 고한다고 그는 쓰고 있다. 이는 생명 공학의 발전이 결국 어디를 향하게 될 것인가를 보여 주는 준엄한 경고라고 하지 않을 수 없다. 그러나, 누가 이 기술 경쟁에서 뒤처지려고 할 것인가. 2005년 안팎에 사람들은 자기의 모든 유전자 정보를 컴퓨터에 보관하게 될 것이라는 예견 또한 결코 예견으로 끝나지 않을 것이다. 생물학적 복제는 물론 가상 복제도 마음대로 할 수 있게 된 인간은 과연 어떻게 자신을 조절해야 할 것인가.

21세기를 맞이하는 오늘의 인류는 자연 파괴와 인간 존재의 부정이라는 두 가지 해결하기 어려운 난관에 부딪쳤다고 하지 않을 수 없다. 이런 시점에서 최성각의 환경 소설 「동강은 황새여울을 안고 흐른다」(『세계의문학』, 1999. 봄)는 지나치게 낭만적이고 소박한 것이다. 최성각의 소설에서 볼 수 있는 보상을 겨냥한 유실수 심기, 외지인의 투기, 주민들의 찬반 갈등, 수자원공사의 엉터리 환경영향평가보고서 등등은 우리가 발딛고 있는 한국적 현실을 섬뜩하리만큼 날카롭게 드러내는 것이기는 하지만, 아직도 우리 나라의 지식인이나 문인들의 지적 사고의 패러다임이 크게 전환되지 못했음을 입증하는 예가 될 것이다.

자연과 일체감을 갖고 생활하고 사고해 왔다는 동양적 사유나 철학이 오히려 무차별적으로 자연을 파괴하거나 초월적 신비주의로 도약해 버리는 맹점을 어떻게 합리적 논리로 극복할 것인가가 문제일 것이다. 여기서 우리는 인간과 자연, 정신과 물질의 유기적 상관성을 강조하면서 인간과 자연을 살아 있는 정신적 관계로 연결지우는 인간에 대한 새로운 개념 규정을 통해 인류가 처한 위기 극복의 예지로 결집시켜야 한다고 믿는다. 바로 이 점에서 한스 요나스(Hans Jonas)가 기술 시대의 생태학적 윤리로서 "신은 우리를 도울 수 없다. 우리가 신을 도와야 한다. 그것이 우리 자신을 궁극적으로 돕는 길이다."라는 명제를 내세우고 주장했던 책임의 원칙에 대한 천착이 요구된다.

> 오늘의 책임을 미래 차원으로 확장함으로써 결론적 주제인 유토피아가 등장한다. 전세계를 포괄하고 있는 기술 진보의 동력은 그 자체에 유토피아주의를 함의하고 있다. 물론 이것은 계획되었다기보다는 경향적으로 그러하다. 전지구적 미래관을 가지고 있는 윤리학의 하나인 마르크스주의는 기술과의 연합을 통해서 유토피아를 명백한 목표로 부상시켰다. 이러한 사실로 말미암아 유토피아적 이상을 상세하게 비판하는 것이 필요하다. 이 이상은 태고적 인류의 꿈을 함축하고, 이 꿈을 하나의 사업으로 실행할 수 있는 수단을 기술에서 찾을 수 있다고 생각하기 때문에, 예전의 안일한 유토피아주의는 이제 오늘날 인류가 가지고 있는—바로 가장 이상적이기 때문에—가장 위험한 유혹이 되어 버렸다. 생태학적으로 뿐만 아니라 인간학적으로 실패하고(전자는 증명될 수 있고, 후자는 철학적으로 해명될 수 있다) 있는 목표 설정의 오만성에 대해 책임의 원칙은 공포와 경외가 명령하는 보다 겸손한 과제를 대립시킨다.
>
> —『책임의 원칙』, 이진우 옮김(서광사, 1994)

요나스의 이 글은 공산주의 체제가 붕괴되기 이전에 쓰여진 것이므로 전지구적 미래관의 하나로서 마르크시즘을 논하고 있지만, 공산주의 체제가 무너지고 기술 권력의 지배가 더욱 강력하게 행사되고 있는 오늘의 상황에서도 그 나름의 설득력을 갖는다.

그는 종래 윤리학이 순간적 행위가 갖는 윤리적 성격만을 강조했을 뿐 순간적 행위와 더불어 살고 있는 이웃의 권리까지 확장되지 못했다고 지적하고, 미래를 예견하고 지구의 전영역을 인과성의 의식 속에 포함시켜야 하며 그런 점에서 종래의 윤리학이 결여하고 있던 책임의 원칙을 강조하고 있다. 직접적으로 말하자면 인간과 인간, 인간과 자연 사이에 이루어지는 모든 행위에서 책임의 원칙이 적용되어야 한다는 것이다. 순간의 행위가 아니라 인류의 미래에까지 윤리학의 범위를 확장시켜야 한다는 그의 지적은 기술 권력의 지배하에 파괴되는 자연 생태계는 물론 인간의 인간성의 파괴에 직면한 오늘의 우리들에게 절박한 호소력을 전달해 준다.

뿐만 아니라 여기서 이 글을 마무리하기에 앞서 우리가 깊이 생각해 보아야 할 것은 요나스의 책임의 원칙이 『중용』에서 말하는 지극한 인간 그리고 타고난 본성을 극진히 할 수 있는 인간의 실천 의지와 상통한다는 것이다. 사람의 타고난 본성과 만물의 타고난 본성을 극진히 하여 천지가 만물을 화육하는 운동에 참여하고 도울 수 있는 인간이야말로 타고난 본성에 대한 책임의 원칙을 실천하는 인간일 것이다. 서화담이 말한 바 만물이 서로서로 의지하고 있다는 사실은 다시 한번 각성할 필요가 있다. 책임의 원칙을 현실에서 실천하는 인간은 분명 김지하가 말하는 신인간과 어떤 변별적 경계선을 갖는다. 우주 만물을 두루두루 책임지고 이롭게 하는 신인간은 그 책임 의식이 지나치게 과장된 것으로 느껴지기 때문이다. 모든 것을 책임진다는 것은 때로는 어떤 것도 책임지지 않는다는 것을 뜻하기도 한다. 자연의 파괴자나 기술 권력의 유토피아가 지닌 환상을 투철하게 깨달은 인간이 바로 인류의 미래를 책임질 수 있는 인간일 것이다. 그가 쉽게 노래 부르고 춤추고 배설할 수 없음은 자명한 일이다.

인간이 인간으로서 유일 절대의 고유성을 지키며 자연 생태계와 적절한 조화를 이루며 인류사를 전개한다는 것은 21세기를 조망하는 지금의 시점에서 신인간이 가져야 될 역사철학적 의미가 될 것이다. 김지하류의 신인간이 매우 거창한 것이기는 하지만 현실성이 제거되어 있다는 점에서 한국의 현대시에서 인간 탐구는 앞으로의 진로를 모색하기 위해 더욱 힘든 탐구의 도정을 거쳐야 될 것이다. 미모와 지성을 가진 여성의 난자가 공산품처럼 인터넷을 통해 경매에 붙여졌다(1999년 10월 25일자 『조선일보』, 『동아일보』,『중앙일보』)는 보도는 앞으로 인류가 어떤 세상을 살아가야 하는가를 단적으로 보여 주는 예일 것이다. 가상이 아니라 현실이 문제이며, 어제가 아니라 오늘이 그리고 오늘은 물론이지만 내일이 더 적절하게 활용되는 패러다임을 창출하는 것이, 신인간 시대의 도래를 눈앞에 둔 우리들의 과제이다. 그런 점에서 인간의 자유는 책임과 결합되지 않을 때 그 존엄성을 유지할 수 없다는 자각이야말로 새로운 세기를 맞이하는 신인간의 존재 근거가 될 뿐만 아니라 문학적 탐구의 목표가 된다는 사실을 깊이 되새겨야 할 것이다.

시와 생태적 상상력
― 한국현대시를 중심으로

이 은 봉*

1. 서정시의 본질과 생태적 세계관

이미 세계화된 자본주의 체제와, 그에 따른 산업화의 결과로 전지구는 지금 심각한 생태환경의 오염에 시달리고 있다. 그로부터 야기된 이상 기온현상은 급기야 이제 전지구를 태풍과 홍수, 산불과 해난사고 등 온갖 소용돌이 속에 몰아넣고 있을 정도이다. 말하자면 세계의 도처에서 오늘의 인간의 삶의 방식에 대한 자연계 전체의 대대적인 반란이 시작되고 있는 것이다.

그럼에도 불구하고 우리 나라에서 생태환경운동이 공식적으로 보편화된 역사는 매우 일천하다. 지난 80년대 말까지만 해도 생태환경의 문제에 대한 관심은 곧바로 반정부 활동으로 간주되었고, 그리하여 당시에는 생태환경운동이 반독재 민주화운동의 하나로 기능했음을 기억할 필요가 있다. 이러한 성격을 지니고 있던 생태환경운동이 체제내화되고 합법화된 것은 주지하다시피 노태우 정권에 와서이다. 당시 정권의 본고장이었던 대구 근교의 낙동강에서 일어난 페놀 유출 사건이 국민들에게 준 충격은 매우 컸는데, 그 사건이 공론화되면서 생태환경운동은 범국민적 관심사가 되었다는 것이다. 그리고 곧이어 전개된 안면도 핵폐기물 처리장 건설 반대운동이 민중의 승리로 끝나게 되면서 생태환경운동은 비로소 시민운동으로 제자리를 찾게

---

* 시인, 문학평론가, 광주대 교수

되었다고 할 수 있다. 6월항쟁의 결과로 태어난 노태우 정권의 경우 상대적
으로 이러한 정도의 상대적인 개혁성은 지니고 있었던 셈이다.

한편 90년대 들어 생태환경운동이 특별히 보편화된 데는 80년대 말에서
90년대 초에 이르러 좀더 대중성을 얻게 된 김지하의 생명사상, 그리고 최
열 등을 중심으로 전개된 환경운동연합의 역할도 적잖았던 것으로 보인다.
그와 더불어 강조하지 않을 수 없는 것은 우리 문학의 미래와 관련하여
1990년 겨울 계간『창작과비평』과『외국문학』이 생태환경의 문제에 관한
특집을 싣고 있다는 점이다. 더욱이 1991년 10월에는 격월간『녹색평론』이
출간되었는데, 이 또한 우리 문학에 생태환경의 문제를 구체화하는 데에 깊
이 있게 작용해왔다는 것은 의심할 바 없는 사실이다.

우리 문학사에서 생태환경의 현실에 대한 자각과 인식은 대강 이러한 과
정을 거치면서 90년대의 개막과 더불어 점차 중심적인 과제로 부각되어 온
바 있다. 그리하여 1990년을 고비로 이들 문제에 대한 시적 대응도 자못 활
발하게 일어나는데, 1991년에 간행된 고형렬의 환경시집『서울은 안녕한
가』, 고진하・이경호 편의 사화집『새들은 왜 녹색별을 떠나는가』가 그 실
제의 예라고 할 수 있다.

물론 생태환경의 문제에 대한 시적 대응이 오직 1990년을 기점으로 하여
출발했던 것은 아니다. 성찬경의 경우 1974년 3월『문학사상』주최의 '시인
들의 축제'에서「공해시대와 시인」이라는 시를 낭독한 바 있거니와,1) 그러
고 보면 이에 대한 시적 대응은 1990년 훨씬 이전부터 구체적으로 진행되어
왔던 셈이다. 이미 지난 7, 80년대부터 현대 문명의 위기의 하나로 생태환경
의 문제에 대한 시적 대응이 여러 형태로 누차 시도되어 온 바 있다는 것이
다. 소박한 문명비판 의식을 포함해서 말하면 심지어 1930년대 김기림의「
기상도」나 오장환의「首府」, 1960년대 김광섭의「성북동 비둘기」등의 작품
에서도 다소간은 그러한 면모를 찾아볼 수 있다고 할 것이다.

---

1) 성찬경(신덕룡 편),「한국현대시에 나타난 문명관」,『초록생명의 길』(시와사람
　 사, 1997), 85쪽.

일찍이 최동호는 우리 시단의 현존과 관련하여 생태환경의 문제에 대한 시적 대응과 그 경향을 크게 민중적 생태시, 전통적 생태시, 모더니즘적 생태시로 나누어 고찰한 바 있다.[2] 이 때의 민중적 생태시의 경우만 하더라도 부분적이고 산발적이기는 하지만 1990년 훨씬 이전부터 생태환경문제에 관하여 일정한 대응을 시도해 왔음을 알 수 있다. 그러한 예로 우선 먼저 떠오르는 작품으로는 이성부의 「불도저」(1976), 김명수의 「가죽장갑」(1980), 김준태의 「콩알 하나」(1981) 등을 예로 들 수 있다. 이성부의 시는 불도저에 의해 함부로 파괴되는 "새벽 山"이 그 내부에 지니고 있는 강렬하고 넉넉한 힘을 그려내고 있으며, 김명수의 시는 자신의 손을 따스하게 해주는 가죽장갑이 사실은 생태환경의 파괴를 통해, 즉 산짐승들의 살해를 통해 얻어지는 것임을 깊이 자각하고 반성하는 자아를 형상화하고 있다.[3] 뿐만 아니라 김준태의 시는 "驛前 광장 / 아스팔트 위에 / 밟히며 딩구는" 콩알 하나의 의미를 통해 생명의 존귀함을 진지하게 일깨워 주고 있다.

    누가 흘렸을까

    막내딸을 찾아가는
    다 쭈그러진 시골 할머니의
    구멍난 보따리에서
    빠져 떨어졌을까

    역전 광장
    아스팔트 위에
    밟히며 딩구는
    파아란 콩알 하나

---

2) 최동호, 「21세기를 향한 에코토피아의 시학」, 위의 책, 265쪽.
3) 이은봉, 「시와 상실의식 혹은 근대화 — 70년대 한국 현대시를 중심으로」, 『실사구시의 시학』(새미, 1994), 122쪽.

나는 그 엄청난 생명을 집어 들어
도회지 밖으로 나가

강 건너 밭 이랑에
깊숙이 깊숙이 심어 주었다
그 사방 팔방에서
저녁 노을이 나를 바라보고 있었다.

이 시는 1981년에 출간된 김준태의 두 번째 시집 『나는 하느님을 보았다』의 冒頭에 실려 있는 작품이다. 특별한 설명이 필요 없을 정도로 쉬운 발상을 담고 있는 이 시로부터 시인의 자연에 대한 사랑, 생명에 대한 정성을 읽기는 어렵지 않다. 모든 좋은 시는 생태환경시라고도 하거니와, 무엇보다 자연 및 생명에 대한 시인의 각별한 자각을 바탕으로 하고 있는 것이 이 시임을 알 수 있다.

김준태의 이 시를 비롯하여 위에 예로 들은 몇몇 작품은 일단 지난 7, 80년대에도 생태환경의 문제에 대한 인식이 리얼리즘시 운동의 중요한 일부를 이루고 있었음을 드러내준다. 이러한 점은 리얼리즘의 시정신에 입각하여 직접 창작에 임해온 바 있는 필자의 경우에 있어서도 마찬가지이다. 「남새갈기」(1979), 「라면봉지의 노래」(1984) 등의 시를 통해 진작부터 생태환경의 문제에 대한 나름의 고뇌를 담아내려 한 바 있기 때문이다. 보잘것없는 작품이기는 하지만 논의의 편의를 위해 여기에 그 한 편을 옮겨 보기로 한다.

그들은 날 버렸네 허투로
뒷골목 하수도 시궁창 속
쓰레기더미와 음식 찌꺼기
시궁쥐들만이 내 친구였네
때론 몇몇 비닐조각들
어울려 함께 살기도 했네

언제부턴가 내 몸에선
석유기름 냄새가 났네 카드뮴·납 냄새가
주린 도둑괭이들마저
들이대던 혀 끝, 고갤 돌리는데
얼마나 버거운 일인가 난 이렇게
봉두난발로 밀려다녔네

한 알 밀알은 썩어
무수한 새 생명 낳는다는데
나도 구절양장 내 창자가 썩어
무수한 새 생명 낳고 싶네
일러 내 이름 라면봉지여
너는 왜 영영 썩지도 못하는가.

—「라면봉지의 노래」 전문4)

이 작품과 관련하여 여기서 정작 주목하고자 하는 것은 생태환경의 문제에 대한 시인의 비판적 고발의식이 아니다. 모든 서정시가 본질적으로 내포하는 생태적 특징 일반에 대해 살펴보려는 것이 본래의 의도이기 때문이다. 그러한 점에서 생각할 때 우선 먼저 관심을 기울여야 할 것은 이 시의 화자가 시인 자신이 아니라 '라면봉지'라는 점이다. 라면봉지의 목소리를 통해 오늘의 우리 사회가 안고 있는 토양오염의 실제를 드러내고자 하는 것이 이 시의 핵심내용인 것이다. 그렇다면 이와 관련하여 정작 유의해야 할 것은 서정시의 세계에서는 이 작품에서와 같이 한낱 쓰레기에 불과한 '라면봉지' 따위도 충분히 자기 목소리를 갖고 생명이 있는 존재로 자리할 수 있다는 점이다. 그러니까 라면봉지 뿐만 아니라 그밖의 어떠한 것도 시인과 동등한 위치에서 동등한 자격을 지니면서, 아니 그 이상의 영적 능력을 지니면서 능동적으로 작용하고 기능하며 활동할 수 있는 공간이 서정시의 세계라는

---

4) 이은봉, 『좋은 세상』(실천문학사, 1986), 25쪽.

것이다. 이를 가리켜 흔히 서정시가 내포하는 擬人觀的 世界觀이라고 하거니와, 그러한 점에서 생각하면 서정시의 세계는 본원적으로 생태적 친연성을 함유하고 있다고 해도 과언이 아니다.

서정시의 세계가 이러한 특징을 보여주는 것은 그것이 본래 이성과 감성이 미분화된 세계, 즉 주관과 객관, 주체와 객체가 혼융하는 세계를 지향하고 있기 때문이다. 물론 인류의 역사에서 이러한 혼융이 상존했던 시대는 유사 이전의 원시시대, 즉 신화시대이다. 그리고 개인의 역사에서 이러한 점이 존재했던 시기는 사춘기 이전의 유년시기이다. 인류사의 경우든 개인사의 경우든 주체와 객체가 변별되지 않던 이러한 시대는 자연스럽게 원초적인 생명력이 발휘되던, 그리하여 인간에게는 더없이 행복했던 시대였음이 틀림없다. 이러한 행복과 관련하여 라깡은 아예 언어 이전의 세계, 곧 무의식이 형성되기 이전의 세계를 설정하고 있거니와,5) 따라서 좀더 자세히 따져보면 서정시가 추구하는 세계는 본질적으로 어떤 영성, 신성성, 신비성이 상존하고 있는 세계라고 해야 할 것이다. 서정시의 언어들이 지시적이고 외연적인 의미보다는 주술적이고 내포적인 의미, 즉 모호하고 다의적인 의미를 취하고 있는 것도 사실은 같은 맥락에서 이해해야 마땅하다.

이러한 점에서 생각하면 본질적으로 서정시의 세계는 곧바로 생태적 이상과 맞물려 있음을 알게 된다. 최근의 생태학의 논리에서 동양의 物心一如, 主客一致, 無爲自然으로 상징되는 일원론적 세계관에 주의를 기울이고 있는 것도 결국은 이와 무관하지 않아 보인다. 서정시의 세계에서는 동물, 식물, 광물을 포함한 그야말로 모든 존재들이 사람과 동등한 인격을 지니고 참여할 수 있기 때문이다. 특히 동양사상에서는 전래적으로 천지의 본질을 끊임없이 만물을 생성하는 생생불식의 조화작용으로 파악하고 있거니와,6) 생명

---

5) 도정일, 「자크 라캉이라는 좌절 / 유혹의 기표」, 『세계의문학』(민음사, 1990. 여름호), 165~166쪽.
　　김형효, 「라캉과 무의식의 언어학」, 『구조주의의 사유체계와 사상』(인간사랑, 1989), 229쪽.
6) 이규성, 「우주적 연대 속의 인간과 욕망」, 김종철 편, 『녹색평론선집 1』(녹색

의 모든 현상을 기의 순환구조로 이해하고 있는 이규보나 김지하의 발상도 기본적으로는 이와 크게 다를 바 없다.7) 이처럼 서정시 일반이 지향하는 세계와, 생태적 상상력이 지향하는 세계는 많은 부분에서 공통영역을 포괄하고 있다. 생태환경문제에 대한 인문학적 접근을 표방하고 있는 격월간『녹색평론』이 고집스럽게 시를 게재하고 있는 것도 다름 아닌 그러한 연유 때문으로 보인다.

주지하다시피 생태적 상상력에서는 모든 생명현상을 순환구조로 받아들인다. 생태계의 기본원리를 순환구조로 받아들이는 인식은 심지어 생명현상과 상호관계를 맺고 있는 일체의 무기적 존재들에까지 총체적으로 포괄되고 있다. 세상의 모든 존재는 무기물에서 유기물로, 무기물에서 유기물로 순환을 거듭하는데, 이는 살아 있는 것들이 죽음을 통해 그 자신을 다른 살아 있는 것들에게로 돌려주는 원리를 통해서도 확인된다.8) 수많은 종교적 제의에 함유되어 있는 것처럼 죽음과 부활의 순환고리는 하나의 긴 호흡, 끊어지지 않는 긴 숨결로 연결되어 존재하기 마련이다.9) 이처럼 소멸과 생성, 밤과 낮, 봄 여름 가을 겨울 등의 순환고리로 생명현상의 기본원리를 삼고 있는 것이 생태적 상상력의 핵심내용인 것이다.

다음의 시는 죽음과 부활, 소멸과 생성의 순환원리를 담고 있는 작품의 한 예이다.

마지막
붉게 부서지던

평론사, 1993), 140쪽.
박혜숙, 「시조의 생태미학」, 『녹색평론』(1998. 9~10월 통권 42호).
7) 박희병, 「이규보의 생태주의 사상」, 『녹색평론』(1977. 1~2월호), 68쪽.
김지하, 「생명과 환경」, 『생명』(솔, 1992), 166쪽.
8) 정순진, 「순환의 질서를 위하여」, 『녹색평론』(1998. 7~8월호), 75쪽.
9) 도정일(신덕룡 엮음), 「풀잎, 갱생, 역사」, 『초록 생명의 길』(시와 사람사), 127쪽.

노을도 지쳤나
땅거미 지고

내 마음 가득히
어두운 강물 밀리고

희끗한 머리칼마다
수천개 달은 지고

어지럽던 마지막
하루의 끝

어둠 속에 싹트는
새 천지의 시작.

— 김지하 「하루의 끝」 전문

이 시에서 "노을", "땅거미", "어두운 강물", "수천 개의 달"은 끊어지지
않는 긴 숨결로 연결되어 있어 곧바로 "새 천지의 시작"으로 순환되고 있
다. 시간의 전개와 더불어 실제로는 저녁과 아침, 끝과 시작이 하나의 고리
로 연결되는 가운데 일상의 삶이 영위되고 있음을 깨닫고 있는 것이 이 시
의 주요 내용이다.

기본적으로 순환의 질서를 그 특징으로 하는 생태적 상상력은 변화와 발
전을 그 특징으로 하는 역사적 상상력과는 전혀 무관한 것처럼 보인다. 어
찌 보면 부분적으로는 그렇게 인식될 수 있는 점이 없지 않은 것도 사실이
다. 순환원리의 경우 시간의 역동성이 게재되기 때문에 단순한 뜻에서의 반
복원리가 아니라고 강조하더라도 이는 마찬가지이다. 물론 실제의 구체적
인 삶에 이르면 그것들 간의 관계가 전적으로 상호 무관한 것만도 아니지만
말이다.

이른바 후기산업사회 혹은 정보화사회라고 하는 오늘의 현실에 이르러

서는 순환구조로 생태환경의 원리를 파악하는 의식이 거의 눈에 띄지 않는
다. 도정일도 지적하고 있듯이 오늘의 도시 중심의 사회현실에서는 실제로
죽음과 부활, 소멸과 생성의 순환의식이 거의 남아 있지 않다. 생태계의 모
든 현상을 이처럼 순환구조로 파악하는 인식이 인간의 생산행위가 자연의
순환질서에 의존하지 않으면 안되었던 과거의 농업자본주의 시대, 농촌경
제 시대의 산물이기 때문이다. 주지하다시피 지금의 시대는 자본의 축적을
농업 생산양식에 의존하던 시대가 아니며, 따라서 순환의 질서가 거의 무의
미해진 시대이다. 순환의 질서가 여전히 전체적인 생태환경을 규정하고 지
배하고 있기는 하지만 좀더 간접화되어 인간의 눈에 잘 띄지 않는 곳으로
한껏 물러나 있는 것이 오늘의 현실인 것이다. 슈퍼마켓에 가면 계절을 초
월한 채소가 무한대로 공급되는 오늘의 삶의 현실에서는 순환의 의식을 직
접적으로 경험하기가 어려울 수밖에 없다.[10]

생태계의 원리를 순환의 질서로 파악하는 상상력의 근저에는 기본적으
로 인간 밖의 삼라만상을 인간과 동등한 인격적 존재거나, 그 이상의 영적
존재로 파악하는 심성이 자리해 있다. 물론 인간이 지니고 있는 이러한 심
성, 즉 영적 심성은 그 동안의 인간중심주의를 초월하는 데서 출발한다. 그
러나 신화시대 혹은 원시시대를 제외하면 실제의 현실에서는 이러한 심성
이 구체적으로 실현된 예를 찾아보기가 매우 힘들다. 天帝인 환인의 아들인
환웅이 인간으로 환생한 곰과 결혼하여 단군을 낳는 이른바 단군신화 등이
그 한 예라고는 할 수 있다. 그리고 현시대의 일일 경우에는 아메리카 인디
언들이나 기타 깊은 숲 속에 거주하는 원시부족의 삶에서나 겨우 그러한 면
모를 발견할 수 있을 정도이다.[11] 시애틀의 한 인디언 추장이 "우리에게는
이 땅의 모든 부분이 거룩하다. 빛나는 솔잎, 모래 기슭, 어두운 숲 속 안개,

---

10) 도정일, 위의 글, 128쪽 참조.
11) J. G 니이하트 기록(김정환 옮김), 『빼앗긴 대지의 꿈』(창작과비평사, 1981), 15
쪽.
   존 바이달, 「한 토착민의 자살 계획」, 『녹색평론』(1998. 1~2월호), 56쪽.

맑게 노래하는 온갖 벌레들, 이 모두가 우리의 기억과 경험 속에서는 신성한 것들이다."[12]라고 말하고 있는 것이 그러한 예의 하나이다. 반드시 회복해야 할 것이 인간의 영적 심성이기는 하지만 이제는 그것이 아예 신화·전설·민담 등 설화 속에서나 존재하고 있을 뿐이라는 뜻이다. 물론 그것은 순환원리가 거의 영향력을 발휘하지 못하는 후기 산업사회로서의 근대적 삶과 결코 무관하지 않다.

이러한 면에서 보더라도 거듭 반추하지 않을 수 없는 것이 서정시의 세계이다. 후기 산업사회로서의 오늘의 현실에서는 서정시의 세계만이 이미 아득한 과거의 것이 되어버린 신화적 가치, 원시적 가치가 구체적으로 발현될 수 있는 공간이기 때문이다. 서정시의 세계에서는, 특히 자연을 노래하고 있는 서정시의 세계의 경우 그것에 참여하는 모든 존재들이 인간과 동등한 인격을 갖거나, 그 이상의 영적 능력을 갖는다는 것은 이미 앞에서도 말한 바 있다. 강조하거니와 서정시의 세계는 언제나 인간적이거나 영적인 것들로 가득 차 있고, 그러니 만큼 본질적으로 생태적이지 않을 수 없다.

한국의 시사 전체에서 개별적인 작품이 보여주는 다양한 생태적 특징에 대해서는 이미 몇몇 연구자들에 의해 누차 논의된 바 있다.[13] 고려시대의 한시 중에서 이규보의 시를 중점적으로 고찰하고 있는 박희병의 논고와, 조선시대의 시조 중에서 도학파의 작품을 중점적으로 고찰하고 있는 박혜숙의 논고 등이 그 한 예이다.[14] 그러나 정작 중요한 것은 이들 논고에서 고찰되어 있는 시들처럼 생태적 미학이 구체적으로 구현되고 있는 작품들만을 가리켜 생태환경시의 모든 것이라고 할 수는 없다는 점이다. 생태적 미학을 담아내는 일에 주력하는, 즉 생태환경의 문제 일반에 대한 장기적이고 거시

---

12) 시애틀 추장(김종철 편), 「우리는 결국 모두 형제들이다」, 『녹색평론선집 1』(녹색평론사, 1993), 17쪽.
13) 우리 시의 생태적 특징에 대한 그 동안의 논의는 무엇보다 앞에서 예시한 신덕룡 엮음의 『초록 생명의 길』을 참고할 수 있다.
14) 박희병, 「이규보의 생태주의 사상」, 『녹색평론』(1977. 1~월호), 60쪽.
박혜숙, 「시조의 생태미학」, 앞의 책, 22쪽.

적인 접근을 시도하고 있는 시들이 있는가 하면 그렇지 않은 시들도 없지 않다는 뜻이다. 사실 그렇다. 공해나 오염의 실태를 직접적으로 고발, 질타, 증언하고 있는 시들, 즉 생태환경의 문제에 대한 단기적이고 미시적인 접근을 시도하고 있는 시들도 얼마든지 있을 수 있기 때문이다.[15] 그리고 보면 이른바 생태환경시라고 하더라도 그 유형이 결코 단일하다고 할 수 없는데, 이에 대한 설득력 있는 논의 역시 본고의 중요한 과제가 아닐 수 없다.

2. 공해 및 오염 문제를 보는 눈

최근에 들어 좀더 적극적으로 생태환경의 문제에 대해 관심을 갖지 않을 수 없는 것은 그것이 다름 아닌 오늘의 이곳의 생명문제, 즉 산업사회의 후기를 살아가는 지금 이곳의 삶의 문제이기 때문이다. 지금 이곳의 삶의 문제라는 것은 생태환경의 문제가 산업자본주의로 상징되는 근대에 이르러 본격화된 문제라는 것을 뜻한다. 말하자면 생태환경의 문제는 도시 중심의 근대적 생산양식, 즉 자본주의적 생산양식에 의해 구체적인 삶의 현실 속으로 들어오게 되었다는 것이다. 여기서 근대적 생산양식이라는 것은 현금에 이르러 훨씬 더 그 특징이 두드러지게 나타나는 생산과 소비 위주의 자본주의 후기의 생산양식을 가리킨다.[16]

전기 자본주의든 후기 자본주의든, 아니면 산업자본주의든 정보자본주의든 기본적으로 자본주의는 하나의 역사적 체계이다.[17] 따라서 생태환경의 문제가 하나의 역사적 체계인 자본주의의 산물이라는 것을 생각하면 그것

---

15) 백낙청, 「분단체제 극복과 생태적 상상력」, 『녹색평론』(1995. 9~10월호), 56쪽.
  이은봉, 「혼돈의 시대 질서 찾기의 몸부림들―90년대 시의 도전과 응전」, 『진실의 시학』(태학사, 1998), 25쪽.
16) 도정일, 앞의 글, 129쪽.
17) 이매뉴얼 월러스틴(나종일·백영경 역), 『역사적 자본주의 / 자본주의 문명』(창작과비평사, 1993), 13쪽.

이 역사적 알레고리를 함유하게 되는 것은 매우 자연스러운 일이다. 순환구조를 생명현상의 기본원리를 삼는 생태적 상상력이 본원적으로 농업 중심의 전근대적 삶에 토대를 두고 있다는 것을 생각하면 이는 더욱 그렇다. 생태적 상상력이 역사적 상상력에 항상 주의를 기울이지 않을 수 없는 것도 다름 아닌 이 때문이다. 생명현상의 기본구조를 순환의 원리로 파악하는 것에 십분 동의하면서도 그것을 역사적 비전과 연결시켜 이해하려고 하는 것도 실제로는 이와 무관하지 않다. 도정일도 지적하고 있듯이 생태적 순환의 상상력과 역사적 발전의 상상력은 그 비전의 이질성에도 불구하고 서로 맞물려 있는 부분이 적잖다는 뜻이다.[18]

근대적 생산양식이 이룩한 최대의 넌센스는 순환구조로서의 생태환경을 함부로 파괴시킴으로써 인간과 자연 사이에 지금까지는 존재하지 않았던 적대적 모순관계를 갖도록 했다는 점이다. 그러한 생태환경 모순이 계급모순이나 민족모순과 마찬가지로 역사적 성격을 지니고 있다는 것은 그다지 새로운 지적이 아니다. 무엇보다도 근대적 생산양식 자체가 일종의 역사의 산물이기 때문이다.[19]

생태환경의 문제가 근대적 삶의 양식에서 비롯되었다는 발상은 마땅히 근대사회의 여러 특징, 즉 근대성 일반에까지 관심을 돌리지 않을 수 없게 한다. 따라서 많은 사람들이 그 중에서도 특히 자본주의적 산업사회로의 이행을 추동하는 데 결정적으로 기여한 바 있는 자연과학의 논리에 주목하는 것은 당연하다.[20] 자연과학의 발전과, 그에 따른 기술의 발전을 가리켜 이매뉴얼 월러스틴은 기술의 근대성이라고 하거니와, 그것이 좀더 정신의 영역에서 작용해온 바 있는 해방의 근대성과 상호 착종되어 왔음은 이미 잘

---

18) 도정일, 앞의 글, 130쪽.

19) 도정일, 「시인은 숲으로 가지 못한다」, 『시인은 숲으로 가지 못한다』(민음사, 1995), 354쪽.

20) C. J Glacken(Esther Penchef 편), 「인간과 자연의 투쟁 : 그 그릇된 인식」, 『공해에 대하여』(평민사, 1980), 37쪽.

알고 있는 사실이다. 이 때의 해방의 근대성이 항상 자기 만족적이고 이데올로기적인 것이었으며, 반중세적(반기독교적)이고 인간 중심적이었다는 것에 대해서는 특별히 강조할 필요가 없을 정도이다.21) 그러한 점은 해방의 근대성과 더불어 기술의 근대성이 볼테르, 디드로, 루소, 뉴톤 등에 의해 체계화된 계몽주의 사상의 원류로 인식되고 있는 데카르트의 합리주의에 그 뿌리를 두고 있다는 것에 대해서도 마찬가지이다. 데카르트의 합리주의가 산업혁명을 포함한 모든 고전적 혁명(영국혁명, 미국혁명, 프랑스혁명, 러시아혁명, 중국혁명)의 근원적 원리로 작용되어 왔다는 것 또한 진작부터 주장되어온 바 있다. 이러한 논의는 무엇보다 모든 근대적 생산양식의 배후에 가장 깊숙이 도사려 있는 것이 데카르트의 합리주의 정신임을 깨닫게 해준다. 사실 그렇다. 데카르트의 합리주의 정신은 대상화와 개성화를 동시에 추구함으로써 근대사의 전과정에서 주체와 객체의 분리, 이성과 감성의 분리가 좀더 확실하게 드러나도록 해온 감이 없지 않다. 소설가 김성동이 그토록 매도해 마지않는 이른바 서구 중심의 이원론적 세계관을 형성하는 데 가장 크게 기여한 것도 사실은 데카르트의 이 합리주의 정신이라고 할 수 있다.22)

한편 데카르트의 합리주의는 이성주의의 다른 표현으로서 인간의 정신 영역에 자리잡고 있는 이성의 발견에 정작의 초점이 있기도 하다. 인간을 가리켜 정신작용을 하는 존재라고 할 때 그 정신작용을 이루는 핵심 자질 중의 하나가 이성이라는 것은 이미 널리 잘 알려져 있는 사실이다. 이로 미루어 보면 이성의 의미와 기능에 대해 가장 놀라운 통찰을 보여준 사람은 데카르트가 아니라 칸트라고 할 수도 있다. 칸트는 순수 이성에 대한 깊이 있는 사색과 더불어 천재성이라든가 영감 등의 정체를 밝힘으로써 워즈워드나 콜리지의 낭만주의에 의해 비로소 바른 의미를 획득한 감성(감정)의 기능을 究明하는 데도 크게 기여한 사람이다.

---

21) 이매뉴얼 월러스틴(강문구 역), 『자유주의 이후』(당대, 1996), 179쪽.
22) 김성동, 『생명 에세이』(풀빛, 1992), 21쪽.

그런데 여기서 무엇보다 중요하게 생각해야 할 것은 호모사피엔스로서의 인간이 본래부터 세계(객체)와 얼마간은 분리되어 있는 존재, 그리하여 자아(주체)의 현존을 객관적으로 지각할 수 있는 존재라는 점이다. 에덴 신화를 통해서도 알 수 있는 이러한 인간의 기본조건과 관련하여 정작 관심을 가져야 할 것은 자아와 세계의 이러한 분리에 작용하고 있는 것이 다름 아닌 이성이라는 점이다. 그리고 보면 감성과 더불어 이성은 정신적 존재로서 인간을 가장 인간답게 하는 속성 중의 하나라고도 해야 마땅하다.

이성은 구체적인 인지 행위에 이르게 되면 거의 대부분 대상에 대한 分別知의 모습으로 나타나기 마련이다. 따라서 이러한 이성이 이분법적 세계인식의 토대를 이루게 되는 것은 매우 당연한 일이다. 그리고 그것의 배후에 자리해 있는 것이 다름 아닌 주체에 대한 개성화이고, 객체에 대한 대상화이다. 개성화와 대상화 자체를 문제 삼는 것이 인간의 이성 자체를 문제 삼는 것과 결코 다르지 않은 것은 바로 이 때문이다. 요컨대 인간의 이성 행위가 언제나 분별, 단절, 분석의 차원에 멈추어 있는 것이라면 모르지만 그것이 다시 참다운 종합과 원융을 위한 정신작용으로 응용될 수 있다면 충분히 열려진 시각으로 받아들일 수도 있지 않겠느냐는 것이다.[23] 이러한 맥락에서 파악할 수 있는 이성에 대한 이해는 그것이 이루고 있는 감성과의 관계에서도 물론 마찬가지이다. 인간의 감성 행위가 세계와의 관계에서 심미적 특질을 이루는 마음에 뿌리를 내리고 있다면 짐짓 김우창이 말하는 '심미적 이성'을 고려할 수도 있을 것이다.[24] 데카르트의 합리주의 정신에 대한 그

---

[23] 이성과 감성은 인간의 정신행위를 이루는 양대 축이다. 따라서 이성사유의 체계화된 형태로서 논리사유, 과학사유가 존재하는 것은 당연하다. 그러나 그것의 핵심내용인 실증성과 합리성에 인간의 정신행위를 송두리째 내맡겨서는 안 된다. 이성사유 나름의 자율성까지 무시해서는 물론 안 되겠지만 말이다. 지각이 있는 한 인간은 언제나 이성행위의 하나로 언어행위를 하기 마련이다. 언어행위는 그것 자체로 이미 하나의 이성행위이다. 항상 언어행위를 통해 구체적으로 현현되는 것이 이성행위이기 때문이다. 인간이 언어행위로서 이성행위를 포기한다는 것은 곧바로 동물로 돌아간다는 것을 뜻한다. 인간의 모든 분별력은 기본적으로 이성행위에 의지하고 있다는 것을 망각해서는 안 된다.

동안의 비판도 얼마간은 선별적으로 수용할 필요가 있다는 뜻이다.

인간은 생존을 위해 일정한 정도는 자연과의 분리가 불가피한 존재이다. 물론 자연과의 분리가 적정의 수준을 넘어 일방적인 이용후생의 관계로 전락하게 되고, 그리하여 적대적 모순의 관계로 귀결되어서는 안 될 것이다. 그렇게 되면 무엇보다 인간의 생존 자체가 위태로워질 것이기 때문이다. 인간은 자연과 분리된 채로 자연을 이롭게 활용하면서도 한편으로는 상호간의 조화를 위해 끊임없이 자연을 돌보고 가꾸어온 존재이기도 하다. 바로 이러한 정신영역에 작용하는 것도 이성이라고 할 수 있는데, 그러고 보면 기본적으로 인간과 자연은 상호 의존하면서도 대립하는 관계를 취해왔던 셈이다. 물론 인간과 자연이 그 동안 실제의 모든 세계에서 언제나 이처럼 평면적인 일대일의 대응관계를 이루고 있는 것은 아니다. 자연이 없으면 인간도 없지만 인간이 없어도 자연은 있을 수 있다는 점에서 궁극적으로는 더 큰 자연의 일부로 포섭되어 있는 것이 인간이라고 할 수 있다.[25]

그러나 근대적 생산양식하의 오늘의 사회현실에서는 인간과 자연이 이루는 이러한 근원적인 관계를 찾아보기가 매우 힘들다. 무차별한 생산과 소비 위주로 진행되고 있는 도시 중심의 지금의 삶의 현실에서는 이미 돌이킬 수 없을 정도로 생태환경이 파괴되어 있기 때문이다. 대부분의 근대인에게는 지금의 생태환경이 자신의 목적에 따라 아무렇게나 착취되는 한갓 資源에 불과하거나 황폐한 도시적 삶의 일시적 피난처, 그리고 관광처에 불과한 것으로 받아들여지고 있다. 생태환경에 대한 이러한 파괴와 착취의 배후에는 무엇보다 생산과 소비의 면에서 근대인의 생태환경에 대한 무지와 능멸의 무의식이 도사려 있다.

따라서 저 스스로 절멸의 조건을 만들고 있는, 저 스스로 무덤을 파고 있는 오늘의 생태환경의 현실에 대해 깨어 있는 시인들이 시적 언어의 촉수를 들이대는 것은 당연한 일이다. 특별히 강조하지 않더라도 시인들이 보여주

---

24) 김우창, 「심미적 이성」, 『심미적 이성의 탐구』(솔, 1992), 370쪽.
25) 박혜숙, 「시조의 생태미학」, 앞의 책, 25쪽.

는 이러한 노력은 더욱 고양되고, 더욱 기려져야 할 것이다. 그러한 점에서 생각하면 오늘의 우리 시가 보여주는 생태적 대응은 다소간 복잡한 의미망을 함유하고 있는 것이 사실이다.

하지만 현재의 우리 시단에서 살펴볼 수 있는 생태환경 시는 대강 두 가지 과제의 축에서 인간과 자연의 관계에 대한 바른 정립을 모색하고 있는 것으로 보인다. 백낙청이 말하고 있는 "그때그때의 공해나 오염문제, 특히 특정 지역의 자연보호 같은 단기적인 과제와, 인간과 자연 관계의 근본적인 변화를 지향하는 장기적인 과제"26)가 다름 아닌 그것이다. 인간과 자연이 이루고 있는 지금과 같이 형편없는 관계를 이러한 정도의 차원만으로 파악하는 데는 물론 문제가 없지 않다. 단기적 과제와 장기적 과제, 이 두 가지의 "과제를 매개해줄 중간항이 빠져 있어" "지엽적인 개량과 원대한 이상 사이를 오락가락하는 결과가 되기 쉽"27)기 때문이다. 현존의 세계체제에서 계급갈등, 성차별, 인종주의와 같은 문제들이 어떻게 생태환경의 문제와 맞물려 있으며, 그렇게 맞물려 있는 문제들이 한반도에서는 어떻게 분단체제라는 독특한 하위체제를 통해 작동하는지를 구체적으로 인식하는 일이 필요하다는 뜻이다. 인간은 자연을 수탈하고 선진국은 후진국을 수탈하며 지배계급은 민중을 수탈하고 남성은 여성을 수탈하며 어른은 아이를 수탈하고 생산분야(사회)는 재생산 분야(가족)를 수탈하며 비자연 분야(현재의 왜곡된 자연문화)는 자연 분야(출산)를 수탈하는 자본주의 후기의 사회적 우주적 맥락을 바르게 이해해야 한다28)는 뜻으로 이를 받아들여도 좋을 것이다. 이처럼 백낙청은 그 두 가지 과제 사이의 중간항과 관련하여 매우 복잡한 문제의식을 보여주고 있다. 그렇기는 하지만 실제로 씌어지고 있는 우리 시에서 살펴볼 수 있는 생태적 상상력은 대강 이 두 가지 차원 안에 포섭되

---

26) 백낙청, 앞의 글, 56쪽.
27) 백낙청, 위의 글, 56쪽.
28) 정자환, 「가족해체 시대의 선택과 전략」, 『녹색평론』(1995. 1~2월호), 27~28쪽.

어 전개되고 있다고 해도 크게 과언이 아니다.[29]

　최근의 작품 중에서는 최승호의 「공장지대」, 임동확의 「비무장지대」 등의 시에서 다소나마 백낙청이 말하는 이 중간항에 대한 인식이 담겨져 있음을 확인할 수 있다. 일단은 최승호의 「공장지대」를 중심으로 생태환경의 문제에 대한 예의 인식에 대해 간략히 살펴보고 넘어가기로 하자.

　　　무뇌아를 낳고 보니 산모는
　　　몸 안에 공장지대가 들어선 느낌이다.
　　　젖을 짜면 흘러내리는 허연 폐수와
　　　아이 배꼽에 매달린 비닐끈들.
　　　저 굴뚝과 나는 간통한 게 분명해!
　　　자궁 속에 고무인형 키워온 듯
　　　무뇌아를 낳고 보니 산모는
　　　머릿속에 뇌가 있는지 의심스러워
　　　정수리 털을 하루종일 뽑아댄다.

　이 시는 생태환경의 파괴를 기반으로 하는 우리 시대의 산업문명의 한계를 매우 충격적으로 보여주고 있다. 오늘의 산업문명이 이 시에서는 아예 으시시한 공포의 대상으로 드러나고 있다. 산모의 젖을 "허연 폐수"로, 탯줄을 "배꼽에 매달린 비닐끈"으로, 아이를 "고무인형"으로, 남자를 "공장굴뚝"으로 비유하고 있는[30] 것이 이 시이다. 이 작품에서 생태환경의 파괴는 심지어 가족의 파괴로 전이되어 나타나고 있기까지 하다. 주지하다시피 여자에게 출산은 자연의 일부로 가족 선택의 중요한 전제조건이다. 무릇 가족

---

29) 필자는 전에도 백낙청의 이러한 논리를 빌어 90년대의 시가 보여주는 도전과 응전의 한 양상을 점검해본 바 있다. 본고에서는 앞서의 논의에 바탕을 두고 그 동안의 새로운 생각을 덧붙이기로 한다. 이은봉, 「혼돈의 시대, 질서 찾기의 몸부림들―90년대 시의 도전과 응전」, 『진실의 시학』(태학사), 26쪽.
30) 김준오, 「종말론과 문명 비판시」, 『도시시와 해체시』(문학과비평사, 1992), 327쪽.

의 파괴는 산업문명의 심화에 따른 자연의 파괴와 항상 맞물려 있다는 점을 유의할 필요가 있다. 굴뚝으로 비유되어 있는 남자와의 관계에서도 알 수 있듯이 생태환경의 파괴가 가족의 파괴로, 성의 파괴로까지 드러나고 있는 것이 이 시이다. 또한 "머릿속에 뇌가 있는지 의심스러워 / 정수리 털을 하루종일 뽑아"대는 산모의 자기 파괴는 산모의 계급적 조건과도 무관하지 않다. 이른바 후기 산업사회에 와서는 모든 계급으로 확산되어가고 있기는 하지만 '해체된 가족'은 본래 하급계급의 삶의 방식이다. 과거에는 이들 계급의 기본 조건이 가족을 구성할 수 있을 만큼 양호하지 못했기 때문이다.[31] 이 시에 드러나 있는 산업공해로 인한 무뇌아의 출산은 그러한 계급적 조건과도 무관하지 않다. 생태환경의 파괴로 인한 인간의 직접적 피해가 계급모순과 상호 뒤얽혀 있음을 보여주고 있는 것이 이 시이기도 한 것이다.

그러고 보면 최승호의 이 시에는 얼마간 생태환경문제에 대한 단기적 과제와 장기적 과제 사이의 중간항이 종합적으로 담겨져 있다고도 할 수 있다. 그럼에도 불구하고 기본적으로 이 시는 인간과 자연의 바른 관계 정립과 관련해 볼 때 단기적이고 미시적인 과제를 다루고 있는 작품, 즉 공해나 오염의 문제를 다루고 있는 작품이라고 아니 할 수 없다. 다소간 복잡한 함의가 없지 않지만 이 시가 추구하고 있는 세계가 본원적으로 오염이나 공해 문제의 차원에서 출발하고 있기 때문이다.

오염이나 공해문제를 다루고 있으면서도 자못 설득력 있는 감동으로 다가오는 작품으로는 그밖에 이재무의 「아무도 호수의 깊이를 모른다」를 예로 들 수 있다. 수질오염의 실태를 그려내고 이 시는 무엇보다 정겨운 서정적 형상을 통해 완성되고 있다.

고여 있는 물 웃자란 풀이 썩고

---

31) 정자환, 앞의 글, 21쪽.

> 냄새는 떼지어 몰려다닌다
> 벌써 며칠째 소로를 따라 걸어온
> 달빛 무안한 얼굴로 되돌아간다
> 기미와 화장독 오른 그녀의 낯짝에
> 가래를 뱉듯 돌을 던져본다
> 그러나 그녀는 표정을 바꾸지 않는다
> 소란은 이내 가라앉고
> 우르르 몰려간 냄새에 밟혀
> 먼 마을의 꽃들이 진다
> 아무도 호수의 깊이를 모른다

시화호 등 많은 호수가 형편없이 썩어가고 있다는 것은 여러 언론에 의해서도 누차 지적된 바 있다. 이러한 호수가 보여 주는 수질오염의 실태를 이 시에서 시인은 "기미와 화장독 오른 그녀의 낯짝"으로 비유하고 있다. 뿐만 아니라 "떼지어 몰려다니"는 "그녀의" "냄새에 밟혀" "먼 마을의 꽃들이" 지고 있다는 표현을 통해 오염의 실제가 상호 전염되고 있는 상황을 고발하고 있는 것이 이 시이기도 하다. 그런가 하면 이 시는 그것을 드러내는 목소리가 한층 차분하고 서정적이어서 감동의 밀도를 강화시켜 주기도 한다. 객관적 시점에서 주관적 시점으로, 다시 주관적 시점에서 객관적 시점으로 이동되고 있는 시점의 이동도 이 시에서는 환경오염의 실제를 구체적으로 드러내는 데에 이바지하고 있다.

물론 공해나 오염문제를 담아내는 모든 시들이 이처럼 차분한 정서를 바탕으로 하고 있는 것은 아니다. 산업사회의 후기를 살아가는 오늘날 이들 문제가 안고 있는 심각성을 생각하면 지금의 시에 은근한 정서로 독자들의 가슴을 파고들 여유가 별로 없는 것도 사실이다. 공해로 오염되고 파괴된 생태환경의 구체적인 모습을 널리 알려 사람들에게 좀더 확실히 경각심을 불어넣을 필요가 있기 때문이다. 인간과 자연의 바른 관계를 모색하는 일에 좀더 단기적이고 미시적인 입장을 취하고 있는 시일수록, 다시 말해 공해나 오염문제를 구체적으로 다루고 있는 시일수록 그러한 목적에 급급하지 않을 수 없다는 뜻이다. 이러한 종류의 시의 경우는 일종의 목적시일 수밖에 없고, 따라서 그만큼 심각한 정서를 담을 수밖에 없다.

이러한 점에서 가장 먼저 주목이 되는 것은 일련의 신경림의 시이다. 특히 비교적 장시인 「이제 이 땅은 썩어만 가고 있는 것이 아니다」에 이르러서는 그간의 자신의 시에서 보여주었던 태도와는 달리 그가 사뭇 목청을 높이고 있음을 알 수 있다. 그로서는 자신의 시 「낙동강 밤마리 나루」에서와 같은 농도 깊은 사실적 형상만으로는 형편없이 파괴되어 있는 오늘의 생태환경의 현실에 대해 경종을 울리기가 어렵다고 생각하고 있는지도 모른다. 다음은 후반부로 갈수록 생태환경의 현실에 대한 비판의 목소리가 점차 격렬해지고 있는 신경림의 예의 시 1, 2연이다.

봄이 되어도 꽃이 붉지를 않고
비를 맞고도 풀이 싱싱하지를 않다.
햇살에 빛나던 바위는 누런 때로 덮이고
우리들 어린 꿈으로 아롱졌던 길은
힘겹게 고개에 걸려 처져 있다.
썩은 실개천에서 그래도 아이들은
등 굽은 고기를 건져 올리고
늙은이들은 소줏집에 모여 기침과 함께
농약으로 얼룩진 상추에 병든 돼지고기를 싸고 있다.
한낮인데도 사방은 저녁 어스름처럼 어둡고
골목에는 고추잠자리 한마리 없다.
바람에서도 화약 냄새가 난다.
종소리에서도 가스 냄새가 난다.

왜 이렇게 되었는가, 언제부터 이렇게 되었는가.
꽃과 노래와 춤으로 덮였던 내 땅
햇빛과 이슬로 찬란하던 내 나라가

> 언제부터 죽음의 고장으로 바뀌었는가.
> 번쩍이며 흐르던 강물이 시커멓게 썩어
> 스스로 부끄러워 몸을 비틀고
> 입술을 대면 꿈틀대며 일어서던 흙이
> 몸 가득 안은 죽음과 병을 숨기느라
> 웅크리고 도사리고 쩔쩔매게 되었는가.
> 언제부터 죽음의 안개가 이 나라의
> 산과 들을 덮게 되었는가.
> 쓰레기와 오물로 이 땅이 가득 차게 되었는가.

이제 '이 땅은 썩어만 가고 있는 것이 아니다'라고 외치고 있는 이 시에 드러나 있는 격렬한 목소리에서 독자는 무엇보다 먼저 시인 신경림의 깨어 있는 예언자적 지성을 읽을 수 있다. 비교적 차분한 어조를 취하고 있는 1연을 지나 좀더 숨결이 가빠지는 2연으로 넘어갈수록 점차 급박해지는 호흡을 보여주고 있는 것이 이 시이다. 그리하여 5연에 이르러 마침내 화자는 우리가 "온통 이 세상을 겨울도 봄도 여름도 없는, / 삶도 죽음도 아닌 세상으로 만들어버렸다"고 탄식을 하기까지 한다.

물론 이 때의 이 세상은 시인의 거주지인 대한민국의 국토만을 가리키는 것이 아니다. 위에 예시한 1, 2연에서는 오염과 공해의 현실을 "꽃과 노래와 춤으로 덮였던 내 땅", "햇빛과 이슬로 찬란했던 내 나라"에서 찾고 있지만 그 원인이 노래되고 있는 3연을 지나 4연에 이르게 되면 급기야 화자는 이러한 현실이 "내 땅만이 아니라는 것을", "내 나라만이 아니라는 것을" 노래하고 있다. 그리고 6연에 이르러서는 "언제 폭발해 저 자신을 / 잿더미로 만들지 모를 핵으로 가득 차 있"는 지구의 위험스러운 현실을 폭로한 후, 7연에 이르러서는 "내 땅 내 나라, 아니 온 세계가 이제 / 단숨에 흔적도 없이 날아가버릴" 만큼 "벼랑에까지 와" 있다는 것을 경고하고 있다.

이와 같이 이 시는 이 땅 이 나라, 아니 전지구가 보여주는 생태환경의 현실에 대한 시인의 생생한 탄식과 경고로 가득 차 있다. 따라서 이 시로부터 독자가 생태환경의 현실에 대한 그의 예언자적 지성을 읽는 것은 당연하다. 지금과 같이 무참하게 파괴되고 소모되는 상태로 지구의 생태환경이 계속될 경우 곧바로 인간 앞에 나타나게 될 결과를 생각하면 그의 이러한 외침은 얼마간 때늦은 감도 없지 않다.

주지하다시피 생태적 상상력은 인간과 자연 사이의 좀더 나은 관계, 좀더 바른 관계를 모색하는 데에 초점이 있다. 여기서 말하는 좀더 나은 관계, 좀더 바른 관계라는 것이 자연과 인간의 참다운 조화와 균형의 관계, 즉 참다운 중용의 관계를 뜻한다는 것은 더 말할 나위가 없다. 그것이 존재하는 모든 생명현상과 사물들 사이의 좀더 본원적인 관계에 대한 깊이 있는 탐구 속에서 이루어져야 하리라는 것도 마찬가지이다. 오늘의 생태적 노력이 이들 시에서처럼 단기적이고 미시적인 과제, 즉 당장의 공해나 오염문제를 주목하고, 그것의 폐해를 고발하고 질타하는 차원에 그쳐서는 안 되는 이유가 바로 여기에 있다. 지금까지의 인간과 자연의 관계를 고려하여 좀더 장기적이고 거시적인 변화를 지향하는 노력 또한 강력히 요구된다는 것이다.

생태환경운동은 곧바로 에콜로지운동이고, 에콜로지운동은 자연의 섭리, 나아가 우주의 섭리를 순환의 질서로 인식하는 데서 출발하기 마련이다. 이제는 좀더 장기적이고 거시적인 차원에서 전개되어온 생태적 상상력의 시적 결과 또한 살펴볼 필요가 있다는 얘기이다.

3. 욕망, 그리고 모성과 동심

많은 사람들이 자본주의적 삶의 방식과 관련하여 정글의 법칙을 운위하고 있다. 요컨대 정글의 법칙이 아무런 가감 없이 곧바로 적용되고 있는 곳이 자본주의적 삶의 현장이라는 것이다. 결국 이는 자본주의하에서는 욕망이 있는 그대로 분출되는 생산력 위주로 인간의 삶이 이루어지고 있다는 것을 뜻한다. 이러한 면은 오늘의 세계를 지배하는 가치의 중심에 '경제적 이익'이 자리해 있는 점을 통해서도 익히 확인이 된다. 자본주의의 중심이 미국으로 이동되고, 미국 중심의 자본주의가 세계체제를 형성한지 오래인 것을 생각하면 이는 오히려 멋쩍은 감이 있는 언급인지도 모른다. 매사에 정의와 인권을 강조하는 것이 미국식 정치와 사회이지만 구체적으로 정의와 인권이 실현되는 과정에서는 정작의 인간정신, 즉 인도주의의 정신이 빠져 있는 것이 미국식 정치와 사회라는 것은 이미 김우창에 의해서도 지적된 바 있다. 김우창은 특히 영국이나 일본과는 달리 사람과 공간의 관계에서, 나아가 인간과 동식물의 관계에서 이렇다 할 정성스러움을 보여주지 않는 것이 미국식 삶의 방식이라고 말하고 있다. 정원에 식물이나 동물을 기르는 삶의 방식, 좀더 구체적으로 말하면 일본의 경우에는 사슴이 시내를 돌아다니고 있는 예를 통해, 영국의 경우에는 집집마다 뜰에 꽃을 기르는 예를 통해 그는 이들 나라가 미국과는 사뭇 다른 삶의 방식을 지니고 있음을 강조하고 있다.32) 이들 나라의 경우와는 달리 미국식 삶의 방식에서는 생산과 소비의 효율성, 즉 경제적 효용성이 모든 것을 판단하고 평가하는 가치의 척도로 작용하고 있다는 얘기이다.

경제적 효용가치를 위주로 하는 삶의 방식을 취할 때 인간은 어쩔 수 없이 자신의 욕망을 최대한으로 부풀릴 수밖에 없다. 이러한 점에서 생각하면 8·15 해방 이후 우리 나라의 대중문화가 미국의 대중문화를 무한대로 덮어씌우는 방식으로 전개되어 왔음을 상기하지 않을 수 없다. 미국의 대중문화를 곧바로 이식시키는 과정을 통해 그 동안 우리 나라의 대중문화가 보급되어 왔다는 것인데, 그것이 사람들의 과잉욕망을 끊임없이 충동질해 왔다는 것은 이미 많은 사람들에 의해 누차 지적된 바 있다.

욕망은 본래 인간으로 하여금 쾌락을 추구하도록 하고, 그와 관련된 대상들을 소유하고 소비하도록 부추기는 속성을 지니고 있다.33) 따라서 욕망이 지니고 있는 이러한 속성을 아무런 조정 없이 선택하게 되는 현대인들의 경우 좀더 많은 것을 소유하기 위해 좀더 많은 것을 생산하지 않을 수 없게

---

32) 김우창, 「공경의 문화를 위하여」, 『녹색평론』(1995. 11~12월호), 11~15쪽.
33) 마르틴 콜랭(박윤영 역), 『인간과 욕망』(예하, 1989), 14쪽.

되고, 좀더 많은 것을 남기기 위해 좀더 많은 것을 생산하지 않을 수 없게
된다. 자본주의적 근대의 삶의 실제가 대부분 생산→교환→소비→이윤이
반복되는 구조를 통해 이끌려 가고 있는 것도 사실은 이러한 연유에서 비롯
된다.34)

따라서 자본주의적 근대에 와서 비롯된 생태환경의 파괴도 또한 이러한
욕망의 문제와 관련하여 이해하지 않을 수 없다. 실제에 있어서도 오늘의
사회현실이 내포하고 있는 생태환경의 문제를 욕망의 관점으로 비판하고
있는 시가 적잖다. 무분별하고 통제되지 않는 욕망, 턱없이 부풀려진 욕망
이 우리 시대의 생태환경의 문제를 일으키는 주범이라는 인식 또한 몇몇 시
의 중요한 내용을 이루고 있는 것이다.

다음의 시는 이러한 맥락에서 살펴볼 수 있는 유하의 「바람부는 날이면
압구정동에 가야한다 3」의 전문이다. 일단 겉으로 드러난 의미만을 생각하
면 부풀려진 욕망과, 그에 따른 생태환경의 문제를 날카롭게 포착하고 있는
것이 이 작품이라고 할 수 있다.

> 까페 겨울-나무로부터 봄-나무에로에 자주 오는
> 심혜진 닮은 기집애가 묻는다 황지우가 누구예요?
> 위대한 시인이야 서정윤씨보다두요? 켁켁
> 나무는 자기 몸으로 나무라는데 그게 무슨 소리죠
> 아, 이곳, 죽은 시인의 사회에 황지우의 시라니 아니, 이건 시가 아니라
> 삐라다 캐롤이 섹슈얼하게 파고드는 이, 색 쓰는 거리
> 대량 학살당한 배나무를 위한 진혼곡이다 나는 듣는다
> 영하의 보도블럭 밑 우우우 무수한 배나무 뿌리들의 신음소리를
> 쩝쩝대는 파리크라상, 홍청대는 현대백화점, 느끼한 면발 만다린
> 영계들의 애마 스쿠프, 꼬망딸레브 앙드레 곤드레 만드레 부띠그
> 무지개표 콘돔 평화이발소, 이랏샤이마세 구정 가라, 오케
> 온갖 젖과 꿀과 분비물 넘쳐 질펙대는 그 약속의 땅 밑에서

---

34) 신덕룡, 「전체로서의 자연과 인간」, 『문학과 진실의 아름다움』(새미, 1998), 10
쪽.

고문받는 몸으로, 고문받는 목숨으로, 허리 잘린
한강철교 자세로 이게 아닌데 이게 아닌데 이게 아닌데
틀어막힌 입으로 외마디 비명 지르는 겨울나무의 혼들, 혼의 뿌리들
바람부는 날이면 압구정 하늘에 뿌리고 싶다
나무는 자기 몸으로 나무다 푸르른 사월 하늘 들이받으면서
나무는 자기의 온몸으로 나무가 된다 - 일수 아줌마들이
작은 쪽지를 돌리듯 그렇게 저 말가죽 부츠를 신은
아가씨에게도 주윤발 코트 걸친 아이에게도 삐라 돌리고 싶다
캐롤의 톱날에 무더기로 벌목당한 이 도시의 겨울이여
저 혹독한 영하의 지하에서 막 밀고 올라오려 발버둥치는
혼의 뿌리들, 그 배꽃 향기 진동하는 꿈이여, 그러나
젖과 꿀이 메가톤급 무게로 굽이치는 이 거리,
미동도 않는 보도블럭의 견고한 절망 밑에서
아아, 마침내, 끝끝내, 꽃피는 나무는
자기 몸으로 꽃필 수 없는 나무다

이 작품은 더러 카페의 이름으로도 사용되고 있는 황지우의 시 「겨울-
나무에서 봄-나무에로」를 패러디해서 발상하고 있다. 하지만 정작 중요한
것은 이러한 시적 장치나 기교가 아니다. 여기서 일단 먼저 관심을 기울여
야 할 것은 이 시의 공간적 배경을 이루고 있는 서울의 압구정동과 관련한
시인의 인식이다. 시인의 인식에 따르면 서울의 압구정동은 자본주의적 대
중문화가 첨단을 달리고 있는 곳, 좀더 구체적으로 말하면 인간의 부풀려진
욕망이 노골적으로 방출되고 있는 곳이다. 그가 보기에는 "캐롤이 섹슈얼하
게 파고드는 이, 색 쓰는 거리", "온갖 젖과 꿀과 분비물 넘쳐 질펀대는 그
약속의 땅"이 다름 아닌 압구정동인 것이다. 이를테면 압구정동은 무엇보다
과잉욕망에 따른 온갖 소비와 환락이 난무하고 있는 곳인 셈이다.

그와 관련하여 우선 먼저 유의해야 할 것은 이 엄청난 소비와 환락을 위
해 일찍이 이곳 압구정동에서 배나무들이 "대량 학살당"했다는 점이다. 함
부로 배나무를 베어내고 그 위에 세워진 도시가 압구정동이라는 것인데, 이

는 특히 "캐롤의 톱날에 무더기로 벌목당한 이 도시의 겨울이여" 등의 구절에서 확인이 되고 있다. 겉으로는 "젖과 꿀이 메가톤급 무게로 굽이치는" 곳이지만 "영하의 보도블럭 밑"에서는 "우우우 무수한 배나무 뿌리들이 신음소리를" 내는 곳이 압구정동이라는 뜻이다. 시인 유하로서는 오늘의 생태환경의 파괴가 과잉욕망 및 그에 따른 소비와 환락에 의해 야기되었음을 강조하고 있는 셈이다. 이러한 인식은 그가 "틀어막힌 입으로 비명 지르는 겨울나무의 혼들, 혼의 뿌리들", "저 혹독한 영하의 지하에서 막 밀고 올라오려 발버둥치는 혼의 뿌리들"에 특별히 주목하고 있는 것을 통해서도 잘 알 수 있다. 물론 이 구절에서 좀더 관심을 가져야 할 것은 이른바 "혼의 뿌리들"이 갖는 강력한 생명력이다. 이 "혼의 뿌리들"이 상징하는 것이 자연생태계로서의 의미 이상을 지니고 있다고 하더라도 그것은 마찬가지이다.

욕망의 관점으로 생태환경의 문제를 인식하는 것은 그것이 언제나 자기충족을 위해 자연을 파괴하는 일에 과도하게 앞장을 서왔기 때문이다. 따라서 생태환경의 문제를 좀더 거시적으로 파악하기 위해서는, 다시 말해 지금까지의 인간과 자연의 관계를 근본적으로 되돌아보기 위해서는 욕망의 문제에 대해 좀더 깊이 있는 성찰을 할 필요가 있다.

본래는 욕망도 인간의 본능에 뿌리내리고 있는 정신작용 중의 하나이다. 지향의 방향에 따라 나날의 삶을 육체에 굴복시키는 면도 있어 육체적인 것으로 이해하기 쉽지만 실제로는 그렇지만도 않다.[35] 욕망의 실체를 바로 알기 위해서는 따라서 인간의 본능과 관련하여 그것에 대해 주목하지 않을 수 없다. 물론 본능으로서의 욕망은 질병도 아니며 타락한 것도 더러운 것도 아니다.[36] 인간의 정신작용의 일부를 형성하고 있는 욕망은 그 자체만으로 보면 이성의 이름으로 크게 비난받을 것도 아니라는 뜻이다. 돌이켜 보면 욕망의 본능적 형태의 경우 여러모로 무절제한 면이 있기는 하다. 플라톤은 이러한 욕망을 두 가지 형태로 구분하고 있는데, 그 하나는 '쾌락에 대한 것

---

35) 마르틴 콜랭, 앞의 책, 19쪽.
36) 마르틴 콜랭, 앞의 책, 11쪽.

(육체에 관한 것)'이고, 다른 하나는 '최고에 대한 것(정신에 관한 것)'으로, 이들은 공히 갈망의 모습을 띠고 있다. 이 두 가지 경향의 욕망은 인간의 내면세계에서 때로는 화합하고 때로는 갈등하기도 하면서 경쟁관계를 형성하는데, 어쩔 수 없이 서로를 억압하는 가운데 우위를 점하는 경우가 많지 않을 수 없다.[37] 전자는 흔히 말하는 본능과 관련된 것으로 식욕이나 성욕 등과 연결되고, 후자는 정신영역과 관련된 것으로 좀더 높은 차원의 숭고함이나 성스러움, 혹은 지혜 등과 연결되기 마련이다. 여기서는 편의상 전자를 일차적 욕망, 후자를 이차적 욕망이라고 부르기로 한다.

이들 욕망과 관련하여 우선 먼저 관심을 가져야 할 것은 전자, 즉 식욕과 성욕이다. 실제로는 식욕과 성욕의 변형된 모습이 산업사회 후기의 제반 문제, 특히 생태환경의 문제를 야기하는 원동력으로 작용해왔기 때문이다. 물론 식욕과 성욕 그 자체는 생명을 유지시키고, 또 생명을 번식시키기 위해 필수적으로 요구되는 에너지이며, 따라서 함부로 비난할 수 없는 것임이 분명하다. 문제는 인간의 이들 욕망이 언제나 필요 이상의 축적을 만들고, 또 그렇게 만든 축적이 대부분 과도한 쾌락을 위해 소모되고 있다는 점이다. 오늘의 현실사회, 즉 자본주의적 근대사회에서 식량의 독점과 성의 독점이 구체적으로 어떻게 이용되어왔는가를 돌이켜볼 필요가 있다.

그러한 점에서 생각하면 오직 쾌락만을 위해 소모되는 과도하게 축적된 식욕과 성욕은 과감하게 억제되고 초월되어야 마땅하다. 그렇다면 여기서 좀더 주목해야 할 것은 후자로서의 욕망, 즉 최고에 대한 욕망(정신영역에 관한 욕망), 숭고함이나 성스러움, 혹은 지혜 등과 연결된 욕망이라고 아니 할 수 없다. 이들 욕망의 경우 그것이 강화되면 될수록 앞에서 말한 과도한 독점적 욕망을 억제하고 제어할 수 있다는 점을 우선 먼저 염두에 둘 필요가 있다. 그렇다면 숭고함이나 성스러움, 혹은 지혜 등과 연결되어 있는 욕망은 훨씬 강화되어야 마땅할 것이다.

---

37) 마르틴 콜랭, 앞의 책, 15쪽.

물론 이 때의 욕망, 즉 이차적 욕망이 세상의 모든 생명체들에게 동등하게 주어져 있는 본원적 특징인 것은 아니다. 이는 오직 인간만이 지니고 있는 것으로 다른 생명체에서는 쉽게 찾아볼 수 없는 조금은 높은 차원의 욕망이라는 뜻이다. 그러고 보면 상대적으로 좀더 원초적이고 근원적인 욕망은 이러한 이차적 욕망보다는 일차적 욕망, 즉 식욕과 성욕이라고 해야 옳을 것이다. 그것이야말로 인간과 더불어 모든 생명체가 동등하게 지니고 있는 욕망의 본래의 모습이기 때문이다.

이러한 점에서 보면 이차적 욕망, 즉 숭고함이나 성스러움 혹은 지혜 등에 관한 욕망은 얼마간 욕망이라고 하기에 곤란한 점이 없지 않다. 상식적인 관점에서 생각하면 이는 더욱 그러한데, 이들 욕망이야말로 인류가 지금까지 만들어오고 추구해온 정신 유산의 토대를 이루고 있기 때문이다.

그러나 이러한 욕망 또한 과도하게 추구될 경우 현실의 삶에서 억압적인 기제로 작용할 염려가 없지 않다. 어떠한 욕망이라도 실현되었다고 느끼는 순간 그것은 어느새 저만큼 물러나기 일쑤이기 때문이다. 어찌 보면 모든 욕망의 대상은 일종의 신기루에 불과한지도 모른다. 라캉의 말처럼 실제의 세계에서는 죽음만이 욕망을 완전히 충족시킬 수 있는 유일한 대상인 것이다. 결국 모든 욕망은 그것이 실현되는 과정에 자아와 세계를 동시에 억압하기 마련이다.[38] 욕망의 구조를 究明하는 일도 중요하지만 그것을 옳게 교육하는 일에, 그리고 바르게 초극하는 일에 좀더 주의를 기울여야 하는 까닭이 바로 여기에 있다. 왜곡된 욕망을 실현하기 위한 갖가지 갈등과 투쟁이야말로 우리 시대의 고통과 비극을 불러일으키는 가장 심원한 원인 중의 하나이기 때문이다.[39]

욕망에 관한 좀더 깊이 있는 사색을 위해 잠시 장회익의 인간에 대한 이

---

38) 권택영(권택영 편, 민승기 외 역), 「라캉의 욕망이론」, 『자크 라캉 욕망이론』 (문예출판사, 1994), 19쪽.
39) 김종철, 「역사, 일상생활, 욕망」, 『문학과 예술의 실천논리』(실천문학사, 1983), 53쪽.

해에 귀를 기울여 볼 필요가 있다. 그에 따르면 모든 생명체와 더불어 애초에는 인간도 본성만을 지닌 존재로 태어났다고 한다. 그러나 인간은 오랜 시간 뒤에 질적인 전환을 통해 온혈동물과 더불어 감성을 지닌 존재로 거듭났고, 그리고 또 오랜 시간 뒤에 다시 질적인 전환을 통해 이성을 지닌 존재로 거듭났다는 것이다. 이러한 논리에 의하면 이성을 지닌 존재로서 인간은 다른 생명체와는 확실히 변별되는 특징을 지니고 있을 수밖에 없다. 그리고 이와 동시에 언제나 그러한 한계 안에 갇혀 있는 것이 인간이라는 점을 알 수 있다. 오늘의 인간에게는 이러한 지적과 관련하여 이제 또 다른 차원에서의 질적인 전환이 요구되고 있다는 뜻으로 받아들여도 무방할 것이다.[40]

이 때의 인간이 지니고 있는 이성은 좀더 근원적인 정신작용의 토대인 감성과 본능을 통제하고 조정할 수 있다는 점에서 자연의 다른 존재들이 지니고 있는 정신능력에 비해 상대적으로 좀더 우월한 능력이라고 할 수도 있다. 그렇다. 정신작용을 하는 존재로서 인간이 생태계의 다른 존재들에 비해 사뭇 우월한 능력을 지니고 있는 존재라는 것은 의심할 바 없는 사실이다. 물론 인간의 이러한 우월성이 생태계의 다른 존재들을 함부로 대해도 좋다는 뜻으로, 함부로 이용하고 무시하고 멸시해도 좋다는 뜻으로 받아들여서는 안되겠지만 말이다. 오늘에 이르러 인간이 지닌 이러한 이성의 능력의 경우 이성주의로, 나아가 합리주의로 전이되어 감성과의 연결고리를 끊고 객관화, 과학화로 치달아 주체의 자연에 대한 관계를 이용후생의 관계로, 욕망의 관계로 전락시켜온 바 있기는 하다. 그렇기는 하지만 이성은 감성과 더불어 상호 조화와 혼융을 이룸으로써 자아와 세계 사이에 사랑과 慈悲, 仁의 정신을 실현해온 원동력이기도 하다. 이성이 있기에 인간은 오히려 원초적 욕망, 즉 과도한 식욕과 성욕을 조절하고 통제할 수 있고, 감성과의 연결고리를 튼튼하게 유지시킬 수 있는 것이다.

앞에서 숭고함이나 성스러움, 혹은 智慧 등에 관한 욕망에 대해 말한 바

---

40) 장회익, 「우주생명과 현대인의 암세포적 기능」, 『녹색평론선집』, 127쪽.

있거니와, 그러고 보면 이는 결국 사랑의 정신, 慈悲의 정신, 仁의 정신과 맥을 함께 하는 것이지 않을 수 없다. 지향으로서의 사랑이나 자비, 인의 마음은 존재로서의 사랑이나 자비, 인의 마음과는 달리 본래 주체의 정신적 노력의 산물이다. 기본적으로 사랑과 자비, 인의 정신은 주체의 대상을 향하는 마음의 하나로 존재할 수밖에 없다는 것인데, 이는 곧 주체와 대상이, 자아와 세계가, 인간과 자연이 기본적으로 얼마간은 분리되어 있다는 것을 뜻한다.

그러고 보면 인간에게는 자연이 무조건적으로 따르고 모방할 수만은 없는 존재라는 것을 알 수 있다. 물론 인간이 자연으로부터 무수한 교훈과 깨달음을 찾고 발견해온 바 있는 것은 사실이다. 그러나 자연의 세계가 인간의 세계 이상으로 본능적이고 이기적인 세계, 즉 생존을 위한 갈등과 투쟁의 세계라는 점을 간과해서는 안 된다. 기본적으로 자연의 세계는 앞에서도 말한 바 있는 일차적 욕망의 세계, 즉 식욕과 성욕에 바탕한 이른바 정글의 법칙이 난무하는 세계라는 것이다.[41] 인간이 자연과의 관계에서 不可近 不可遠의 자세를 취할 수밖에 없는 것도 다름 아닌 이에서 연유한다.

새삼스럽게 여기서 不可近 不可遠의 정신이 참다운 뜻에서의 中庸의 정신, 中道의 정신을 내포하고 있다는 것을 강조할 필요는 없다. 중용의 정신, 중도의 정신은 기본적으로 사랑과 자비, 인의 정신 속에서 구체화되기 마련이다. 본질적으로 대립과 갈등을 전제로 한 자아와 세계 사이의 조화와 균형을 실현하는 것에 목표를 두고 있는 것이 자비와 사랑, 인의 정신이다. 참다운 의미에서의 자비와 사랑, 인의 실현과 관련하여 和而不同의 정신, 즉 하나이면서 둘인 정신이 강조될 수밖에 없는 까닭도 바로 여기에 있다.

심층적 의미에서의 생태적 세계관 혹은 에콜로지의 정신이 이러한 면에서의 사랑과 자비, 인의 정신을 뜻한다는 것은 이론의 여지가 없다. 이 때의 사랑과 자비, 인의 정신은 마땅히 주체의 대상에 대한 恭敬의 정신, 나아가

---

41) 정효구(신덕룡 편), 「최근 생태시에 나타난 문제점」, 앞의 책, 323쪽.

愼獨의 정신으로부터 발현되기 마련이다. 사실 그렇다. 인간본성의 자연스러운 발로인 지극하고 정성스러운 마음, 즉 타자를 높이고 자신을 삼가는 마음인 공경의 마음, 신독의 마음은 인간만이 지니고 있는 더없이 소중한 미덕임에 분명하다. 이 땅에서 구체적으로 에콜로지를 실현하려면, 즉 자연과의 참다운 공동체를 실현하려면 삼라만상의 모든 존재들과 관련하여 인간은 무엇보다 먼저 이러한 정신을 회복해야 한다. 생태환경의 문제를 근본적으로 해결하기 위해서도, 자연의 관계를 본원적으로 변화시키기 위해서도 이로부터 출발을 해야 마땅하다는 것이다.

조태일의 「분꽃씨」는 다름 아닌 그러한 맥락에서 살펴볼 수 있는 좋은 시의 하나이다. 후기에 이를수록 그의 시는 부쩍 자연의 삼라만상과 혼연일치가 되어 생명의 아름다움을 향유하는 모습을 보여주고 있다.

> 햇볕 수줍어 몸 오므렸다가
> 해 지면,
> 빠알강
> 노오랑
> 화알짝 웃던 그대.
>
> 밤새도록 무슨 사연 있었길래
> 꽃새끼, 검은 새끼
> 때 되어 쏟는가
> 씨젖 가득 채워 낳는가.
>
> 이웃집 할머니,
> 시어머니, 친정어머니
> 다리 틈새에서 함박웃음으로
> 손자 받아내듯 받는 이 있다.
> 다칠세라 조심조심 받는 이 있다.
>
> 오메, 내 새끼

    오메, 내 새끼
    하며.

시인 조태일이 이 시를 통해 성찰하고자 하는 것은 자연을 대하는 인간의 마음이 정작 어떠해야 하는가 하는 점이다. 따라서 우선은 이 시로부터 한갓 초본식물에 불과한 분꽃을 대하는 그의 진실한 마음부터 살펴볼 필요가 있다. 분꽃을 인간과 동등한 품격의 존재로, 즉 "햇볕 수줍어 몸 오므렸다가 / 해 지면, / 빠알강 / 노오랑 / 화알짝 웃던 그대"로 한껏 공경하고 있는 것이 여기서의 그의 마음이라고 할 수 있다. 사람들이 흔히 '아이고, 내 새끼' 하며 자기의 자식을 부르듯이 분꽃씨를 "꽃새끼, 검은 새끼"라고 부르고 있는 것은 참으로 정겨운 마음의 표현이 아닐 수 없다. 이처럼 지극하고 정성스러운 마음은 분꽃씨를 받아내고 있는 3연의 묘사에 이르면 더욱 극진한 모습을 보여준다. "때 되어 쏟"아지는 분꽃씨를 받는 것이 산통 중인 며느리의 "다리 틈새에서" "손자를 받아내"는 것과 다름없는 것으로 표현되고 있기 때문이다. 자연에 대하는 참으로 공경스러운 마음, 삼가는 마음을 바탕으로 하고 있는 것이 이 작품인 것이다.

이 시에서 분꽃씨를 대하는 시인의 마음, 즉 恭敬의 마음과 愼獨의 마음은 기본적으로 慈悲의 마음, 사랑의 마음, 仁의 마음에 뿌리를 두고 있다. 이 때의 이 마음, 즉 사랑의 마음은 당연히 母性으로서의 성격을 보여준다. 모성으로서의 사랑이 이 시의 주된 정서를 이루고 있다는 것인데, 물론 그것의 정서적 구조에 대해서는 좀더 깊이 있는 성찰이 필요하다.

모성으로서 사랑은 일단 그것이 인간의 본원적이고 원천적인 마음, 있는 그대로의 원시의 마음이라는 점에서 童心과 그대로 통할 수밖에 없다. 동심은 유년의 마음이고, 유년의 마음에 상대적으로 자아와 세계의 괴리가 심화되어 있지 않다는 것은 이미 잘 알려져 있는 바이다. 따라서 한편으로는 동심의 순결한 바탕 위에서 전개되고 있는 것이 이 시의 정서적 특징이라고도 할 수 있다. 이 시가 다소간 동시적인 성향을 보여주고 있는 것도 실제로는 이로부터 기인한다. 말하자면 동심과 모성의 정신을 바탕으로 하고 있는, 나아가 시인이 근년에 들어 천착하고 있는 정신세계를 매우 잘 암시해주고 있는 것이 이 시인 셈이다.

순수한 뜻에서의 모성과 동심의 마음으로 자연을 대할 때 결코 생태환경의 문제가 일어나지 않으리라는 것은 분명하다. 모성의 핵심에는 무한대의 자비와 사랑, 인의 정신이 자리해 있고, 동심의 핵심에는 조건 없는 동화와 중용, 중도의 정신이 자리해 있기 때문이다. 자연을 자식과 같이 대하는 것이, 그리고 어머니와 같이 대하는 것이 다름 아닌 모성과 동심의 핵심이라고 할 것이다. 우리 사회의 생태환경문제와 관련하여 이러한 마음에 구태여 이름을 붙이자면 아무래도 모성과 동심의 생태적 상상력이라고 하지 않을 수 없다. 거시적이고 장기적인 과제이기는 하지만 전지구적 생태환경문제를 근본적으로 해결하기 위해서는 바른 뜻에서의 이른바 모성과 동심의 생태적 상상력이 절실히 요구된다고 하지 않을 수 없다는 것이다.

정작의 모성과 동심의 생태적 상상력을 통해 자연과 인간의 관계를 근원적으로 성찰하고 있는 시로는 이밖에 나희덕의 몇몇 작품을 더 찾아볼 수 있다. 다음은 그의 좋은 시 「어린것」의 전문이다.

어디서 나왔을까 깊은 산길
갓 태어난 듯한 다람쥐 새끼
물끄러미 나를 바라보고 있다
그 맑은 눈빛 앞에서
나는 아무것도 고집할 수가 없다
세상의 모든 어린것들은
내 앞에 꼬리를 쳐들고
나를 어미라 부른다
괜히 가슴이 저릿저릿한 게
핑그르르 굳었던 젖이 돈다
젖이 차올라 겨드랑이까지 찡해오면

> 지금쯤 내 어린것은
> 얼마나 젖이 그리울까
> 울면서 젖을 짜버리던 생각이 문득 난다
> 도망갈 생각조차 하지 않는
> 난만한 그 눈동자,
> 너를 떠나서는 아무데도 갈 수 없다고
> 갈 수도 없다고
> 나는 오르던 산길을 내려오고 만다
> 하, 물웅덩이에는 무사한 송사리떼

이 시의 서두에서 시인 나희덕은 그윽한 눈길로 물끄러미 "갓 태어난 듯한 다람쥐새끼"를 "바라보고 있"다. 이러한 그의 눈길로부터 모성의 마음을 읽어내는 것은 그다지 어렵지 않다. 다람쥐 새끼의 "맑은 눈빛"을 앞에 두고 "아무것도 고집할 수 없는" 그의 마음이야말로 무엇보다 모성의 살아 있는 모습이기 때문이다. 따라서 이 시에서 그가 자신 "앞에 눈부신 꼬리를 쳐들고" 있는 "세상의 모든 어린것들"로부터 "어미"로서의 마음을 자각하는 것은 짐짓 자연스러워 보인다. 이는 그 자체로 인간 본성의 한 발현임이 분명하다. "괜히 가슴이 저릿저릿한 게 / 핑그르르 굳었던 젖이" 도는 것도 다름 아닌 그러한 본성의 발현에서 연유할 것이다.

언뜻 보면 이 시에는 단지 모성만이 강화되어 있는 것처럼 보인다. 물론 그러한 면이 아주 없지는 않다. 하지만 모성의 마음으로 세상(자연)을 바라보게 되면 모든 생명 있는 것들이 "어린것들"로, 동심을 지닌 것들로, 모성의 마음이 필요한 것들로 다가오기 마련이다. 그러고 보면 이 작품에서 또 하나 간과할 수 없는 것이 다람쥐 새끼 등 모든 자연의 존재가 동심을 지닌 것들로, 즉 모성의 마음이 필요한 것들로 인식되고 있다는 점이다. 모성의 마음으로 보면 "도망갈 생각조차 하지 않는 / 난만한 그 눈동자"를 갖고 있는 것이 자연의 모든 존재인 것이다.

시인 나희덕이 이러한 마음을 갖는 것은 다람쥐 새끼를 비롯한 자연의 모든 존재들로부터 "내 어린것"을 발견하고 있기 때문이다. 그것들이 "내 어린것"과 조금도 다를 것이 없다는 일체감으로부터, 즉 사랑으로부터 모성은 발현되고 있는 것이다. 이는 특히 마지막 행인 "하, 물웅덩이에는 무사한 송사리떼"라는 구절에서 더욱 구체적으로 드러난다. 이 구절에는 일종의 안도감이 함유되어 있는데, 그 안도감이 물웅덩이의 송사리떼가 무사한 것에서 비롯되고 있다는 점을 주목할 필요가 있다.

거듭 말하거니와 모성과 동심의 마음으로 인간과 자연을 대하게 되면 생태환경의 문제가 발생할 리 만무하다. 물론 오늘의 인간이 그러한 마음을 이미 주체와 분리되어 있는 자연과의 관계에서 구체적으로 실현하기는 쉽지 않다. 과잉생산과 과잉소비를 통해 끊임없이 환락을 쫓고 있는 것이 현금의 사람살이의 실제라는 점을 잊지 말아야 한다. 그렇다고는 하더라도 쉽게 모성과 동심의 마음을 포기해서는 안 될 것이다. 모성과 동심의 마음을 구체적으로 실천하며 살아갈 경우 언젠가는 인간이 자연과의 관계에서 저지른 그 동안의 훼손과 파괴를 반드시 극복할 수 있으리라 믿지 않을 수 없기 때문이다.

앞에서도 말한 것처럼 생태환경의 문제는 근본적으로 자본주의적 근대의 출발과 더불어 발생한 문제이다. 따라서 자본주의적 근대와 운명을 함께할 수밖에 없는 생태환경의 문제를 해결하기 위해서는 그에 상응하는 충분히 긴 시간이 필요할는지도 모른다. 따라서 사람들이 실제로 모성과 동심의 마음을 구체적으로 실천하며 살아가기까지에는 장구한 시간과 거시적인 기획이 요구될 수밖에 없다. 이는 깊이 있는 인간정신의 탐구와, 그것의 늠름한 실천이 여전히 요구되어야 마땅하다는 뜻이기도 하다. 결과적으로 보면 그 동안의 인간정신의 탐구가 언제나 생태환경의 문제와 상호 침투하는 가운데 존재해왔음을 알 수 있다.

현대인의 삶은 라디오, TV, 영화 등 다양한 광고 매체에 의해 부추겨진 과잉욕망을 충족하기 위해 언제나 동분서주하는 가운데 이루어지고 있다. 그러한 삶의 방식이 이른바 인간중심주의에서 기인했다면 이는 마땅히 비판되고 경계되어야 할 것이다. 지금까지의 온갖 생태환경의 문제가 이러한 맥락에서의 인간중심주의로부터 발생해 왔기 때문이다. 그리하여 오늘에 이르러서는 완전히 자기 조절능력을 상실할 정도로 지구의 생태환경이 파괴되어 있는 것이 사실이다.

하지만 인간중심주의를 비판하고 경계하는 것도 결국은 인간 자신임을 잊어서는 안 된다. 이러한 언급이 오늘의 생태환경의 문제를 극복해야 하는 주체도 끝내는 인간이지 않을 수 없다는 뜻으로 이해되어도 좋다. 어긋난 생명의 순환질서를 바로잡고, 그에 따라 삶의 구조를 재편하는 일도 역시 인간에게 주어진 일이라는 얘기이다. 생태적 상상력과 관련하여 인간의 의미를 지나치게 소홀히 취급해서는 안 되는 이유가 바로 여기에 있다. 인간의 본질적 조건과 관련하여 지금까지 선현들이 남긴 수많은 교훈에 대해 더욱 더 귀를 기울여야 하는 까닭도 당연히 이와 무관하지 않다.

거듭 窮究하고 거듭 實踐할 따름이다.

포위된 혁명 : 시적 근대성 비판[*]

구 모 룡[**]

> 다른 모든 이론과 같이, 모더니즘의 이론은 자체 수명을 갖고 있다. 일찍이 우리가 개인적 미래관을 다시 사회적 책임으로 바꾸는 데 성공했다면, 그 유산은 다시 한번 우리가 [예술]을 양식이 아닌 목적의 개념으로 보도록 요구하는 것이다. 모더니즘이 실패했는지의 여부에 대한 질문의 진정한 대답은 아마도 우리 사회의 행복과 불행은 물론, 성공과 실패를 측정하는 기본적 척도를 변화시킴으로써 얻을 수 있다.
> ―수지 개블릭, 『모더니즘은 실패했는가?』에서

1. 머리말

많은 논자들이 시학이 기로에 서 있다고 말한다. 시의 죽음을 선언하는 한 극단이 있는가 하면 시의 귀환을 주장하는 또 다른 극단이 있다. 모든 극단들이 선명하게 보인다는 점을 고려하여 극단론에 내포된 과장을 걷어낸다고 하더라도 시학 논의가 심각하다는 것은 사실이다. 이처럼 현금의 시학 논의는 도저히 화해할 수 없는 양극단 사이의 진자운동에 다를 바 없으며, 단적으로 서정 개념을 둘러싸고 제기되는 논의의 분분함이 이를 잘 말해준다.

시학 논의에서 서정 혹은 서정적인 것은 핵심 테마이다. 모든 시가 서정시라는 광의의 서정 개념을 전제한 입장도 그렇지만 시가 서정에서 탈서정

---

* 이 논문은 계간 『시와 사상』 창간 5주년 기념 세미나에서 발표한 것을 새롭게 보완한 것이다.
** 문학평론가, 한국해양대학교 교수

으로 변모해 왔다든가 아니면 서정과 반서정의 변증법을 지속해 왔다는 입장에서도 서정 개념은 논의의 시종(始終)을 장식한다. 서정은 죽었다든가 아니면 서정은 새롭게 태어난다는 등의 죽음과 생존에 관한 본질적 논의들은 대체로 반서정, 신서정, 서정의 귀환 등의 입장들로 요약할 수 있는 바[1], 죽음과 관련한 심각한 처지에서 역설적이게도 논의가 풍부해지고 있음을 목격하게 된다. 확실히 근대 이후 서정은 자기 속에 죽음을 내포한 실존적 장르였다.[2] 근대야말로 서정을 죽이고 시인을 추방하려던 오랜 역사적 기도가 실현되는 장이었기 때문이다. 그러나 생명과 죽음에 관한 모든 인간학적 논의들이 그렇듯 시의 죽음이라는 위기 상황이 시의 생존에 관한 갈급함을 더하는 것은 당연한 현상이다.

근대 시학은 근대 속에서의 살아남기와 근대 극복하기라는 근대 미학 일반의 테제를 그대로 부여받으면서도 후자보다 전자에 더 많은 공력을 들일 수밖에 없었다. 도저한 근대를 극복한다는 생각을 갖기 힘들었기 때문에 스스로 근대의 주변 혹은 타자로 자처하거나 근대 안에서 근대를 비판하는 한 영역으로 편입되고 만 것이다. 이러한 점에서 근대시가 모더니즘을 추구해 왔다는 일반론이 가능한 것이다. 그런데 기로에 선 시학은 기로에 선 근대 논의와 맞물려 있다. 큰 흐름에서 모더니즘을 추구해온 근대시가 탈근대 논의와 더불어 모더니즘의 역사성 규정에 관여되는 것은 피할 수 없는 일이다. 달리 말해서 근대 / 탈근대 논의가 모더니즘에 씌워진 보편성의 장막을

---

1) 이러한 유형 분류는 이미 단순화의 오류를 내포한다. 그러나 우리 근대 시학을 설명하는 틀로 유익한 분류라 할 수 있다. 반서정은 말 그대로 서정으로부터 탈피하자는 것으로 갈등, 모순, 부조화 등을 시의 내용으로 삼으면서 이러한 내용을 반영할 형식으로 산문성을 도입한다. 신서정은 전통 서정의 단순성을 탈피하여 동일성이나 조화를 증층적인 관점에서 본다. 가령 근대를 넘어 유토피아를 보는 관점이 한 예가 되는데 민중서정시학의 원리로 나타나기도 했다. 서정의 귀환은 전통서정을 탈근대라는 문맥에서 복원하려는 것으로 본고의 논지와 연관된다.
2) 이는 하이데거적 명제이며 기술사회인 현재의 시점에서 새롭게 해석될 필요가 있다.

들춰내고 그것을 역사적 개념으로 볼 것을 요청하고 있는 것이다. 이러한 관점에서 시학은 기로에 섰고 자기를 재정립하지 않으면 안되게 되었다. 어떻게 보면 이는 시학의 차원에서 하나의 호기라 할 수 있으며, 외적 여건의 열악함에 반하여 논의가 호황 국면을 맞고 있는 까닭이 된다. 이 글은 탈근대 논의와 더불어 요구되는 시학의 재정립에 관한 시론(試論)이다. 따라서 본격 논의에 앞서 하나의 입장을 정리하고자 하며 아울러 이론의 가능성으로 제유의 시학이라는 테제를 제시하고자 한다.

2. 근대성의 한계와 전통

먼저 근대성(또는 미적 근대성)이라는 말에 이미 의미의 강제가 있음을 지적할 필요가 있다. 그것은 근대성modernity은 자명하며 어떠한 경우에도 추구되어야 한다는 형이상적 논리이다. 그러나 이러한 논리는 근대 세계를 지배해 왔다. 말할 필요도 없이 이러한 「얼굴없는 보편주의」에 놀아날 이유가 없음에도 불구하고 사회의 전반적인 영역에서 근대성 획득이 최선의 목표로 인식되어 왔다. 근대성이라는 보편 권력은 모든 영역에서 식민과 제국의 논리를 형성해 왔다. 여기서 이러한 논리를 새삼 거론할 필요를 느끼지 않거니와 한 가지 분명한 사실은 우리가 이러한 근대성에 내재한 한계를 직시해야 한다는 것이다. 근대성을 보편으로 받아들이는 한 우리가 문화제국주의 혹은 문화 식민주의로부터 벗어날 길은 없다.

논의를 한정하여 시적 근대성에 관심을 기울일 때 이에 관한 의논들이 적지 않음을 알기 어렵지 않다. 근대적인 시가 이입된 이후 시의 근대적 성격을 둘러싼 논의는 끊이지 않았다. 식민지 시대 김기림이 거의 맹목의 수준에서 시적 근대성을 추구하는 과정을 보인 이래 김수영과 황지우 등에 의한 비판적 수용에 이르기까지 근대시학의 역사는 시적 근대성 추구를 정점으로 논의의 부채살을 펼쳐 왔다고 할 수 있다. 그러나 부채살의 여러 갈래들이 그 나름의 분화를 이루고 마침내 시적 근대성을 해체하는 데 이르렀다고 보이지는 않는다. 돌이켜 논란의 세목들이 보이는 진지함과 구체성에 비해 그 결과가 공허한 느낌이 들기도 하는데 이는, 시적 근대성 획득 여부를 묻는 일에 처음부터 공론(空論)의 가능성이 내포되어 있었다는 사실에 기인한다. 다시 말해서 근대성이라는 텔로스가 외적으로 설정되었기에 우리의 근대성이 기껏 사이비 근대성에 지나지 않을 것이라는 열패감이 상존한 것이다.3) 가령 내재적 발전론에 있어서조차 주체적인 외양에도 불구하고 의식의 기저에 근대성의 궁극이 우리 것이 아니라는 열등감이 자리하고 있다는 사실을 확인한다면 근대성이라는 보편 권력의 자장을 다시 인식할 수 있을 것이다. 이러한 점에서 근대성의 연원과 관련한 대표적 두 논의인 이식론과 자생론은 동어반복에 가깝다.4) 어느 경우든 강제된 보편으로부터 자유롭지 않을 뿐 아니라 경우에 따라 이식론이 더욱 진실에 육박하는 면이 없지 않다.

물론 단일한 의미의 근대성은 없다. 지역과 역사적 문맥의 차이에 따라 근대성이 다르게 표출되기 때문이다. 그럼에도 근대성에는 모든 문화를 동질화하려는 강력한 힘인 서구중심주의가 작동한다. 서세동점에서 전지구적 자본주의에 이르기까지 근대성은 완성을 향한 행진을 멈추지 않았다. 따라서 근대의 끝은 모든 세계를 근대화한 이후라는 주장도 가능하며 이것은 「미완의 근대성」이라는 그럴 듯한 테제로 포장되기도 한다. 그러나 「미완의 근대성」은

---

3) 이광호는 다음과 같이 말하고 있다 : "근대 이후 우리의 문학사는 문학에 있어서의 '근대성' 획득이라는 지향성을 갖지만, 제국주의의 침탈과 분단으로 이어진 민족사적 질곡은 근대 문학의 주체적 형성이라는 역사적 과제에 많은 어려움을 부과했다. 그 어려움 때문에, 진정한 의미에서의 근대성 획득은 유예되고 일종의 '의사 ─ 근대성'에 머물 수밖에 없었다. 그것이 '의사 ─ 근대성'의 수준에 머물 수밖에 없었던 것은, 근대적 의지를 주체의 내재적 동기로 전환하지 못했기 때문이다." 이광호, 「맥락과 징후」, 『비평의 시대』 1권(문학과 지성사, 1991), 22쪽. 이러한 지적에서 근대성이 지상목표라는 생각을 읽기 어렵지 않다.

4) 구모룡, 「한국비평문학의 근대적 성격과 위상─전통과 근대의 관련성을 중심으로」, 『현대문학이론연구 제10집』(1999), 120~123쪽.

제국주의의 분식(粉飾)이 아닌가 의심이 된다.5) 「지구촌」이라는 말 또한 마찬가지로 알게 모르게 현대의 신화가 되어 서로의 문턱을 자유자재로 넘나들 수 있을 것처럼 오도(誤導)한다. 이러한 사정에 처하여 우리가 우리 근대성의 특수성을 운위하는 일이 또 다른 형태로 오리엔탈리즘의 전략에 포섭될 가능성은 충분하다.

문제는 근대성을 포장하고 있는 보편주의를 해체하는 것이다. 유럽문명이 세계문명 가운데 하나라면 그 또한 특수에 지나지 않는다. 근대성은 이러한 특수를 보편의 지위로 끌어올린 동일성의 권력 담론이다. 근대성을 해체하는 일, 즉 탈근대성은 이러한 동일성 담론을 차이의 담론으로 바꾸는 것이다. 다시 말해서 동일성의 정치경제학을 차이의 횡단적 연계로 전환하는 것이다.6) 그러나 이러한 탈근대의 전망은 오늘의 것이지 지난 역사 속에 있었던 것은 아니다. 돌이켜 과거는 온전히 근대성에 포위되어 있다. 따라서 탈근대성의 관점에서 비판을 가정하는 일과 저항과 창조, 자유와 억압의 양가성을 내포한 근대성의 구체적 양상을 살피는 일이 병행되어야 한다. 아울러 근대성의 타자였던 전통을 이론의 새로운 터전으로 되새겨 보아야 한다. 이러한 문맥에서 전통 논의는 기왕의 정체성 담론과 수준을 달리하여 탈근대성을 지향하게 된다. 탈근대성은 중심을 벗어나 타자의 해석학적 지평을 가로지르는 과정에서 찾아지는 바, 전통은 이러한 탈근대성의 이론과 방법이 될 수 있다.

근대성의 체계에서 전통은 소멸되어야 할 특수에 지나지 않았다. 그러나 근대성의 보편이 강요된 것이고 특수에 대한 혼동에 불과하다면 왜곡된 보편과 특수의 관계는 해체되어야 하며 마땅히 전통은 새롭게 재구성되어야 한다. 그렇다면 탈근대성의 방법으로 전통은 어떻게 수용되고 있나? 대략 다음과 같은 다섯 유형으로 나눌 수 있을 것 같다 : 1)보편의 재구성 2)특수

---

5) 정화열(박현모 역), 『몸의 정치』(민음사, 1999), 217쪽. ; 정재서, 『동양적인 것의 슬픔』(살림, 1996), 78쪽.
6) 정화열(박현모 역), 『몸의 정치』(민음사, 1999), 207쪽.

의 보편화 3)보편의 상호 교섭 4)보편의 해체 5)특수의 변증법. 1)은 기왕의 보편에 문제가 있다면 이를 재구성하면 될 것이라는 관점이다. 미완의 근대성이나 성찰적 근대화 이론과 상통하는 이것은, 그러나 구체적인 전통과 역사의 문맥을 놓친다. 경우에 따라서 전통을 식민성으로 인식하는 이것을 두고 전통의 방법이라 하기 힘든 면이 없지 않다.[7] 2)는 제3세계 등의 특수가 보편이 될 수 있음을 내세운다. 새로운 지리학까지 염두에 두고 있는 이것은 대단히 전복적인 상상력을 담은 권력담론이다. 그러나 이것이 만드는 이항대립체계가 근대성 체계와 이질동형이라는 점에서 설득력은 반감된다.[8] 3)은 서로 다른 문화 사이에 「진정한 보편성」이 있다는 전제를 깔고 있어, 수준 높은 보편의 만남을 통해 문화적 교류가 가능하다고 한다. 그런데 같은 문명권 안에서 이러한 보편의 교류가 가능할지는 모르나 서로 다른 문명권과의 관계에서 보편을 둘러싼 투쟁을 간과하고 있다는 점에서 이는 한계를 내포한다.[9] 어떤 의미에서 4)는 방법으로서의 전통의 전제이다. 보편의 해체야말로 최선의 과제이기 때문이다. 또한 이것이 보편과 특수의 프렉탈 구조에 주목하는 데 이르러 많은 성과를 만든다. 그렇지만 해체 이후의 문제가 간과된다는 점에 한계가 있다.[10] 5)는 보편은 구체적인 특수의 다른 이름이므로 특수와의 만남에서 변증법을 상정할 수 있다는 것이다. 「해석 지평의 융합」이나 「저항의 변증법」으로도 불리는 이것은 방법으로서의 전통에 내재한 복잡한 문제들을 간과하지 않는다. 한 문명권 내에도 여러 가지 이질적인 문화들이 혼재한다면 문명권 사이를 가로질러 서로 만날 수 있는 특수들을 찾을 수 있을 것이다. 그러나 이것은 매개 과정에 있어 절충주의로 변질될 가능성도 없지 않다.

---

7) 대표적 논자로 김영민과 조혜정을 들 수 있다.
8) 조동일의 관점을 들 수 있다.
9) 김인환, 「동아시아 문화 연구의 반성과 전망」, 『동아시아 문화와 사상』 창간호(열화당, 1998).
10) 정재서의 방법을 들 수 있다.

그런데 전통 논의와 서정 시학은 분리되지 않는다. 서정이야말로 가장 오래된 전통이기 때문이다. 이러한 점에서 방법으로서의 전통은 시학을 재구성하는 일에도 그대로 활용될 수 있다. 탈근대 시학은 시적 근대성이라는 보편논리를 해체하고 시적 전통으로 근대와 교섭하며 근대를 넘어서는 기획을 내포한다.

3. 시적 근대성과 자기 모순

미적 근대성은 일반적인 근대성에 대한 미학적 비판 요구에 의해 형성된다. 즉 도구적 합리성의 현실에 저항함으로써 미적 합리성의 계기를 얻고자 한다. 그렇기 때문에 이것은 이중적인 의미체계이다. 이것이 미적 합리성에 의한 근대 비판의 계기를 통하여 근대성을 구현하기 때문이다.[11] 다시 말해서 미적 근대성은 일반적인(사회·경제·정치적) 근대성의 불합리화 경향(역사의 타락 : 인간소외, 파시즘, 전쟁 등)에 대하여 비판하되 미학적 차원에서 합리화를 추구한다는 것이다. 그러므로 이것은 이중적인데, 한편으로 근대 사회를 부정하면서 다른 한편으로 미학적 차원에서 근대를 인정한다.

시적 근대성이 이중적 의미 체계라는 점에서 이미 한계가 내장되어 있다. 우선 부정하는 대상에 가능성을 부여한다는 자기 모순에서 그렇고 다음으로 지속된 부정만 있을 뿐 의도한 부정의 변증법이 끝없이 지연되는 데서 그러하다. 그런데 시적 근대성을 획득하기 위한 부정의 미학은 새로움의 미학이다. 모더니즘의 창작원리인 「낯설게 하기」나 「영향의 불안」 등은 이러한 새로움의 미학을 설명하는 데 요긴하다. 근대성이 그러하듯 시적 근대성 또한 전통의 부정에서 자신을 정위(定位)한다. 그러나 역사의 경과에 따라 부정은 과거의 전통을 대상으로 할 뿐 아니라 자신의 전통까지 포함하게 된다. 마땅히 부정과 새로움이 혼동될 수밖에 없다. 여기서 수지 개블릭의 지

---

11) R. J. Bernstein, Habermas and Modernity(The MIT Press, 1985), pp.49~51.

적을 들어보자 : "신념은 더 새롭고 좋은, 그렇지 않으면 다시 거부될 수 있는 신념을 위해 지속적으로 변화되고 대체되고, 버려져야 한다. '새로움'이 긍적적인 가치의 주요한 표상이 되었다."[12) 이로부터 시적 근대성은 모래성 쌓기를 반복할 수밖에 없었다. 비록 이러한 행위가 아방가르드로 미화되기도 했으나, 시적 근대성이 보인 역사적 관점은 일반적인 차원의 근대 사회로부터 의식 수준에서 분리된 자아인 포로의 시선에 불과하다.

물론 시적 근대성의 공로가 없었다는 것은 아니다. 이것이 보인 비판 미학은 분명 모순된 자본주의 근대성에 대한 경계(警戒)가 되었다. 또한 창조적 주체의 자유를 확대하고 미학의 자율적 영역을 넓혔다는 점에서 평가되어야 한다. 그러나 파시즘이 세계를 전장으로 만든 것 못지 않게 시적 근대성은 미학을 새로움의 시장으로 변질시켰다. 새로움은 과거에 대한 부정일 뿐만 아니라 다음 세대의 미래를 향한 계획과 지침을 사라지게 한다. 즉 연속적이고 지속적인 가치의 부재 속에서 반복된 파괴가 있을 뿐이다. 이러한 점에서 피카소의 「게르니카」에 대한 루이스 멈포드의 지적이 시사하는 바가 있다.

> 피카소의 게르니카 벽화는 우리 시대의 위대한 회화들 중 하나인 것은 의심할 여지가 없다. …… 그러나 그의 원숙한 솜씨로부터 생겨난 참신한 상징들은, 주로 새로운 통합의 싹이라고는 조금도 찾아볼 수 없는, 우리 시대의 상처들과 흉터들을 보여주고 있다. 때때로 그 정서는 게르니카 벽화를 위한 예비적인 소묘에서처럼 칼로 베인 듯이 너무나 고통스러워서, 그 다음 단계로는 광기나 자살밖에는 남은 것이 없지 않았나 하고 염려스러워진다. 폭력과 허무주의, 즉 인간성의 말살 바로 그것이야말로, 현대 예술이 가장 자유롭고 가장 순수한 계기들을 통해 우리에게 가져다주는 메시지이다.[13)

이러한 「게르니카」의 메타포는 시적 근대성에도 해당한다. 시적 근대성

---

12) 수지 개블릭(김유 · 이순미 역), 『모더니즘은 실패했는가?』(현대미학사, 1999), 157쪽.
13) 루이스 멈포드(김문환 역), 『예술과 기술』(민음사, 1999), 14쪽.

은 자신의 자유(합리성)를 증명하려는 과도한 욕망 때문에 새로운 역사적 전망을 세우는 일에 실패한다. 이러한 자유의 문제를 다시 수지 개블릭에 기대어 설명할 수 있다 : "개인성과 자유가 현대문화의 위대한 업적임에는 의심할 여지도 없다. 그러나 각 개인에 대한 절대자유의 고집은 사회에 대한 부정적 태도를 갖게 하고, 문화에 대한 인식이 주위환경으로부터 심하게 소외되도록 했다. 조건없는 세계에 대한 갈망은 통합과 연합이 결여된 사회적 소외감의 대가로 실현될 수 있다. 만일 자유가 절대적 가치라면, 사회는 가장 본질적이고 바람직한 것을 제한하고 좌절시켜야 할 것이다."14) 이처럼 시적 근대성에는 창조의 가면을 쓴 파괴의 자유가 도사리고 있는 것이다. 물론 모더니즘을 이러한 자유의 관점에서만 바라 볼 수는 없다. 경우에 따라 질서의 개념이 도드라지기도 했기 때문이다. 그러나 이러한 미학적 질서 개념이 구체적인 생활 세계의 그것이 아니라는 것은 말할 필요조차 없을 것이다. 모더니스트들의 미학적 질서는 자유의 또 다른 변장에 불과한 것이다.

그렇다면 우리시의 시적 근대성은 어떠한가? 식민지라는 중첩된 모순에 직면하여 처음부터 저항과 창조라는 양가성에서 출발한다. 그러나 자신의 근대를 부정하는 것이 아니기 때문에 합리성의 계기는 미약하다. 가령 이상을 보라! 그가 보인 것이 레몬향처럼 기화하는 근대성에 불과하지 않았는가.15) 그에게 레몬향은 생활 경험과 유리된 허상에 지나지 않았던 것이다. 이상이 이러하다면 우리 시사에서 바른 의미의 아방가르드를 찾기 힘들 것이다. 그래서 모더니즘이 자주 전통과 결합하는 양상을 보이는 것은 우리시가 보인 시적 근대성의 특징이다. 전통이 근대 부정의 방법으로 보완된 것이다. 물론 서구의 경우도 전통이 부정의 방법으로 동원된 경우가 없지 않다. 영미의 모더니즘에서 유기적 사회라는 전통을 지향하는 경향을 발견하

---

14) 수지 개블릭, 앞의 책, 161∼162쪽.
15) 최근 이상을 근대의 극단을 추구하여 탈근대의 틈을 만들었다는 평가를 내리는 연구자가 있다. 그러나 이상이 본 것은 탈근대가 아니라 개인적 절망이며 대상없는 부정에 기인하는 허무일 따름이다.

기 어렵지 않다.[16] 그러나 여기서 전통이 근대에 대한 전면적인 재구성으로 나아가지 못한다. 다만 미적 고갈을 벌충하는 효과를 만들었을 뿐이다. 이러한 예를 정지용을 통해 볼 수 있는 바, 그는 모더니즘의 방법으로 자신의 전통을 보려 했던 것이다.[17] 이러한 사정에서 근대로부터 호출당한 전통은 시적 근대성의 일부로 보아야 한다. 근본적으로 근대에 포섭되는 구조를 벗어날 수 없다. 물론 경우에 따라 동양주의 혹은 아시아주의의 형태로 유럽 중심주의를 벗어나는 계기가 모색되기도 한다. 그러나 김기림에서 보듯 이 또한 일본 파시즘의 위장에 지나지 못했다.[18] 따라서 미적 근대성의 배리를 내포한다. 그런데 사람에 따라 전통서정시나 자연서정시는 이러한 한계를 벗어나 있다고 생각할 여지가 없지 않다. 근대와 격절을 도모했다는 점에서 간혹 도피의 비난과 함께 순수의 상찬도 함께 받는 이것은, 그러나 근대라는 구조 안에서의 회피라는 점에서 모더니즘시와 그리 큰 차별성을 부여할 수 없다. 다만 이것을 근대에 대한 불만의 계보로 재문맥화할 수 있을 것이다.

부정과 새로움이라는 점에서 김수영과 황지우가 주목될 수 있다. 김수영은 모더니즘을 생활의 밑바닥까지 끌어내려 현실을 돌파하는 매개로 삼았다. 이 점에서 그는 한국 모더니즘의 한 정점이며 가장 바람직한 형태의 시적 근대성을 보여주었다고 평가된다. 그렇지만 김수영에게서 과도한 자아

---

16) 테리 이글턴(윤희기 역), 『비평과 이데올로기』(열린책들, 1986), 152~237쪽.

17) 이를 방법과 경험의 일치로 보고 높이 평가하는 이도 있다. 대부분의 한국 모더니즘이 실패라는 관점에서 정지용을 실패로부터 건져내려는 작업의 일환으로 볼 수 있을 것이다. 김우창, 「모더니즘과 근대세계」, 『한국문학100년』(민음사, 1999).

18) 최원식은 김기림의 「바다와 나비」에서 이러한 형국을 보았다. 최원식, 「문학의 귀환」, 『창작과비평』(1999. 여름), 8~9쪽. 실제로 김기림은 다음과 같이 말한다 : "조선은 근대사회를 그 성숙한 모양으로 이루어 보지도 못하고 근대정신을 완전한 상태에서 체득해 보지도 못한채 인제 '근대' 그것의 파국에 좋든 궂든 다닥치고 말았다. 벌써 새로이 문화적으로 모방하고 수입할 가치있는 것을 구라파의 戰場에서 기대할 수 없다. 또 다시 불구한 상태 그대로로 창황한 결산을 해야 하게 되었다. 그것은 어찌 보면 미증유의 창조의 시기같기도 하다." 김기림, 「우리 신문학과 근대의식」, 『인문평론』(1940. 10월).

중심주의는 시적 자유의 한계로 직결되며 김수영 변증법의 연장에 섰던 황지우의 경우도 새로움의 급격한 고갈 현상이 나타나게 된다. 다시 전통에 기웃하거나 그것을 거머쥐어야 하는 것은 어쩌면 우리시의 운명처럼 보인다. 물론 김수영에서 황지우로 이어지는 시적 근대성의 양상은 눈여겨 보아야 한다. 비록 자의식과 자기반성의 양상을 보이고 있다 하더라도 김수영에게서 시적 근대성의 구체적인 진경(眞境)과 만날 수 있고, 새로움의 빠른 고갈로 그 역사적 의미를 다했다 하더라도 황지우의 해체미학은 일반적인 근대성을 거듭 부정함으로써 전위성을 드러낸다.19) 이미 김지하 현상에서 시사되지만, 황지우의 전통회귀도 근대성으로부터 탈근대로의 전회를 암시하는 대목이 없지 않다. 이들에게서 새로운 시학의 접면(接面)을 볼 수도 있다.

4. 탈근대와 제유의 시학

앞에서도 말했듯이 시적 근대성 획득 여부를 가치의 척도로 삼는 것은 잘못되었다. 무엇보다 먼저 시적 근대성 담론에 개입하는 목적론을 정지시켜야 한다. 이는 말이 쉽지 질주하는 기차를 세우거나 오래된 신화를 해체하는 것만큼 어려운 일이다. 앤터니 기든스가 근대성을 「크리시나의 수레」에 비유한 것은 근대성이 벌써 하나의 종교가 되었음을 말하고자 함이다. 「크리시나의 수레juggernaut」 : 힌두교의 Jagannath, 즉 세계의 군주라는 말에 어원을 둔 크리시나의 신상(神像)을 의미한다. 매년 이 신상을 모신 대형 수레가 거리를 질주하면 그 추종자들은 자신들을 수레 밑으로 던져서 바퀴에 깔리도록 되어 있다. 이러한 크리시나의 수레의 행로처럼 근대성도 존재론적 안전감과 실존적 불안을 동시에 준다고 기든스는 지적한다.20) 마치 새도―매저키즘을 닮은 이것은 우리시대의 고질(痼疾)이다.

---

19) 구모룡, 「1980년대 모더니즘시의 전개」, 『문예사조의 새로운 이해』(문학과지성사, 1996), 523~540쪽.
20) 앤터니 기든스(이윤희 외 역), 『포스트모더니티』(민영사, 1991), 146쪽.

　　그런데 문제는 이러한 근대성에 내재하는 목적론을 파기하는 방법이다. 이는 자연시까지도 자기 내부로 편입해 버리는 시적 근대성의 밖에서 새로운 입장을 갖는 데서 출발해야 한다. 그러나 이것이 아방가르드가 끝난 자리에서 또 달리 무슨 곡예를 하자는 것은 아니다. 오히려 전혀 다른 문맥을 만들자는 제안(제안!)이다. 이러한 관점에서 지금 부정되어야 할 것은 미적 근대성이다. 그 동안 미적 근대성은 극복할 수 없는 대상(근대성)에 대한 부정의 반복으로 자기 위안에 빠졌다. 우리시에서 저항이 슬픔과 함께 읽히지 않았던 적이 있는가! 그 동안 시적 근대성은 식민지 근대에 포획되었고 다시 자본과 기술에 가두어졌다. 따라서 시적 혁명은 처음부터 포위되어 마침내 수동적 혁명passive revolution[21])으로 전락한다.

　　그래서 탈근대라는 관점에서 미적 근대성을 한계 짓고 이와 전혀 다른 문제틀 the Problematic을 제시한다. 이것은 근대적 관계를 탈근대적 관계로 재조정하자는 문제제기인 바, 유기론의 지평에서 그 답이 찾아질 수 있다. 전통적으로 시는 유기론적 지평 위에 있다. 그런데 서구로부터 기계론이 유입되면서 이러한 유기론적 지평이 크게 위축된다. 근대성은 기계론적 문제틀이며 시적 근대성 또한 이와 별개의 것일 수 없다. 그래서 시적 근대성이 말하는 새로움의 미학이 기술의 쇄신에서 유추되는 현상을 목도하기 어렵지 않다. 기계 문명이 예찬되는 경우는 드물다 하더라도 시가 기술의 문법을 추종하지 않은 것은 아니다. 시에 개입하는 기술이데올로기의 역사는 이미 오래다. 그러나 이러한 기술이데올로기의 문제는 시학이 무시할 수 없는 외적 문제이다. 여기서 이러한 외적 문제는 접어두고 근대시학의 내부에 존재하는 몇 가지 잘못된 개념을 먼저 지적하고자 한다.[22])

　　1) 자아중심주의 : 시는 세계의 자아화다.
　　2) 동일성 : 시는 동일성이다.

---

21) 물론 이 말은 그람시에서 빌려왔고 여기서 비유적 차원을 내포한다.
22) 이 문제는 고를 달리 하고자 한다.

   3) 은유 : 시는 은유다.

  1) 자아중심주의와 2) 동일성과 3) 은유는 근대 시학의 핵심 원리들이다. 시가 자기 표현이라는 자아중심주의는 낭만주의 이래로 모더니즘에 의해 계승될 뿐만 아니라 오히려 확대재생산된다. 이러한 서구적 자아관을 반영한 근대 시학이 이입된 이후 우리의 근대시학은 자기표현으로서의 시라는 테제를 금과옥조로 삼는다. 그러나 유기론적 지평에서 시는 세계의 자아화가 아니다. 이보다 자연과의 교섭을 통해 우주적 마음을 표현한다. 여기서 우주적이라는 말이 지나치면 삼라만상이라고 해도 될 것이다. 유기론에서 시는 자기를 극복하고 궁극적인 조화에 이르는 과정이다. 이러한 관점에서 시는 근대적 의미의 동일성이 아니다. 근대적 개념인 동일성에 개입하는 환원주의는 타자에게 폭력적이다. 모든 것을 주체로 환원한다. 유기론에서 시는 동일성을 지향하기보다 조화를 지향한다.23) 여기서 조화는 상호 이질적인 것의 공존과 상생을 의미하며 보살핌의 윤리를 포함한다. 자아 중심주의나 동일성과 은유는 밀접한 연관성을 지닌다. 은유는 다른 대상을 자기화하는 수사학이다. 다시 말해서 은유는 대상과 대상을 강제적으로 연결한다. 어느 하나가 다른 하나를 억압하는 논리이다. 그런데 근대는 이러한 은유가 일상적인 수준에서 관철된다. 주체중심주의, 이성중심주의, 남성중심주의 등 모든 중심주의는 은유적 욕망과 다르지 않다. 근대 시학에서 자아—동일성 — 은유는 시적 근대성과 관련되며, 이들은 사회로부터 분리된 과잉된 자아의 자유를 담보하는 담론이 되었다.

   그런데 여기서 은유와 관련한 수사학의 문제는 보다 자세히 논의될 필요가 있다. 한편으로 현대시학에서 환유의 증가를 들먹이는 견해가 있고 다른

─────────────────────

23) 한국 근대 시학을 대표하는 김준오의 시론은 동일성에서 출발하여 궁극적으로 화(和)를 지향하는 시학으로 거듭 수정되었다. 우리는 그의 시학적 궤적을 통하여 근대 시학의 한계와 함께 탈근대 시학의 가능성을 엿볼 수 있다.'구모룡, 「궁극적 화—雪舟 김준오의 시학」, 『다층』(1999. 여름호).

한편에서 유기론적 제유 시학의 가능성이 제시되고 있기 때문이다. 이분법에 익숙한 근대 이론들은 대부분 은유의 다른 편에 환유를 둔다. 그런데 환유는 기계론과 연관된 사유형태이다. 부분과 부분의 관계가 중시되며 전체는 이들의 기계적 결합에 의해 형성된다. 근대적 산문에 대응하여 시의 반서정적 서술 경향을 환유의 증대로 보면서 이를 시적 근대성의 일환으로 설명하거나 탈근대의 징후로 해석하는 경향이 없지 않다. 그러나 환유는 부분들의 외재적인 관계만을 중시한다는 데 분명한 한계가 있다. 외재적 관계는 근대적인 관계의 본질이기 때문이다. 그렇기 때문에 탈근대가 지향하는 생명적 관계를 설명하기에 적합하지 않다. 이처럼 환유는 전체와 부분의 관계가 외재적이기 때문에 전체를 보거나 부분을 볼 때 환원적이다. 우선 내적 연관이 무시되어 그렇고 다음으로 부분들이 파편화되기 때문이다. 반다나 시바에 의하면 이러한 환원주의적 사고는 생태학적 균형을 파괴한다. 생명 관계의 전체를 보지 못하기 때문이다.24)

모든 이분법이 그러하듯 은유와 환유의 이분법도 문제적이다. 사실 로만 야콥슨 이전에 이분법이 고수되었던 것은 아니다. 16세기 수사학자들은 근대언어학자들이 선호하는 양극구조보다 훨씬 유연하게 은유와 환유와 제유와 아이러니라는 네 가지 형식으로 사고와 표현을 분류하기도 했다. 그렇지만 야콥슨 이후 대부분의 경우 은유와 환유의 이분법이 고수되며 자주 제유는 은유의 한 형태로 아이러니는 환유의 한 형태로 보고 있다.25) 이처럼 은유와 환유의 이분법은 매우 근대적인 논리이며 이는 시와 과학, 유기론과 기계론의 대립만큼 오래된 것이라 할 수 있다.

---

24) 반다나 시바가 든 한 예를 보자 : "환경을 수동적이고 파편화된 것으로 보는 환원주의적 정신은 생태적 균형의 회복을 관할 구역에 농장을 건설하는 문제로만 생각한다. 하지만 저수 지역의 숲의 파괴는 다른 곳에 나무를 심는 것으로는 회복될 수 없다. 왜냐하면 저수 지역은 비가 풍족하게 내리는 곳이며 저수 지역의 숲은 전반적인 강수량과 그것의 보존에 기여하기 때문이다." 반다나 시바(강수영 역), 『살아남기 - 여성, 생태학, 개발』(솔, 1998), 287쪽.

25) H. White, Metahistory(the Johns Hopkins University Press, 1973), pp.32~33.

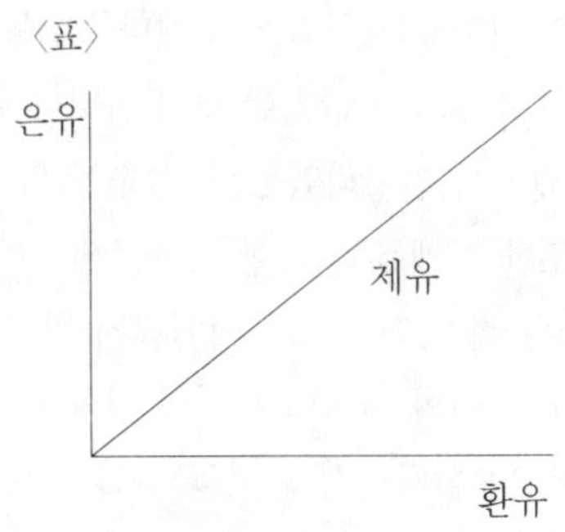

　　그런데 은유와 환유 이분법의 경계를 해체하는 사고 형식으로 제유를 들수 있다. <표>와 같이 제유는 은유와 환유를 가로지르며 은유와 환유의 평면을 입체화한다. 제유는 탈근대의 사유형태이다. 이는 오래된 전통인 유기론적 사유에 연원하면서 근대의 이분법적 세계 인식을 해체한다. 제유는 대상과 전체를 내적 연관성에서 인식하는 사유 형태이다. 따라서 생태학적 사유가 곧 제유이다. 이것은 낱낱의 생명을 소중하게 생각할 뿐만 아니라 이들이 함께 공생하는 전체성도 중시한다. 또한 인간도 자연의 일부라는 관점에서 인간중심주의를 넘어선다. 그러나 이것이 인간과 자연에 한정된 문제가 아니다. 인간과 기술, 인간과 기계, 인간과 사물 등 모든 관계에서 가능한 일이다.26) 그렇기 때문에 이것이 시적 근대성처럼 이분법으로 환원되지 않는다. 특히 기술의 유기론적 재조정이라는 명제27)는 탈근대의 매우 중요한 과제인데 이러한 문제의식이 시발(始發)되는 곳도 제유이다.

5. 마무리

　　근대 시학의 기로에서 시적 근대성에 내포한 한계를 지적하고 새로운 시

---

26) 가령 이마미치 도모노부의 「에코에티카」도 같은 문맥을 가진다. 이마미치 도모노부(정명환 역), 『에코에티카』(솔, 1993).
27) 구모룡, 「신화 해체 시기의 서정」, 『신생』(1999. 가을).

학의 가능성으로 제유 시학을 제시하고자 했다. 그 동안 시적 근대성이 보인 쇄신의 노력에서 시적 성과가 없었던 것이 아니나 근본적으로 시적 혁명이 근대에 포위된 상태에서 진행되었음을 알 수 있었다. 포위된 혁명. 근대시나 근대예술이 내포한 한계를 이러한 은유로써 집약할 수 있을 것이다. 많은 경우 시적 혁명은 세계 혁명으로 이어지지 않고 마침내 시적 주체를 향한 비수로 되박혔다. 근대의 미학이 자해의 미학으로 나아가고 마침내 반미학으로 귀결된 것은 미적 근대성이 안고 있는 태생적 한계라 하지 않을 수 없다.

革命은 안되고 나는 방만 바꾸어버렸다
그 방의 벽에는 싸우라 싸우라 싸우라는 말이
헛소리처럼 아직도 어둠을 지키고 있을 것이다

나는 모든 노래를 그 방에 함께 남기고 왔을 게다
그렇듯 이제 나의 가슴은 이유없이 메말랐다
그 방의 벽은 나의 가슴이고 나의 四肢일까
일하라 일하라 일하라는 말이
헛소리처럼 아직도 나의 가슴을 울리고 있지만
나는 그 노래도 그 전의 노래도 함께 다 잊어버리고 말았다

革命은 안되고 나는 방만 바꾸어버렸다
나는 인제 녹슬은 펜과 뼈와 狂氣—
失望의 가벼움을 財産으로 삼을 줄 안다
이 가벼움 혹시나 歷史일지도 모르는
이 가벼움을 나는 나의 財産으로 삼았다

革命은 안되고 나는 방만 바꾸었지만
나의 입속에는 달콤한 意志의 殘滓 대신에
다시 쓰디쓴 냄새만 되살아났지만

> 방을 잃고 落書를 잃고 期待를 잃고
> 노래를 잃고 가벼움마저 잃어도
>
> 이제 나는 무엇인지 모르게 기쁘고
> 나의 가슴은 이유없이 풍성하다
> — 김수영, 「그 방을 생각하며」[28]

사월 혁명 뒤[1960년 10월 30일]에 쓴 김수영의 이 시에서 혁명의 기쁨과 함께 이것의 미완을 예감하는 시인의 예민한 촉수가 번득이고 있음을 알 수 있다. 김수영의 탁월한 점은 이 시에서처럼 미완의 예감을 앞세우고 기쁨을 뒤로 돌렸다는 것이다. 물론 미완의 예감은 의지의 일시적 피로와 허탈이라는 개인적 사유나 혁명 뒤의 하락하는 정세라는 공적 요인에 기인한 것이라 할 수도 있을 것이나, 그만큼 그가 세계와 팽팽한 긴장에서 시를 써 왔음을 반증한다. 그런데 우리의 관심을 좇아 이 시에서 「革命은 안되고 나는 방만 바꾸어버렸다」라는 구절의 반복을 시적 근대성에 관한 한 비유로 읽어볼 수도 있을 것이다. 여기서 우리가 비록 세계 혁명이 있다 하더라도 시적 혁명은 불가능하리라고 판단하는 모더니스트 김수영의 명민함을 읽는다면, 이는 지나친 것일까. 다시 말해서 세계의 문제에 비한다면 근대시는 「자기만의 방」에 지나지 않는 것인지도 모른다. 결국 근대사회에서 시적 혁명이란 찻잔 속의 폭풍처럼 미미한 일이 되었다. 물론 이 시에서 김수영이 말하고자 한 것이 시적 근대성의 문제는 아니다. 단순하게 그가 달라진 자기를 고백하고 싶었던 것일 수도 있다. 그럼에도 이 시를 김수영 이후 근대시의 운명과 연관짓는다면 김수영이 누린 일시적인 기쁨이 보다 큰 슬픔의 예감에 가두어진 것임을 미뤄 짐작할 수 있는 것이다. 이와 같이 시적 근대성은 자기 한계를 지녔다. 따라서 그것이 지속해온 노래의 관습과 가벼움의 태도는 세계와의 근본적인 대면에 실패한다.

---

28) 『김수영전집 1 시』(민음사, 1981), 160쪽.

  그렇다고 여기서 제유 시학을 전면적인 대안으로 생각하는 것은 아니다. 김수영이 보인 바처럼 근대적 생활 경험의 직접성을 시의 언어로 들춰내는 일 또한 여전히 가치있는 일이기 때문이다. 기술이데올로기는 더욱 시적 경험이 지닌 직접성을 소멸시키려 할 것이다. 이러한 점에서 모더니시트들의 가벼움이 시의 몸을 살리는 데 기여할 부분이 있음에 틀림없다. 다만 여기서 지적하고자 하는 것은 이러한 시적 근대성의 방법이 새로운 삶에 대한 대안으로서의 시학으로 자리하기에 적절하지 못하다는 것이다. 그러므로 제유 시학을 강조하는 것은 그 대안성에 있다.

노장시학을 위한 시론

이 성 희*

1.

세계는 스크린이다. 1초에 24개의 정지된 화상이 만들어 내는 세계. 그러나 아무도 필름과 필름 사이에 놓인 심연에 주목하지 않는다. 세계는 항상 편집된다. 우리들의 눈은 근본적으로 세계를 편집한다. 쇼트과 쇼트 사이의 짤려진 곳, '틈', 그 광활한 망각의 들판(廣漠之野)를 들여다보기에는 우리들의 눈은 너무 근시가 되어 있다. 참으로 틈이 없는 것이 지금 우리네 삶이다. 마음 어디에도 잠시 들어가 숨을 고를 구멍이 없다.

필연성을 의미하는 영어 necessity는 라틴어 nec와 esse의 합성어다. nec는 부정어 not의 의미이며 esse는 존재의 뜻이다. 즉 necesse는 '부재(不在)'를 의미이며, 존재와 존재 사이에 다른 존재가 없음을 뜻한다. 존재와 존재 사이에 틈이 없는 것, 그것이 필연성이다. '틈', '구멍', '사이'는 필연의 왕국에서 쫓겨난, 그러나 여전히 필연 사이에 감추어진 우연성의 자리다. 소용돌이치

---

* 시인, 문학평론가, 한국해양대 강사

1) 이 글은 노장 사상 속에서 동양 예술의 근본 정신과 그 미학적 근거를 살펴보고, 그 근거 위에서 우리의 시를 새롭게 반성하기 위한 것이다. 가능하면 그것이 '노장시학'이라는 이름으로 정리될 수 있으면 다행이다. 그러나 이 분야의 연구가 매우 일천한 우리의 현실 속에서 이 글은 시론(試論)적 성격을 크게 벗어나지 못하는 스케치가 될 것이다.

는 혼돈의 자리다.

우연이란 이해의 틀을 벗어나는 것이다. 근대의 기획은 우연의 추방사라고 해도 지나친 말이 아니다. 우연이라는 마녀, 즉 자연을 사냥하기 위해 재판정에 선 프란시스 베이컨은 이렇게 외치고 있다. "자연은 마녀다. 그녀의 방종함을 견제하고 노예로 만들어야 한다. 이제 우리 과학자들의 목적은 그녀를 고문하여 숨겨진 보물을 빼앗는 것이다." 그의 뒤를 따라 해일 같은 밀려왔던 필연의 행진을 보라. 그들에게 자연은 메워야 할 구멍이었다. 프로이트는 그 해일 속에서도 끝내 견디고 있던, 인간의 심연에 숨은 혼돈의 구멍, 인간 속의 자연인 무의식마저도 필연성과 합리주의 틀 속으로 끌어들여 편집하고야 만다. 최근의 혼돈과학은 어쩌면 근대의 마지막 마녀 사냥인지도 모른다.

그러나 숨가쁜 필연성의 질주에서 잠시 벗어나 이리로 오라. 시인은 말한다. "내 永遠은 / 물빛 / 라일라의 / 빛과 香의 길이로다. // 가다 가단 / 후미진 굴헝이 있어, / 소학교 때 내 女先生님의 / 키만큼한 굴헝이 있어, / 이쁜 女先生님의 키만큼한 굴헝이 있어, / 내려가선 혼자 호젓이 앉아 / 이마에 솟은 땀도 들이는"[1] 구멍으로 들어오라, 필름과 필름의 틈 사이로. 후미진 구멍, 그것은 다름 아닌 자유의 자리며, 어쩌면 심미적 세계를 향한 해방의 지평이 열리는 곳일지도 모른다. 이 지평 속에서 희대의 절정 고수, 노자와 장자를 만나게 된다면 또 얼마나 즐거운 인연이겠는가.

2.

최근의 동아시아 담론에서 가장 큰 비중을 차지하는 것이 유가(儒家)이다. 유가는 그 특유의 균형적 감각과 포용력을 통하여 동아시아 정신의 중심을 이루어 왔다. 따라서 유가의 사상 속에서 동아시아 미학과 예술의 근

---

1) 서정주의 시, 「내 永遠은」 중에서.

원을 찾아보고자 하는 것에는 크게 이상할 것은 없다. 그러나 유학은 본질적으로 윤리학이다. 비록 성리학이 노장 사상과 선불교를 흡수하여 중세를 지탱할 거대한 형이상학적 체계를 형성했다 할지라도 유가의 핵심은 어디까지나 윤리의 건립을 위한 인성론에 있다. 미와 선의 일치에 관한 설득력 있는 논의들에도 불구하고 예술과 윤리는 일단은 기본적인 힘의 방향이 다르다. 윤리가 부정(금지)의 성향을 가진다면 예술은 근본적으로 긍정이다.

동아시아 예술의 근원, 특히 시와 회화(畵)의 정신과 미학은 그 근원을 노장 사상에서 찾는 것이 오히려 합당할 듯하다. 서복관(徐復觀)이 중국 예술 정신의 뿌리를 장자(莊子)에서 찾고 있는 것은 그 좋은 예이다.2) 일견 『노자』, 『장자』를 가득 채우고 있는 부정(無)의 논리와 정신들은 앞에서 말한 미학→긍정과는 사뭇 다른 것처럼 보인다. 그러나 노자와 장자의 ‘無’가 거대한 긍정을 위한 기표임을 알게 될 때, ‘무’자 속에 담긴 무한 긍정을 이해하게 될 때 우리는 비로소 노장 정신의 핵심과 동아시아 예술 정신의 뿌리를 향하는 코드를 발견하게 될 것이다.3)

3.

‘美’ 자는 『설문(說文)』에 따르면 羊과 大로 분석된다. 大 자는 또한 사람의 모습을 본 뜬 것이다(大像人形). 따라서 羊과 大는 곧 羊과 人으로 교환

---

2) 서복관은 『중국예술정신』(권덕주 역, 동문선, 1993)의 서문에서 다음과 같이 말하고 있다. “역사상의 위대한 화가 · 위대한 화론가들이 도달하고 파악해낸 정신 경계는 항상 그렇게 되기를 기약하지 아니하였으면서도 그렇게 된 것으로 모두가 장학(莊學) · 현학(玄學)의 경계다.”

3) 동아시아 예술 정신의 근원으로 어떤 하나의 사상 학파만을 배타적으로 강조하는 것은 그리 타당해 보이지 않는다. 동아시아 사상의 기본 동력은 유 · 불 · 선 삼교회통임을 잊지 말아야겠다. 우리 민족 문화의 저류를 형성하고 있는 풍류도(風流道) 역시 근본적으로 삼교회통의 정신 위에 성립하고 있다. 다만 이 글은 노장 사상의 틀을 통해 볼 때 나타나는 동아시아 예술의 문법 구조를 서술하고자 하는 것이지 전부를 규정하고자 하는 것은 아니다.

가능하다. 양은 고대에는 주로 제사의 희생으로 사용되었다. 미는 제사란 상황 속에 있는 희생과 그 희생을 받치는 인간으로 구성된 글자이다. 제사는 인간과 초월적인 세계를 이어주는 의식이며 개체와 세계를 연결시켜 주는 고리이다. 결국 미는 초월세계(聖)와 현실세계(俗), 그리고 자아와 세계의 만남을 함의한다.4)

성과 속은 중국 사상 속에서 '형이상자(形而上者)'와 '형이하자(形而下者)'의 범주로 발전한다.5) 형이상자는 거칠게 말하자면 합리성의 틀 속에 수용될 수 없는, 즉 이해할 수 없는 구멍이다. 그러나 형이상자는 세계 밖에 있지 않다. 이것은 아리스토텔레스의 메타피직스와는 다르다. 중국 사상 속에서 형이상이나 형이하는 모두 形을 전제하고 있다. 형이상자는 세계의 형 속에 있는 틈이요, 구멍이다. 즉 세계는 보이는 것과 보이지 않는 것, 형체 있는 것들과 그것들 사이의 구멍을 모두 껴안고 있다. 아니 세계는 형체 있는 것들과 그들 사이의 구멍의 상생적 작용에 의해 비로소 성립한다. 이 구멍의 기표가 노장의 無이다. 노자와 장자는 그 메워지지 않는 구멍의 중요성을 간파한 철학자이며, 그 틈 속에서 노닐 줄 아는 심미적 정신의 소유자들이다. 틈과 구멍은 동아시아 미학의 통사론적 구조이다.

4.

역(易)은 상(象)이다. 「계사(繫辭)」에 따르면 성인(聖人)이 하늘의 상을 보고(觀象) 팔괘를 만들었다. 또한 역은 변화(變)이다. 역은 자연의 변화를 상을 통해 체계적으로 정리한 것이다. 즉, 여기서 상은 사물(形)의 변화를 제거하고 고정화시킨 것이 아니라, 오히려 변화를 함축하고 변화를 지시하는

---

4) 최근 갑골문의 성과를 토대로 이택후(李澤厚) 등은 美 자를 양머리 장식의 관을 쓴 대인, 즉 샤먼의 상형으로 본다. 그렇게 볼지라도 미가 성과 속을 만나게 하고 연결하는 의미에는 크게 차이가 없다. 『중국미학사』(권덕주 외 역, 대한교과서주식회사, 82쪽 참조.)

5) 形而上者謂之道, 形而下者謂之器. 『周易』, 「繫辭 上」.

'이미지'이다. 노자가 "위대한 이미지를 포착한다(執大象. 35장)"라고 할 때의 '위대한 이미지'는 "사물의 형상을 넘어선 이미지(無物之象. 14장)"이며, 이는 역의 상에서 한 걸음 더 변화 그 자체에로 나아간 것이며, '보이지 않는 것(無)'에 닿아있다. 이를 간단하게 도식화하면 다음과 같다.

① 無(大象) ──────→ ② 象 ──────→ ③ 有(形)

<도식 1>

4-1.

이미지는 이중적이다. 이미지에는 주관으로부터 독립된 대상의 사물(形)로부터 드러나는 형상(形象)과 주관의 마음속에서 형성되는 심상(心象)이 맞물려 있다. 이미지 속에는 주객이 진동하고 있다. 차라리 이미지는 주관과 객관의 만남이요, 주관과 객관의 접면(interface)이라고 할 수 있겠다. 이러한 만남을 통해서 '있음'으로서의 세계는 형성된다. 만남 이전의 고립되어 존재한다고 여겨지는 자기동일적 주체나 객체는 하나의 추상에 불과하다.[6] 이미지는 끝없이 춤춘다. 그것의 한 쪽 날개는 주객이 완전히 분리된 '있음(形)'의 세계에 닿아있고 다른 한 쪽 날개는 주객이 분리되기 이전의 카오스, 그리하여 인식이 불가능한 '없음'에 닿아 있다. 이미지의 이러한 특성을 장자는 상망(象罔)이라고 한다.

> 황제가 적수 북쪽을 노닐다가 곤륜산에 올라가서 남쪽을 바라보고 돌아와 보니 현주(玄珠)를 잃었다. 知로 하여금 찾게 했으나 얻지 못하고 이주(離朱)를 시켜서 찾게 해도 얻지 못했으며 끽후(喫詬)를 시켜 찾게 해도 찾지 못했다. 그래서 상망(象罔)을 시켰더니 상망이 곧 찾았다. 황제는 말했다. "기이하구나 상망이 그걸 찾아낼 수 있다니!"[7]

---

6) 화이트헤드는 주체나 객체가 경험의 과정을 떠나 있는 것으로 간주하는 것을 '단순 정위(simple location)'의 오류라고 하였다.

7) 黃帝遊乎赤水之北, 登乎崑崙之丘而南望, 還歸遺其玄珠. 使知索之而不得, 使離朱索之而不得, 使喫詬索之而不得也. 乃使象罔, 象罔得之. 黃帝曰. 「異哉! 象罔乃可以得之

여기서 상망이란 象(이미지, 있음)−罔(어두움, 없음)이며 '있음도 없음도 아님(非有非無)'이다.8) 이미지는 단순히 형체 있는 것이나 형체 없는 것을 지시하는 기표가 아니다. 그것은 형체 있는 것과 형체 없는 것에로 열리는, 그리하여 그들을 상호 소통하게 하는 문이다. 이미지는 주객의 진동일 뿐만 아니라 形과 無 사이의 진동이며 형과 무 사이에서 춤추며 떠돈다. 이를 통해서 비로소 참된 진리(玄珠, 大象, 道)로 나아갈 수 있다.

4-2.

<도식 1>에서 ①→③의 과정은 현상적 세계가 나타나는 과정이다. 현상적 세계는 분리 위에서 성립한다. 분리될 때 형상이 나타난다. 이 과정은 의식의 발생 과정을 통한 자아의 나타남과 상응한다. 흄(D. Hume)은 우리의 마음을 극장에 비유하고 있다. 거기에는 여러 가지 지각들이 차례로 등장한다. 그러나 그 마음속에는 동일성이 존재하지 않는다. 단지 단절된 지각의 연쇄만이 있을 뿐이다. 흄의 통찰을 정직하다. 그것은 자아라는 것이 고립된 이미지들의 고착, 혹은 집적에 의해 이루어진 환상(形)임을 숨기지 않고 있다. 이미지의 고립화 과정이란 곧 ②→③의 과정이다. 고립된 이미지들은 세계를 구성하면서 동시에 욕망에 의해 자아화되는−소유되는 타자들이다. 타자들은 양파껍질처럼 싸여져서 자아라는 환상을 구성하고 있다. 이 자아라는 환상은 위험하다. 그것은 욕망을 재생산하며 모든 이데올로기와 소유와 다툼의 뿌리가 된다.

4-3.

우리들의 삶은 양파껍질을 한 겹씩 더해 가는 양식이지만 노장이 道를

乎?」『莊子』「天地」. 이후 『莊子』를 인용할 때는 편명만 밝힌다.
8) 여길보(呂吉甫)에 따른 해석이다. 풍우란(馮友蘭)은 지(知)는 일반적 지식, 이주는 인식, 끽후는 변증법, 그리고 상망은 단순히 무상(無相. without features)의 의미로 해석하고 있다.

찾아가는 양식은 양파껍질을 한 겹씩 벗겨 가는 과정이다.9) 양파껍질을 벗겨 가는 과정이란 기실 딱딱하게 굳어 버려 틈이 없는 형상으로 되어버린 이미지에 틈과 구멍을 되찾아 주는 과정이다. 틈은 굳어진 자아의 환상을 해체한다. 틈과 구멍 속에서 이미지는 다시 춤춘다. 이미지는 다시 無에로의 문을 열어 준다. 이것을 장자는 무기(無己), 상아(喪我)라고 한다. 무기와 상아를 통해 정신의 최고 경지이며 최상의 예술로 상징되는 '하늘의 통소 소리(天籟)'를 들을 수 있게 된다. 이 과정은 역으로 ③에서 ①로 거슬러 올라가는 과정이다.

4-4.

틈과 구멍 속에서 춤추는 이미지를 얻는 것을 노자는 집상(執象)이라고 하고, 역에서는 관상(觀象)이라고 하며, 순자는 취상(取象)이라고 하였다.10) 취상은 추상(抽象)과 다르다. 추상은 오성을 통해 사물을 개념화하여 사물의 순수 형상을 인식하고자 하는 것이라면 취상은 감성을 통해 사물의 순수 동작을 직관하는 것이다.11) 추상은 이미지의 구멍을 없애는 것이고 취상은 이미지의 구멍을 여는 것이다. 장자는 말한다.

하늘은 밤낮으로 구멍을 뚫고 있다. 그런데 사람은 오히려 구멍을 막아 버린다. 사람의 배에는 텅 빈곳이 있고 마음에도(빈곳이 있어) 자연의 자적 함이 있다.12)

몬드리안의 그림만이 추상이 아니다. 눈에 보이는 형상을 복사하는 사실

---

9) 노자는 말한다. "세상에서 말하는 배움을 하면 매일 더해 간다. 그런데 도를 행하면 매일 줄어 든다. 줄고 또 줄어 무위에 이르게 된다(爲學日益, 爲道日損. 損之又損, 以至於無爲. 48장)."
10) "上取象於天, 下取象於地.(『荀子』,「禮論」)" 唐代의 대표적 화론을 전개한 형호(荊浩) 역시 그의 『筆法記』에서 "氣者心隨運筆, 運取象不或."이라고 쓰고 있다.
11) 추상과 취상의 비교는 김영석의 『도의 시학』(민음사, 1999), 42~43쪽.
12) 天之穿之, 日夜无降. 人則顧塞其竇. 胞有重閬, 心有天遊. ,「外物」.

화도 추상화이다. 왜냐하면 끝없는 변화와 생성 속에 있는 이미지를 고립시키고 정지된 이미지로 떼어내는 것 역시 실재의 생생한 재현이 아니라 추상이기 때문이다. 바슐라르에 따르면 재능 있는 사진 작가란 고립된 듯 보이는 스냅 사진에 지속을, '몽상의 지속'을 부여할 줄 아는 사람이다.[13] 그 사진 작가가 렌즈로 포착한 이미지는 관상되고, 취상된 것이다. 동양화의 화선지 위에 현전하는 이미지는 추상이 아니라 관상·취상된 것이다.

4-5.

구멍과 틈은 '사이'에 있다. 그 사이는 <도식 1>에서 ②①에 있다. 뛰어난 예술은 ③을 이미지화 함으로써 우리에게 ①과 ②의 사이를 보게 한다. 넓게는 ①과 ③의 사이를 느끼게 한다.

『장자』의 「지락(至樂)」 편에서는 기묘한 생물 진화론이 나온다. 그 내용의 개요는 대충 이렇다. 모든 생물의 종이 기(幾)에서 나와 그것이 물때나 이끼, 혹은 질경이가 되었다가, 질경이가 똥을 만나면 범부채가 되고 범부채가 나무굼뱅이가 되고 나무굼뱅이는 나비, 나비는 벌레, 벌레는 수리부엉이밥, 수리부엉이밥 → 새 → 사마충 …… → 대나무 → 청녕충 → 정 → 말 → 사람으로 변화 발생되었다가 다시 사람은 기로 돌아간다. 그리하여 장자는 "만물은 기에서 나오고 다시 기로 들어간다"[14]는 말로 결론을 내리고 있다.

만물의 처음과 끝을 이루고 있는 이 機(=幾)란 무엇인가? 기는 주로 '기미'라고 번역되지만 기는 또한 '사이'이기도 하다.[15] 사이는 사이를 두고 있는 것들을 살아 있게 한다. 살아 있는 것은 움직이고 변화한다. 사이가 없으면(necessity) 움직일 수 없다. 사이는 모든 움직임과 변화의 근거이며, 모든

---

13) 바슐라르(김현 역), 『몽상의 시학』(기린원, 1995), 137쪽.

14) 萬物皆出於機, 皆入於機.

15) '사이'는 정세근의 독창적이면서도 설득력 있는 번역이다. 그의 논문 「장자의 기화우주론 : 음양설」, 『충북대인문학연구소 별책 15집』(1997), 216~217쪽. 機를 사이라고 해석한다면 유기체(有機體), 생명이란 '사이를 가진 몸'이다.

자유와 창조의 기제이다. 이를 장자는 또한 천기(天機)라 부르기도 한다. 사이는 고립된 이미지와 이미지를 연결시켜 살아 있는 세계를 창조하는 '생성'이요, '흐름'이다. 갑골문에서 보면 幾 자는 앉아서 천을 짜는 직조기의 상형이다. 사이가 세계를 직조한다. 사이를 드러내지 못하는 이미지는 직조되지 못한 죽은 이미지다.

4-6.

幾는 氣의 형식이며 氣는 幾의 내용이다. 4-5에서 인용된 「지락」편의 내용에 대해 곽상(郭象)은 다음과 같은 주를 달고 있다. "이는 한 기(氣)이나 여러 꼴이며, 변화는 있으나 죽고 삶은 없는 것을 말한다."16) 우리의 상상력을 마비시킬 정도로 기발하게 이어지는 생명의 연쇄적 변화 과정은 세계가 실상 한 기의 생성 변천 과정임을 보여 준다.

장자의 기는 이중적이다. 그가 음양의 기로써 기를 말할 때는 그것은 일종의 미세한 원시 물질이다. 그것은 우주 만물을 구성하고 생성한다. 그래서 장자는 말한다. "인간의 삶이란 기가 모인 것이다. 기가 모이면 살게되고 흩어지면 죽는다."17) 앞의 「지락」편 내용은 만물이 기를 토대로 서로 원인이 되며 상생하고 있는 거대한 연쇄를 보여주고 있다. 기는 세계의 근원일 뿐만 아니라 끝없이 생성하면서 순환한다.

장자에게 있어서 기는 또한 정신의 상승된 경지를 의미하기도 한다. "기라는 것은 공허해서 무엇이나 다 받아들인다. 참된 도는 오직 공허 속에 모인다. 이 공허가 곧 심재(心齋)이다."18) 심재는 도에 이르는 정신의 최고 상태이며 이를 가능하게 하는 공허는 사이이고, 틈이며, 구멍이다. 이것이 장자의 기화론(氣化論)이다.

기는 물질이면서 동시에 정신이다. 이러한 기화론이 만물간의 상호 감응

---

16) 此說一氣而萬形, 有變化而無死生也. 「至樂」편 곽상주.
17) 人之生, 氣之聚也. 聚則爲生, 散則爲死, 「知北遊」.
18) 氣也者, 虛而待物者也. 唯道集虛. 虛者, 心齋也, 「人間世」.

을 가능하게 하는 근거이다. 감응은 물질적이면서 동시에 정신적이다. 장자
에게 있어서 상호 간에 감응을 통하여 심미적으로 향유되지 않는 존재는 참
다운 실재의 세계로 들어오지 못한다. 미적 감응이란 '서로의 현존 속으로
들어감'이다.[19] 미는 참된 실재, 즉 존재이다.

4-7.

氣－幾를 여길보는 정기(精氣) 혹은 유혼(遊魂), 즉 '떠도는 혼'이라고 한
다. 이 떠도는 혼이란 변화하여 가지 않는 곳이 없다.[20] 북송 시대의 대표적
화론가인 곽약허(郭若虛)가 "모든 그림의 기운은 유심(遊心)에 근본한다"[21]
라고 할 때 유심이란 여길보의 유혼과 다름 아니다. 이것은 또한 바슐라르
의 '혼(âme)', 몽상과도 일맥상통하는 상상력의 영역이다. 상상력이야말로
필연성의 틈이요 구멍이 아니겠는가. 그것은 합리성과 필연성의 눈에는 자
칫 광기의 자리가 되기도 한다. 그것은 또한 짜라투스트라를 통하여 광기의
니체가 모든 사물을 넘어 춤추고자 했던 자리이다(짜라투스트라 3부－회복
기의 환자에 대하여). 이러한 상상력의 장 속에 춤추는 것이 이미지다.

4-8.

기는 존재의 물질적 근거이면서 동시에 비물질적인 無를 현시하는 '사이'
이기도 하다. 무는 모든 틈과 구멍과 사이가 만나는 곳이다. 무는 언표가 끝
나는 곳이다. 무는 근본적으로 합리성에 근거한 이해의 지평에 수용되지 않
는다. 그러나 무는 氣－幾를 통해 자신을 개시하면서 은폐한다. 혹은 은폐

---

19) 예지의 과학자 베이트슨(G. Bateson)에 따르면 美적인 것이란 이질적인 것들을
　　연결시키는 패턴에 대해 예민하게 감응하는 것이다. 그의 책(박지동 역), 『정
　　신과 자연』(까치, 1990), 18쪽.
20) "遊魂爲變, 無所不之." (「至樂」편 여길보 注.) 유혼과 정기의 개념은 이미 「계사
　　전」에 나오고 있음. "精氣爲物, 遊魂爲變."
21) 凡畵氣韻本乎遊心. 『圖畵見聞誌』, 「論用筆得失」.

하면서 개시한다. 이것을 노자는 홀황(惚恍. 14장)이라고 하였다. 홀황이란 있는 것 같기도 하고 없는 것 같기도 한 황홀한 모습이다. 그것은 헤아릴 수 없는 것이다. 그러한 헤아릴 수 없는 홀황을 신(神)이라고도 한다.[22] 그래서 「계사전」에서도 음양의 헤아릴 수 없는 모습을 신이라고 하고 있다(陰陽不測之謂神).

위의 논의를 토대로 <도식 1>을 보완하면 다음과 같다.

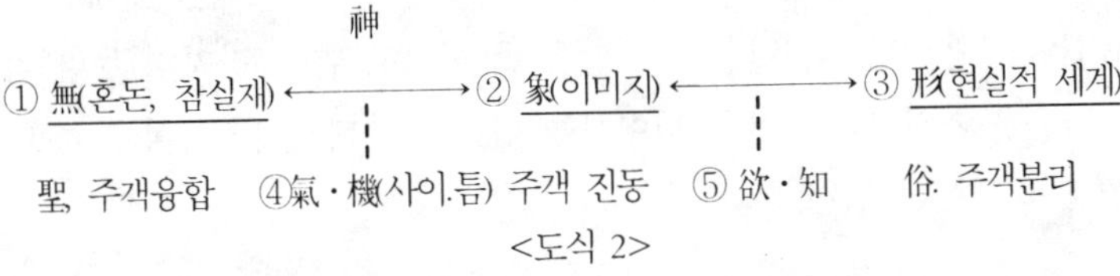

<도식 2>

<도식 2>에서 ④의 신(기)을 드러내는 것이 동아시아 미학의 요체다. 그림도 시도 이것을 드러내지 못하면 아무리 기교가 현란할지라도 하수가 되고 만다. 홀황, 황홀한 신을 드러내는 것을 고개지는 '전신(傳神)'이라고 하였다. 사혁(謝赫) 이후 동아시아 미학의 최대의 화두인 '기운생동(氣韻生動)'이란 바로 이 전신을 의미한다.[23] 요컨대 신을 드러내기 위한 방법이 관상·집상·취상인 것이다.

4-9.

노장에게 있어서 無는 언표를 넘어서는 것이다. 그러나 그것은 단지 무가

---

22) 神者恍惚. 『白虎通義』「性情」.

23) O. 시렌은 기운생동을 "생동적 정신의 공명과 생명의 운동", "예술가와 우주적 힘을 결합하면서, 물리적 형식에 생명·품격·의미를 부여하는 우주적·정신적 힘"이라고 규정한다. (토마스 먼로(백기수 역), 『동양미학』(열화당), 50쪽) 서복관은 서구의 학자들이 기운생동을 rhythmic vitality로 번역하는 것에 대해 매우 못마땅하게 생각한다. 그에 따르면 기운생동이란 바로 전신(傳神)이다. 그러나 신이 氣-幾를 통해 드러나는 무의 홀황한 율동이고 무란 참실재이며 일체 생명을 생명이게 하는 근거하고 본다면 시렌의 해석과 rhythmic vitality이라는 번역은 그리 틀린 것 같지 않다.

아니다. 무가 언표를 넘어서 있다는 것은 대상화할 수 없으며 주객이 융합되어 있다는 의미다. 그러므로 무는 형을 초월해 있는 것은 아니다. 오히려 무는 스스로를 무화시킴으로써 (언표, 개념화를 벗어남으로써) 일체의 형을 있는 그대로 긍정하게 하는 전환점(turning point)이다. 장자가 "빔(구멍)과 고요함으로써 천지에 밀고 나가 일체의 만물과 통(通)하게 한다"24) 라고 할 때, 바로 이것을 말하는 것이다. 즉, <도식 2>의 ②가 ④을 통하여 ①에 나아간다는 것은 또 다른 초월적 세계로의 비상이 아니라 다시 현상세계로의 되돌아가는 '열림'이다. 이 열림을 '깨달음(覺)'이라고 한다. 장자의 무란 바로 이 깨달음을 지시하는 기표를 넘어서는 기표이다. 따라서 <도식 2>는 다음과 같이 바뀌어야 한다.

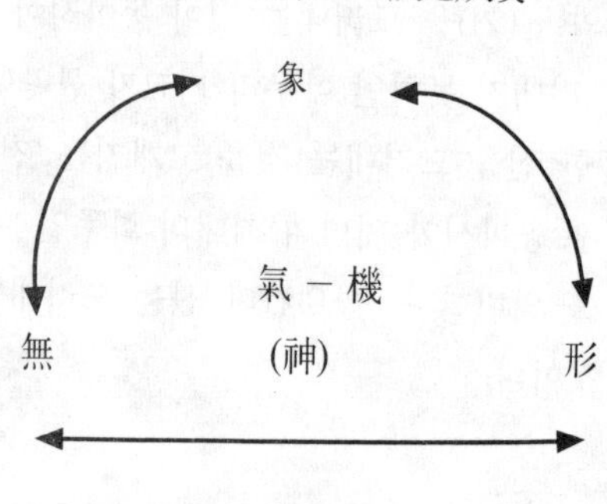

<도식 3>

그러나 깨닫기 전의 형의 세계와 깨달은 이후 형의 세계는 동일한 것이면서 동시에 다른 것이다. 깨닫기 전의 형은 틈과 사이와 구멍이 없는 고립되고 닫힌 형상일 뿐이다. 그것은 욕망에 의해 형성되는 자아라는 환상과 생성의 흐름에서 차단된 죽은 사물과 지식이 부딪치는(<도식 2>의 ⑤) 세계

---

24) 言以虛靜推於天地, 通於萬物, 此之謂天樂. , 「天道」. 李白이 「獨酌」에서 "술 석 잔에 대도와 통하고 / 한 말에 자연과 합한다(三盃通大道 / 一斗合自然)"고 할 때 '合'과 '通'은 노장의 심미 양식을 이어받고 있는 것이다.

이며, 죽음의 세계이다. 반면 깨달은 다음의 형의 세계는 틈과 구멍이 열림으로써 차단되고 고립된 것 일체가 기화 생동하는 생생불식의 율동 속으로 통합되는 세계이다. 이러한 통합을 장자는 화(和), 혹은 천화(天和)라고 한다. 화란 다름 아닌 장자가 찾고자 하는 '천지의 위대한 아름다움(天地大美)'이며 대도(大道)이다. 심미적 체험을 통해서 열린 천화의 세계가 장자의 세계다.

5.

이마미치 도모노부(今道友信)는 그의 『美論』(백기수 역, 정음사, 1977)에서 아름다움의 향수는 지성(知)의 성장에 상응한다고 말하고 있다. 이는 유홍준의 저 유명한 베스트 셀러 『나의 문화유산답사기』의 "아는 만큼 보인다"는 테제와 상통한다. 그러나 이 테제는 노장에게 오면 단호히 수정되어야 한다. 즉, 아는 만큼 보이는 것이 아니라 깨달은 만큼 보이게 된다. '아는 것(知)'과 '깨달음(覺)'은 매우 다를 뿐만 아니라 정반대의 방향일 수 있다. 아는 것은 주객이 분리된 가운데 일어나는 인식이라면 깨달음은 주객의 융합 속에 일어나는 심미적 느낌이다.[25] 4-1의 인용문에서 지와 이주, 끽후는 모두 아는 것의 양식이고 상망은 깨달음의 양식이라 할 수 있다. 아는 것은 구멍을 메우는 것이고 깨달음은 구멍을 넓히는 것이다. 노장의 미는 깨달음의 미다.

소동파(蘇東坡)가 그의 스승인 여가(與可)의 대나무 그림을 보고 지은 시는 이러한 주객융합의 깨달음을 잘 보여주고 있다.

여가가 대나무를 그릴 때(與可畵竹時)

---

25) 중국의 철학자 장대년(張岱年)은 말한다. "서양 철학가들은 아와 비아의 분별을 '나의 자각'으로 여겼으며, 중국 철학가들은 아와 비아를 융합하는 것이 '나의 자각'이라고 여겼다(김백희 역, 『中國哲學大綱 上』(까치, 1997), 39쪽)." 여기서 아와 비아의 구별은 인식이고 아와 비아의 융합은 깨달음이다.

　　대나무만 보고 사람은 보지 아니한다(見竹不見人)
　　어찌 사람을 아니 볼뿐이겠는가(豈獨不見人)
　　깜박 그 자신의 존재 마저 잊어버린다(塔然遺其身)
　　일신이 대나무로 화해 버리니(其身與竹化)
　　무궁히 솟는 청신함이여(無窮出淸新)
　　이 세상에 장주가 없으니(莊周世無用)
　　누가 이 그림의 정신을 알아주랴(誰知此凝神)

　　동아시아 예술에서 주객합일의 깨달음은 자연－예술가(감상자)－감상자를 관통한다. 대나무와 여가의 주객합일의 깨달음은 여가가 그린 대나무를 보는 소동파와 사이에서도 일어난다. 장종위앤의 다음과 같은 말은 이러한 과정을 잘 보여주고 있다. "선불교와 도가의 그림에 있어서 대나무의 직선 혹은 소나무의 비틀린 선은 단지 시각적 인상을 전달하거나 물리적 감각을 유발하는 것이 아니라 그들의 단순성과 직접성, 그들의 완전성과 운동은 그림(혹은, 대나무)으로부터 흘러나와서 우리의 내적 존재 속으로 관통한다(주객합일) …… 그리하여서 우리는 우리의 존재를 그 미(和) 속으로 던지고 그것과 함께 움직인다."[26] 이것이 노장의 '심미적 체험'이다.

5-1.

　　근대의 특징은 거칠게 말하면 두 가지이다. 첫째, 보이지 않는 것(구멍)을 망각하기. 둘째, 보이지 않는 것을 보이는 틀 속으로 불러와 편집하기이다. 이 둘은 모두 이성주의, 합리주의의 우산 아래에 있다. 이 둘 다 인식을 위하여 구멍을 메우고 있다. 첫째는 두말할 필요도 없이 합리주의의 일반적 특성이다. 우리는 이것을 '근대적 망각'이라고 불러도 좋으리라. 보이지 않는 면을 쪼개어서 보여주는 입체파나, 보이지 않는 것을 보이게 하는 폴 클레의 그림, 혼돈을 과학화하는 혼돈과학은 둘째의 경우에 해당된다. 그러나

26) Chang Chung-yuan, Creativity and Taoism, N.Y., Harper & Row(1970), pp.91~92.

노장의 철학과 동양화는 보이지 않는 것을 보이지 않는 채로 보여준다. 노장의 언어는 말할 수 없는 것에 대해 침묵하는 과학의 언어가 아니라 언어를 침묵으로, 침묵을 언어로(非言非默) 말한다. 동양화는 그릴 수 없는 것을 망각하거나 혹은 그릴 수 있는 형상으로 편집하여 그리는 것이 아니라 단지 여백으로 보여준다. 여백은 망각도 아니요, 형상화도 아니다. 여백은 깨달음의 자리다. 여백은 우주적 기와 무를 환기시킨다. 동양화의 여백이나 동아시아의 음악(특히 한국의 음악)에서의 여음은 노장 미학의 예술화라고 할 수 있다. 동양화의 여백에 대한 킴바라 세이고(金原省吾)의 다음의 주장은 필자의 주장과 별로 어긋나지 않는다.

 화면이 간소하다는 것은 화면의 상태에서 보면, 화면에 빈틈이 있다고 하는 것이다. …… 화면이 그 배후를 충분히 직관에 뒷받침되고 있는 경우에는 그 빈틈은 결코 오래 빈틈으로서 남아 있는 것은 아니다. 곧 배후인 직관에 의해 충전된다. 화면은 형체의 세계에서 결락을 가지면서 또한 뜻의 세계에 있어서는 긴장한다. 그러면 화면의 긴장성이란, 관조에 의하여 긴장된 화면의 빈틈의 성질이다. 이리하여 화면에 있어서는 전연 단편 영세한 모습이었던 것이 단편 영세한 인상을 우리들에게 주는 일없이 나타난 것을 더욱 풍부한 것으로 하고 그대로 받아들이게 된다. 거기에는 도리어 자유로운, 그리고 긴장으로 가득 찬 발생상태가 있다.[27]

5-2.

그림의 여백과 음악의 여음의 역할을 하는 것이 언어에 있어서는 역설과 생략이다. 우선 역설을 살펴보자. 노자의 '정언약반(正言若反 : 바른 말은 반대로 들린다)'과 장자의 조궤(弔詭 : 기이한 궤변)는 모두 역설의 형식을 의미한다. 장자는 자신의 말을 "종잡을 수 없는 큰소리와 터무니없는 말과 밑도 끝도 없는 언사"[28]이며 그래서 "평생 말을 해도 말하지 않은 셈이 되고,

---

27) 金原省吾(민병산 역), 『東洋美術』, 『동양의 마음과 그림』(새문사, 1978), 348쪽.
28) 以謬悠之說, 荒唐之言, 無端崖之辭, 「天下」.

평생 말을 하지 않는다 해도 침묵하고 있다 할 수 없는"29) 말이라고 한다.
장자의 말, 즉 역설은 말의 틈이며 구멍이다. 그것은 언어이면서 끝없이 언
어를 넘어서고 있다. 그리하여 역설은 여백과 여음을 발생시킨다. 서양의
문학(모든 문자 행위를 포괄하는 광의의 문학)이 애써 역설을 망각하거나
제거하여 엄밀한 논리에 이르고자 하였다면 동아시아의 문학은 역설의 창
조적 힘을 극대화시켜 왔다. 그 극단에 노장의 철학, 선(禪)의 화두, 선시가
있다. 禪이 국제 결혼한 노장의 적자라는 것은 이미 소문 날대로 소문난 스
캔달이다.

5-2-1. 최근의 많은 시인들에 의해 '환유적 글쓰기'가 공공연히 시도되고
있다. 은유가 가지는 동일성의 강조가 중심주의적 폭력으로 이어질 수 있다
는 점에서 환유는 중심 해체의 탈근대적 징후로 읽혀질 수 있다. 그러나 근
대를 욕망의 긍정과 확대 양식이라고 한다면 환유는 오히려 또 하나 근대의
문법인 것 같다. 라깡에 따르면 "욕망은 환유이다."30) 환유에는 틈이 없다.
끝없는 인접의 대체(displacement)31)만이 있다. 끝없이 돌아가는 필름. 근원
적으로 충족될 수 없는 욕망의 끝없는 환유적 대체(끝없이 미끄러지는 기
표)는 비워진 구멍(결여)를 메우기 위해 표류하지만 구멍은 결코 채워지지
않는다. 이 구멍이란 끝없는 갈증과 욕망의 편력의 뿌리다. 구멍을 결여로
전제하는 환유가 도달할 수 있는 곳은 파편화된 채 꿈틀거리는 욕망일 뿐이
다. 또한 이 구멍까지도 환유적 욕망의 대상으로 소유하려는 기획도 결국
실패하기 마련이다. 그것은 허무주의이거나 자살이 된다.

　　그러나 노장에게 있어서 이 구멍은 무의 자리이며 그것은 결여가 아니라

---

29) 言無言, 終身言未嘗言 ; 終身不言, 未嘗不言, 「寓言」.
30) Dylan Evans(김종주 외 역), 『라깡 정신분석 사전』(인간사랑, 1998), 441쪽.
31) 라깡은 프로이트의 응축, 대체와 야곱슨의 은유, 환유를 결합하여 은유적 응축
　　과 환유적 대체를 대비시킨다. 마단 사럽(김해수 역), 『알기쉬운 자끄 라깡』(백
　　의, 1996), 85~86쪽.

실재다.32) 무를 환유적으로 대체하는 것이 불가능할 때 은유의 회복이 요청된다. 은유는 환유의 운동을 지연시키면서 틈을 벌리고 무를 환기시킨다. 실로 무·구멍은 기표와 기표, 의미와 의미들이 소통하고 통합할 수 있는 통로다. 그리하여 다른 기표들과 소통하는 은유가 가능해진다. 은유에 이르지 못한 환유는 루시엥 골드만의 테제 "타락한 사회에 타락한 방식으로" 저항하는 하나의 방식이라기보다 타락한 사회에 타락한 방식으로 타락할 위험성을 가진다. 그러나 은유 역시 동일성을 통한 지배와 폭력의 위험성으로부터 자유롭지 못할 때 노장시학은 여기서 한 걸음 더 나아가야 한다. 구멍이란 비어있기 때문에 구멍 속에는 모든 구멍이 다 들어올 수 있다. 구멍을 실재로서 자각하고 껴안을 때 각각의 환유들이 가지는 각각의 은유로의 구멍은 서로 소통하고 융합된다. 그리하여 모든 구멍들이 한 자리에서 만날 때 한없이 옆으로 확산되는 환유의 직선은 구멍을 중심으로 하는 원을 이루게 된다. 이때 중심을 이루는 구멍은 권력적이지 않다. 왜냐하면 그것은 빈 것이기 때문이다. '빈 중심'이다. 비어 있지만 그것은 아무 것도 아닌 것은 아니다. 그것을 통하여 고립된 환유의 조각들은 전체와 소통하고 통합되기 때문이다. 여기에 차이성과 동일성이 동시에 작용한다. 빈 중심을 통하여 환유의 조각들은 개체이면서 동시에 전체로 연결되는 제유로 환골탈태를 하게 된다.33) 그리하여 환유는 세계 전체 혹은 우주 전체를 연결되는 제유

---

32) 노장의 '무'는 기표이면서 동시에 끝없이 스스로를 무화되는 기표, 끝없이 기표를 벗어나는 기표다. 그리하여 언어 너머에 있는 그 무엇에 닿는 것 같다. 언어를 넘어서 있는 것이 라깡의 실재계라고 할 때, 노장의 무는 상징계이면서 동시에 실재계라고 할 수 있겠다. 어쩌면 상징계와 실재계를 단절시키면서 이어주는 '사이'인가?

33) 환유와 은유, 제유를 비교 검토하고 유기론의 비유법이 제유에 해당함을 밝히고 있는 글로는 구모룡의 「한국 문학 비평과 유기적 전통」, 『한국문학논총 제20집』(1997. 6), 268~270쪽. 이 글은 그의 분석틀에 힘입고 있다. 4~5 「지락」 편의 생물 발생의 계보와 <도식 3>에서 보듯이 노장, 특히 장자의 세계관은 부분과 전체가 서로 상생·상극하면서 순환하는 전형적인 유기체(사이를 가진 몸)적 세계관이다.

적 상상력에 닿게 된다.

5-2-2. 노장의 역설이 언어를 넘어서 닿으려고 하는 것, 그리고 은유와 제유를 통해 열고자 하는 것, 그것은 우주적 무의 깨달음을 통해 직면하고자 하는 모종의 전체적 실상이다. 앞서 논의한 바에 따라 정리해 보자면 무에 이르기 위해서는 氣－幾를 거쳐야 하며 기의 홀황한 작용을 신이라고 한다. 여기서 우리가 기화 생동하는 기에 초점을 맞출 때 노장의 언어는 오늘날 생태주의·생태시와 만날 수 있고, 신에 초점을 맞출 때 정신주의·정신주의시와 이어질 수 있다. 그러나 생태주의와 정신주의가 본래 하나로 얽혀 있음을 알 때 우리는 온전한 노장의 정신에 닿을 수 있다. 왜냐하면 노장에 있어서 기는 이미 정신적인 것과 물질적인 것이 융합된 것이며, 장자에 의해서 정립된 술어인 '精神' 역시 미세한 물질이라는 의미를 가진 精과 신묘한 작용성을 의미하는 神이 결합된 개념이기 때문이다. 이것은 오늘날 심층생태학(deep ecology)의 상상력과 맞닿아 있다. 심층생태학을 심층생태학이게 하는 것은 바로 모든 존재들 속에 있는 영성(靈性)의 인정이다.[34]

5-3.

조지훈은 「시의 원리」에서 시 표현의 제1원리는 '생략'이라고 주장한다. 그의 말을 들어보자.

> 시 표현의 제1원리는 '생략'이다. …… 중략 …… 이러한 시의 형식적 본질인 단순성은 그 내용에다 '단면의 전체성'이라는 특질을 제약하는 것이다. 손바닥 위에서 세계를 보고 한 방울 이슬 속에 우주를 본다는 것은 이

---

34) 카프라는 심층생태학의 특징을 다음과 같이 규정하고 있다. "궁극적으로 심층생태학적 인식은 영적 또는 종교적 인식이다. 인간 정신이라는 개념이 각 개인들이 전체로서의 우주에 속해 있음을 느끼는 의식의 양식"이다.
F. Capra(김용정 역), 『생명의 그물』(범양사, 1998), 23쪽.

세상의 모든 생명의 완성된 모습은 그대로 소우주요, 개개의 태극이라는 것이다. 그러므로, 시가 몇 마디의 언어로써 완성된 언어요, 살아 있는 유기체라면 그는 혼돈과 복잡으로서 소재 그대로 방치된 것이 아니고 시인의 재창조를 통한 단순함의 설계로서 비약하면서 연락되고 나타난 이면의 무한 광대성을 간직하는 것이기 때문이다.[35]

여기서 '생략'은 틈을 넓히고 구멍을 들여다보는 일이다.[36] '단면의 전체성'은 제유적 상상력을 말하는 것이고 그것은 '이면의 무한 광대성', 즉 무를 환기시킨다. 생략은 홀황한 신을 드러내는 기법이다. 즉 생략이란 과도한 이미지 중독증의 환유를 벗어나 이미지가 가진 틈, 지속, 생생불식 기화하는 유기적 세계의 참모습, 즉 '이면의 무한 광대성'을 드러내는 관상·취상의 기법이다.

5-4.

조지훈의 다음 시를 보자.

木魚를 두드리다
졸음에 겨워

고오운 상좌아이
잠이 들었다

부처님은 말이 없이

---

35) 조지훈, 「시의 원리」, 『조지훈 전집 3』(일지사, 1973), 58쪽.
36) 이러한 생략이 가능하기 위해서는 대상을 멀리서(遠) 관조해야 한다. 근대 과학의 눈은 대상을 가까이서 뜯어보는 것이다(현미경이 가지는 과학적 의의를 생각해 보라). 반면 郭熙는 동양화에서 산수를 보는 방법으로 三遠法(高遠, 深遠, 平遠)을 제시한다. 멀리서 봄으로써 구멍과 형상의 전체를 동시에 볼 수 있게 된다. 근대 문명을 근시의 문명이라고 한다면 근대 이전의 동아시아의 문명은 원시의 문명이다. 근시는 근대의 한 코드다.

웃으시는데

西域 萬里길

눈부신 노을 아래
모란이 진다

—「古寺1」 전문

이 시에는 고립된 이미지들은 하나도 없다. 모든 이미지들은 구멍 투성이의 이미지들이다. '木魚'와 '상좌아이' '부처님' '노을' '모란' 등의 기표들은 자기동일성을 유지할 내용들이 극도로 생략되어진 구멍 속에서 서로 침투되고 있다.[37] 그리하여 전체적인 '정적'의 분위기를 형성한다. 마지막 연의 "모란이 진다"는 이러한 구멍들이 단순한 사실적 이미지를 벗어나서 은유의 차원을 열게 하고 나아가 선적 적멸이나 노장적 무를 환기시킨다. 우주적이고 선적인 적멸에 대한 떨어지는 모란의 관계는 일종의 제유적 관계에 있다. 모란(부분)에서 선(전체)에로 열리게 해주는 것이 구멍들이 모여진 빈 중심이다. 이러한 구멍을 만드는 또 하나의 중요한 요인은 화자(자아)의 소멸이다. 소동파가 여가의 대나무 그림에서 느낀 것을 여기서도 느낄 수 있다. 화자는 주객융합을 통해 대상 속으로 스며든다. 그리하여 서경과 서정이 합일된다. 정신과 물질이 상호 침투한다. 이 속에서 '무궁한 청신함'이 솟는다.

5-5.

그러나 오늘날 노장의 미학이 새롭게 조명될 이유가 있다면 그것은 서정의 회복이다. 서정이란 본질적으로 생명(주체, 나)과 생명(객체, 너 그러나 또 나)이 틈과 구멍 속에서 감응하여 일어나는 율동이다. 생명과 생명이 감응하여 공명할 때 생명력은 증폭된다―양의 피드백, 상생. 전신의 '신'과 생

---

[37] 이 시에 대한 이해는 권택우의 「동양화법으로 본 지훈시 연구」, 『부산대 석사 논문』(1987)에 많이 힘입고 있다. 44~45쪽.

태학의 '영성'이란 생명과 생명의 공명 속에서 일어나는 춤이다. 그러나 서정의 회복이란 것이 「古寺 1」과 같은 시의 단순한 재생산에 있는 것은 아니다. 왜냐하면 지금은 생명이 더욱 파괴된 세계, 더욱 가난해진 시대이기 때문이다. 이 시대는 보다 적극적인 생명성, 생태학적 상상력, 영성을 요구한다. 이러한 것들은 이 시대의 상처들을 상처투성이인 채로 껴안을 수 있어야 한다. 해체된 환유들을 껴안을 수 있는 보다 깊어지고 넓어진 은유의 구멍이 요구된다.[38] 장자의 무가 가지는 놀라운 해체적 파괴력과 동시에 무한한 긍정에로 열리는 긴장, 은유를 통한 제유의 깊이 속에, 그 텅 빈 중심에 우리의 언어들을, 우리들의 이미지를, 우리들의 상처를 춤추게 해야 한다.

6.

"손가락을 가지고
　손가락이 손가락 아님을 손가락질 하는 것은
　손가락이 아닌 그 무엇을 가지고
　손가락이 손가락이 아님을 손가락질 하느니만 못하다.
　…… 중략 ……
　천지는 한 손가락이다."[39]

---

38) 최근 황지우 등이 해체시에서 선시, 산수시에로 선회하고 있지만, 역의 방향으로 노장적 산수시의 미학이야말로 해체와 환유를 수용하면서, 그 황량하게 떠도는 상처난 욕망에 틈과 구멍과 사이를 열고, 은유와 제유의 깊이를 부여해 들어가야 하지 않을까?

39) 以指喩指之非指, 不若以非指喩指之非指也. …… 天地一指也, 「제물론」.

문학의 본질과 여성성

정 효 구*

1.

나는 다음과 같은 몇 가지 물음을 먼저 제기한 후 이 글을 시작하고자 한다. 첫째, 가장 바람직한 인간사와 우주사의 모습은 어떤 것인가. 둘째, 여성성(陰, feminity)과 남성성(陽, masculinity)의 본질은 무엇이며 이 양자는 어떤 관계에 있는 것인가. 셋째, 남성성이 득세하는 우리 시대에서 여성성의 가치는 무엇이며 그것은 어떻게 회복되어야 하는 것인가. 넷째, 문학의 본질은 여성성과 어떤 관계에 있으며 이와 관련하여 문학은 우리 시대에서 바람직한 인간사와 우주사를 위해 어떤 역할을 담당할 수 있고 또 담당해야만 하는 것인가.

이와 같은 물음은 매우 원론적일 뿐만 아니라 아주 거창한 것이어서 사실상 이 짧은 지면 속에서 충분하게 논의되기도 어렵거니와 나 자신의 능력에 비추어 보더라도 해결하기가 힘겨운 문제임에 틀림이 없다. 그럼에도 불구하고 앞에서 제기한 물음들은 최근 들어 더욱더 나의 머리 속에서 떠나지 않는 한 가지 중요한 주제임을 고백하지 않을 수 없다.

나는 앞에서 제기한 문제들을 탐구하는 데 동양의 고전 중의 고전인 『周易』의 사상과 원리, 『中庸』의 사상과 원리, 『道德經』의 저자인 노자의 사상

---

* 문학평론가, 충북대 교수

과 원리, 龍樹가 개진한 中觀論의 사상과 원리에 크게 도움을 받았다. 그리고 이와 더불어 20세기에 접어들면서 데카르트적이며 뉴턴적인 세계관을 극복하거나 보충하고자 나타난 서양의 소위 신과학 사상가들의 이론, 이를테면 아인슈타인의 상대성이론으로부터 닐스 보어, 루이드 브로이, 에르빈 슈뢰딩거, 베르너 하이젠베르크 등의 전자기장 이론과 양자역학 이론, 그리고 동서를 통하여 지속돼 온 사상이면서도 특히 근대에 이르러 약화되었다가 다시 최근 들어 그 가치가 재조명되고 있는 이른바 유기체 사상에서 나는 커다란 시사점을 발견하였다. 아마도 눈치 빠른 독자라면 방금 언급된 사상과 이론과 원리들이 서로 상이한 시간과 공간 속에서 나타난 것임에도 불구하고 어떤 공통성을 지니면서 함께 우주사와 인간사 속에 내재한 참다운 진실을 바르게 인식하고자 했는지를 짐작할 수 있을지도 모른다.

2.

우주는 하나의 거대한 유기체이다. 뿐만 아니라 우주를 구성하거나 우주 속에 내재하는 모든 크고 작은 존재들도 그것이 어떤 것이든지 간에 모두가 그 나름의 유기체로 살아간다. 그것은 자연이나 생물뿐만 아니라 인간이나 우리가 무생물이라고 분류해 왔던 존재까지도, 인간이 인위적으로 만들어 낸 역사나 사회까지도 일체가 유기체로서의 삶을 살아간다는 의미이다. 요컨대 유기체는 그것의 크기나 종류에 관계없이 지극히 작은 것에서부터 다른 한 쪽의 극단에 놓여 있는 것까지 각자가 하나의 온전한 유기체로 실재하면서도 또한 서로가 결합된 또 다른 형태의 무수한 유기체로 무한하게 관계를 맺으면서 무한한 양태로 살아간다. 그러고 보면 극미의 존재인 양자나 중성자나 전자로부터 극대의 존재인 거대 우주에 이르기까지 이들 모두는 그 나름의 유기체인데 이 속에 존재하는 일체의 유기체들은 이처럼 일면 독자적인 유기체로 자신들의 실존을 유지하면서도, 무수하게 얽힌 관계의 그물 속에서 또다시 크고 작은 다른 유기체의 구성원이 되어 마침내는 거대 우주라는 어마어마한 전일적 유기체 속에 그 실존을 뿌리내리고 있는 것이다.

그러나 우주사나 인간사 자체의 근본적 원리가 마치 빛조차도 입자와 파동으로 이루어졌듯이 끝도 없는 역설과 모순과 아이러니로 이루어졌기 때문에 유기체로서의 우주적 존재들은 그것이 무엇이든지 간에 이 역설적이며 모순적이며 아이러니컬한 운명을 받아들일 수밖에 없다. 더욱이 우주사 속의 모든 유기체들은 극미의 실재부터 극대의 실재에 이르기까지, 그것이 어떤 것이든지 간에 서로가 서로를 소외시키고 밀어내면서도, 또한 서로가 서로를 필요로 하고 서로를 끌어당기는 양면적 속성을 함께 지니고 있기 때문에 결코 이 해결하기 어려운 운명적 조건을 어떻게 수용하고 어떻게 극복하며 어떻게 조화시킬 것이냐 하는 데에 최대의 관심이 있다. 외형적으로 나타난 남자와 여자, 안과 바깥, 하늘과 땅, 물과 불, 인간과 자연, 직선과 곡선, 중심과 주변, 집단과 개인, 과학과 신화, 고체와 기체, 큰 것과 작은 것, 탄생과 죽음, 위와 아래, 희극과 비극, 발과 머리 등과 같은 뚜렷한 대립 쌍들이 서로 간에 서로를 소외시키면서 서로를 필요로 하는 양가적 관계인 것은 물론, 눈으로 식별할 수 없는 이성과 감성, 권태와 활기, 주관과 객관, 이념과 실재, 심리와 생리, 고통과 해방, 적극성과 소극성, 논리와 경험, 합리와 감성, 진술과 침묵, 인위와 영감 등과 같은 주관적이며 내재적인 실상들도 역시 서로 마찬가지의 양가적 관계 위에 놓여 있다. 뿐만 아니라 이들 내외적인 실체나 실상 하나 하나를 온전한 유기체로 독립시켜 놓을 경우, 이들은 그러자마자 그 몸 속에 또 다른 차원이나 관계에서의 음양의 요소 내지는 플러스적인 요소와 마이너스적인 요소, 긍정적 요소와 부정적 요소를 함께 구유하고 있음이 드러난다. 한 가지만 예를 들자면 합리와 감성이라는 대립적인 관계를 살펴 볼 때, 근대의 총아로 군림하게 된 합리라는 실재 그 자체도 음양의 양면적 속성 혹은 긍정과 부정의 양면적 속성을, 이와 외형적으로 대비되어 구시대적이며 전근대적 산물로 뒤떨어진 것처럼 대접받는 감성이라는 실재 역시도 이와 같은 양면적 속성을 이미 그 자신의 몸 속에 공유하고 있다. 따라서 거대한 우주사는 물론 그 속의 크고 작은 일체의 우주적 유기체들은 마치 뫼비우스의 띠나 우로보로스의 원형처럼 안과 밖을 한몸에 지니고 있을 뿐만 아니라 안과 밖이 서로 대립되면서도 서로가 전일성의 세계 속으로 이어지는 이른바 모순의 일치 내지는 반대의 일치라는 우주적 운명의 아니러니를 수용할 수밖에 없다.

그러고 보면 우주사나 그 속의 삼라만상들은 자기 중심적인 단독체로서, 조화를 추구하는 유기체의 전일적인 관계로부터 분리되어 나가려는 원심적인 속성과, 이 자기 중심적인 단독체로서의 고독감과 소외감을 견디지 못하고 전일적인 공동체의 관계 속으로 편입되려는 구심력의 이원적 속성을 함께 지니고 있는 셈이다. 뿐만 아니라 그밖에 이들의 삶과 그들 속에 내재하거나 그들 사이에서 발생하는 무수한 실상과 실재들 역시 어느 것도 절대적인 한쪽이 아닌, 이른바 음양의 양면적 속성, 곧 긍정과 부정의 이원적 속성을 함께 간직하고 있는 셈이다. 이것을 주역의 원리로 설명해 보자면 우주사와 우주 속의 삼라만상들은 마치 태극의 원형 속에 음양의 씨앗이 함께 들어 있듯이 태초부터 이 양자의 대립적이며 상보적인 속성을 함께 지니고 있는 셈이며, 태극의 음양이 분화되어 이 세상에 나타난 다양한 개체적 실체들은 앞에서 말한 바와 같이 서로가 타존재를 자기 중심적인 이기성에 의하여 배격시키고 소외시키면서도, 서로가 한몸이 되었던 태극의 세계를 그리워나 하듯이 서로를 필요로 하며 하나의 공생공존의 장을 만들어 가는 셈이다. 따라서 우리가 살고 있는 이 우주나 인간사는 물론 그 속의 모든 크고 작은 우주적 실체들은 적자생존이요, 자연도태라고 불리는 자기 중심성의 대립적 원리와, 공생공존이요 공생공영이라는 관계 지향적인 조화의 원리 사이에서 갈등을 일으키면서도 이 양자를 균형있게 결합시켜 보려는 열망 속에서 살아가는 셈이다.

어쨌든, 우주사와 인간사와 삼라만상이 지닌 문제의 핵심은 이 우주사와 인간사와 삼라만상 속에 무수한 양태와 다기한 얼굴로 내재해 있는 음양의 역설적이며 모순적인 운명적 조건을 어떻게 풀어 가느냐 하는 데에 놓여 있는 것이다. 따라서 서로가 갈등을 일으키고 대립을 형성하면서도 서로를 필요로 하고 서로 간에 조화를 꿈꾸는 이 우주사의 비밀스러운 원리를 인식하고 이들의 움직임과 이들의 흐름을 주시하면서 바람직한 세계관과 삶의 양태를 모색하는 일이 우리에게 필요하다.

우주사는 노자의 말처럼 차별이 없고 무정(無情)하다. 그것은 선도 아니고 악도 아니다. 그들은 그저 이 우주사의 모순과 역설을 수용하면서 건강한 균형과 조화의 상태를 추구하고자 할 뿐이다. 그들이 추구하고자 하는 조화와 균형의 상태란 공시적인 차원은 물론 통시적인 차원에서, 극미의 차원으로부터 극대의 차원에 이르는 모든 곳에서, 순간의 차원으로부터 영원의 차원에 이르는 모든 시간 속에서, 그 나름의 정지하지 않는 역동성을 바탕으로 하고 있다. 그러나 유기체란 기본적으로 균형과 조화를 최고의 이상으로 삼고 있는 것임에도 불구하고 실질적으로는 다양한 내외적 환경 속에서 이 균형과 조화를 상실할 때가 너무나 많다. 그것은 바로 주역 속의 64괘가 상징적으로 시사해 주듯이, 조화와 균형을 완벽하게 이룩한 상태보다는 오히려 부조화와 갈등을 몸 속에 지니고 살아가는 경우가 우리의 세계 속에 훨씬 많기 때문이다. 하지만 유기체는 이처럼 부조화와 갈등의 연속 속에 놓여 있기 때문에 오히려 역설적으로 조화와 균형을 추구하며 생의 에너지를 가동시킬 수 있는 것이니 얼마간의 부조화와 갈등이란 새로운 형태의 균형과 조화의 상태를, 마치 매번 거듭난다는 중생의 원리처럼, 새로이 창출할 수 있는 하나의 동기가 되기도 한다.

따라서 역동적인 유기체의 움직임 속에는 절대적인 희극도 절대적인 비극도 존재하지 않는다. 그들은 끊임없이 그 속에 음양의 양면적 속성을 함께 구유하며 부조화와 갈등 속에서 조화와 균형과 화합을 꿈꾸고, 역으로 조화와 균형과 화합 속에서는 갈등과 부조화를 예견하며 움직일 뿐이다. 그리하여 양이 극에 달하면 음이 일어나기 시작하고 음이 극에 달하면 양이 생기하기 시작한다. 이러한 원리를 담고 있는 주역에서는, 음양오행과 64괘의 원리를 통하여 절대적인 좌절도, 절대적인 환희도 아닌, 그러나 그 속에 기본적으로 낙관적인 세계관을 간직한 채, 우주사에는 비밀스러운 움직임이 있다는 것을 우리에게 탁월한 지혜로 전해준다.

그렇다면 우주사의 한 부분이며 유기체적 속성을 지닌 인간들은 위와 같은 원리에 입각하여 움직이고 있는 우주사 속에서 어떻게 살아가야 하는 것일까. 분명 우주사 자체가 하나의 거대한 유기체라면, 그리고 인간들이 바로 그 우주사라는 유기체의 일부분이라면, 인간들은 그들이 원하든 그렇지 않든 간에 이 우주사의 원리와 흐름에 맞추어서 살아가야 마땅하다. 그뿐만 아니라 우주사라는 유기체의 구성원이면서 그 자신 또한 유기체의 하나인 인간들의 사회 역시 이 우주사의 원리나 흐름으로부터 벗어날 수는 없다. 더욱이 인간들이 만든 사회 역시, 그것이 비록 얼마간은 인위의 산물이라 할지라도 그것 또한 이처럼 유기체에 다름 아니라면, 인간 사회나 인간의 역사 역시 유기체적인 우주사의 원리로부터 벗어나기 어렵다. 그렇다면 문제는 자명하다. 인간들은 기본적으로 그들이 유기체적인 우주사의 구성원이면서 그들은 물론 그들이 만든 사회 역시 유기체라는 사실을 인식하고 유기체의 기본적인 원리를 존중하며 그들의 삶을 살아가야 하는 것이다. 결국 절대적인 좌절의 세계로도, 그렇다고 절대적인 환희의 세계로도 무작정 떨어지거나 솟구치지 말 것, 그렇지만 유기체로서의 우주사와 그 구성원인 개인적 실재에 대하여 담담한 낙관적 비전을 기본적으로 갖고 끊임없이 유기체가 희구하는 조화와 균형과 화합의 경지를 지향할 것, 이것이 바로 유기체의 운명을 지닌 모든 존재들이 보여주어야 할 삶의 진실 중의 하나이다. 더욱이 이것이야말로 인간에게는 일종의 강력한 책임 사항이자 의무 사항이다.

따라서 유기체의 가장 이상적인 상태는 역동적인 균형과 조화가 이룩된 상태라고 말할 수 있는데, 이것은 모든 유기체가 궁극적으로 추구하는 도달점이기 때문이다. 물론 앞에서도 말한 바와 같이, 우주사 속의 삼라만상은 그 모든 실체들이 서로를 소외시키며 자신만을 독단적으로 보존하고 확대시키려는 자기 중심성과, 그러면서도 서로를 필요로 하지 않고는 살아갈 수 없는 관계 지향적이고 공생공존적인 측면을 함께 가지고 있다. 따라서 이들 사이의 참다운 균형과 조화가 이룩되기란 여간 어려운 일이 아니다. 그렇지만 모든 유기체들은 적어도 이와 같은 상태를 가장 근원적인 차원에서 그리워하며, 그러한 상태에 도달했을 때에 비로소 유기체는 최고의 아름다움을 드러낸다. 그것은 유기체 하나하나는 물론 우주사 전체가 하나의 전일적인 시스템 속에서 상호작용하기 때문이다.

3.

그렇다면 이런 논리에 비추어볼 때, 우리가 살아가고 있는 이 시대는 어떤 실상을 드러내고 있는 것일까. 한마디로 말하여 우리가 살아가고 있는 이 시대는 조화와 균형이 파괴된 기형의 시대라고 이야기할 수 있다. 그것은 우리가 살고 있는 이 시대야말로 인류가 문명을 건설한 이래 그 어느 때보다도 심각하게 이 균형과 조화가 와해된 시대이기 때문이다. 더욱이 이와 같은 조화와 균형의 파괴는 우주사 속의 다른 존재들에 의하여 저질러진 것이 아니라, 바로 우주적 달력 속의 아주 먼 끄트머리에서 태어났을 뿐만 아니라 그 우주사 속의 지극히 작은 숫자에 불과한 인간이라는 존재에 의하여 비롯된 것이다. 인간이야말로 우주사적 차원의 유기체이면서도 그것을 아주 빈번하게 망각하고 그 우주사적인 전일성의 이런 시스템으로부터 튕겨져 나가 독자적인 인간 혹은 신에 버금가는 영장임을 주장하는 가운데 그들스스로가 세계를 만들어 낸다. 아니 최근에 접어들면서는 아예 그들 자신을 신 중에서도 최고의 신으로 또는 신보다도 우위에 있는 존재처럼 승격시켜 놓고 우주사 속의 폭군이나 절대적인 창조주처럼 우주를 지배하고 파괴하는 것은 물론 우주까지도 재창조할 수 있다고 만용을 부리고 있다. 물론 모든 유기체는 그것이 거대한 우주이든, 그 속의 개개의 삼라만상이든 간에, 그것 자체가 유기체의 속성을 지닌 이상 얼마간의 부조화와 불균형은 당연한 것이고, 또 그와 같은 불균형과 부조화는 균형과 조화에 도달하기 위한 하나의 과정이며 유기체의 역동적인 움직임을 반영하는 것이기도 하다. 그러나 유기체는 그것이 회복 불가능할 정도로 부조화나 불균형이 심각해지면 그만 영원한 죽음을 향하여 치닫거나 이 우주 속에서 사라질 수밖에 없다. 더욱이 이들의 죽음은 전일성의 관계적인 그물로 얽혀 있는 우주사 속의 다른 존재에게도 치명적인 연쇄반응을 일으키게 되는 만큼 결코 간과하기 어려운 심각성을 지닌다고 할 수 있다. 그러니까 타인은 나에게 지옥 같은 존재라고 하지만, 실은 타존재야말로 나에게는 천당과 같은 존재이기도 한 것이다.

어쨌든 우리가 살고 있는 이 시대는, 우선적으로 인간들의 창조물인 인간 사회가 엄청난 불균형과 부조화 속에서 허덕이고 있는 시대이며, 이 인간 사회의 부조화와 불균형 때문에 우주사적 차원의 유기체(이를테면 물, 공기, 불, 흙 등)까지도 근원적인 혼란과 불균형과 부조화 속에서 신음하고 있는 시대이다.

그렇다면 무엇 때문에 우리가 살고 있는 이 시대의 인간 사회는 물론 우주사 전체가 이토록 심각한 불균형과 부조화 속에서 유기체로서의 건강성을 상실하게 된 것일까. 특히나 인간 중심주의의 산물인 산업화와 인간의 무한한 욕망에 기초하여 탄생한 자본주의가 진행된 이른바 근대에 접어들면서, 이와 같은 부조화와 불균형은 유사이래 최고의 수준에 도달해 있거니와, 그 책임의 모두는 바로 인간 중심주의 이데올로기에 중독된, 극도로 이기적인 너와 나, 곧 우리 인간에게 있는 것이다. 인간이란 어떤 존재인가. 앞에서도 말했듯이, 이 우주사 속에서 인간은 전일적인 우주사적 차원의 거대 유기체에 속한 존재이면서도, 사실상은 이것을 거부하거나 부정하면서 인간만을 위한 인간 중심의 삶을 만들고자 그로부터 언제라도 떨어져 나오려고 하는 존재이다. 바꾸어 말하자면, 인간이란 넓은 의미의 자연이면서도 자연이 아닌 존재가 되어 스스로 자신들을 우주로부터 소외시킬 뿐만 아니라 그들 자신이 먼저 자연을 소외시켜 가면서 그같은 자연과 투쟁적이며 대립적인 관계 속에 자신들의 위치를 설정한 존재이다. 그러나 인간이 자연이면서 자연이 아니라는 이 역설적 존재의 참뜻을 인식하지 못하고 인간만을 위한 인간의 왕국을 만들어 나아간다면, 인간들은 그들에게 닥쳐오는 불균형과 부조화 때문에 더 이상 바람직한 삶을 살아가기가 어려울 것이다. 어쨌든 나는 인간이 자연이면서 자연이 아니라는 이 역설적 사실을 인간들이 지혜롭게 인식하지 못한 점을 지적한 셈이다. 더욱이 그 중에서도 그들 자신이야말로 무엇보다도 우주사 속의 겸허한 자연이 되어야 함에도 불구하고 그 대신 그들을 완전히 자연으로부터 분리시킴으로써 인간 중심의 사회를 단독으로 만들어 나갔다는 사실, 다시 말하면 우주 속에서 이러한 자신들을 자연은 물론 신보다도 높은 위치로 격상시켰던 사실 때문에 마침내 인간사의 불균형이 초래되었다고 말한 셈이다.

결국 인간들은 기독교적 의미에서나 실존주의적 의미에서의 자유의지니, 데카르트적 의미에서의 생각하는 기능이니, 에리히 프롬적 의미에서의 열정(정신적 욕망)이니, 낭만주의적 의미에서의 제2의 창조 정신이니 하는, 인간들만의 고유한 정신적 특성으로 인하여 그들을 유기체로서의 우주적 전일성의 균형잡힌 세계로부터 떨어져 나오게 만들었던 것이다. 그러면 이와 같은 인간들만의 독특한 정신적 본성은 어떤 성향을 지니고 있는 것일까. 에리히 프롬도 인간의 정신적 본성이라고 불리우는 열정의 위험성을 지적하였지만, 바로 이 정신적 욕망은 끝도 없이 자기 중심성 내지는 이기적 관성에 지배를 받으면서 마치 바벨탑을 쌓아 하늘에라도 도달하려는 듯한 기세로 이기심의 충족을 위하여 질주하거나 솟구친다. 말하자면 그들은 자기 중심성의 이기적인 마력에 홀려서 자기자신이 속해 있는 전일적인 유기체가 실상은 자기 자신의 몸인지도 모르고 그곳을 향하여 공격하거나 도전한다. 따라서 이런 결과로서 전체적인 유기체의 구조에 이상이 오는 것은 물론, 그것을 공격하고 이용하며 끝도 없이 그것에 도전했던 인간 자신마저도 불균형 속에서 허덕이는 비극적 상황을 맞이하고 말게 된 것이다.

인간사는 앞에서도 지적했듯이, 인간 중심주의인 욕망의 끊임없는 확대사라고 말할 수 있다. 더욱이 신 중심주의로부터 인간 중심주의로, 자연 중심주의로부터 인간 중심주의로, 자아 발견으로부터 자아 팽창이나 자아 우월감으로, 인간의 발견으로부터 人間神의 발견으로 인류사가 전변되면서, 그야말로 인간사는 인간의 정신적 욕구(이것은 생리적 욕구와 구별된다)를 더욱더 충족시키고 확대시키는 방향으로 전개되어 온 게 명백한 진실이다. 인간의 이와 같은 정신적 욕구는 그 자체로 본다면 선도 악도 아니다. 그렇지만 그것은 끊임없는 이기적 욕구에 의하여 움직이거니와, 사실상 그것의 통제란 지극히 어렵다. 따라서 나는 인간을 '이기적 동물'이라고 규정짓는다. 그것은 이기적 욕구 그 자체는 앞서 말한 것처럼 역시 선도 악도 아니지만, 이 이기적 욕구야말로 인간의 삶 전체를 추진시키는 원동력이라 생각되기 때문이다.

그러고 보면, 이 시대의 우리들의 인간사는 물론 우주사 속에서 불균형과 부조화가 가져다 주는 고통을 끌어안고 신음하는 것은, 바로 이 이기적 욕구를 통제하거나 다스리지 못한 데 그 원인이 있다고 보아야 할 것이다. 이기적 욕구, 그것은 인간이라는 존재를 살리는 근원이면서 동시에 인간이라는 존재를 파괴시키는 양면적인 야누스의 얼굴을 하고 있는 것임에도 불구하고, 참으로 우주 속의 최고 영물이라고 자처하는 인간들은 이 사실을 제대로 인식하며 자신들을 통제할 만큼 지혜롭거나 똑똑하지 못하다. 이것이 인간의 비극이다.

따라서 지금까지 인류사는 인간들의 이기적 욕구를 충족시키는 방향으로 전개되어 왔다. 인간들은 자신들의 이기적 욕구가 충족될수록 인류사는 발전할 것이고, 그러한 욕구의 충족은 무한대의 차원에까지 직선적으로 발전하며 계속될 것이라고 믿어버렸다. 아니 그렇게 믿고 싶어했으며 지금도 그렇게 믿고 싶어한다. 그렇지만 유기체로서의 우주사는 어느 하나만을 편애하여(그것이 비록 인간이라 할지라도, 기독교 성서에서 아무리 인간을 신이 만든 최고의 피조물이라고 추켜세워도) 그것만이 자신의 이기적 욕구를 무한대로 충족시키게끔 놓아두지 않는다. 앞에서도 말했듯이, 우주사는 차별이 없고, 무정하다. 그것은 우주사 속의 모든 유기체가 이기적 욕구에 따라 움직일 수밖에 없도록 운명지워져 있음에도 불구하고, 어느 하나나 몇

종류만의 이기적 욕구를 특별하게 무한히 충족시키도록 그냥 두지 않는 것이다. 따라서 우주사 속의 모든 유기체는 자신의 이기적 욕구를 확대시키거나 충족시키면서도 그것을 축소시키거나 통제할 수밖에 없는 양면적인 상황에서 살고 있다. 그러나 이런 가운데서 인간만은 그들이 선택된 존재라는 그릇된 자만감을 갖고 그들의 이기적 욕구를 무한대로 충족시키는 것이 인류사의 발전이고 인간들의 특권이며, 그것에는 한도가 없는 것일 줄로 오해하고 있다. 이런 오해는 특히 이른바 근대에 접어들면서 더욱 팽배해졌다.

하지만 우주사나 인류사가 직선적 발전의 길을 가고 있다는 역사관이나 시간관은 시간의 본질에 대한 매우 부분적인 주장이거나 소박한 주장에 불과하다. 그것은 우리가 정말로 양면적이고 역설적인 우주사나 인간사의 실상을 직시한다면, 다음과 같은 몇 가지 시간관을 상정해 볼 수 있기 때문이다.

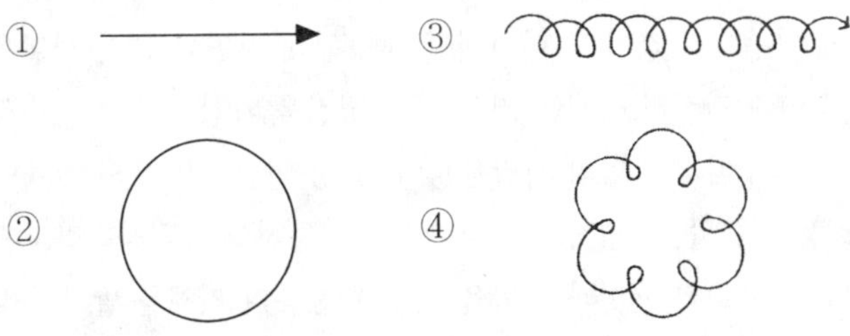

나는 위의 네 가지 시간관 중에서 어느 것이 참인지 확신할 수 없다. 다만 한 가지 이야기 할 수 있는 사항은 이들 네 가지 형태의 시간관을 볼 때, 직선과 곡선 혹은 직선과 원형은 서로가 대립된 것처럼 보이지만 실은 직선 속에 곡선(원형)이, 곡선(원형) 속에 직선이 함께 포함돼 있다는 사실이다. 따라서 직선과 곡선은 서로 대립된 두 실체라기보다 하나의 전일성 속에 얽혀 있는 유기체적 시간 속의 양면이다. 그러므로 이들 사이에는 서로 반목하는 듯한 속성도 물론 존재하지만, 우리에게는 이들을 상호 보충하면서 근본적으로는 균형과 조화를 이룩하는 관계로 파악하는 일이 요구된다. 다시 말하자면 이 시대의 인간들은 그들의 단견 속에 각인되어 있는 직선적 시간 관의 절대성을 지양하고, 그것을 전일적인 차원에서 곡선과 함께 조화롭게 인식하는 일이 필요하다. 이와 관련시켜 생각한다면, 인간들은 그들의 이기 적인 욕구가 무한히 온전하게 충족될 수 있을 것이며, 마침내는 인간들만의 이기적인 유토피아에 도달할 수 있을 것이라는 꿈을 수정해야 한다. 그렇지 않고서는 인간 사회는 물론 그들이 함께 관련을 맺고 살아가야 할 통일장으 로서의 유기체적인 우주까지도 균형과 조화를 상실하게 될 것이고, 더 이상 인내심과 자생적인 회복력에 한계를 맞이하게 된 우주적 유기체는 어느 날 인간들을 그들의 통일장으로부터 암적 세포를 수술해내듯이 단호하게 전지 해 버리는 날이 올지도 모른다.

주역은 구조주의적인 접근 방법의 한계를 얼마간 안고 있기는 하지만, 우 주사의 역사적 원리와 이들 사이의 관계를 가장 탁월하게 간파한 고전이다. 이에 따르자면 우주사는 물론 인간사 전체는 모두가 음양의 양면성이 함께 공존하도록 이루어진 장이다. 이렇게 볼 때, 원래 자연이 음의 성질을 가졌 다면 인위적인 인간사라고 하는 것은 양의 성질을 가진 것으로 상대적 구분 을 해볼 수 있다. 따라서 양의 성질을 갖고 있는 인간들은 음의 실재인 자연 사와 어느 정도까지는 운명적으로 길항하고 갈등하고 대립하더라도 근본적 으로는 그들과 조화와 균형과 화합을 이루는 중용의 지혜를 발휘해야 한다. 그런데 현실은 어떠한가. 인간들이 양의 성질만을 외곬으로 발현시킴에 따 라 마침내 음의 성질을 지닌 자연과의 조화가 파괴되어 버렸고, 양의 성질 을 지닌 인간들은 음의 성질을 지닌 자연을 경멸하거나 이용하거나 무시하 는 삶을 살아가면서 그들 위에 군림하고 말았다. 결국 이 시대의 자연과 인 간 사이에 균형과 조화가 파괴된 것은, 인간들이 양의 성질만을 극도로 발 현시켜 자연을 억압하고 그것을 짓밟으며 그 위에 올라서 버렸기 때문이다. 그렇지만 우주사는 음양의 양면을 동시에 존중하기 때문에, 이 중 하나가 다른 하나를 억압하거나 그 위에 군림하고 말면, 우주사는 그 억압의 주체 에게 수많은 고통과 비극적 아픔을 안겨준다. 그것은 어느 하나가 자신들의 이기적 욕망을 충족시킨 결과 그것의 반대 급부로 받아들여야 할 당연하고도 자연스러운 그림자이다.

이런 선상에서 우리 시대의 인간 사회를 점검해 보자. 우리 시대는 말할 것도 없이, 양(남성성)의 성질이 음(여성성)의 성질을 억누르고 지배하며 그 위에 군림하는 시대이다. 물론 여기서 내가 말하는 남성성이 남자와, 여성성이 여자와 등식 관계를 갖는 개념은 결코 아니다. 남녀양성론(theory of androgyny)을 주장하는 심리학자들의 말이나, 하나의 실제 속에서 대극적인 원형을 함께 인식하는 칼 구스타프 융의 심리학을 참고하더라도, 또한 태극 속에 이미 음양의 양면적 성질이 함께 공존한다는 주역의 원리를 살펴보더라도, 남성성이 곧 남자를 의미하며, 여성성이 곧 여자를 의미한다는 것은 그릇된 개념 규정이다. 요컨대 여성이라는 유기체 속에도 남성성과 여성성, 즉 양의 성질과 음의 성질이, 남성이라는 유기체 속에도 여성성과 남성성, 즉 음의 성질과 양의 성질이 공존하고 있는 것이다. 물론 얼마간의 차이가 존재하기는 하지만 말이다. 그런데 이런 사실은 고대 신화나 문학 작품 속에서 양성을 구유하고 있는 무수한 신화적, 문학적 상징물 속에서도 찾아볼 수 있으며, 저 인류의 탄생때부터 지금까지 계속되는 종교적 의식 속에서도 역시 쉽게 만나 볼 수 있다.

나는 여기에 편의상 음양의 쌍생아적 실상들을 생각나는 대로 적어보기로 한다. 주지하다시피 이런 구분은 상대적인 것이며 상황적인 것이어서, 어느 때 양이었던 것이 음이 될 수도 있으며, 그 반대의 경우도 역시 가능하다. 그러나 우리 시대가 얼마나 양이 극단적으로 발흥된 시대인가를 살펴보고 우리 시대의 불균형과 부조화가 어디에서 비롯된 것인가를 점검하기 위하여 다음과 같은 음양의 쌍생아들을 제시하고자 한다.

인간과 자연, 남자와 여자, 어른과 아이, 직선과 곡선(원), 앞과 뒤, 탄생과 죽음, 이익과 손실, 플러스와 마이너스, 긍정과 부정, 유기물과 무기물, 이성과 감성, 추상과 구체, 정신과 육체, 근대와 반근대, 큰 것과 작은 것, 중심과 주변, 채움과 비움, 과학과 신화, 합리와 정서, 아는 것과 모르는 것, 본질과 실존, 논리와 경험, 확대와 축소, 원심력과 구심력, 적극과 소극, 객관과 주관, 질서와 혼돈, 의지와 영감, 유위와 무위, 하늘과 땅, 아버지와 어머니, 아저씨와 아주머니, 기쁨과 슬픔, 바깥과 안, 법과 자유, 서양과 동양, 위와 아래, 비범과 평범, 고속도로와 오솔길, 산정과 계곡, 광장과 밀실, 직접과 간접, 웅변과 침묵, 낮과 밤, 해와 달, 강함과 부드러움, 정복과 포용, 경쟁과 희생, 승리와 양보, 소유와 無私, 중앙과 지방, 도시와 시골, 화려함과 소박함, 소비와 검약, 문자와 말, 빛과 어둠 등……

굳이 이러한 실례를 제시한 것은 위의 수많은 쌍생아들 중에서 앞자리에 놓인 양의 성질이 뒷자리에 놓은 음의 성질을 지배하고 억압한다는 사실과, 앞자리의 양의 실체가 뒷자리의 음의 실체보다 터무니없이 높이 평가될 뿐만 아니라 이 시대의 사람들이 별다른 성찰도 하지 않은 채 그것을 절대적인 시대적 진리로 알고 앞자리의 양의 성질만을 추구하여 그곳을 향하여 미친 듯이 치닫고 있음을 알리기 위해서이다. 물론 양의 실체는 그 나름의 훌륭한 기능을 담당하고 그 나름의 고무적인 역할을 수행한다. 그러나 이것이 음의 실체와 조화를 이룩해야 한다는 그 근본적인 전제를 망각한 채 그것도 눈앞에 즉각적으로 보이는 자기 중심적인 이기심만을 확대시키는 방향으로 달려간다면, 여기서부터 문제는 발생하기 시작하는 것이다. 그러나 이런 사정은 음의 실체에서도 마찬가지이다. 음의 실체 역시 현시대 속에서는 위축되고 소외되었다 하더라도, 그것 역시 기회만 주어진다면 자기 중심적인 이기심을 발동시킬 것이고, 그 결과 양의 세계를 또 다른 방법으로 억압하며 지배하려고 들것이 뻔하기 때문이다. 그러나 이 자리에서 다시 언급할 수밖에 없는 것은 우리의 인류사 대부분이, 그 중에서도 산업화가 이루어진 근대사 속에서라면 더욱더 양의 성질은 음의 성질을 억압하고 지배하고 그 위에 군림하여서 우리 시대는 사회적, 역사적 차원에서뿐만 아니라 자연적, 우주적 차원에서도 불균형과 파탄을 경험하고 있다는 사실이다. 더욱이 양의 성질이 그 한도를 넘어 확대되어 나아감에 따라 그것이 본래적으로 지닌 긍정적 가치만을 발휘하지 못하고, 언제나 극단적인 지나침 속에서 나타나는 부정적 가치가 우리가 살고 있는 이 세계를 점점 더 어려운 상황으로 몰고 간다는 사실이다. 여기서 우리는 양의 성질의 최대의 성공은 바로 그와 같은 양의 성질의 최대의 실패라는 역설적 진리를 확인하게 된다.

그렇다면 문제는 분명해진다. 이 시대의 우리들에게 요구되는 것은 음의 성질(여성성)이 지닌 참가치를 인정하고 회복시켜서 우주사 속의 각각의 존재가 자신의 성을 바람직한 방향으로 실현시키도록 하는 것은 물론, 그야말로 우리가 살고 있는 인간사나 우주사가 이 모든 존재의 어울림 속에서 음양이 조화를 이룩한 하나의 원과 같은 아름다움을 발휘하도록 이끄는 일이다. 사실상 인간들이 아무리 그들의 기득권적인 자기 중심성과 이기심을 충족시키기 위하여 양의 세력을 더욱 더 확대시키려고 발버둥을 치더라도, 유기체로서의 우주사의 거대한 흐름은 인간들을 어떤 방법으로든지 설복시키거나, 아니면 그들을 이 우주적 통일장 속에서 축출하는 비극을 감행해서라도, 우주적 차원의 균형과 조화를 이룩하고자 안간힘을 쓸 것이다. 여기서 인간들은 우주적인 유기체의 내밀한 소리를 겸허하게 듣고 그에 보조를 맞추면서 그들과 동반자의 관계로 살아나가는 방법을 터득해야 한다.

나는 가끔 어느 정도의 농담기도 섞인 게 사실이지만, 양의 성질이 극도로 팽창되어 그 모순이 엄청나게 표출된 이 시대를 표상하기 위하여 하나의 상징적인 경구로서 다음과 같은 말을 하곤 한다. '만약 신이 존재해서 그 신이 우주를 창조했다면, 그렇지 않고 신이 존재하지 않아서 모든 우주적 존재들이 진화의 산물이라 하더라도, 이들과 상관없이 이 우주사 속에서 최고의 실패작을 하나 꼽으라면 그것은 남자이다. 그리고 두 번째 실패작은 여자이다.' 물론 인간이란 그것이 남자이든 여자이든 그 속에 남성성과 여성성 혹은 양의 성질과 음의 성질을 다 공유하고 있지만, 그 중에서도 여성보다 일반적으로 남성성을 더 많이 지니고 있는 남자들이야말로, 음의 성질을 지닌 무위의 자연에 비하여서는 말할 것도 없고 양의 성질을 지닌 인위의 인간 중에서도 가장 양의 성격을 많이 지닌 존재이다. 따라서 김용옥이 그의 저서 『여자란 무엇인가』에서 적절하게 지적하였듯이, 도끼(ax)로 상징되는 남성성은 자궁 혹은 생식(fertility)으로 상징되는 여성성과 비교할 때, 적어도 인류사 속에서 엄청난 폭력과 권력과 잔혹상을 연출하였다. 이처럼 도끼로 표상될 수 있는 남성성은 우리 시대에 이른바 '직선의 사상' 내지는 '지름길의 사상' 곧 최소의 노력을 들여서 최대의 효과를 거두겠다는 일면 경제적이지만 다른 면으로는 폭력적이고 부정직한 사상을 만연시켰다. 이런 점에서 그 끝없는 권력과 힘을 휘두르며 앞장서서 이 시대의 주역을 담당해온 남자를 나는 최고의 실패작이라고—그리고 역시 인간 종에 속하는 여자를 그에 버금가는 실패작이라고—말하곤 하는 터이다.

논의가 길어졌지만, 우리가 이 시대에서 필요로 하는 것, 또 회복시켜야 할 것은 음의 성질, 다시 말하여 여성성이라고 할 수 있다. 이 말이 오해되어서는 안될 것은 여성성이 여자만의 문제나 암컷만의 문제가 아니기에 남자나 여자 모두가 하나의 유기체로서 자신의 몸 속에 간직하고 있는 남성성의 동반자인 여성성을 함께 직시하고 발굴해야 한다는 사실이다. 그리고 우리는 우주사 속에 존재하는 여성성의 존재를 적극적으로 찾아내고 그것의 가치를 제대로 인정해야 한다. 나는 이런 전제하에 문학이라고 하는 예술의 한 장르가 그 본질상 과연 어떤 성질을 가지고 있으며, 그것이 이와 같은 시대의 불균형과 부조화를 극복하고 바로잡는 데 어떤 역할을 할 수 있을 것인가에 대하여 다음 장을 통하여 탐구해 보고자 한다.

4.

유기체 시론을 전개한 중요한 시론가로서 조지훈을 손꼽을 수 있다. 그는 그의 시론을 전개하면서 시를 '제2의 자연'이라고 규정한 바 있다. 마찬가지로 시인 정현종은 파블루 네루다의 시를 해설하는 자리에서 그의 시를 '人工自然'이라고 명명하여 시가 적어도 '人工自然'의 자리를 점할 수 있음을 시사하였다. 나는 이것을 조금 더 확대시키고 일반화시켜서 시나 문학은 물론 예술이라는 것 자체가 우리의 삶 속에서 제2의 자연 혹은 人工自然의 자격을 가졌다고 말하고자 한다. 그 까닭은 예술이라는 말 그 자체가 '藝術' 혹은 '아트(art)'로서 인위적인 기술의 일종이며 인공의 일종임을 가리키고 있지만, 그래도 인간이 인위의 힘 곧 무엇인가를 의도적으로 만들고자 하는 양의 속성을 발휘하여 만들어낸 인간사 속의 모든 것들 중에서 무위의 자연적 성질 내지는 음의 성질을 가장 많이 지닌 것이 바로 예술이요 문학이라고 판단되기 때문이다. 개인적으로 말하자면 나는 아트(art)라는 용어를 볼 때, 왜 하필이면 하고많은 인위적인 인간사 중에서 예술을 art, 곧 인위라는 말로 불렀을까, 그 점에 대하여 궁금해 했다. 그러나 이것은 마치 사실로서의 현실을 가장 닮은 문학 장르가 소설임에도 불구하고 그 소설까지도 사실로서의 현실 그 자체가 아니라 상상력에 의하여 재창조된 픽션(fiction)임을 밝히기 위하여 소설을 픽션(fiction)이라고 부른 것처럼, 인위라는 뜻을 가진 예술의 명칭인 'art' 역시 무위한 자연 혹은 음의 성질을 지닌 자연을 가장 닮은 것이 예술이지만 그럼에도 불구하고 이것 역시 인위의 세계임을 부인할 수는 없다는 뜻을 담고 있다고 생각한다.

이것에 동의한다면, 시나 문학은 물론 예술 역시, 인위적인 문명사 내지는 인간사 속에서, 또는 양의 정신이 최고도로 발현된 현대 산업 사회 속에서, 그런가 하면 새로운 형태의 사막이라고 부를 수 있는 아스팔트 위의 남성적인 도시 속에서, 그래도 무위한 자연에 가장 가까운 것, 음의 긍정적 성질을 가장 많이 지닌 것, 풍요와 생식을 가능케 하는 대지의 여성성을 가장 많이 간직한 것이라고 말할 수 있을 터이다. 비록 그것이 본질적으로 사용하고 있는 언어 혹은 문자라는 것이 자아를 확대시키려고 하는 측면에서나, 그것이 지닌 사회적 성격 내지는 추상적 성격으로 인하여 남성적인 양의 성격을 강하게 간직하고 있다는 점을 인정하더라도, 더욱이 문자 행위라는 것 자체가 권력을 획득하고 그것을 영속화시키고자 하는 남성적인 양의 성질을 반영하는 대표적인 실체임이 사실이라 하더라도, 문학은 바로 그 인위적이며 남성적인 문자나 언어를 사용함에도 불구하고 다른 문자 행위보다 월등하게 무위의 자연에 가까운 음의 긍정적 가치를 발하는 한 양식인 셈이다.

그러면 구체적으로 예술의 일종인 문학은 어떤 점에서 음의 성질 혹은 여성성의 측면을 다른 인위의 양식보다 많이 가지고 있는 것일까. 그 점을 살펴보기로 한다.

첫째, 문학은 적어도 그것이 진정한 문학이라면 그것이 어떤 형태이든지 간에 共同善이 이룩된, 이른바 유토피아를 지향하고 있다. 이때의 유토피아는 전우주적인 차원 속에 놓여 있는 모든 우주적 존재들이 각각 자신들의 생명을 존중받는 것은 물론, 우주적인 차원의 평화와 조화가 그들 개개인의 삶 속에까지 肉化되는 경지를 의미한다. 그러나 사실상 세계가 이런 평화와 생명과 조화로 3박자를 이루고, 진선미의 차원에서 모든 유기체가 共同善을 실현한다는 것은 거의 불가능에 가까울 만큼 어려운 일이다. 그것은 앞에서 누차 언급해 온 바와 같이 우주사나 인간사 자체가 엄청난 역설과 모순과 아이러니의 구조로 형성돼 있기 때문이다. 그럼에도 불구하고 문학은 무력적인 방법을 사용하지 않고, 그보다는 모성적이며 포용적인 방법을 사용하여 세계를 위와 같은 경지로 승화시키려고 노력하는 양식이다. 이처럼 문학이 생명을 존중하고 평화와 조화를 이상향으로 삼아 창조된다는 것은 그것이 기본적으로 긍정적인 여성성 내지는 음의 성질에 기초해 있다는 근거가 된다.

둘째, 문학은 실용적인 도구로서의 기능이 매우 약하다. 그러므로 비록 어떤 경우에는 문학이 투쟁적인 경향을 드러내고 당위적인 목적 아래서 그것의 실현 도구로 사용되기도 하지만, 그럼에도 불구하고 문학의 투쟁적 성격이나 목적 지향의 당위적 기능은 다른 인위적 산물들에 비하여 매우 미미하다. 따라서 문학은 임마누엘 칸트가 주장한 이른바 無目的의 合目的性 내지는 노자가 말하는 無用之用의 원리에 입각해서 창조되고 감상되는 것이 사실이다. 따라서 문학은 외견상 매우 나약할 뿐만 아니라 경제적으로 지름길의 사상에 맞추어서 뚜렷한 목표를 즉각적으로 성취하기 어려운 장르처럼 보인다. 그러나 문학은 외형상으로 드러난 경제적이며 직선적이고 목표 지향적인 그 세계와는 다른 방식으로 또 다른 목표를 우리로 하여금 성취하게 도와주고 또한 풍요로운 의미를 마주하게 만드는 양식이다. 이렇듯, 문학이 직선적인 목표물을 향하여 지름길로 달려가는 양식이 아니라는 점, 그 대신 세계를 적절한 거리에서 관조하여 표현하면서도 그 가운데서 합목적성에 도달할 수 있다는 점, 그런가 하면 실용적인 차원에서 볼 때엔 무용하기 짝이 없는 것처럼 보이더라도 그 실용성의 차원을 넘어서거나 그것을 보충하는 다른 차원에서 보면 다른 의미에서 무한한 유용성을 간직하고 있다는 점이 바로 문학이 지닌 음의 성질이며 여성성의 한 징표이다.

셋째, 앞의 항목에서 다룬 내용과도 얼마간 상통하는 것이지만, 문학은 직접적으로, 산문적으로, 진술적으로, 설명적으로, 과학적으로 언어를 사용하지 않는다. 그 대신 문학은 언어를 간접적으로, 예술적으로, 정서적으로, 상징적으로, 비유적으로 사용한다. 그것은 문학이 분명한 목표를 향하여 직접 돌진하도록 만들어진 장르가 아니라 변죽을 울림으로써 오히려 중심에 도달하도록 하는 우회적인 양식이기 때문이다. 이와 같은 문학의 특성은 기본적으로 문학이 곡선적인 사상 혹은 과정사상에 그 뿌리를 두고 있기 때문인데, 이 점은 우리에게 잘 알려진 폴 발레리가, 산문이 지름길을 통하여 목적지에 도달하는 것이 그 목표인 보행과 같은 것인 반면, 시는 지름길을 통한 목적지가 없이 움직임의 과정 그 전체가 목표이자 의미인 무용과 같은 것이라고 말한 것과도 맥을 같이한다. 따라서 문학의 언어는 결코 조급하게 서둘러서 종말을 향하지 않는다. 오히려 문학의 언어는 시작과 종말을 일직선적인 선상에 놓지 않고, 그 대신 시작과 끝이 한몸으로 뒤엉킨 가운데 있는 언어적 표현 하나 하나에 무수한 상징성과 함축성을 부여하고 있다. 그러므로 문학은 과정을 즐기고 그 속에 참다운 의미가 내재되게 만드는 양식이지, 공격적이며 경쟁적이고 직선적인 목표 의식을 충족시키는 것과는 다소 거리가 먼 양식이다. 여기서 우리는 '과정이 곧 실재(process is reality)'라는 근대의 대표적인 과정신학자이자 철학자인 A. N. 화이트헤드의 주장을 떠올려 볼 수 있다. 이처럼 과정사상에 입각해서 언어를 간접적, 상징적, 비유적으로 다루고 변죽을 울리면서 중심에 우회적으로 다가가는 것이 문학의 특성이라고 볼 때, 문학은 분명 음의 성질 내지는 여성성의 성질을 그 본질 가운데 지닌 양식이라 할 수 있다.

넷째, 문학은 합리나 논리, 이성이나 과학 등의 성질을 존중하기보다 직관이나 상상력, 정서나 감성 등을 더욱 중요시하는 양식이다. 물론 문학 작품에서도 합리나 논리, 이성이나 과학 정신 등은 그 나름의 중요한 역할을 하고 있다. 그럼에도 불구하고 문학은 일 더하기 일은 이가 되고, 물은 그것을 분해하면 수소와 산소가 된다는 식의 논리와 실증, 이성과 합리에 바탕을 두고 있는 것이 아니다. 그것은 이와 같은 논리실증주의 내지는 과학주의의 합리성과 다른 차원에서 인간이 생래적으로 타고난 직관과 상상력의 힘을 백분 발휘하여 세계를 상징과 비유의 차원에서 읽어내며, 세계를 단순하게 과학적으로 해석하거나 학문적으로 질서화시키는 것이 아니라 그 자신의 상상적이며 직관적인 힘을 이용하여 세계를 창조하는 것이다. 사실상 직관이니 상상력이니 정서니 감성이니 하는 것들은 근대를 지배한 과학주의 정신과 실용주의 정신 그리고 기계주의적인 정신에 압도되어, 이 시대 속에서 상대적으로 낮은 평가밖에 받지 못한다. 그러나 이것은 양의 성질 곧 남성성의 에너지가 음의 성질이나 여성성의 에너지를 억압한 결과로서, 우리 시대가 안고 있는 불균형과 부조화의 한 징표임이 분명하다. 이와 같이 문학은 그것이 직관과 상상력, 정서와 주관적 감성에 기초해 있으면서, 논리나 증명만으로 해결할 수 없는 다른 차원의 세계를 열어 보인다는 점에 그 의의가 있거니와, 이것이 또한 문학이 여성성을 그 본질로 삼고 있다는 증거가 된다.

다섯째, 문학은 구체성을 지향한다. 더욱이 문학의 생명력은 구체성의 힘으로부터 온다. 사실상 인간이란 구체적인 육체를 가졌으면서도 얼마나 추상적이며 관념적인 존재이고, 그들이 품고 있는 추상적이며 관념적인 내용이란 또한 얼마나 엄청난 편견과 선입견으로 가득 차 있는 것인가. 말할 것도 없이 추상성과 관념성은 구체성을 보완하고, 그 역도 또한 진실이지만, 추상의 세계란 참으로 거칠고 폭력적이며 허구적인 측면을 가지고 있다.

즉, 이것은 남성성의 성질을 강하게 가진 것으로서 세계를 분할하고 구속한다. 이에 비하여 문학은 구체화를 그 생명으로 삼고 있는 장르이기 때문에, 언제나 남성적인 추상성과 관념성의 세계를, 이른바 대지적인 여성성의 힘으로 肉化(embodiment)시켜서 그것을 현실 속에서 살아 움직이는 삶의 장으로 바꾼다. 그러므로 문학은 구체적인 자연을 오감으로 직접 체감하듯이, 우리의 삶 그 자체를 오감으로 직접 체감하는 듯한 데까지 이르게 만든다. 요컨대 세계의 추상화와 관념화는 그 나름의 긍정적 의미를 지니면서도, 자칫하면 그것이 세계를 살아 있는 생명체로 대지 속에 뿌리 박지 못하게 하고, 우리를 마치 하늘로 뿌리 없이 날아오르는 기체처럼 부유하게 만들기 쉽다. 더욱이 실존이 본질을 선행한다는 말에서도 시사되듯이, 어떤 관념이나 추상적인 본질도 우리의 구체적인 삶의 현실을 온전하게 드러낼 수 없다. 제아무리 이 시대에 추상적인 이론과 관념적인 사상이 득세한다 하더라도, 그것은 반드시 구체화의 현실을 동반할 때만이 그 의미를 배가시킬 수 있을 것이다. 이런 점에서도 문학은 여성성의 특성을 상당히 강하게 지닌 양식이다.

여섯째, 문학은 자기 중심적인 이기적 욕구를 외부로 확대시켜 그 세계를 정복하려는 원심력보다, 인간들의 이와 같은 이기적 욕구를 억제하거나 극복하고 자기 자신의 내면은 물론 세계의 내면을 차분히 성찰하도록 만드는 구심력을 기저로 삼고 있다. 따라서 문학은 이기적인 인간의 욕망을 무작정 밖으로 확산시키려는 인간들의 본성에 제동을 건다. 그리고 쏜살처럼 가속도가 붙어서 스쳐 지나가는 시간들을 그대로 방치하거나, 그것의 흐름에 동조하지 않고, 그것을 되돌리며 그 앞에 머무르는 과정을 통하여 우리의 삶이 지닌 참다운 의미를 탐구하고 음미하도록 만든다. 그러므로 문학의 내재적인 구심력은 탐욕과 소유욕과 확대욕으로 가득 찬 인간적 차원의 이익을 따라서 우주 전체를 정복하려 드는 인간들의 야욕 앞에서 잠시 우리 자신은 물론 우리가 속해 있는 세계의 내면을 무심의 경지가 되어 되돌아보자고 권유한다. 그리고 낭비하거나 소진해버렸다고 생각되는 지난 시간들을 현재의 삶의 지평 속으로 되돌려 놓고, 그 앞에 오랜 시간을 머물면서 이것을 참다운 생산과 창조의 의미로 가득하게 만들어 보자고 권유한다. 이것은 삶과 세계의 진실이 원심력적인 외부의 방향에만 숨어 있는 것이 아니라 오히려 구심력적인 내부의 방향 속에서 보석처럼 빛나고 있음을 알려주는 부분이다. 결국 빛은 외부에만 있는 것이 아니라 우리의 내부에 혹은 우주의 내부에도 간직돼 있음을 알려주는 것이다. 마치 하늘에서 별이 보석처럼 빛난다면 땅 속에서도 보석이 별처럼 빛난다고 말할 수 있는 것처럼 말이다. 이렇듯 존재와 세계의 내부를 바라다보고, 그 내부를 통하여 세계의 진실을 읽어내려는 것, 그런가 하면 지나간 시간을 되돌려서 그 앞에 머무름의 시간을 부여하며 삶을 재성찰하고 그것을 통하여 현재와 미래를 직시하려고 하는 것, 이것이야말로 문학의 본질 가운데 하나이다. 그런데 바로 이것을 가능하게 만드는 것은 문학이 가진 긍정적인 여성성의 힘이다. 요컨대 삶의 진실은 원심력적인 방향으로 끝도 없이 인간들의 욕망을 확대시키며, 소위 '세계는 넓고 한 일은 많다'고, '머지 않아 우주 전체를 정복할 것이다'라고, '더 많이 정복한 사람이 더 성공한 사람이고, 더 멀리 간 사람이 더 출세한 사람이다'라고 속삭이는 그 공격적이며 자기 확대적이고, 투쟁적이며 적자 생존적인 세계 속에도 들어 있을 것이다. 그러나 이와는 달리 '세계의 빛은 인간의 내면 속에 숨어 있다'고, '내가 칼을 품지 않으면 세상이 다치지 않을 것이다'라고, '우주와 세계는 정복의 대상이 아니라 만남과 화해의 장이다'라고, '이 시대 속에서는 더 많이 성공한 자가 더 많이 실패한 자이기도 하다'라고 속삭이며 우리의 눈길을 구심력적인 방향으로 되돌려 놓는 데에는 더 큰 진실이 살아 있다. 이것은 바로 남성성과 양의 성질을 무기로 삼아 세계의 진실을 찾아 보려는 사람과, 그와는 반대로 여성성과 음의 성질을 수용하여 세계의 진실을 만나고 그에 입각하여 삶을 살아 보려는 사람의 서로 다른 태도를 반영한 것이다. 이 가운데 문학은 앞에서도 말했듯이, 우주사와 인간사의 진실을 후자와 같은 태도로 찾아 나서는 대표적인 인간적 양식이다.

　일곱째, 문학은 기본적으로 호모 루덴스, 곧 놀이하는 인간으로서의 본성에 근거하여 나타난 장르이다. 문학의 기원을 거슬러 올라가 생각해보면, 우리가 궁극적으로 마주치게 되는 것은 바로 祝祭로서의 제의행위 혹은 의식 행위와, 일상으로서의 노동 행위이다. 그리고 여기에 한 가지 더 첨가한다면 아무리 엄숙하게 신과의 만남을 추구하고 일상의 대부분이 노동으로 구성되는 것 같다고 하더라도 그 가운데서 또한 이들 이상으로 삶의 중요한 한 부분을 차지할 수밖에 없는 것이 인간들의 놀이 시간이라는 사실이다. 좀 이상하게 들릴지 모르지만 심지어 어린 아이들에게는 노는 것이 바로 일이듯이, 인간의 삶 속에서 순수한 놀이 시간이 차지하는 비중은 매우 대단한 것이다. 이렇듯, 인간들은 기본적으로 놀이하는 존재로서의 운명을 가지고 태어났기 때문에 이것을 어떤 방식으로든지 분출할 수 있는 출구를 찾을 수밖에 없다. 따라서 이와 관련하여 문학의 기원을 추측해 보자면, 문학을 비롯한 예술은 인간의 유희적 본능 혹은 디오니소스적 본능에 그 뿌리를 두고 있다고 생각된다. 노동이니 일상이니 하는 것들이 매우 남성적이며 산문적인 삶의 한 양식이고, 신에 대한 제의 역시 엄숙성과 경건성과 수많은 금기로 이루어진 남성적 양식의 일종이라고 볼 때, 예술이야말로 이와 같이 경직되고 실용적이며 금기 투성이인 세계 속에서 사실은 그것을 보충하거나 넘어서는 한 방법인 것이다. 말할 것도 없이 예술의 발생은 다양한 차원에서 복합적으로 논의되어야 마땅하다. 하지만 이 글에서 관심을 두고 있는 문제와 관련시켜 생각해 본다면, 문학을 포함한 예술은 남성적이고 산문적인 노동의 힘겨움을 놀이하는 정신으로 넘어서거나 풀어내기 위하여, 그런가 하면 일상의 단조롭고 따분하며 기계적인 삶들을 역시 유희하는 인간의 본성을 발휘하여 넘어서거나 완화시키기 위하여, 더욱이 신으로부터 받은 금기 사항과 신에게 바쳐야 할 엄숙성과 경건성으로부터 벗어나 보다 자유로운 인간의 무의식적 욕구에 귀를 기울이기 위하여 나타난 양식이다. 따라서 노동이 있는 자리에는, 그것도 그 노동이 힘겨우면 힘겨울수록 그곳에서 예술이 탄생하게 마련이며, 일상성이 따분하고 지루하면 그러할수록 또한 그곳에서 흥을 돋구고 정서를 안정시키는 예술이 등장하게 마련이다. 뿐만 아니라 신에게 드리는 엄숙한 의식 행위가 치루어지고 나면, 반드시 그와 더불어 예술이라고 이름 붙일 만한 인간들의 유희적 산물이 탄생하게 마련이다. 이것은 우리의 삶 속에 스며있는 무수한 구비 문학들이나 구비예술들을 보더라도 분명해지며, 저 그리스 아테네의 파르테논 신전이 엄숙하게 놓여 있는 그 아크로폴리스 바로 아래쪽의 언덕에 바짝 붙어 디오니소스 극장이 함께 자리해 있는 것을 생각해 보더라도 분명해진다. 더욱이 그 실례를 이처럼 먼 데서 찾아 올 필요도 없다. 조상에게 경건하게 차례를 지낸 설이나 추석 등의 의식 행위가 치러진 이후에 왜 윷놀이며, 강강수월래며, 사자놀이며, 노래자랑이며 하는, 이른바 예술 행위들이 이어지는가를 우리의 전통적인 현실 속에서 찾아 보더라도 그것은 분명해진다. 어쨌든, 문학을 비롯한 예술 전반은 인위적이고 남성적이며 양의 성질을 지닌 노동, 일상, 제사(의식) 등과 상보적인 관계에 놓여 있으면서 인간들로 하여금 이와 같은 남성적 행위들만으로는 만족할 수 없는 또 다른 측면을 만족시켜주는 행위이다. 문학은 그렇게 함으로써 인간의 삶이라는 유기체가 내적인 균형과 조화의 상태에 이르도록 도와준다고 볼 수 있다.

여덟째, 문학의 창조 과정은 매우 여성적이다. 주로 이 창조 과정의 중요성은 유기체 문학론자들에 의하여 주장되고 있다. 그런데 그 창조 과정에서 영감과 신비의 세계라고 부를 만한 그 고유한 특성을 가장 많이 지닌 것이 문학이고 예술이기 때문에 문학과 예술의 창조 과정은 의지나 노력이나 기능만으로 인공품이 만들어지는 다른 영역의 그것과 구별된다. 말하자면 문학은 인공품임에도 불구하고 그 과정상 가장 많이 자연적인 생명체의 성질을 닮은 양식 중의 하나이다. 따라서 문학의 창조 과정에 대한 수많은 창작자들의 신비한 고백을 우리는 들을 수 있다. 그리고 문학의 창조 과정이 참으로 자연발생적인 측면을 많이 가지고 있다는 창작자나 이론가들의 수많은 전언도 접할 수가 있다. 그 중에서도 우리에게 잘 알려진 19세기 영국의 낭만주의 시인 윌리엄 워즈워드는 시를 '넘쳐흐르는 감정의 自然的 發露'라고 정의하여 시 창작의 자연발생적인 측면을 강조하였으며, 우리의 1930년대 대표적인 서정시 이론가인 박용철은 시 창작의 과정을 여성의 분만 과정에 비유하여 다음과 같이 탁월하게 표현하였다.

　　靈感이 우리에게 와서 詩를 孕胎시키고는 受胎를 告知하고 떠난다. 우리는 處女와 같이 이것을 경건히 받아들여 길러야 한다. 조금이라도 마음을 놓기만 하면 消散해버리는 이것은 鬼胎이기도 하다. 完全한 成熟이 이르렀을 때 胎盤이 희동그란히 돌아 떨어지며 새로운 創造物 새로운 個體는 誕生한다. 胎盤이 돌아 떨어진다는 말이 있고, 꼭지가 돈단 말이 있다. 물과 쌀과 누룩을 비겨 넣어서 세 가지가 다 原形을 잃은 다음에야 술이 생긴다.
　　　　　　　　　　　　　　　—「시적 변용에 대하여」에서

박용철은 위의 인용 부분에서 시의 창작에는 영감의 수태 고지로부터 시작하여 그것을 경건히 기르는 과정이 필요하고 그 이후에는 완전한 성숙의 시간을 참을성 있게 기다려서 마침내 어린 아이가 어머니의 태반으로부터 떨어져 나오듯이 시인의 태반으로부터 희동그란히 떨어져 나오는 과정이 마치 자연적인 생명의 탄생 과정처럼 요구된다고 이야기한다. 이와 같이 태반이 희동그란히 돌아 떨어지기 전에는 그 어떤 문학작품도 성숙한 모습으로 이 땅에 나타날 수 없다는 것이 그의 자연발생적인 시론이다. 뿐만 아니라 박용철은 위의 시에서 시라고 하는 것이 과학사의 환원주의자들이 주장하듯 원자나 분자로 분리될 수 있는 창없는 모나드들의 기계적인 조합이 아니라, 마치 물과 누룩과 쌀이 섞여서 향기로운 술로 변용되듯이, 그것들은 서로가 서로의 형태를 다른 것 속에 침투시키는가 하면 또한 다른 존재들을 자기 몸 속에 받아들임으로써, 이른바 전일적인 유기체를 이루는 것이라 이야기하고 있다. 이런 시 창작 혹은 문학 창작의 과정을 주시해 볼 때, 문학은 다른 획일적이며 기계적인 인공물과 그 성질을 아주 달리한다. 이것 또한 문학이 지닌 여성성의 측면이며 음의 성질과 관련된다.

　아홉째, 문학은 정신의 여유와 安心, 그리고 無心과 無自己의 빈 공간을 마음속에 필요로 한다. 이것은 문학을 창작하는 작가에게나, 그것을 읽는 독자에게나 다 같이 요구되는 심적 상태이다. 왜냐하면 문학은 앞에서도 언급했듯이 속도를 즐기는 것이 아니라 과정 그 자체를 즐기는 양식이고, 머리로써 이해를 하는 것만이 아니라 전인격으로 감상을 해야 하는 양식이기 때문이다. 따라서 한 사람의 창작자가 그의 마음속에 여유와 안심과 무심과 무자기의 겸허한 중심을 지니지 않는다면 창작의 원천이 되는, 이른바 그가 살고 있는 세계가 바르게 읽히지도 않을 것이고 그로부터 진정한 느낌을 전달받을 수도 없을 것이다. 따라서 이런 상황 속에서는 창작자의 마음속에 문학이 들어앉거나 탄생될 자리가 마련될 수 없을 것이다. 왜냐하면 문학은 겸허한 無自己의 빈 자리를 가진 사람에게만 찾아가서 그곳에서 잉태되기 때문이다. 그리고 세계 또한 그 빈 자리를 마련하지 않는 자에게는 결코 해독될 수도 체감될 수도 없는 무한한 상징과 암시와 비유의 차원으로 구성되어 있기 때문에 문학 창작자에게 필요한 것은 바로 그와 같은 無自己의 빈 자리를 간직하는 일이다. 요컨대 이렇듯 무한한 상징과 암시와 비유와 신비로 가득찬 거대 세계는 그 앞에서 오랜 시간을 차분하게 인내하며, 마음 속에 무심과 무자기, 안심과 여유를 간직하지 않은 자에게 그 진정한 모습을 보여주지 않는다. 다시 말하자면 그런 경우에는 창작자와 세계 사이에 참다운 교감이 이룩되지 않는다는 의미이다. 그런데 이런 사정은 독자들에게도 마찬가지이다. 문학 작품이라고 하는 것은 우리의 삶을 재창조한 것이요, 그것을 구성하는 문학 언어 역시 세계라는 다층적이고 다면적인 기호처럼 비유적이고 상징적이며 암시적이기 때문이다. 따라서 문학은 그 독자들에게까지 바람직한 감상 혹은 문학 작품과의 살아 있는 전인격적인 차원의 교감을 위하여 그의 마음 속에 무심과 무자기, 안심과 여유의 텅 빈 공간을 간직하도록 요구한다. 우리는 그 공간을 이른바 虛의 공간이라고 부를 수 있을 것이다. 이런 사실 또한 자신을 비움으로써 오히려 세계를 자신 속에 채울 수 있는, 문학의 여성적인 성질을 반영하는 점이다.

나는 지금까지 총 아홉 가지 항목을 통하여 문학이 본질적으로 지닌 여성성 혹은 음의 성질을 살펴보았다. 말할 것도 없이 다같이 문학이라 불린다 하더라도 문학의 각 장르에 따라 어느 정도씩 성격이 다르고, 또한 같은 장르라 하더라도 각각의 작품이 지닌 개성에 따라 그 성격 또한 얼마간씩 다를 수밖에 없다. 그럼에도 불구하고 문학의 가장 기본적인 정신이라 말할 수 있는 시 정신을 중심으로 삼고 그로부터 변용되어 나간 양식이 다른 형태의 문학이라는 가정을 받아들인다면, 위에서 문학의 여성적 본질에 대하여 논의한 것은 그런대로 설득력을 지니리라 생각한다.

한편 이 자리에서 기억해야 할 문제는 아무리 문학의 본질이 여성성에 가깝다 하더라도 그것은 상대적인 개념이거나 상대적인 관계 아래서 규정된 것일 뿐 절대적인 성격을 가진 것이 아니라는 점이다. 따라서 다른 인위적인 산물들과 비교할 때 지극히 여성적인 이 문학 양식도 다른 자연적 존재라든가 기타 다른 어떤 여성적 존재들과 비교해 볼 때는 남성성을 지닌 것으로 다시 규정될 수 있고, 또한 그렇게 기능할 수도 있다. 뿐만 아니라 문학이 그 본질상 여성성에 가까운 양식이라 하더라도, 문학 그 자체를 하나의 유기체로 생각하면 그 유기체로서의 문학 작품이 구성되는 데는 그 자체 속에서 또 다른 의미의 남성성과 여성성이 서로 교호하고 대립하고 긴장하며 살아 있는 유기체로서의 문학 작품이 구성되는 것임을 기억해야 한다.

지금까지 논의한 이런 사실들을 전제로 삼고, 다음 장에서는 이 시대 속에서 문학이 바람직한 인간사와 우주사를 위하여 어떤 모습으로 어떤 역할을 담당할 수 있고 또 담당해야 하는가를 살펴보기로 한다.

5.

우리가 살고 있는 이 근대 산업 자본주의 도시 사회는 한마디로 말하여 신종 사막 사회 내지는 신종 유목 사회라고 부를 수 있다. 그리하여 사람들은, 시인 장정일이 그의 작품 「약속 없는 세대」에서 '우리는 노상에서 태어나 노상에서 살다 노상에서 죽는 세대'라고 탁월하게 이 세대의 핵심을 비판하고 지적한 데서 나타나는 것처럼, 아스팔트로 덮인 沙漠 혹은 死漠 위에서 유목민이 되어 끊임없이 떠돈다(이 점은 도시인들이 얼마나 자주 주거지를 옮기며 이사를 하는가만 살펴보아도 금방 납득이 된다). 그러므로 이 시대의 도시인들은, 아니 산업 자본주의의 세뇌를 받은 모든 사람들은 너나 할 것 없이 아예 沙漠이라기보다는 死漠 위에서 일생을 살고 있는 유목민과 같다. 따라서 이 시대의 모든 도시인들은 여성성과 음의 성질을 가장 대표적으로 표상하는 생식과 모성의 표상인 대지성을 상실하고 그 대신 뿌리 없는 공중을 부유하며 드높은 추상의 남성적인 하늘만을 우러르고 그곳을 향해 인생의 바벨탑을 세운다. 물론 사막 위의 유목민적 기질도 그 나름대로 긍정과 부정 혹은 부정과 긍정의 양면적 측면을 함께 가지고 있다. 그런 까닭에 이것이 절대적으로 부정적인 것처럼만 말하는 것은 옳지 않다. 다만 이런 신종 유목민적 성격이 이 시대의 대부분을 차지함으로써 세계의 균형과 조화가 파괴되었고, 급기야 인간들은 그들이 본래적으로 지녔을 뿐만 아니라 실현시켜야 마땅한 여성성의 귀중한 긍정적 가치를 상실하고 말았음을 지적하지 않을 수 없는 것이다. 더욱이 이런 상황이 인간과 우주를 평화와 행복의 상태로 이끌기보다 그 반대로 인도하는 데서 그 문제의 심각성이 더하다. 이런 처지에서 문학은 여성성, 음의 성질, 대지성, 모성성, 자연성 등을 그 어떤 것보다도 많이 간직한 양식으로서 도시라는 사막 위에서 속도전과 폭력전에 사로잡힌 극단적인 남성적 인간들에게(여기에는 남녀의 구별이 거의 없다), 비록 문학 역시 음의 성질을 지닌 무위의 자연과 구별되는, 이른바 유위의 문명사 속에서 만들어진 양식이라 하더라도, 인간들이 원초적으로 지닌 여성성에 호소하며 근본적으로 그들이 여성성의 세계에 대하여 품고 있는 그리움을 충족시켜 줄 것이다. 더 나아가 이와 같은 문학은 직선적 세계관의 실용적인 권력 앞에서 곡선적인 세계관의 무용성과 비효율성이 비판되고 있는 이 엄청난 양성 우위의 불균형한 사회 속에서 작지만 이들의 가속도에 제동을 거는 그런 역할을 담당할 수 있을 것이다.

따라서 여성성 혹은 음의 성질 전체가 일반적으로 가치 평가 절하되고 있는 이 시점에서 문학 역시 그 위상과 가치가 점차 하락되고 있는 것이 일면 진실이다. 그러나 유기체의 본성은 언제나 즉각적인 현실 속에서 자기에게 유리한 자기 중심성에 의거하여 세력을 그 방향으로만 확산시키려는 경향이 있으면서도, 실상은 그 이면에서 조화와 균형을 이루고 싶어하는 관성 때문에 그 자신의 눈앞에 자기 중심적인 근시안적 이익에 눈이 멀어 소홀히 하고 평가 절하하였던 부분을 무의식의 근저로부터 강력하게 희구하는 성향을 함께 지니고 있다. 여기서 유기체는 그의 자아가 분열되고 그들 사이에 갈등을 일으키면서도 궁극적으로는 화합하고 조화를 이루면서 한몸으로 살아가고자 하는 이원성을 노정시킨다. 이런 점에 비추어 생각한다면, 여성성을 그 본질로 삼고 있는 문학은 외형상 남성성이 권력을 휘두르고 세계를 지배하는 이 시대에서 매우 무력하고 나약한 장르로서 사람들의 관심과 주목권에서 주변으로 밀려난 것처럼 보일지도 모른다. 그리고 실질적으로 문학은 이 시대의 남성적 권력체 중 가장 대표적인 것이라고 추앙받는, 이른바 무력이나 경제력, 그리고 과학적 지식력과 비교할 때, 일견 그 모습이 초라해질 수밖에 없다. 그러나 다른 한편 시대가 남성성의 지배를 사회적으로나 제도적으로 강력하게 합법화하고 있는 이런 때일수록, 유기체인 인간은 물론 그들이 만들어낸 또 다른 의미에서의 유기체인 사회 역시 내면적으로는 여성성 혹은 음의 성질에 대한 의구와 그리움을 더욱 크게 간직하고 있음을 분명히 기억해야 한다. 그러므로 여성성을 본질로 삼고 있는 문학은 이 폭군적이고 직선적인 남성성의 시대에서, 겉으로는 무시를 당하고 시대적 아웃사이더의 신세가 된 것처럼 보여도, 사실상은 내면적으로 그 존재 의의와 가치를 크게 인정받을 수 있는 셈이다.

이 사실을 역으로 생각해 보자. 가령 우주사적으로나 인류사적으로 양의 시대가 지나고 음의 시대가 이른바 후천개벽과 더불어 도래한다고 할 때, 또는 우주 자체가 지닌 유기체적 속성 때문에 양이 극에 달하면서 음이 생기하여 그 세력을 확장시켜 나아가게 된다고 할 때, 그리하여 여성성이 권력을 휘두르며 세계를 지배하는 드높은 세속적 가치의 세계로 올라가게 될 때, 분명 상황은 앞의 경우와 거꾸로 될 것이다. 말하자면 이런 시대 속에서는 여성성의 가치가 외형적으로 높이 인정되는 대신, 남성성의 긍정적 가치는 내재적인 차원에서나 그 의의를 인정받을 것이다. 따라서 여성성을 그 본질로 삼고 있는 문학 역시, 적어도 문학의 정신과 본질이 근본적으로 뒤바뀌지 않는다면, 이런 시대 속에서는 즉각적으로 외형적이며 현실적인 인정은 받을지라도, 그 이면의 내재적인 차원에서는 어느 정도 배격을 받을 것임을 상정해 볼 수 있다.

실제로 존재와 세계는 이처럼 무한한 양면성을 한몸에 음양의 쌍생아처럼 간직하고 있는 것임에도 불구하고 인간들은 존재와 세계를 너무 단면적이며 평면적으로 파악하고 그것을 손쉽게 흑백 논리로 이분화시키는 데 익숙하다. 그러므로 흑 속에도 백이 있고, 백 속에도 흑이 있으며, 밤 속에도 낮이 있고 낮 속에도 밤이 있다는 사실, 그런가 하면 씨앗 속에도 꽃이 있고 꽃 속에도 씨앗이 있으며 죽음 속에도 생명이 있고 생명 속에도 죽음이 있다는 사실을 좀처럼 받아들이려고 하지 않는다. 따라서 남성성이니 여성성이니 하면 가장 먼저 즉각적으로 떠오르는 남녀문제만 보더라도 많은 사람들은 이것을 너무나 단면적으로 이해하고 만다. 이를테면 남자는 곧 남성성과 등식 관계에 있으며 여자는 여성성과 등식 관계에 있기 때문에, 남자는 남성성만을 실현시키고 유지시켜 나아가야 하며, 여자는 여성성만 실현시켜 나아가는 것이 남성의 남성다운 정체성을, 여성의 여성다움의 정체성을 확보하는 것으로 오해하고 있다. 그리하여 우리의 현실 속에서 남자는 남성성만을, 여자는 여성성만을 발휘해야 한다는 내외적 압력 때문에 그들은 남녀를 불문하고 불균형한 삶을 살아가고 있을 뿐만 아니라 서로간의 관계도 차별적인 것으로만 인식하고 있다. 다시 말하자면, 남자와 여자를 별개의 이질적인 것으로만 인식하여 각자의 내면 속에 자리한 다른 한쪽의 소리를 듣거나 존중하지 못하는 것은 물론, 남자와 여자를 완전히 다른 대극의 대립적 존재로만 파악하고 있다. 여기서 남녀 차별이 발생하고, 남녀 연속이 아니라 남녀 단절이라는 양자 사이의 단절상과 차별상만이 강조되고 확대

된다. 네덜란드 심리학자 뷔히텐지이크의 견해에 따르면, 여자 속에는 여성성이 51퍼센트인 반면 남성성이 49퍼센트 들어 있고, 남자 속에는 남성성이 51퍼센트인 반면 여성성이 49퍼센트 들어 있어, 이들 사이의 실질적인 차이는 2퍼센트에 불과하다고 한다. 이 점은 칼 융이 인간 속에 내재한 아니마와 아니무스의 원형에 관심을 쏟은 것을 한번쯤 살펴본다면, 그리고 양성론적 심리학자들의 양성 이론에 또 한번 눈길을 보낸다면, 그 중에서도 「우리 속에 있는 여신들」을 쓴 정신과 의사 진 시노다 볼린의 의견을 경청해 본다면, 결코 납득하기 어려운 것이 아니다.

이와 같은 사실은 남자이든 여자이든, 그들이 하나의 우주적인 존재이자 유기체인 이상 그 속에는 남성성과 여성성이 공존할 수밖에 없는 필연성 때문이다. 따라서 이들 양자의 속성은 각각의 실체 속에서도 서로를 배반하며 서로를 필요로 하는 이원적 반응을 보이고 있다. 하지만 남자와 여자가 지닌 작은 차이로 인하여 남자와 여자는 또 다른 의미에서 상대적으로 남성성과 여성성을 표상하는 것으로 구분될 수 있다. 그리고 이런 까닭으로 인하여 남자와 여자는 서로 대립되면서 서로 결합되는 양면적 속성을 자연스럽게 드러낸다. 논의가 좀 다른 길로 잠깐 빠져버렸다. 어쨌든 일면 차별적인 개체로서의 성격을 상대적으로 조금 지녔으면서도, 실은 동질적인 인간으로서의 본성 내지 원형을 비교할 수 없을 정도로 많이 지닌 연속적 실체가 바로 남자와 여자임을 기억해야 한다. 물론 작은 차이도 중요하지만 작은 차이가 커다란 연속성을 덮어버린다면 그것이야말로 위험한 일이 될 것이다. 그러므로 남자들은 여자 혹은 여성성을 외부에서 구하기 전에 자기 자신의 내부에서 찾아내어 만나야한다. 그리고 여자들 또한 남자 혹은 남성성을 외부에서 구하기보다 자신의 내부에서 먼저 구해야 한다. 그리고 그것을 인정하고 실현시켜야 한다. 남자들이 여성성의 가치를 평가 절하하고 남자로서의 기만적인 우월성을 느끼는 것은 사실 자신의 몸 속에 살아 있는 자신의 여성적인 그림자를 남의 것인 줄로 착각하고 그것을 물고 뜯으며 평가 절하하는 무지의 소치이며, 반대로 여자들이 시대가 강요하는 가치 앞에서 여성성의 가치를 평가 절하하고 남성성의 잘못된 우월적 가치 앞에서 열등감을 느끼는 것은 자기 자신의 몸 속에서 울려 나오는 '늑대의 울부짖음 소리'(이것은 클라리사 P. 에스테스라는 미국 심리학자의 저서 「늑대와 함께 달리는 여인들」의 주제어 중 하나이다)를 귀가 멀어 듣지 못하는 까닭이다. 그러니 여자가 남성성을 선망하는 것이나, 남자가 여성성을 평가 절하하는 것이나 모두 그들 자신의 내적 실상을 제대로 인식하지 못한 결과이다.

다시 논의를 본류로 돌리자. 지금까지 이 장에서 탐구하고자 한 주된 내용은 여성성이 문학의 중요한 본질인데 그것과 달리 남성성이 끝도 모른 채 극성을 부리고 있는 이 시대에서 문학이 어떤 역할을 할 수 있고, 또 어떤 역할을 해야만 하느냐는 문제에 집중돼 있었다. 그리하여 나는 모든 삼라만상이 지닌 양면성의 원리를 하나의 이론으로 삼아서 여성성을 본질로 하는 문학의 양면적 위치를 논의해 보았다.

그런데 우리는 여기서 이 시대의 현실을 잠시 다르게 생각해 볼 필요가 있다. 그것은 남성성이 순기능을 넘어서서 과도하게 그 권력과 폭력을 종횡무진 휘두르는 바람에 또 다른 의미에서 문명의 시대가 아닌 야만의 시대를 살아왔던 그간의 정황이, 최근 들어 이른바 '전환점'을 맞이하고 있다는 징후가 곳곳에서 희미하게나마 보이기 때문이다. 물론 아직도 그러한 변호의 조짐은 미미하기 짝이 없는 정도이고, 그에 따라 남성성의 기세는 얼핏 보아 이전과 조금의 차이조차도 나지 않을 만큼 그 세력을 과시하고 확대하는 것처럼 보이나, 그래도 조금만 세심하게 우리의 삶을 돌아보면 전환점의 징후는 얼음장 밑에서 봄을 알리는 물소리가 들리듯이 그렇게 우리의 삶 속에서 나타나고 있다.

한번쯤 우리 주변을 둘러보자. 그러면 이런 징후들을 여기저기서 만날 수가 있을 것이다. 이를테면 생태계 보호 운동, 페미니즘 이론의 확대와 여성 운동의 증대, 기업체에 부는 문화 진흥의 분위기, 여성 신학의 발달, 과정철학과 과정신학의 발전, 심리학적 양성론의 확대, 동양사상에 대한 관심, 유기체사상의 확대, 신과학 운동과 양자역학의 발달 등, 이전과 다른 모습으로 나타나는 이런 양상들은 전환기의 징후들을 입증해 준다. 물론 이것은 우리의 현실이 이것을 중시하지 않으면 안 될 정도로 그만큼 열악한 사정 속에 놓여 있다는 것을 역으로 증거하는 것이기도 하지만, 그 같은 악조건을 이전과는 다른 사상과 방법으로 극복하려는 이같은 인식과 태도의 변화는 매우 소중한 것임이 분명하다.

우리나라에도 잘 알려져 있는 「새로운 과학과 문명의 전환」의 저자 F. 카프라는 우리 시대가 안고 있는 가장 큰 전환의 징후는 이른바 '부계 사회'의 쇠퇴라고 진단한다. 그가 전환의 징후로 제시한 것은 이 부계 사회의 쇠퇴 이외에도 화석 연료 시대의 종말과, 기계론적 패러다임의 쇠퇴, 세계를 적자생존으로 파악하는 다원적 세계관의 쇠퇴, 물질적 진보에 대한 무한한 확신의 쇠퇴 등이다. 그러나 어찌 보면 이 모든 것들은 다 수천 년 동안 계속돼 온 부계 사회가 상징하는 남성성 혹은 양의 성질의 무한한 확대가 더 이상 불가능한 시점에 왔다는 것을 시사하는 사실로 판단된다. 그는 부권 사회의 쇠퇴에 대하여 다음과 같이 말하고 있다.

> 아마도 가장 심각한 첫째의 변천은, 더디고 꺼려하는 것이지만 그러나 불가피한 부계사회(父系社會)의 쇠퇴에서 오는 것이다. 이 부계 사회와 연관된 시간은 적어도 3천 년 이상의 장기간이며 …… 중략 …… 그것은(부계 제도—필자) 최근에 이르기까지 유사 이래 공개적으로 도전 받지 않았던 유일한 체계였으며, 이 교의(敎義)는 자연법칙인 것처럼 여겨질 정도로 일반적으로 받아들여졌다. 그러나 부계사회의 붕괴가 현실로 나타난 것이다. 여성운동은 현재의 가장 강력한 문화 조류의 하나가 되었으며, 미래의 진화에 심각한 영향을 미칠 것이다.
>
> —「새로운 과학과 문명의 전환」
> (이성범·구윤서 역, 범양사, 29~30쪽)에서

이 말에 동의한다면, 아직도 우리가 살고 있는 사회는 여전히 공격적, 확장적, 경쟁적, 파괴적, 강권적, 분석적, 물질적, 기계적인 부권 사회의 특성을 간직하고 있지만, 그럼에도 불구하고 인간사의 물결은 그 방향을 전환하기 시작한 것으로 생각할 수 있다. 그렇다면 이와 같은 인류사적 현실 속에서 문학은 어떤 기능을 담당할 수 있고, 어떤 위치를 차지할 수 있을까. 이 점을 다시 한번 물어보자.

「메가트렌드 2000」의 저자인 존 나이스비트와 패트리셔 애버딘은 앞으로 다가올 인류사의 변화 10가지 중에서 '예술의 부흥'이라는 항목을 두 번째 장에서, 그리고 '여성지도자의 시대'라는 항목을 일곱 번째 장에서 논의하였다. 물론 이 저자들은 문명사의 패러다임이 근본적으로 변화했다는 원론적인 차원에서 그 원인을 찾아낸 것이 아니라, 경제적 부흥과 정보시대의 만개하는 지극히 현실적인 패러다임 속에서 이런 변화상을 이끌어낸 것이다. 하지만 이 책의 저자들이 제시한 '예술의 부흥'과 '여성지도자 시대의 도래'라는 것도 따지고 보면 세계가 여성성의 가치를 요구하는 시대로 접어들었다는 한 징후를 암시해 주는 것이라는 점에서 F. 카프라의 견해와 공통성을 지녔다. 「메가트렌드 2000」의 저자들은 자신들의 주장을 다음과 같이 전달하고 있다 : "미국과 유럽에서 태평양 연안 지역에 이르기까지 정보 산업이 발달된 곳이라면 어느 곳에서든지 예술을 통해 인생의 의미를 재조명하려는 욕구가 늘어나고 있다.", "1990년대에는 영상예술, 시, 무용, 연극과 음악 분야에서 전세계적인 부흥기가 도래할 것이다. 그것은 군(軍)이 모델이며 스포츠가 그 상징이었던 최근의 산업시대와는 뚜렷한 대조를 이룰 것이다. 이제 사람들의 관심은 스포츠에서 예술로 옮겨가고 있다.", "군사적인 관리모델을 제외한 모든 곳에서 남성과 여성은 똑같은 능력으로 사람들에게 최상의 것을 제공할 수 있다.", "남성이 원초적인 산업노동자였던 데 반해 여성은 정보 노동자이다.", "모든 세대가 경력쌓기와 가정생활을 잘 조화시켜 나가고자 한다. 직장과 가정을 양립시키고자 하는 것이 여성만의 문제가 아닌 것으로 된 셈이다."

이쯤의 인용문만을 접하더라도 우리는 여성성의 긍정적 가치가 존중되는 시대로 이 시대가 전환하고 있음을 좀더 구체적으로 실감할 수 있을 것이다. 그리고 여성성에 그 본질을 두고 있는 예술은 산업화시대 내지 부권 사회 속에서는 기껏해야 예외적인 광대들의 유희이거나, 가난을 운명으로 수용해야 했던 시대적 아웃사이더의 나약한 발언 정도로 치부되었으나, 이제 사정은 서서히 달라질 조짐을 보이고 있다. 그러나 아직도 부권 사회가 군림하고 있는 한국 사회에서 문학은 시대의 주류에서 밀려나 있으며, 몇몇의 예를 제외하고는 여전히 가난이라는 대명사를 운명적인 팻말처럼 달고 다닌다. 하지만 이전과 비교해 보면, 아무리 문학이 이 시대의 아웃사이더로 밀려났고, 또 많은 사람들이 이 시대를 가리켜 문학이 위기에 처한 시대라고 입버릇처럼 이야기하더라도, 문학 시장의 확대나 문학 작품의 창작량, 그리고 그것이 가져다주는 경제적 가치는 우리나라에서도 이전에 비하여 매우 호전된 것이 일면 사실이다. 그것은 우리나라에서 매년 쏟아지는 문학 작품의 양과 문인의 등장 수 그리고 최근 들어 부쩍 늘어난 문학 작품의 광고 양상을 보더라도 숨길 수 없는 진실이다.

그런데 노자는 역사상 그 누구보다도 설득력있게 이러한 여성성과 음의 성질이 지닌 중요성과 여성 원리의 우위성을 강조한 사람이다. 이와 관련하여 그가 전한 문장들을 「도덕경」에서 몇 가지 인용해 본다.

① 부드러움은 단단함을, 약함은 강함을 이긴다
(柔勝剛, 弱勝强).

—— 36장

② 하늘 아래 물보다 부드럽고 약한 것은 없건만
(天下莫柔弱於水),
그보다 더 강하고 단단한 것을 잘 이기는 것도 없으니
(而攻堅强者莫之能勝),
이 진리는 결코 바뀌지 않을 것이다
(以其無以易之),
약함이 강함을 이기고 부드러움이 단단함을 이긴다는 것

(弱之勝强, 柔之勝剛),
하늘 아래의 모든 사람이 알고 있건만
(天下莫不知),
그들은 삶에 적용하여 이용할 줄 모른다
(莫能行).

— 78장

③ 강대한 것은 아래에 있고, 부드럽고 약한 것은 위에 있다
(强大處下, 柔弱處上).

—76장

여기서 보는 바와 같이 그리고 많은 노자의 연구자들이 지적했듯이, 노자는 여성성과 모성성을 찬미하며 그것을 남성성보다 우위에 있는 것으로 이야기하였다. 말하자면 표면적으로는 강하고 단단한 것이 세상을 지배하는 것 같은 사회에서도 실은 부드럽고 약한 것이 진실한 승리를 얻는다고 말하는 것이 노자의 여성성 우위의 원리이며 그의 근본 사상이다. 그렇다고 노자가 남성성을 무조건 부정한 것은 아니다. 왜냐하면 그는 인간 존재 자체가 우주적이란 전제 하에 인간 속에 내재한 남녀 양성을 함께 직시하고 있는데, 다만 그 중에서 굳이 하나를 뽑으라면 겉보기와 달리 남성성보다 훨씬 유용하고 고차원적인 여성성을 선택하겠다고 말하기 때문이다.

어쨌든, 노자는 여성성이 남성성을 이긴다고 말한 역사상 보기 드문 인물이다. 그렇지만 중용의 논리에 따르자면 이 양자의 속성은 서로를 이길 수 있으면서 동시에 서로를 이길 수 없는 역설적 관계에 놓여 있다. 따라서 이들은 외견상 어느 하나가 다른 하나를 일시적으로 이기거나 그것에 지는 일이 생길지는 몰라도, 영원히 서로가 서로를 절대적으로 이기거나 지게 할 수는 없는 대등한 쌍생아이다. 그러고 보면 노자의 여성성 우위의 원리는 남성성에 의한 여성성의 억압과 약화로 무수한 부작용이 발생하는 현시대의 불합리를 바로잡고 약자에게 기운을 주고 희망적인 비전을 갖게 한다는

점에서 매우 중대한 역할을 할 수 있지만, 그와 더불어 남성성이 여성성을 이길 수 있다고 주장한 다른 주장들과 마찬가지로 대극적인 자리에 서서 또한 동일한 한계점을 노정할 가능성을 안고 있다.

그렇다면 여성성을 그 본질로 삼고 있는 문학의 시대는 오고 있는가, 가고 있는가. 이런 물음을 앞에 놓고 지금까지 논의한 내용에 비추어 볼 때, 적어도 이 시대의 문명사가 여성성의 가치를 중시하는 차원으로 전환을 이루어가고 있으며, 우주사는 물론 인간사나 문명사 역시 일종의 유기체로서 균형과 조화를 그 이상으로 삼고 있다는 데에 동의한다면, 문학의 미래는 결코 어둡지 않을 것이라 짐작할 수 있다. 물론 앞으로 문학이라는 양태나 개념이 어떻게 바뀔지는 누구도 알 수 없다. 그것은 문학이 발생한 이래 지금까지 우리의 역사 속에서 문학의 양태나 개념은 무수하게 변화하는 과정을 거쳐왔기 때문이다. 더욱이 우리는 지금 그 일례로 컴퓨터와 비디오 매체의 등장으로 인하여 문학의 양태나 개념이 이전과 다르게 변화되고 있음을 목도하고 있다.

잠시 이야기를 바꾸어 보자면 여태껏, 적어도 문자가 발명된 이후, 문자 행위는 주로 남성에게 관련되는 것처럼 여겨졌다. 그리하여 문자로 이루어진 다른 규범적이며 직설적인 양식에서는 물론, 그들에 비하여 상당히 간접적이고 여성적인 문학의 영역 역시 주로 남성들이 관여하는 세계처럼 인식되었다. 하지만 우리가 잠시만이라도 구비 문학의 세계를 기억해 본다면, 문학이야말로 남녀의 구분이 무의미할 만큼 양편 모두에게 속하는 양식이었다. 이런 사실에 비추어 볼 때, 문자라는 권력적인 기호가 등장하면서 그것이 마치 남성의 영역인 것처럼 오인되어, 한동안 문학의 세계에서 여성들이 소외되는 비운을 맞이한 게 사실이지만, 이런 사정은 문자의 탄생과 더불어 나타난 문학 세계의 일시적 현상일 뿐, 문학 자체가 근본적으로 남자들에게 유리한 장르임을 의미하는 것은 결코 아니다. 그러므로 지금까지 문자로 창작된 문학이 남성 중심의 영역처럼 인식된 것은, 부권 사회의 부권적 제도가 만들어낸 인위적인 결과일 뿐, 자연스러운 현상이라고 보기 어렵다. 말할 것도 없이, 인위적이며 선입견으로 가득찬 제도나, 이기적이며 권력 지향적인 제도가 일시적으로 우주사와 인간사의 자연스러운 흐름을 억압하거나 왜곡시킬 수는 있다. 그러나 그것은 길고 긴 우주사나 인류사의 관점에서 볼 때, 지극히 짧은 시간 속에서 벌어진 하나의 에피소드와 같은 것에 불과하다고 말하여 감히 지나침이 없을 것이다.

따라서 최근 들어 문학계에 여성들이 대거 진출하여 그들의 능력을 점점 더 인정받고 커다란 반향을 불러일으키는 것은 문자를 그들만의 것으로 독차지하려 해 온 남성들의 인위적인 이기적 제도와 그 폭력성이 더 이상 자연스러운 우주사나 유기체의 흐름을 왜곡시키거나 억압할 수 없다는 사실을 입증하는 것이기도 하다. 뿐만 아니라 문학이 그 본질상 여성성에 기초해 있다면, 비록 문자를 독점하려 했던 남성들이 한동안 문학 세계를 그들만의 것으로 간주했다 하더라도 사실상 그들이 창작한 문학은 남성 작가들이 그들의 마음속에 자리한 여성성 혹은 음의 성질을 실현시킨 결과라고 볼 수 있다. 이 말을 다시 바꾸어 볼 경우, 이것은 남성 작가들이 그들의 무의식 속에 살아 있는 아니마의 능력을 현실화시킨 것이 바로 문학이라는 의미가 된다.

따라서 최근 들어 문자와 교육을 남자들과 공유하게 된 여성들이 대거 문단에 진출하여 그 능력을 인정받고 문단의 흐름을 남성들과 같이 주도해 나아가는 것은, 과거 여성들이 남성들과 구별없이 문학 창작에 기여했던 구비 시대의 자연스러웠던 정황을 연상시킨다. 더욱이 문학이 그 본질을 여성성에 두고 있으며, 여성이란 존재가 남성보다 아주 작은 차이일망정 여성성을 보다 많이 간직하고 있다면, 그리고 부권 사회가 약화되는 대신 여성성의 가치가 점차 존중되는 방향으로 문명사가 전환되어 나아간다면, 문학계에서 여성들이 그들의 능력을 발휘할 수 있는 가능성은 보다 커질 것이다. 이런 인류사와 문명사의 크고 작은 흐름과 변화상을 보면서, 다음과 같은, 평범하나 의미심장한 말들을 떠올려본다 : '양이 극에 달하면 음이 생기하고, 음이 극에 달하면 양이 생기한다. / 음지가 양지되고 양지가 음지된다.

/ 해가 뜨면 해가 지고, 해가 지면 해가 뜬다.' 그러므로 자만이냐, 자학이냐 하는 흑백 논리는 바람직하지 않다. 그 대신 우리에게는 자신의 입으로 자신의 꼬리를 물듯이 하나의 몸 속에 시작과 끝을 동시에 품고 있는 우로보로스의 원이, 그런가 하면 음양을 한몸에 품고서도 둥근 얼굴로 진선미의 아름다움을 드러내는 태극의 원이, 안과 바깥이 대립되었으면서도 다시 하나로 이어지는 뫼비우스의 띠가, 수많은 이질적 존재들을 한몸에 품고 있으면서도 둥근 얼굴로 조화의 극치를 자랑하는 만다라의 표상이, 정말로 무엇을 의미하는 것인지, 그에 대해 다면적으로 음미하는 일이 필요할 것이다.

『청록집』에 나타난 생명시학과 근대성 비판

최 승 호*

1. 머리말

청록파에 대한 평가는 역사적 시기마다 굴곡을 달리해 왔다. 청록파에 대한 평가의 역사적 추이는 한마디로 이 땅에서의 문학적 입장의 변천사를 대변한다. 그만큼 한국 현대문학사에서 자리하고 있는 청록파의 영향이 크다하겠다.

청록파는 가까이로는 문장파로부터 직접적인 영향을 받으면서 출발했다. 특히 그 중에서도 정지용에 의해 이루어진 순수 전통서정시의 현대화에 힘을 입고서 그 출발이 가능했던 것이다.[1] 정지용에 의해 발견된 자연의 생명력[2]을 토대로 그들 청록파의 시학이 출발의 거점을 마련했던 것이다.

---

* 시인, 대구대 교수

1) 종래까지 청록파의 정신사적 전단계를 주로 시문학파에만 한정시키는 논의들이 대다수였다. 시문학파가 이루어 놓은 문학적 토양 속에서 필요한 자양을 받아들이고서 청록파 세 사람이 나타났다는 것과, 그리고 시문학파가 표현의 방법에만 치중하여 등한히 한 정신세계를 그들 청록파 시인들이 개척했다는 것을 지적하는데 그쳤다. 그리하여 시문학파와 청록파 사이에서 중요한 역할을 해온 문장파를 소홀히 하였다. 청록파의 정신사적 거점이 문장파에서 시작된다는 것을 연구한 것들은 다음과 같은 글들이 있다.
　① 최승호, 『한국 현대시와 동양적 생명사상』(다운샘, 1995).
　② 김용직, 『한국현대시사 2』(한국문연, 1996).
2) 최승호, 「정지용 자연시의 은유적 상상력」, 『한국시학연구 1』(한국시학회,

정지용은 자연이 지닌 생명력을 카톨릭적 세계관 내지 유가적 세계관으로 해석하면서 현대판 자연시, 순수 전통서정시의 새 길을 개척한 바 있다. 이병기가 시조로써 전통서정시를 현대화시킨 선구자였다면, 정지용은 이병기에게서 자신감을 얻고서 그것을 현대적인 자유시로 개발한 공로가 크다. 청록파 세 사람은 바로 이러한 정지용의 후기 산수시에서 그들 시학의 출발점을 삼고서 이후 그들 각자 나름대로의 고유한 시 세계를 펼쳐나갔던 것이다.

정지용에게서 발견되기 시작하고 선취되었던 자연의 재발견은 이들 청록파에게서 더욱 고조되고 강화되어진다. 청록파에 의한 자연의 재발견3)은 명백히 앞선 시기의 모더니즘에 대한 비판과 관련되어 있다.4) 청록파 세 사람은 모더니즘이 봉착한 비생명성과 비인간화를 부정·비판하면서 그들의 문학적 활로를 개척한 것이다. 이들 청록파에게 있어서 모더니즘은 그들의 시학을 구축해 나가는데 필수적으로 불가결한 비판의 대상이었던 것이다. 청록파는 이처럼 모더니즘이 봉착한 비생명화 결과를 비판하면서 '영원한 생명의 고향5)'을 찾아 나선 것이었다. 그들이 발견한 영원한 생명의 고향이 바로 '자연'인 것이다.

이처럼 청록파 시인들에게 있어서 영원한 생명의 고향으로서의 자연은 1930년대 후반과 1940년대 전반기에 '재발견'된 것이다. 그 전대에 있던 전통적인 서정시에서 보이는 자연과는 다른 새로운 자연이 이들에 의해 모습을 드러내기 시작한 것이다. 그 시대가 요구한 새로운 자연이 나타난 것이다. 이들 청록파 세 사람에게 나타난 새로운 자연은 한마디로 생명의 모태이고 그 시대가 요구하는 새로운 시의 산실이기도 하다.

그들은 일제말기 파시즘 체제하에서, 오로지 개인과 민족의 생명 내지 생

1998. 11).

3) 김동리, 「三家詩와 자연의 재발견」, 『예술조선 3』(1948. 4).

4) 정한모, 『현대시론』(보성문화사, 1973).

5) 정한모, 『현대시론』.

명력을 지켜내거나 고양시키기 위해서 그 생명의 원천으로서의 자연을 선택하고 그 속으로 돌아갔던 것이다. 결국 그들의 생명시학이란, 모든 사물의 자유로운 생명력을 억압하는 얼어붙은 파시즘의 계절에 대항하는 미학적 태도인 것이다. 모더니즘이 봉착한 허무와 절망의 대안으로 제시된 이 생명시학은 그 시대에 있어서 개인적으로나 민족적으로나 문학적 구원의 중요한 지표였던 것이다.

파시즘 체제에 대항하는 이 생명시학은 자연스럽게 반근대적 성향을 지니게 된다. 본고에서는 파시즘으로 귀결된 근대의 파국 앞에서 이들 청록파 시인들이 어떻게 생명시학으로써 서구적인 근대사상을 비판하면서 시적 구원을 성취해 나가는가 살펴볼 것이다. 그리고 그들 청록파가 취하는 반근대적인 미학적 태도가 당대에 어떠한 의미를 지니는가를 살펴볼 것이다. 그렇게 되면 그들의 맥을 잇는 1950년대 이후 한국의 순수서정시가 지니는 현대적 의미가 밝혀질 것이다.

2. 박목월의 목가적인 생명시학

박목월의 초기시에 대한 평가만큼 편차가 심한 경우도 드물다.『청록집』이 처음 발간될 때부터 지금까지 매우 상반되고 입장을 달리하는 평가가 계속되어 온 게 사실이다. 리얼리스트들과 모더니스트들에 의한 부정적인 평가와 전통주의 내지 순수 서정주의자들에 의한 옹호는 당대의 문단적 상황과 시대적 배경을 바탕으로 서로 경쟁관계에 있어 왔다. 그만큼 박목월에 대한 평가는 당대 문단의 기류 변화에 민감하게 반응해 오고 있었다. 이것은 박목월에 대한 해석과 평가 태도에 따라 당대 문단 내지 문학적인 세력 판도를 읽고 가늠할 수도 있다는 뜻이 된다. 그만큼 한국 순수서정시에서 박목월의 초기시가 차지하는 비중이 큼을 알 수 있다.

박목월의 초기시에 대한 부정적 평가는 좌·우 이데올로기가 격돌하는 해방기에 이미 거세게 대두되었다. 일찍이 김동석은 조선문학가동맹을 대표하여 박목월을 심하게 공격하였다. 그는『청록집』에 실린「임」을 보기로 들어서 거기에 탈현실, 반정치성이 나타난다고 비난했던 것이다.[6] 나중에 박목월이『보랏빛 소묘』에서 자작시 해설을 통해서도 밝혔듯이, 이것은 김동석이 기계적인 역사주의적인 입장에서「임」을 잘못 해석한 것이다. 이러한 기계적인 반영론은 나중에 1980년대 크게 유행하여 당시에 박목월에 대한 평가는 심히 왜곡되어 나타나기도 했다.[7]

> 내ㅅ 사 애달픈 꿈꾸는 사람
> 내ㅅ 사 어리석은 꿈꾸는 사람
>
> 밤마다 홀로
> 눈물로 가는 바위가 있기로
>
> 기인 한밤을
> 눈물로 가는 바위가 있기로
>
> 어느날에사
> 어둡고 아득한 바위에
> 절로 임과 하늘이 비치리오
>
> —「임」 전문

이 작품은 문학사에서 그리 관심을 얻지 못한 채 가리워져 있어 왔다. 그런데 박목월 초기시가 지니는 현실과의 긴장관계를 해명해내는 데는 중요한 단서를 마련해 주는 의미가 있는 작품이다. 이 작품에서 서정적 자아는 임과 더불어 하나로 되려는 서정적 동일성을 추구하고 있다. 그런데 그런 서정적 동일성은 쉽게 이루어지고 있지 않다. 그러한 서정적 동일성을 방해

---

6) 김동석,「비판의 비판」,『예술과 생활』(박문출판사, 1947).
7) 최근까지도 이러한 기계적인 반영론에 입각한 왜곡된 해석이 나온 적이 있다.
   김옥수,「자연시의 이데올로기」,『시와 사상』제17호(1998, 여름).

하는 현실적 세력이 완강하게 버티고 있기 때문이다. 이 현실적 방해세력은 「밤」이라는 상징어에서 쉽게 발견된다.

그런데 이 밤은 단순한 물리적인 낮과 밤의 밤이 아니다. 박목월의 말대로,8) 낮이 없는 영원한 밤, '암흑한 시대' 그것이다. 그래서 '밤마다'와 '기인 한밤'이라고 강조해서 표현하고 있다.

이 기인 한밤에 그는 홀로 눈물로 바위를 갈고 있다. 눈물로 바위를 외롭게 홀로 가는 것은 그것을 갈아서 거울로 만들려는 의지 때문이다. 이때 거울로 바뀔 바위는 자아와 임이 하나로 만날 수 있도록 매개해 주는 존재이다. 즉 서정적 동일성을 확보해 주는 매개체이다. 여기서 바위를 갈아서 거울로 만드는 것은 불가능한 일이다. 그런데 이 불가능한 행위에 도전하는 의지가 중요하다.

일제 파시즘 체제하에서 서정적 자아와 임과 하늘이 하나로 행복하게 만나는 것은 너무도 힘든 일이다. 그래서 "내ㅅ사 애달픈 꿈꾸는 사람 / 내ㅅ사 어리석은 꿈꾸는 사람"이라고 자탄하고 있다. 그럼에도 불구하고 서정적 자아는 바위를 갈아 거울로 만들어 그것으로써 임과 하늘과 하나로 되려는 꿈을 포기하지 않는다. 이 포기하지 않는 꿈, 이것이 중요하다. 그것은 곧 서정성에의 완강한 꿈꾸기이다. 즉, 서정성이 지니는 끈질긴 힘이다. 그러면, 박목월에게 있어서 이 어리석은 꿈을 포기하지 않도록 해주는 원동력은 어디서 오는가.

그는 스스로의 힘과 의지와 노력만으로는 바위를 갈아 거울로 만들 수 없음을 잘 알고 있다. 그것은 마지막 연 "어느날에사 / 어둡고 아득한 바위에 / 절로 임과 하늘이 비치리오"라고 자탄적인 반문을 하는 데서 명백히 보인다. 그런데, 그는 자탄적인 절망으로 끝을 맺지는 않는다. 여기서 그는 '절로'라는 부사어로써 그 난국을 벗어나고 있다.

환언하며는 '절로 임과 하늘이 비치리오'의 절로라 함은 임과 하늘을 어

---

8) 박목월, 『보랏빛 소묘』(신흥출판사, 1958).

둑한 바위에 비치게 하는 것은 인간의 힘 이상의 능력 — '하느님의 섭리나, 천지를 운행하는 힘'이 이룩하여 주시리라는 것. 그 자연의 힘에 대한 믿음을 뜻한 것이다. 또한 절로 이루어지리라는 것을 믿으면서 '비치리오'하고 자탄적인 반문을 하게 됨은 자연히 이루어 주실 것이며 스스로 이루어질 것을 확실히 믿기는 하나, 허나 언제쯤 이루어주실 것인가 하는 안타까움의 심정이 깃든 것이다.[9]

이 '절로'라는 말 속에는 인간의 힘 이상의 능력, 초자연적인 힘에 대한 믿음이 들어 있다. 그것은 곧 자연에 대한 소망과 믿음에서 나온다. 자연 속에 그러한 초월적인 힘이 있다는 것에 대한 믿음은 그로 하여금 자탄에서 벗어나 긴 역사적인 밤을 견디게 만들어 준다. 이러한 형이상학적인 존재와 그 능력이 소위 '끈질긴 서정'의 원천이 된다. 이것으로써 서정시는 현실에 대해 완강하게 저항할 수 있게 된다.

이와 같이 그는 긴 역사적 밤을, 그 현실적 고통을 경유하면서 그 속에서 서정적 유토피아를 꿈꾸고 있다. 이러한 현실적 고통을 전제로 한 서정적 유토피아를 꿈꾸고 있다는 의미에서 그의 순수서정시는 현실적 긴장력을 동반하고 있다. 이와 같은 작품을 앞의 김동석처럼 거칠게 기계적인 반영론으로 재단하는 것은 심히 무모한 해석이다. 서정시는 섬세하게 읽어내어야 현실과의 긴장력 내지 겉으로 쉽게 포착되지 않는 시인의 정치적 태도가 조심스럽게 드러나는 것이다.

앞에서 살펴 본 바와 같이 박목월은 자아와 세계간의 행복한 일치, 그 황홀경의 만남을 위해서는 인간적 힘 이상의 능력을 전제로 하고 있다. 그것이 초기에는 주로 자연이 지닌 생명력에 대한 믿음으로 나타난다.[10]

　　松花가루 날리는
　　외딴 봉우리

---

9) 박목월, 『보랏빛 소묘』.
10) 박목월, 『보랏빛 소묘』.

윤사월 해 길다
꾀꼬리 울면

산직이 외딴 집
눈 먼 처녀사

문설주에 귀 대이고
엿듣고 있다.

—「윤사월」 전문

　이 시의 공간은 매우 순결한 장소로 나타난다. 송홧가루 날리는 외딴 봉우리가 그러하다. 이때 송홧가루는 소나무와 더불어 초속성을 상징한다. 그리고 영원성을 의미하기도 한다. 송홧가루가 상징하는 영원성은 타락한 자본주의 도시의 일상성과 찰나성에 대응하는 논리로 기능한다. 그리고 외딴 봉우리라는 것 자체가 그런 영원성을 순결하게 받쳐준다. 이때의 외딴 봉우리는 당시 파시즘적인 타락한 도시문명을 거부하는 삶을 표상한다. 따라서 이 시는 처음부터 反근대적인 공간을 제시함으로써 파시즘에 억압된 당시의 삶에 신선한 충격을 던져주고 있다.

　이 시의 공간이 순결의 장소라는 것은 '눈 먼 처녀사'에 와서 한층 강조된다. 처녀라는 것만으로도 순결성이 확보되는데, 게다가 '눈 먼'이 첨가됨으로써 그 순결성은 한층 더 고조된다. 이때 '눈 먼'은 단순히 생리적인 물리적인 것에 그 의미가 제한되지 않는다. '눈 먼'이라는 것은 당시의 타락한 근대문명으로부터 오염되지 않았다는 것을 의미하기도 한다. 이것은 그런 파시즘적인 삶을 거부한다는 깊은 의미도 들어 있다.

　이런 순결한 공간으로서의 자연은 또한 생명적인 공간이다. 뭔가 초월적인 힘을 가지고 있지만 그것을 묵시적으로만 드러내는 실체이기도 하다. 그 자연이 지닌 생명력의 묵시적인 속삭임을 처녀는 문설주에 귀를 대이고 엿듣고 있다. 이때 문설주는 생명의 본향으로서의 원초적 자연이 들려주는 묵시적 신비의 세계로 들어가는 문이기도 하다. 그러나, 그 문을 통과할 수 있는 자는 그런 순결한 눈먼 처녀이다.

이 작품에는 '이상한 흐느낌'11)이 흐르고 있다. 그 이상한 흐느낌은 이 작품의 세계를 둘러싼 바깥의 현실세계와의 고통스런 긴장관계 때문에 오는 것이다. 이 작품의 세계는 결코 생명력이 충일한 공간은 아니다. 그 공간의 생명력이 다소 위축되어 있고 쓸쓸해 보이는 것은 작품 밖의 파시즘적인 현실 때문이다. 그럼에도 불구하고 이 시의 세계는 그 나름대로 유토피아적인 성취를 이루어 내고 있다. 이 시가 유토피아적인 성취를 이루어 내고 있다는 것은 행간행간에 나타나는 극명한 대조 때문이다. 즉 이 시의 세계와 대립되는 타락한 현실세계가 행간에 명백히 드러나기 때문이다. 따라서 비록 '이상한 흐느낌'이 흐르지만, 「윤사월」의 시세계는 생명의 공간으로서 유토피아를 이루고 있는 것이다.

순수서정시에서 유토피아 지향성은 필수불가결한 것이다. 유토피아에 대한 꿈이 바로 그런 순수서정시의 출발점이 되기 때문이다. 박목월의 초기시가 지니는 그러한 유토피아 지향성은 그의 대표작 「나그네」에 집약적으로 나타난다. 기실 「나그네」에 대한 해석은 박목월 초기시의 성격을 규정짓는 데 결정적인 구실을 한다.

江나루 건너서
밀밭 길을

구름에 달 가듯이
가는 나그네

길은 외줄기
南道 三百里

---

11) 박목월, 『보랏빛 소묘』.

　술 익는 마을마다
　타는 저녁 놀

　구름에 달 가듯이
　가는 나그네

—「나그네」 전문

　이 시의 세계는, 술 익는 마을마다 저녁놀이 탄다는 말에서 보이듯 유토피아를 지향하고 있다. 물론 이 작품에서의 시골 마을은 일제에 의해 수탈받는 현실 그대로의 농촌이 아니다. 그러한 수탈에도 불구하고 마땅히 지향해야 하는 이상적인 농촌의 모습이 꿈으로 그려지고 있다. 이것을 소박하게 기계론적인 반영론으로 해석해서 비난하는 것은 심한 왜곡이다. 「나그네」에 보이는 그런 이상적인 시골 마을은 바로 타락하고 고통받는 현실의 치유공간이다.[12] 이상적인 치유공간을 당위적 현실로 상정하고 그것을 모방하고자 하는 것이다.[13] 때로는 있는 그대로의 현실보다 있어야 할 이상적인 현실이 더욱 규범적으로 작용할 때가 있다. 순수 서정시란 바로 그런 당위적 현실을 모방하고 반영하는 것이다. 그런 의미에 있어서 이때의 모방론은 아리스토텔레스적이라기보다 다분히 플라톤적이다.

　그런 당위적 현실을 이상적으로 제시한다는 것은 타락한 현실세계를 간접적으로 역설적으로 비판하고 고발한다는 것을 의미한다. 「나그네」가 바로 그러하다. 이 작품에는 당시의 어두운 현실이 문면에 직접 반영되어 있지는 않다. 그러나, 그 시대를 산 사람이면, 비록 이 시에 있는 그대로의 현실이 직접 나타나 있지 않다 하더라도 충분히 유추해서 읽어낼 수 있는 것이다. 그리고 지금 이 시점에서도 그것은 가능하다. 이처럼 순수서정시로서

---

12) 노승욱, 「박목월 시에 나타난 향수의 미학」, 1998년 제1학기 서울대 대학원 국어국문학과 박사과정 레포트.
13) 김준오, 『시론』(삼지원, 1997), 제4판.

의 「나그네」가 지니는 시적인 위대한 힘은, 있는 그대로의 현실 반영이 아니라 있어야 할 이상적인 현실에 대한 꿈을 반영함에서 온다. 이 유토피아적인 소망과 꿈이 당시 얼어붙어버린 파시즘적인 계절을 이겨내게 해주는 원동력이 되는 것이다. 그리고 그 원동력이, 박목월에게서는, 자연 속에 있는 생명력인 셈이다.

이러한 자연이 지닌 목가적 생명력, 향토적인 생명력은 박목월 고유의 시 세계를 형성시킨다. 그런데 여기서 목가적이다, 향토적이다 하는 것은, 앞에서 말했듯이, 있는 그대로의 현실이 아니라, 당위적 현실과 관련된다. 원래 목가적이라는 말 자체가 아카디아적 내지 유토피아적인 개념이고, '향토적'이란 말 또한 '향수'와 관련되어 이상향을 지칭하는 개념이 된다.

> 머언 산 靑雲寺
> 낡은 기와집
>
> 산은 자하산
> 봄눈 녹으면
>
> 느름나무
> 속ㅅ 잎 피어나는 열두구비를
>
> 靑노루
> 맑은 눈에
>
> 도는
> 구름

—「청노루」 전문

주지하다시피, 이 시에 나오는 청운사, 자하산은 박목월이 일제 말기에 상상으로 만들어 낸 환상적 공간이다.[14) 환상적 공간인 만큼 이상적인 유토피아로서의 공간이다. 그 유토피아로서의 공간은 타락한 현실로부터 멀리 떨어져 있다. 또한 '낡은 기와집'에서 보이듯, 근대적인 시간의 속도로부터도 멀리 떨어져 있다. 아니 초월해 있다. 즉 시간이 곧 돈이 되는 근대 부르주아적 시간을 초월해 있다. 이렇게 이 시의 세계는 시간적으로도 공간적으로도 근대 자본주의적인 삶으로부터 초월해 있다. 따라서 일상적이고 세속적인 찰나적인 삶을 벗어나 있다. 이 벗어난 곳에, 초월적인 세계에 바로 자연이 지닌 원래의 생명력이 숨쉬고 있다. 그곳은 봄눈 녹으면 느릅나무 속 새 잎 피어나는 공간이다. 그 생명적 공간 속에서 청노루 맑은 눈에 구름이 순결하게 비치고 있다.

그런데, 이 유토피아로서의 초월적 세계는 타락한 현실적 세계와 끊임없이 긴장관계에 놓여 있다. 즉, 이 시 속에는 현실적 긴장이 배제되어 있지 않다. 그것은, 박목월의 해설대로, '느릅나무 / 속새 잎 피는 열두구비' 속에서 집약적으로 드러난다. 그에 따르면 느릅나무는 태산준령에 자라는 나무가 아니라, 오히려 속취가 분분한 야산수목이다. '먼산 청운사' '자하산' 등 고고하고 우아한 초월적 세계로 통하는 속세적인 길에 '느릅나무 / 속새 잎이 피어나는 열두구비'가 있다. 그 길 위에서 '청노루 / 맑은 눈에 / 도는 / 구름'을 보았던 것이다. 그는 자신의 이런 상태를 미급한 해탈, 또는 몸부림이라 했다.15)

이렇게 환상적으로 제시된 이상적인 향토적, 목가적 자연은 순결한 생명력의 공간이면서 동시에 파시즘적인 삶의 공간에 대한 대척지점이 되는 곳이다. 도구화된 이성과 기계론적인 자연관으로 특징되는 서구적 근대사상에 의해 초래된 파시즘과 근대의 파국에 맞서서 다시금 자연 속에 있는 생명력을 발견하고 그것을 삶의 고향으로 삼음으로써, 근대를 초극하고자 한 것이다. 이처럼 박목월의 초기시에 나타난 생명시학은 서구적인 근대의 부정적 측면을 극복하고 하나의 대응논리를 제시한다는 점에서 당대에 있어

---

14) 박목월, 『보랏빛 소묘』.
15) 박목월, 『보라빛 소묘』.

서 현대적인 의미를 획득하고 있는 것이다.

3. 박두진의 묵시적 생명시학

정지용의 말대로[16], 일제 말기 우리 문단에 하나의 '新自然'을 소개한 박두진은 그 출발부터가 충격적이었다. 당시 정지용은 『문장』지의 시 부문 추천위원으로서 남다른 기대감을 안고 있었는데, 그는 "깊숙이 숨었다가 툭 튀어나오되 호랑이처럼 무서운 시인이 혹시나 없을까"[17]하고 기다리고 있던 중에 박두진을 만났고, 감격스럽게 '법열'[18]이라는 말을 써가며 그의 출현에다 최고의 찬사를 보냈다.

박두진이 등단 때부터 깊고 큰 관심을 받게 된 것은 당시로서는 아주 '새로운 자연'을 들고 나왔기 때문이다. 정지용의 산수시에 나오는 자연은 은거공간으로서 생명력이 매우 위축되어 있었다. 또한 정지용을 모델로 하고 나온 청록파의 다른 두 사람 박목월이나 조지훈의 자연 역시 웅장하거나 남성적인, 개방적인 그런 것은 못 되었다. 앞장에서 살펴 보았듯이, 박목월의 초기시 경우, 자연은 생명의 고향이로되 다분히 폐쇄적이고 자족적인 공간을 이루고 있었다. 예컨대, 「산이 날 에워싸고」속에 나오는 생명은 '그믐달처럼 사위어지는 목숨'으로 나온다. 이렇게 위축된 생명력은 그 험한 인고의 세월을 단순히 '견딤의 미학'으로 이끌게 된다. 들찔레나 쑥대밭처럼 황폐해진 삶을 끈질기게 견디며 저항하는 방식 외에는 달리 도리가 없었다.

그에 비해 박두진의 초기시는 매우 남성적이고 호방하다. 김용직의 지적대로,[19] 매우 넓은 시야를 느끼게 해주는 시를 썼다. 그는 박목월처럼 산으로 에워싸인 폐쇄적이고 자족적인 공간이 아니라, 그 테두리가 훨씬 큰 山

---

16) 정지용, 『문장 12호』(1940. 1), 195쪽.
17) 정지용, 『문장 3호』(1939. 4), 152쪽.
18) 정지용, 『문장 12호』(1940. 1), 195쪽.
19) 김용직, 『한국 현대시사 下』(한국문연, 1996), 530~531쪽.

이며 들판, 하늘과 해를 노래했다. 그의 상상력은 우주적으로 확산되었다. 이런 엄청난 산하에 대한 우주적 접근은 소박한 향토적 시인인 박목월에게 도 보이지 않았고, 소소면면한 전통 유가의 후예인 조지훈에게도 볼 수 없었다. 박두진에게 보이는 이러한 싱싱하고 역동적인 생명력의 고향으로서의 자연은 일제 말기 파시즘의 계절을 살아가는 시인에게 굳세고 건강한 미학적 태도를 안겨 주었다. 그는 박목월처럼 단순히 들찔레처럼 견디어 내는 삶으로 만족하지 않았고, 조지훈처럼 유유자적하는 물외한인의 삶도 살지 않았다. 이처럼 박두진이 그 시대 누구보다 건강한 생명력을 지닌 자연을 노래할 수 있었던 것은 그의 기독교적 믿음 때문이었다.

박두진에게 있어서 자연은 활기차고 소망으로 가득 찬 생명의 세계였다. 그리고 자연의 생명력은 숭고한 그 무엇이었다. 그에게 있어서 자연의 생명이 숭고할 수 있는 것은 그 생명의 근원인 창조주 하나님 때문이다.

아랫도리 다박솔 깔린 山 넘어 큰 山 그 넘엇 山 안보이어 내 마음 둥 둥 구름을 타다.

우뚝 솟은 山, 묵중히 업드린 山 골골이 長松 들어섰고, 머루 다랫 넝쿨 바위 엉서리에 얼켰고 샅샅이 떠깔나무 으새풀 우거진데 너구리, 여우, 사슴, 山토끼 오소리 도마뱀, 능구리 等, 실로 무수한 짐승을 지니인,

山, 山, 山들! 累巨萬年 너희들 沈默이 흠뻑 지리함즉 하매,

山이여! 장차 너희 솟아난 봉우리에, 업드린 마루에, 확 확 치밀어 오를 火焰을 내 기다려도 좋으랴?

피ㅅ 내를 잊은 여우 이리 등속이 사슴 토끼와 더불어 싸리ㅅ 순 칡순을 찾아 함께 즐거이 뛰는 날을 믿고 길이 기다려도 좋으랴?

─「香峴」 전문

이 시에 나오는 자연은 생명력이 충일하고 역동적인 그런 공간이다. 산의

아랫도리는 다박솔로 깔려 있다. 아랫도리는 계곡이 있고 숲이 울창한 생명의 서식지로 적절한 공간이다. 이처럼 이 시는 생명력이 충만한 산의 계곡에서 출발한다. 그러다가 시인의 시야의 초점이 첩첩 싸인 산을 따라 한 계단씩 올라간다. 시인의 시야가 한 계단씩 상승함에 따라 시인의 마음도 둥둥 구름을 탄다. 이렇게 팽창하는 생명력은, 앞에서도 말했듯이, 우주적이다. 이처럼 박두진은 데뷔작품부터 웅장한 규모의 상상력을 보여준다.

이렇게 둥둥 구름을 타고 올라간 시적 자아는 하늘 위에서 '향기 나는 고개' 香峴을 기쁨에 넘쳐서 내려다 보고 있다. 거기서 내려다 보면 온갖 산이 다 보인다. 그 산들은 우뚝 솟아 있기도 하고, 묵중히 엎드려 있기도 하다. 그리고 골짝마다 長松이 빽빽이 들어서 있고, 머루 다래 넝쿨이 바위 엉서리에 얼켜 있다. 샅샅이 떡깔나무 우거진 곳에 너구리, 여우, 사슴, 山토끼 오소리, 도마뱀 等 실로 무수한 온갖 짐승을 지니고 기르는 산이다.

이처럼 향기 나는 고개는 생명력으로 가득 찬 공간이다. 그 공간에는 식물뿐 아니라 동물들도 활기차게 서식하고 있다. 그리고 이 산에서 사는 동물들은 사슴이나 토끼 등 전통적인 서정시에서 선호되던 것들만 나타나는 것이 아니다. 거기에는 너구리, 여우, 오소리, 도마뱀 등 이른바 비문학적인 동물들도 그대로 나타난다. 이것이 박목월이나 조지훈과도 다른 점이다. 있는 그대로의 현실에서 출발한다는 점에서 박두진다운 면이 있다. 역사적으로 현실적으로 있는 그대로에서 출발하여 형이상학적, 이데아의 세계로 나아가는 그의 독특한 시학이 전개되는 것이다.

이 시에 있는 자연으로서의 산이 역동적인 생명의 공간이라는 것은, 그 시에서 '확 확 치밀어 오를 火焰'을 기다리는 시적 자아의 소망에서도 볼 수 있다. 이렇게 생명적인 공간으로서의 산, 특히 '향기 나는 고개'로서의 香峴은 완전히 유토피아적인 공간으로 나타난다. 그곳에는 핏내를 잊은 여우와 이리 등속이 사슴, 토끼와 더불어 싸리순, 칡순을 찾아, 함께 즐거이 뛰는 그런 공간이다. 그런데 그 '香峴'은 지금 현실적으로 확정된 공간이 아니라 장차 도래할 미래의 공간이다.

장차 도래할 미래의 이상적인 공간이라는 뜻에서 그 유토피아는 묵시적인 성격을 띤다. 그 유토피아가 기독교적인 묵시적인 공간이라는 것은 마지막 연에서 확인된다. 그것은 다음과 같이 「이사야」 제 65장 25절의 말씀에서 출발된 상상력의 산물이란 것을 쉽게 알아차릴 수 있다.

이리와 어린 양이 함께 먹을 것이며 사자가 소처럼 짚을 먹을 것이며 뱀은 흙으로 식물을 삼을 것이니 나의 성산에서는 해함도 없겠고 상함도 없으리라 여호와의 말이니라[20]

성경의 이 귀절은 선지자 이사야가 장차 도래할 하나님의 나라, 새 하늘과 새 땅을 예언적으로 묵시한 부분이다. 그곳은 어린 양이 이리와 함께 먹고 사자가 소처럼 짚을 먹는 그런 유토피아로서의 공간이다. 물론 이사야가 예언한 새 하늘과 새 땅은 창세기의 창조적 질서가 회복되는 공간이다. 성경 「창세기」에 의하면, 창조시에 모든 동물들은 푸른 풀을 먹고 살도록 하나님에 의해 창조되었다.[21] 즉 동물들끼리 약육강식의 생존경쟁이 없었다. 이와 같은 이상적인 창조적 질서를 회복하는 것만이 유일한 유토피아의 길이라고 박두진은 믿고 있는 것이다. 그래서 그는 핏내를 잊은 여우와 이리 등속이 사슴, 토끼와 더불어 싸리순, 칡순을 찾아 함께 즐거이 뛰는 날을 믿고 고대하게 되는 것이다.

이처럼 박두진에게 있어서 이상적인 자연으로서의 '향현'은 묵시적인 것이다. 묵시적인 만큼 '믿음'의 문제인 것이다. 당시는 파시즘의 억압 아래 현실의 모든 생명이 얼어붙어 있던 때였다. 성경적으로 말하면, 인간의 죄악이 관영하면 자연이나 환경도 같이 저주를 받고 황무해진다고 한다. 실제 기독교인의 눈에 비친 당대의 자연 환경, 실제의 자연은 매우 생명력이 위축되어 있는 그런 것이었다. 예컨대, 카톨릭 신자 정지용의 눈에 비친 후기

---

20) 「이사야」, 제65장 25절.
21) 「창세기」, 제1장 30절.

산수시의 세계가 그러하다.22) 그리고 박두진에게도 현실적 자연은 그런 황무한 공간으로 나타난다.

> 아침에 뛰놀던 어린 사슴이
> 저녁에 이리에게 무찔림도 보곤 한다.
>
> 때로—
> 초부의 날선 낫이,
> 내 애끼는 가지를
> 찍어 가고,
>
> 푸른 도끼ㅅ 날이
> 내 옆에서 나무에 와 번득이나
>
> 내가 이 땅에 뿌리를 박고,
> 하늘을 바라보며 서 있는 날까지는
>
> 내 스스로 더욱
> 빛내야 할 나의 世紀……
>
> 푸른 가지는,
> 위로 더욱 하늘을 바뜰어
> 올라 가고,
>
> 돌사닥 사이를 뿌리는,
> 깊이 地心으로 地心으로
> 뻗으며,

—「年輪」 부분

이처럼 박두진에게도 현실로서의 자연은 아침에 뛰놀던 어린 사슴이 저

---

22) 최승호, 「정지용 자연시의 은유적 상상력」.

녁에 이리에게 잡아먹히는 공간이다. 또 역시 초부의 날선 낫은 시인이 아끼는 나무가지를 잘라 버리고, 푸른 도끼날이 나무를 찍어내는 그런 공간이다. 생존경쟁과 약육강식의 공간이다. 즉, 앞에서 본 「향현」과 같은 공간이 아니다. '향현'은 이런 약육강식의 현실 앞에서 시인이 멀리 내다 본, 앞으로 도래할 예언적이고 묵시적인 공간이다. 그렇지만 「향현」과 같은 묵시적인 믿음의 세계가 타락한 현실을 초극하게 해 준다. 따라서 앞의 시 「연륜」에서도 나중에 시인은 그러한 현실적인 억압 속에서도 "이 땅에 뿌리를 박고, / 하늘을 바라보며 서 있는 날까지는 / 내 스스로 더욱 빛내야 할 나의 世紀"라고 다짐하게 된다. 이것은 단순한 다짐이 아니라 마음 속 깊은 믿음에서 나오는 것이다. 그래서 박목월같이 "그믐달처럼 살아라 한다"고 흐느끼지는 않는 것이다. 그는 흐느끼지 않고 행복하게 자유와 진리의 그날을 믿어 의심치 않는다.

> 北邙이래도 금잔디 기름진대 동그만 무덤들 외롭지 않어이.
> 무덤속 어둠에 하이얀 촉루가 빛나리. 향기로운 주검의ㅅ 내도 풍기리.
> 살아서 설던 주검 죽었으매 이내 안 서럽고, 언제 무덤속 화안히 비춰
> 줄 그런 태양만이 그리우리.
> 금잔디 사이 할미꽃도 피었고 삐이 삐이 배, 뱃종! 뱃종! 메ㅅ 새들도
> 우는데 봄볕 포군한 무덤에 주검들이 누웠네.
>
> ―「묘지송」 전문

 향기 나는 고개, 그 유토피아에의 꿈과 믿음은 '지금―이곳'에서의 삶의 고난과 그 죽음까지도 이겨내게 만든다. 위의 시 「묘지송」에 나오는 무덤은 포근한 생명의 세계이다. 죽음의 세계가 오히려 생명의 공간으로 되다니! 그것은 바로 그 죽음이 그리스도의 재림 및 인간의 부활과 연결되기 때문이다. 그 무덤은 부활을 기다리는 공간이기에 절망적이지 않고 오히려 희망적이다. 그 무덤은 그 속을 화안히 비쳐 줄 태양―'참빛'인 예수 그리스도[23]―

---

23) 「요한복음」, 제1장 4절.

만 만나면 영원한 생명세계로 옮겨지게 되어 있다. 따라서 그 무덤 속의 죽음은 영원한 죽음이 아니라 일시적인 휴식과 수면의 상태에 있다. 그래서 그 주검에서 나는 냄새조차 향기로울 수가 있는 것이다.

그리하여 우리는 위의 작품에서 한 개인의 부활뿐 아니라, 한 민족의 소생 내지 부활을 읽을 수도 있다. 이때 무덤은 단지 물리적 차원을 넘어서 역사적 정치적인 무덤이 되기도 한다. 한반도 전체가 무덤이란 말도 가능하다. 박두진은 이 당시 민족적인 차원에서의 생명에 대해서도 깊은 관심을 지니고 있었다.24) 즉 한국민족의 진정한 회복과 부활은 '참빛'인 예수 그리스도와의 연합 속에서만 가능하다는 믿음을 지니고 있었던 것이다. 그래서 "살아서 설던 주검 죽었으매 이내 안 서럽고" 라고 노래할 수 있었던 것이다. 민족적 생명의 구원, 국가적 생명력의 회복이란 염원은 「푸른 하늘 아래」에서 더욱 뚜렷하게 드러난다.

일히들이 으르댄다 양떼가 무찔린다. 일히들이 으르르대며 일히가 일히와 더불어 싸운다. 살점들을 물어뗀다. 피가 흘른다. 서로 죽이며 작고 서로 죽는다. 일히는 일히로 더불어 싸우다가 일히는 일히로 더불어 멸하리라.

처참한 밤이다 그러나 하늘엔 별! 별들이 남아 있다. 날마다 아직은 해도 돋는다. 어서 오너라 …… 황폐한 땅을 새로 파 이루고 너는 나와 씨앗을 뿌리자 다시 푸른 산을 이루자. 붉은 꽃밭을 이루자.

…… 중략 ……

새로 푸른 동산에 금빛 새가 날러 오고 붉은 꽃밭에 나비 꿀벌떼가 날러 들면 너는 아아 그때 나와 얼마나 즐거우랴. 섭게 흩어졌던 이웃들이 도라 오면 너는 아아 그때 나와 얼마나 즐거우랴. 푸른 하늘 푸른 하늘 아래 난만한 꽃밭에서 꽃밭에서 너는 나와 마주 춤을 추며 즐기자. 춤을 추며 노래하며 즐기자 울며 즐기자. …… 어서 오너라 ……

—「푸른 하늘 아래」 일부

---

24) 박두진, 『시와 사상』, 25쪽.

위의 시에는 파시즘 체제에 이른 제국주의 열강들의 각축전이 상징적으로 드러나 있다. 그리고 한민족이 처한 암흑기가 '처참한 밤'으로 상징화 되어 있다. 그 처참한 역사적 어둠속에서도 희망을 버리지 않는 것은 하늘에 떠 있는 별―예수 그리스도―때문이다. 그 예수 그리스도 안에서 민족적 생명력이 회복될 수 있다고 믿고 있다. 그는 이 작품에서 조국의 광복을 과거 예루살렘의 회복에다 비유하고 있다. 즉 바벨론 포로로 끌려 갔던 유대인의 귀환에다 오버랩시키고 있다. 이처럼 박두진은 개인적으로나 민족적으로나 일제 파시즘 체제하에서의 완전한 회복, 소생은 오로지 예수 그리스도의 길 안에 있다고 믿고 있는 것이다. 그는 예수 그리스도 안에서의 회복을 앞으로 도래할 완전한 천국(예컨대, 「향현」이나 「묘지송」에서 보았듯이)에서 뿐만 아니라, 불완전하나마 현세 지상에서의 천국에서도 소망하고 있다. 그 지상천국이 다음과 같은 모습으로 나타난다.

> 정정한 푸른 장생목도 싦으고 한철 났다 스러지는 일년초도 싦으자,
> 잣나무 오얏 복숭아도 싦으고 들장미 석죽 산국화도 싦으자. 싹이 나
> 서 자라면 이어 붉은 꽃들이 피리니……
>
> ―「푸른 하늘 아래」 부분

이상과 같이 그가 꿈꾸는 유토피아는 바로 묵시적으로 계시된 천국에 다름 아니다. 그러면 그에게 있어서 천국, 곧 유토피아는 어떤 문학적, 미학적 의미를 지니고 있었던가. 자본주의 파시즘 체제하에서, 일제의 억압하에서 그의 묵시적인 생명시학은 어떤 기능을 할 수 있었던가.

2
왜 이렇게 자꾸 나는 山만 찾아 나서는 겔까?
내 영원한 어머니…… 내가 죽으면 백골이 이런 양지짝에 묻힌다. 외
롭게 묻어라.

꽃이 피는 때 내 푸른 무덤에 한 포기 하늘빛 도라지꽃이 피고 거기

하나 하얀 山나비가 날러라. 한 마리 멧새도 와 울어라. 달밤엔 두견!
두견도 와 울어라.

언제 새로 다른 태양 다른 태양이 솟는 날 아침에 내가 다시 무덤에서
부활할 것도 믿어본다.

　3
나는 눈을 감어 본다. 순간 번뜩 영원이 어린다 …… 인간들! 지금 이
땅 우에서 서로 아우성치는 수많은 인간들 ―인간들이 그래도 멸하지
않고 오래 오래 세대를 이어 살아갈 것을 생각한다.

― 「설악부」 부분

　시인은 일제 파시즘 하에서 자꾸 산만 찾아 나선다. 이때 그 산은 생명력
이 숨쉬고 있는 공간이다. 그리고 묵시적 공간이다. 성경에 의하면, 만물 안
에 하나님의 신성이 분명히 보인다고 한다.[25] 즉 만물이 지닌 생명력 속에
하나님의 신성이 보인다는 것이다. 다시 말하면, 자연이 지닌 생명력이 결
국 묵시적이라는 것이다. 이러한 자연계시로 인해 그는 산만 찾아 나서는
것이다. 산 속에서 하나님에 의해 묵시화된 생명력을 찾을 수 있기 때문이다.
　그런데 자연 속의 묵시화된 생명력은 모성적인 것이다. 그것을 시인은
'내 영원한 어머니'라고 했다. 박목월에게서도 나중에 기독교 사상이 뚜렷이
나타날 때, 자연 속의 생명력은 모성과 연결되었듯이,[26] 박두진에게서도 자
연의 영원한 생명력은 모성으로 나타난다. 모든 지치고 병들고 피폐해진 존
재들에게 생명력을 공급해 주고 회복시켜주는 모태로서의 영원한 자연! 이
영원한 자연, 생명으로서의 자연이 곧 그로 하여금 산만 찾아 나서게 만드
는 것이다. 이것은 그가 앞서 유행하던 모더니즘문학을 비판하고 산으로 들

---

25) 「로마서」 제1장 20절.
　　창세로부터 그의 보이지 아니하는 것들 곧 그의 영원하신 능력과 신성이 그
　　만드신 만물에 분명히 보여 알게 되나니 그러므로 저히가 핑계치 못하리라.
26) 노승욱, 앞의 논문.

어가게 한 이유이기도 하다. 박두진은 『문장』의 추천을 마치고 났을 때도 분명하게 그의 시가 反모더니즘이라는 것을 천명했듯이[27], 나중에도 다음 과 같이 자신의 반모더니즘적 성향을 토로했다.

> 당시의 우리 문단적 실정으로는 모두가 너무 절망적이고 무기력하고 암 담한 눈물에 비비거리는 소리들만 웅얼거리고 있는 것을 싫어한 나머지, 나는 적으나마 이러한 모든 부정적이고 허무적인 심연에서 뛰어나와 보다 더 줄기차고 억세고 끝까지 <u>밝은 소망</u>을 기다리자는 정신, 즉 우리가 가질 바 하나의 영원한 갈망과 영원과 동경의 정서를 확립하는 밑바탕으로 자연 을 택하지 않을 수 없었고, 거기에다 <u>새로운 생명</u>을 구하지 않을 수 없었습 니다.[28] (밑줄 : 인용자)

이처럼 그는 자연을 선택하고 그 속에 들어 있는 생명력과 신성을 발견 하였다. 이처럼 자연 속에 들어 있는 생명력과 하나님의 신성이 그로 하여 금 파시즘의 계절에 진정으로 생명 있는 문학을 하게 해 주었다. 하나님의 신성이 내재해 있는, 생명적 공간은 앞에서 말했듯이 영원한 어머니의 품과 같은 곳이었다. 이 영원성에의 갈망, 즉 영원한 생명에의 동경이 그로 하여 금 反파시즘적인 태도를 취하게 해 주었고, 동시에 반모더니스트가 되게끔 만들어 주었던 것이다. 그의 이러한 묵시적 생명시학은 앞에서도 누누히 말 해왔듯이, 오로지 예수 그리스도 안에서 하나님의 은총 가운데서 이루어지 는 것이다. 예수 그리스도 안에서 만물의 하나됨과 회복됨은 「로마서」 제 8장에 잘 나타나 있다.

> 생각컨대 현재의 고난은 장차 우리에게 나타날 영광과 족히 비교할 수 없도다. 피조물이 고대하는 바는 하나님의 아들들의 나타나는 것이니, 피 조물이 허무한데 굴복하는 것은 자기 뜻이 아니요, 오직 굴복케 하시는 이

---

27) 박두진, 「시와 시의 양식」, 『문장』 제13호(1940. 2), 160쪽.
28) 박두진, 『시인의 고향』(범조사, 1959), 184쪽.

로 말미암음이라. 그 바라는 것은 피조물도 썩어짐의 종노릇 한 데서 해방
되어 하나님의 자녀들의 영광의 자유에 이르는 것이니라. 피조물이 다 이
제까지 함께 탄식하며 함께 고통하는 것을 우리가 아나니,[29]

이것은 인간을 제외한 모든 다른 피조물들도 인간들과 함께 예수 그리스
도 안에서 회복되어 하나될 것을 고대하고 있다는 메세지로 되어 있다. 이
와 같은 메세지를 박두진은 아래와 같은 귀절에서 노래하고 있다.

언제 이런 설악까지 왼통 꽃동산 꽃동산이 되어 우리가 모두 서로 노래
치며 날뛰며 진정 하로 화창하게 살아볼 날이 그립다. 그립다.
—「설악부」 마지막 연

이와 같이 그리스도 안에서 인간과 만물이 서로 하나되고 생명적 조화와
질서를 이루는 꿈과 믿음을 지니고 있기에, 그는 당시 파편화, 해체화의 길
로, 허무와 절망의 길로 치닫던 모더니즘을 부정할 수 있었다. 동시에 그런
절망적인 모더니즘 문학을 배태한 파시즘 체제를 시로써 비판할 수 있었던
것이다. 이처럼 박두진에게서 보이는 기독교적 묵시적인 생명시학은 파시
즘 곧, 파국에 이른 서구적 근대에 대한 생산적 창조적 비판의 대안으로 떠
오른 것이었다. 그리고 그가 한평생 부정적인 현실에 대해 완강하게 저항하
며 끈질기게 서정성에 집념할 수 있었던 원동력이 된다.

4. 조지훈의 동양적 생명시학

정한모의 지적대로,[30] 조지훈은 자연이 지닌 정적인 조화 속에서 영원한
생명을 찾고 거기서 초연함을 얻으려 하였다. 또한 정한모는 그 전대까지의
한시나 시조에 나타난 자연관과 조지훈의 자연관이 얼마나 동질적이며 동

---

29) 「로마서」, 제8장 18~22절.
30) 정한모, 『현대시론』, 311쪽.

시에 얼마나 이질적인가를 분석해 볼 필요가 있다고 하였다.[31] 하여튼 정한
모는 조지훈이 초속한 동양적 자연을 '재창조'하였다고 함으로써, 조지훈에
게 나타난 전통적 자연관이 뭔가 그 전대의 것과는 다소 다르다는 것을 말
하고 있다.[32]

필자가 보기에 조지훈의 자연관은 조선조 사대부들의 자연관과 근본적
으로 다를 것은 없다. 단지 그것을 대하는 전략적 태도에 차이가 보일 뿐이
다. 조지훈 역시 조선조 사대부들과 꼭같이 자연에 대한 무한한 믿음을 보
내고 있다. 자연에 대한 무한한 믿음이란 곧 자연이 지닌 무한한 생명력에
대한 믿음이다. 그리고 그 자연이 지닌 무한한 생명력이 절대적으로 지고지
순하다는 것, 즉 절대적으로 선하다는 것에 대한 믿음을 지니고 있다. 이
'믿음'은 조선조 때나 조지훈 당대에나 근본적으로 차이가 없었다. 단지 그
것을 자각적으로 의식하느냐 안 하느냐에 따라 미학적 태도는 사뭇 달라진
다. 조선조 사대부들의 자연에 대한 절대적인 믿음이 무반성적이고 무자각
적인 것이라면 현대유가의 한 사람으로서 조지훈은 그에 대해서 뚜렷한 자
각을 가지고 있다. 따라서 조지훈의 미학적 태도는 명백히 방법론적이고 전
략적이다. 이것은 그가 조선조 사대부들과는 다르게 자연에 대한 자신의 믿
음을 애써 강조하고 있는 데서 보인다.

그가 이처럼 자연에 대한 믿음을 유지할 수 있는 것은, 앞에서도 말했듯
이, 그것이 지닌 절대적으로 선한 생명력 때문이다. 이 절대적으로 선한 자
연의 생명력이 그에게는 진·선·미의 통합적 근거가 되고 있다. 그에 따르
면, 우주의 생명은 시인을 통해서 현현된다.[33] 즉, '인간의식과 우주의식의
완전일치 체험'이 시의 구경이라고 그는 믿고 있다. 다시 말해 그는 우주의
생명적 진실을 受精함으로써 시가 생탄된다고 믿고 있는 것이다. 그러면 여
기서 자연에 대한 그의 순수한 믿음의 예를 인용해 보자.

---

31) 정한모, 위의 책, 310쪽.
32) 정한모, 위의 책, 319쪽.
33) 조지훈, 「시의 원리」, 『조지훈 전집 3』(일지사, 1973), 15쪽.

　　대자연의 생명을 현현시키는 시인은 먼저 천분으로 뜨거운 사랑을 가진 사람이 아니면 안 되고 노력으로 사랑하고자 애쓰는 사람이 되지 않으면 안 될 것이다. 왜 그러냐 하면, 대자연의 생명은 하나의 위대한 사랑이요, 그 사랑은 꿈과 힘을 지니고 있기 때문이다. 다시 말하면, 시는 생명 그것의 표현이요, 인간성 그것의 발현이다.[34]

　　이 글에서 조지훈은 대자연의 생명이 하나의 위대한 사랑이라 보고 있다. 이는 결국 우주의 본질을 仁이라 보고 있는 유가사상에 다름 아니다. 유가들은 전통적으로 우주의 본질을 仁이라 함으로써 우주 자연에 대한 무한한 찬사와 믿음을 보내고 있다. 유학사상도 하나의 종교적인 믿음을 토대로 하고 있다. 자연이 그 자체로 절대적으로 선하고 동시에 모든 생명의 모태로 되고 있다는 생명사상, 이것은 분명 하나의 이데올로기인 것이다. 조지훈 등이 순수시론을 동양적 생명사상 위에 정초시키고 있듯이,[35] 그것은 명백히 하나의 이데올로기적인 믿음인 것이다. 그것의 형이상학적 토대는 바로 理氣철학인 것이다.

　　자연이 하나의 거대한 생명체로서 끊임없이 운동하고 있다는 것, 그 운동 방식이 곧바로 道라는 것, 그리고 그 道가 절대적으로 선하다는 것은 2차대전을 전후로 해서 중국을 위시한 현대유가에게 일반화된 명제였다.[36]

　　생명은 자라려고 하는 힘이다. 생명은 지금에 있을 뿐만 아니라, 장차 있어야 할 것에 대한 꿈이 있다. 이 힘과 꿈이 하나의 사랑으로 통일되어 우주에 가득 차 있는 것이 우주의 생명이 아니겠는가. 우주의 생명이 분화된 것이 개개의 생명이요, 이 개개의 생명의 총체가 우주의 생명이라고 볼 수 있다.[37]

---

34) 조지훈, 「시의 원리」, 15쪽.
35) 최승호, 「조지훈 순수시론의 몇가지 이론적 조건」, 『한국적 서정의 본질 탐구』 (다운샘, 1998).
36) 方東美, 정인재 역, 『중국인의 인생철학』(탐구당, 1992).
37) 조지훈, 「시의 원리」, 15쪽.

이처럼 조지훈은 우주를 보편생명의 흐름으로 보고 있다. 이 보편생명의 흐름 속에서 진·선·미를 구하고, 거기서 시정신을 건져 올리려 하고 있다. 또한 인간 자신을 보편생명 속에 잘 조화되어 있는 개별생명으로 보고 있다. 보편생명의 일부로서의 개별생명은 절대적으로 선할 수 밖에 없다. 이렇게 절대적으로 선한 개별생명과 보편생명 사이의 교감으로 미가 발생한다는 것에 대한 믿음이 그의 서정시학의 정수를 이루고 있는 것이다. 이러한 믿음은 파시즘이 이 나라를 점령한 시점에서는 하나의 방법적 대응전략일 수가 있었다. 이는 마치 2차대전 전후에 생명사상을 가지고 나와서 그것으로써 파시즘과 대결하려고 했던 중국의 方東美와 유사한 모습을 보여준다. 파시즘이 지닌 가공할 만한 파괴력에 맞서서, 인간이 자신을 지키는 유일한 길은 모든 생명의 고향인 자연으로 돌아가는 것밖에 없다는 인식에 이른 것이다. 바로 이러한 지점에서 조지훈의 초기시학이 출발하는 것이다.

닫힌 사립에
꽃잎이 떨리노니

구름에 싸인 집이
물소리도 스미노라.

단비 맞고 난초잎은
새삼 치운데

볕 바른 미닫이를
꿀벌이 스쳐간다.

바위는 제 자리에
옴찍 않노니

푸른 이끼 입음이

자랑스러라.

아스럼 흔들리는
소소리 바람

고사리 새순이
도르르 말린다.

—「山房」 전문

이 시는 1941년 일제말 월정사 은거시기에 쓴 작품이다.[38] 절간이 아니고 절간 근처의 민가와 그 주위를 둘러싼 산 속의 자연 풍경이 묘사되고 있다. 단순한 풍경 묘사만으로 끝난 것이 아니라, 그 풍경 너머 형이상학이 깃들고 있음을 알 수 있다. 그 형이상학은 바로 자연이 지닌 생명을 통해서 간접적으로 나타난다.

이 작품은 절간 근처의 민가를 둘러싼 자연이 지닌 생명력을 발견하고 그것을 즐기는 데서 시작된다. 닫힌 사립에 꽃잎이 떨린다는 데서 우선 자연의 생명력을 볼 수 있다. 꽃잎이란 것 자체가 나무나 식물이 지닌 생명력을 표상하기 때문이다. 그리고 구름에 싸인 집에 물소리가 스민다는 데서도 고요한 생명력의 흐름을 읽을 수 있다. 물의 운동은 곧 생명력의 표상이기 때문이다. 유가들에게는 만물이 유기체로 살아 움직이는 것으로 보여지고 있다. 그들에게는 우주의 모든 사물이 활발하게 움직이는 생명력(氣)으로 구성되어 있기 때문이다.

이러한 자연이 지닌 생명력은 난초잎에서도 보인다. 그런데, 난초잎보다 그 옆 볕 바른 미닫이를 스쳐 지나가는 꿀벌에게서 생명력이 더욱 돋보인다. 난초나 꿀벌만이 살아 있는 게 아니다. 조지훈에게는 바위조차 살아 있다. 제자리에 옴찍 않는다는 정지의 상태가 오히려 움직임의 한 모습으로 들어온다. 조지훈은 「돌의 미학」이란 에세이를 통해 적연부동하는 바위 속

---

38) 조지훈, 「나의 역정」, 『조지훈 전집 4』, 163쪽.

에서 뇌성벽력의 움직임을 본다고 고백한 적이 있다.[39] 위의 시에서도 그
바위는 살아있어서 푸른 이끼를 옷으로 삼아 자랑스럽게 입고 있다. 그리고
고사리 새순이 아스럼 흔들리는 소소리 바람 속에서 도르르 말린다는 데서
자연이 지닌 생명력을 다시 한 번 읽을 수 있다.

그런데, 조지훈의 위의 시에 나타난 자연은 생명력으로 가득 차 있으면서
도, 그렇게 충일하거나 역동적이지 않다. 그것도 외양적으로 펼쳐지는 운동
력을 내보이지 않고 정중동의 상태로 사물의 내부에서 고요히 움직이고 있
다. 사물은 고요히 자신을 지키면서 자신의 생명을 관리하고 있다. 위의 시
를 봐서도 알 수 있듯이, 그 공간은 한적한 산자락쯤으로 보인다. 박두진에
게서 보이듯 하늘로 솟아올라 아래를 내려다 볼만큼 역동적이거나 우주적
이지 않다. 그렇다고 박목월에게서 보이는 것처럼 완전히 산에 둘러싸인 폐
쇄적인 공간으로 나타나지 않는다. 즉 박목월에게서처럼 생명력이 위축되
어 있지도 않다. 그 대신 조지훈의 위의 시에 나오는 자연이나 공간은 생명
력이 넘쳐흐르지도 않고 위축되지도 않고 현상유지적이다. 사물들은 안전
하게 자기를 지키며 생명을 관리하고 있다. 바로 이러한 현상유지적인 생명
력 관리에서 소위 유유자적의 미학이 나오는 것이다. 이러한 유유자적은 일
제 말기 파시즘체제 하에서 귀중한 하나의 미학적 태도를 낳는데, 그것이
바로 느림의 미학이다.

외로이 흘러간 한송이 구름
이 밤을 어디메서 쉬리라던고.

성긴 빗ㅅ방울
파초ㅅ잎에 후두기는 저녁 어스름

창 열고 푸른 산과
마조 앉어라.

---

39) 조지훈, 「돌의 미학」, 『조지훈 전집 4』, 19쪽.

들어도 싫지 않는 물소리기에
날마다 바라도 그리운 산아

온 아츰 나의 꿈을 스쳐간 구름
이 밤을 어디메서 쉬리라던고

—「파초우」 전문

위의 작품에 보이는 자연물 또한 고요한 현상유지적인 생명력으로 가득 차 있다. 그 자연물의 생명력이 약동하거나 또는 거꾸로 위축되어 있지 않음은 그 속을 통과하거나 그 속에 머무르는 주인공 나그네 때문이다. 나그네는 번잡한 일상에서, 근대적인 삶의 속도로부터 멀리 벗어나 있는 존재이다. 그 나그네는 외로이 흘러간 한 송이 구름처럼 천천히 떠돈다. 그리고 그는 지금 어느 여관쯤에서 쉬고 있다. 이렇게 번잡한 현실로부터 멀리 떠나고 여관에서 한적하게 쉬는 것, 이것은 모든 근대인들이 동경해 마지않는 여유로운 삶이다.

이러한 유유자적의 모습은 제2연에 와서 더욱 효과적으로 강조되어 나타난다. '성긴 빗방울'이 그러함을 더해 준다. 빽빽하게 거세게 내리는 비가 아니라 성긴 빗방울은 여유로움을 더해주는 사물이다. 더군다나 그 성긴 빗방울이 파초잎에 후두기고 있다. 이때 파초는 그 잎의 크고 넓음 때문에 그리고 그것이 절간 등에서 자란다는 점 때문에 물외한적의 느낌을 준다. 그리고 더군다나 시간도 저녁 어스름이다. 저녁 어스름에는 모든 사물이 낮 동안의 활발한 운동을 멈추고 조용히 자기 관리나 하는 시간이다. 바로 이러한 사물들 앞에서 시적 자아는 창을 열고 푸른 산과 마주하여 앉는다.

이처럼 위의 시에 나타나는 바와 같이, 모든 사물들은 생명력으로 가득 차 있으면서도 차분하고도 여유있게 자기관리를 하고 있다. 이러한 유유자적의 미학은 바로 파시즘적인 어지러운 근대적 도시의 속도로부터 벗어나 자기를 지켜내려는 태도이다. 소극적으로는 자신을 지켜내는 방법이지만,

적극적으로 해석하면 근대적 삶의 방식에 대한 하나의 완강하고도 끈질긴
저항방식이 되는 것이다. 그러면 이러한 유유자적의 미학, 느림의 미학은
어디서부터 연유하는가. 조지훈의 삶의 기율을 만들어내는 형이상학은 무
엇인가.

꽃이 지기로소니
바람을 탓하랴.

주렴 밖에 성긴 별이
하나 둘 스러지고

귀촉도 우름 뒤에
머언 산이 닥아서다.

촛불을 꺼야하리
꽃이 지는데

꽃지는 그림자
뜰에 어리어

하이얀 미닫이가
우련 붉어라.

묻혀서 사는 이의
고운 마음을

아는 이 있을까
저허하노니

꽃이 지는 아침은
울고 싶어라.

—「낙화」 전문

박호영의 지적대로[40], 이 시는 처음 허두부터 유교적 성격을 강하게 띠고 있다. "꽃이 지기로소니 / 바람을 탓하랴"라는 여유있는 태도가 바로 유가적인 것이라고 그는 보고 있다. 그에 따르면, 꽃이 지는 것은 바람의 탓이 아니라 꽃 자신이 품수한 理 때문이라는 것이다. 즉, 氣 때문이 아니라 氣를 초월한 理 때문이라는 것이다. 이것은 바로 퇴계적인 主理論的 발상 때문이라는 것이다.

사물에 대한 이러한 해석은 유가적인 처세술로 만만찮은 것이다. 일제하 모든 것이 얼어붙고 기우는 시점에서 이러한 처세의 방법은 자신을 지켜내는 하나의 굳건한 방책이 된다. 더군다나 조지훈이 이 작품을 쓸 당시는 1943년, 그가 2차로 고향에 몰래 숨어 살던 때이다. 1941년 월정사 은거시기보다 훨씬 불리한 여건에서 쓰여진 것이다. 모든 살아있는 사물을 얼어붙게 하는 파시즘의 동토 속에서 "꽃이 지기로소니 바람을 탓하랴"하는 여유 있는 태도는 파시즘에 대한 미학적 저항이기도 하고, 넓게는 서구적 근대적인 삶의 방식에 대한 응전이기도 하다.

이러한 유가적인 사물 인식방법은 이 작품의 구조를 꽉 움켜잡고 있으며 동시에 조지훈의 삶을 지켜주고 있기도 하다. 곧 이 시의 구조를 살펴보면 유가적인 인식방법이 표출되어 나온다.

이 작품은 몇 개의 중요한 이미지들로 구성되어 있다. 그런데 이 이미지로서의 사물들은 '부분적 독자성'을 띠고 나열되어 있다.[41] 곧 지는 꽃, 주렴 밖의 성긴 별, 귀촉도 울음, 촛불, 하이얀 미닫이 등이 그렇게 나열 병치되어 있다. 즉 위의 사물들은 부분적 독자성을 지니면서 서로서로 음양관계로 작용과 반작용의 감응운동을 하고 있다. 조지훈과 같은 유가들에게서는 사물들이 부분적 독자성을 띠면서도 서로 연속되어 있는 것으로 나타난다. 즉

---

40) 박호영, 「조지훈 문학 연구」, 서울대 대학원 박사논문(1988).

41) 오세영은 이것을 공간적 묘사와 무시간성이란 이름으로 설명하고 있다.
오세영, 「조지훈의 문학사적 위치」, 『민족문화연구 제22집』(고대민족문화연구소, 1989).

근대 서구철학에서처럼 만물이 인과론적으로 계기적으로 연속되어 있는 것은 아니고, 20세기 모더니즘철학에서처럼 파편적, 불연속적이지도 않다. 이렇게 부분적 독자성을 지니면서도 연속적인 것, 여기서 소위 동양적 여백이 생긴다. 이 여백 사이에 소위 무시간성이 개입하는 것이다.

이처럼 사물과 사물 사이에 존재하는 무시간성은 이 시로 하여금 영원성으로 이끈다. 즉 작품속의 사물들은 무시간성 속에서 영원성에 이르게 된다. 이 영원성 속에서 사물들은 끊임없는 생명운동을 하고 있는 것이다. 이것이 유가들의 소위 一氣사상이다. 이처럼 끊임없는 생생불식의 생명운동을 하고 있는 영원한 자연에 대한 믿음이 조지훈의 초기시를 받쳐주고 있는 것이다. 이 영원성으로서의 무시간성은 근대 서구적인 시간관, 세속적이면서도 물리적으로 일직선적으로 나아가는 시간에 대한 대응논리로 기능하게 된다. 다시 말하면, 강박관념을 지닌 채 일직선적으로 앞으로만 나아가는 계기적 시간관, 소위 부르조아의 시간관이 봉착하게 된 근대의 파국에 대한 대응논리가 된다는 것이다. 따라서 조지훈의 자연시에 나타난 反근대적 시간관으로서의 영원성의 의미는 당대로서는 파시즘적 속도에 대항한다는 현대적 의미를 지니게 되는 것이다. 이것은 어쩌면 매우 근본적이고도 적극적인 대응논리일지도 모른다.

그런데 조지훈에게는 앞에서 살펴본 것처럼 유가적인 생명미학만 나타나는 게 아니다. 그의 초기시에는 몇 편 안되지만 선적인 생명시학도 보인다. 그에게 있어서는 선적인 생명시학과 유가적인 생명시학이 별 충돌없이 공존하고 있다. 사실 조선조 대부분의 사대부들에게도 유가적인 형이상학이나 불교사상이 개인적으로는 무리없이 공존하고 있다. 공적인 이데올로기에서는 불교사상을 배척했을지라도 사적인 세계관에서는 그것을 수용하고 있다. 조선조 때 이이 같은 사람도 그러했는데, 20세기 조지훈에게는 그러한 공존이 지극히 자연스러웠다. 20세기에 이르러 유가들에게는 공적인 이데올로기와 사적인 세계관 사이에 모순 갈등이 있을 리 없었기 때문이다.

木魚를 두드리다
졸음에 겨워

고오운 상좌아이도
잠이 들었다.

부처님은 말이 없이
웃으시는데

西域 萬里길

눈부신 노을 아래
모란이 진다

—「古寺 1」전문

　이 시에는 불교적인 정중동의 미학이 나타난다. 그것은 소위 "생동하는 것을 정지태로 파악하고 枯寂한 것을 생동태로 잡는"[42] 선적인 방법과 관련되어 있다. 목탁을 두드린다는 것 자체가 주위의 정적감을 고조시킨다. 동양사상에 있어서 '정적'이란 사물의 정지상태인데, 이 정지상태 역시 엄청난 동작의 상태로 파악되고 있다. 졸음에 겹다는 것 역시 정적을 나타내는데, 그것 역시 움직임의 한 표현이다. 제2연에 와서 고오운 상좌아이도 잠이 들었다는 장면에 와서 그 정적은 극적으로 고조된다. 다음 제3연에 와서는 부처님의 말 없는 웃음으로 인해 그 정적이 우주적인 것으로 확산된다. 우주 전체가 정적 가운데서 활발히 움직인다는 것을 표상한 셈이다. 그리고 맨 마지막 연에서도 그러한 정적감이 보인다.

　그런데 이 시에 보이는 정적감에는 한적함이 동반되어 있다. 또는 적막감마저 돌고 있다. 고운 상좌 아이도 잠이 들었다는 것과 눈부신 노을 아래

---

42) 조지훈, 「현대시와 선의 미학」, 『조지훈 전집 3』, 117쪽.

모란이 진다는 것이 둘 다 강한 적막감을 불러 일으킨다. '잠이 들다'와 '꽃이 진다'는 것은 그런 분위기를 자아내기에 알맞다. 이런 적막감은 선적인 초탈의식과 관련된다. 앞에서 다룬 유가적인 생명시학으로 된 시에서는 보이지 않는 적막감이 여기서는 나타난다. 이것은 선적인 사고방식이 지니는 초탈적인 면 때문이다.

이 초탈적인 태도로 일제 말기 파시즘의 계절을 이겨내려 하고 있는 것이다. 그런데 이 초탈적인 태도 때문에 아무래도 그 현실대응 방식이 소극적일 수 밖에 없다. 이런 선적인 초탈의식은 아마 조지훈이 당대 현실에서 강한 허무를 느꼈기 때문이라고 보여진다. 강한 허무 앞에서 '초탈'은 있어도 '유유자적'은 불가능하다. 이런 점 때문에 그의 선적인 시들과 유가적인 시들 사이에는 현실응전이란 면에 있어서 상당한 차이가 생길 수밖에 없다.

5. 꼬리말

본 논문에서는 『청록집』에 나타난 생명시학을 살펴보았다. 그리고 그 생명시학의 사회시학적 의미를 고찰해 보았다. 일제말기에 있어서 청록파 시인들이 지향한 생명시학이 당대 파시즘에 대해 어떻게 정치적·미학적 대응의지를 드러내는가를 분석해 보았다. 그리고 파시즘 체제에 대항하는 그들의 생명시학에서 반근대적 태도를 읽어내어 보았다. 이 반근대적 태도로써 그들 청록파가 서구적 근대사상을 비판하면서 어떻게 시적인 구원을 제시해 나가는지, 즉 하나의 시대적 대안을 모색해 나가는지 살펴보았다.

먼저 박목월의 경우 그의 생명시학은 목가적인 것으로 나타난다. 박목월은 등단 초기부터 서정적 동일성에 대한 끈질긴 집념을 보여주고 있다. 자아와 세계간의 행복한 만남을 파괴하는 근대의 어두운 힘에 완강하게 저항하면서 서정적 일치를 꿈꾸고 있다. 그에게 있어서 이 완강하고도 끈질긴 힘은 자연에 대한 소망과 믿음에서 나온다. 자연 속에 그러한 근원적인 힘이 있다는 믿음으로 현실적 고통을 견디어 내고 동시에 그 부정적 현실에 대해 끈질기게 저항할 수 있는 것이다. 이처럼 그는 긴 역사적 밤을, 그 현실적 고통을 경유하면서 그 속에서 서정적 유토피아를 꿈꾸고 있다. 이처럼 현실적 고통을 전제로 한 서정적 유토피아를 꿈꾸고 있다는 의미에서 그의 순수서정시는 현실적 긴장력을 동반하고 있다. 그리고 그 유토피아 지향성이 현실에 대한 비판의식을 함유하고 있다.

박목월의 초기시에 나타나는 자연은 생명적이면서도 향토적이고 목가적인 공간이다. 동시에 그 자연은 뭔가 초월적인 힘을 가지고 있으면서 묵시적으로만 그 실체를 드러내고 있다. 박목월의 시학은 그러한 자연이 지닌 생명력에 대한 믿음에서 출발한다. 또한 그 믿음 가운데서 자아와 세계와의 행복한 일치, 황홀경의 만남을 시도하고 있다. 또한 그 자연은 순결한 공간이기도 하다. 박목월이 추구하는 순결한 공간으로서의 자연은 당대 파시즘에 물든 타락한 도시문명을 거부하는 삶을 표상한다. 따라서 그의 시들은 반근대적인 공간을 확보하면서 파시즘에 억압된 당시의 삶에 대안적 방향을 제시해 주고 있다. 그러한 반파시즘적인 정치성을 함유하고 있다는 점에서 박목월의 초기시는 현대성을 확보하고 있는 것이다.

다음 박두진의 경우는 묵시적 생명시학이란 명제로 살펴 보았다. 박두진은 정지용의 말대로 등단 때부터 소위 '신자연'을 들고 나왔다. 전통서정시에서 보이던 소소면면한 자연이 아니라, 웅장하고도 우주적이고 남성적인 자연을 가지고 나왔다. 그것은 박목월의 경우처럼 생명력이 위축되어 있지도 않다. 또한 조지훈의 경우처럼 유유자적하기에 알맞은 그런 한적한 공간도 아니다. 박두진에게 있어서 자연은 활기차고 소망으로 가득 찬 생명의 세계이다. 그리고 그 자연의 생명력은 숭고한 그 무엇이다. 그에게 있어서 자연의 생명력이 숭고할 수 있는 것은 창조주 하나님에 대한 믿음 때문이다.

그의 시에 나오는 자연은 또한 장차 도래할 이상적인 공간, 창조적 질서가 회복되는 유토피아로서의 공간이다. 즉 기독교적인 묵시적 공간이다. 모든 생명체가 조화와 질서를 이루며 살아가는 아름다운 공간이다. 종교적인 유토피아인 만큼 믿음으로 기다리는 공간이다. 지금-이곳에서의 고통스러운 삶과 죽음까지도 이겨낼 수 있는 믿음의 공간, 부활을 꿈꾸는 소망의 공간인 것이다. 그가 꿈꾸는 부활은 개인적이면서도 민족적인 것이다. 즉 그는 기독교적으로 민족의 부활을 꿈꾸었던 것이다.

그는 생명의 공간으로서의 자연을 선택할 뿐만 아니라, 그 속에서 묵시적으로 드러난 하나님의 신성을 발견하였다. 그 자연속에 들어 있는 생명력과 하나님의 신성이 그로 하여금 파시즘의 계절에 진정으로 생명있는 문학을 하게 해주었다. 하나님의 신성이 내재해 있는 생명적 공간은 영원한 어머니의 품과 같은 곳이다. 이 영원성에의 갈망, 즉 영원한 생명에의 동경이 그로 하여금 반파시즘적인 태도를 취하게 해주었고, 동시에 반모더니스트가 되게 해주었다.

이러한 묵시적 생명시학은 오로지 하나님의 은총 가운데 이루어지는 것이다. 그는 우주 만물이 그리스도 안에서 하나로 회복되고 생명적 조화와 질서를 이루는 꿈과 믿음을 지니고 있기에, 당시 파시즘 체제에 적극 대응할 수 있었던 것이다. 또한 당시 파편화, 해체화의 길로, 허무와 절망의 길로 치닫던 모더니즘을 부정할 수 있었던 것이다. 이처럼 박두진에게 보이는 기독교적인 묵시적 생명시학은 파시즘, 곧 파국에 이른 서구적 근대에 대한 창조적 생산적 비판의 대안으로 떠오른 것이다. 그리고 그가 한평생 부정적인 현실에 대해 완강하게 저항하며 끈질기게 서정성에 집념할 수 있었던 원동력도 거기서 나오는 것이다.

마지막으로 조지훈의 경우 동양적 생명시학이란 이름으로 살펴보았다. 조지훈은 조선조 사대부들과 마찬가지로 자연에 대한 절대적인 믿음을 지니고 있다. 단지 다른 점이 있다면 조선조 사대부들의 자연에 대한 믿음이 무자각적이고 무반성적인 것인데 비하여, 조지훈의 경우 매우 방법론적인 자각을 보인다는 것이다. 조지훈의 경우가 훨씬 더 미학적 전략을 동반하고 있다는 것이다. 그만큼 그의 시대에는 서구적인 자연관의 침범으로 자연에 대한 전통적 믿음, 절대적인 믿음이 위협받고 있었기 때문이다.

그렇더라도 조지훈에게서 보이는 자연관은 전통 사대부들의 그것과 궁극적으로 다름이 없다. 그에게 있어서 자연은 절대적으로 선하고 완미한 존재이다. 이 절대적으로 선하고 완미한 자연은 생명력으로 가득 차 있다. 이 생명력이 그에게 있어서는 진·선·미의 통합적 근거가 된다. 그에게 있어서 시정신은 우주의 보편생명과 시인의 개별생명의 황홀한 일치 체험에서 빚어진다. 이렇게 절대적으로 선한 우주생명과 개별생명 사이의 교감으로 미가 발생한다는 것에 대한 믿음이 그의 서정시학의 정수를 이루고 있는 것이다. 이러한 믿음은 파시즘 물결이 이 나라를 점령한 시점에는 하나의 방법적 대응전략일 수가 있다. 파시즘이 지닌 가공할 만한 파괴력에 맞서서, 인간이 자신을 지키는 유일한 길은 모든 생명의 고향인 자연으로 돌아가는 길밖에 없다는 인식에 이른 것이다.

조지훈의 시에 나타나는 자연물들은 생명력으로 가득차 있으면서도 차분하고도 여유있게 자기관리를 하고 있다. 박목월의 경우처럼 생명력이 위축된 상태에서 들찔레처럼 견디며 저항하는 것도 아니고, 부활신앙으로 무장된 박두진처럼 환희에 찬, 생명력으로 약동하는 공간도 아니다. 그가 마주 대하고 있는 자연은 생명력에 있어서 고요하게 현상유지적인 운동을 하고 있다. 그런 생명력의 상태에서 소위 유유자적이 나오는 것이다. 자기관리를 하고 있는 이러한 유유자적의 미학, 곧 느림의 미학은 바로 파시즘적인 어지러운 근대적 도시의 속도로부터 벗어나 자기를 지켜내려는 태도이다. 소극적으로 자신을 지켜내는 방식이지만, 적극적으로 해석하면 근대적 삶의 방식에 대한 하나의 완강하고도 끈질긴 저항방식이 되는 것이다.

그리고 조지훈의 자연시에 나오는 사물들은 '부분적 독자성'을 띠고 있다. 즉 사물들은 부분적 독자성을 지니면서 서로 음양관계로 작용과 반작용의 감응운동을 하고 있다. 이 부분적 독자성 사이에 소위 여백이 존재하고 무시간성이 개재하는 것이다. 사물과 사물 사이에 존재하는 무시간성은 곧 영원성에로 이끈다. 이 영원성 속에서 사물들은 끊임없는 생명운동을 하고 있는 것이다. 바로 이 영원한 자연에 대한 믿음이 그의 시학의 골격을 이루고 있는 것이다. 이 영원성으로서의 무시간성은 근대 서구 부르주아적인 시간관에 대한 대응논리로 기능하게 된다. 따라서 조지훈의 자연시에 나타난 反근대적 시간관으로서의 영원성의 의미는 당대로서는 파시즘적인 속도에 대항한다는 현대적 의미를 지니게 되는 것이다.

지금까지 살펴본 바와 같이, 청록파 시인들의 자연시학이란 파시즘 계절에 적극적으로 저항하는 방식의 하나였다. 그것은 곧 자연 속에 들어 있는 생명력을 시학적 에네르기로 분출시키는 데서 가능하였다. 그리고 이들 청록파 시에 나타난 자연의 생명적 에네르기는 그 이후 1950~60년대 순수 서정시학의 정신적 모태가 된다.

앞으로 우리는 1950~60년대 순수서정시학에 분출되어 있는 자연의 생명적 에네르기를 그러한 관점에서 연구할 필요가 있다. 또한 그들 순수서정시학, 자연시학이 지니는 사회시학적 의미, 정치학적 의미를 적극 검토할 단계에 이른 것이다.

생태 아나키즘 문학

김 경 복*

1. 아나키즘과 생태주의

아나키즘 사상의 뿌리는 자연이다. 이러한 자연개념은 아나키즘의 모든 교의, 즉 권위의 거부, 정부 및 국가에 대한 혐오, 상호부조, 소박성, 분산화, 정치에의 직접참여 등의 원천이자 기초가 되고 있다. 실제 자연에 있어서 일반적인 법칙은 공정 형태의 발전을 이끌고 구조적으로 최대의 효력을 발휘시키려고 하는 균형과 조화의 원리일 것이다. 이러한 자연의 원리는 국가가 강제로 만든 법보다 우수한 정의의 원리, 즉 우주의 자연적인 질서에 본래부터 갖추어져 있는 평등과 공명의 원리가 실재하고 있다는 믿음을 반영한 것이다.[1] 따라서 아나키스트에게 자연은 최초에 물리적 세계에 있어서, 다음으로 도덕적 세계에 있어서 균형이 잡힌 질서를 의미한다. 때문에 아나키즘은 유기체적 질서를 지향한다.

그런 점에서 아나키스트 고드윈이 자연을 염두에 두고 사회구성을 말하는 것은 시사하는 바가 크다. 고드윈은 어느 사회이건 인간의 행복과 양립할 수 있는 사회는 생동하는 자연적 성장체이어야 하며, 이에 대립하는 사

---

* 문학평론가, 부산대 강사

1) 손진은, 「열린 체계로서의 미학」, 『시와 반시』 통권 5호(1993, 가을호), 100~ 101쪽.

회가 이른바 '합리적인' 개념화에 의해 시도된 '국가'라는 것이고 이러한 국가를 형성한 합리적인 논리가 자연법과 그 한계를 인지하지 못하고 적용되는 경우 오직 인간의 정신이나 마음을 노예화하고 말 것이라는 점을 강조하고 있다.2) 그것은 자연적 구성이 가장 정의롭고 바람직한 사회라는 것을 의미한다.

아나키즘 사상의 이론적 정립을 꾀했던 크로포트킨 역시 자연적 법칙에 따른 사회구성이 가장 이상적인 사회로서 아나키즘 사회가 됨을 밝히고 있다. 크로포트킨이 지향하는 사회는 "자연의 생활 자체에 보여지는 바와 같은" 것으로서 자연에서 이루어지는 진화와 같은 "끊임없는 전진"만 있을 뿐이다.3) 그것은 자연에 대한 도저한 이해와 믿음을 전제로 하지 않고서는 나올 수 없는 말이다. 크로포트킨은 더 나아가 이러한 자연적 법칙의 인간화에 대한 믿음까지도 보여준다.

> 개개인이 아무리 비도덕적인 행위를 한다 할지라도, 인류가 멸망기에 들어가지 않는 이상, 인간성 속에는 도덕적 원리가 본능으로서 반드시 포함되어 있으리라는 것, 이 인간성에서 나오는 도덕적 감정에 위배되는 행위는 불가피하게 타인 속에 반감을 일으키리라는 것, 그것은 흡사 물리적 세계에 있어서 역학적 반동이 일어나는 것이나 다름 없다는 것 등이다. 개개인의 반사회적 행위에 대한 이와 같은 반응의 능력 속에, 인간사회에 있어서의 도덕적 감정과 사회성의 습관을 필연적으로 버티어 주는 자연적인 힘이 뿌리박고 있으므로 그것은 동물 사회에 있어서 그것을 전혀 밖으로부터 개입시킴이 없이 지탱하고 있는 것과 똑같은 것이고, 더욱이 이 힘은 어떤 종교나 입법자의 명령보다도 무한히 강력하리라는 것을 꽁뜨는 이해하지 못했던 것이다.4)

이 글은 자연 상태가 가장 최고의 원리를 구현하고 있다는 믿음을 표현

---

2) 방영준, 「아나키즘의 정의론에 관한 연구」(서울대 대학원 박사, 1990), 51쪽.
3) 크로포트킨(하기락 역), 『근대과학과 아나키즘』(도서출판 신명, 1993), 67쪽.
4) 위의 책, 38~39쪽.

해주고 있다. 즉 자연 속에 도덕적 원리가 본능으로서 있어 인간 사회를 가장 자유스럽고 평화롭게 유지시킨다고 보는 것이다. 크로포트킨은 인간이 본질적으로 사회적인 존재라는 점과 권위가 파괴되는 경우 이를 충분히 감당해낼 수 있을 뿐만 아니라, 자유롭고 자연적이고 본질적인 인간의 우애적 결속에 의해 사회를 유지할 수 있는 인간의 강력한 윤리·도덕적 충동을 믿고 있는 것이다. 결국 이러한 관점은 자연법에 의거해 사회가 조직되어야 함을 보여준다. 그 점에서 아나키스트들은 이러한 자연론적 사회관을 바탕으로 하여 인간이 자유와 사회적 조화 속에서 살 수 있기 위한 모든 성질을 타고나면서부터 자기 속에 갖고 있다는 주장을 인정한다.

이러한 자연론적 사회관은 동양적 도가사상에서 주장하는 무위자연(無爲自然)과 상당히 유사성을 지닌다는 점이 특색이다. 즉 노자에 있어서 자연은 도의 모습이며 모든 만물이 그 스스로 존재하며 변화해가는 과정전체의 모습을 가리키는 개념이라 할 때, 곧 도의 움직임은 곧 만물의 자발적 운동과 변화이며 그러한 모습이 곧 자연이라는 등식이 성립할 때 아나키즘에서 주장하는 자연론적 사회구성은 동양적 도가사상에서 주장하는 맥락과 같아진다. 도가사상에서 말하는 "도는 본원이요 자연은 도의 성질"[5]이라면 아나키즘에서 자연은 바로 정의로운 사회의 본원이요 자연을 이념으로 한 아나키즘 사회는 자연의 한 성질이 되는 셈이다.

따라서 아나키즘 사상에서 추구하는 자연론적 사회관은 동양적 사유와 통하면서 최근 부상하고 있는 우주 공동체로서의 생태주의 세계관의 바탕이 된다. 즉 이러한 자연적 사회구성의 바람은 자연주의적 세계관, 나아가 자연과 인간이 조화를 이루며 살아가게끔 하는 생태학적 세계관으로 발전한다는 뜻이다. 그 점에서 미국에서 1930년대 이후로 무정부주의 운동을 주도하던 머레이 북친의 사회 생태론 주장은 바로 아나키즘 사상이 추구하는 자연론적 사회관의 현대적 적용이다.

---

5) 羅光, 『중국철학사상사』(臺北 : 學生書房, 1982), 204쪽.

그는 아나키즘에서 주장하는 자연론적 사회구성의 올바름을 확신하는 듯 현대 자본주의사회가 갖는 한계를 지적한 뒤 사회 공동체는 생태학적 차원에서 논의돼야 함을 역설하고 있다.

> 사회 생태론의 힘은 사회와 생태계 간 연합을 구축하려는 시도에, 사회적인 것을 적어도 자연 속에 잠재화된 자유의 완성으로 이해하려는 점에, 그리고 생태적인 것이 사회 발전의 주요 조직 원리라고 생각하는 점에 놓여 있다.[6]

이것은 사회 공동체의 완성은 생태 공동체 속에 위치할 때만 가능하다는 것을 말한다. 때문에 생태적인 것이 가지는 가치와 원리는 곧바로 사회공동체의 가치와 원리가 된다. 여기서 생태적 가치와 원리는 크로포트킨이 제기한 상호부조의 원리가 가미된 진보의 형태, 곧 공동체적 질서의 완성으로서 도덕적 진보를 의미한다. 따라서 생태학적 세계관은 우주는 하나의 유기체로서 가장 자연스러운 질서에 따라 움직이고 진화해 간다는 자연론적 정의관을 보여주는 것에 다름없다. 그것의 지향과 놓인 모습을 볼 때 사회의 완성은 자연의 완성이다. 이것은 유기론적 사회관의 최고도로 발현된 형태다.

그러나 북친이 볼 때 현대 사회는 생태적 원리나 가치에 의해 움직이는 사회가 아니다. 자본주의 사회가 가져오는 모순, 즉 분열과 파편, 소외와 대립이 깊은 심연으로 자리잡고 있다. 그에게 이러한 사회를 극복할 수 있는 방법은 사회 생태론적 입장, 즉 생태 아나키즘적 세계관에 서는 것 뿐이다. 사회 생태론적 입장에 설 때 공유와 협력의 건강한 인간 연합을 촉진시킬 수 있다는 앎, 인간과 자연 간의 창조적인 '신진대사'를 여는 기술 분야의 개발, 그리고 우리 문명 내에 자연이 현존하고 있음에 대한 새로운 통찰력 등을 획득할 수 있고, 그 결과 우리의 곁에 자연이 여전히 함께 하고 있음을 결코 부인하지 못하도록 만든다는 것이다. 사실 이러한 것들은 우리가 그

---

6) 머레이 북친(문순홍 역), 『사회 생태론의 철학』(솔 출판사, 1997), 126쪽.

동안 이윤을 목적으로 해서 '자연 자원'을 남용하고 생물권을 마음 없는 존재로 단순화하는 것에 이데올로기적으로 도전하는 것이기 때문에 정신적 물리적 변화를 가져오게 한다. 그 점에서 북친은 "우리의 사회 공동체를 생태 공동체 내로 위치짓고, 우리의 사회 관계와 제도들을 이에 맞추어 재단하지 않는다면, 우리들은 '새로운' 사회 또는 '합리적인' 사회를 의미있게 이야기할 수 없다"면서 "합리적인 미래 사회가 무엇이든지 간에, 우리는 혁신과 기술, 발전, 지력을 인간 외적인 자연세계와 결합시키는 생태 사회에 기반하여야 하는데, 그 이유는 이 자연 세계에 우리 문명과 인간의 복지가 의존하고 있기 때문이다"7)라고 말하고 있다.

이렇게 볼 때 아나키즘 세계관과 생태학적 세계관은 그 근저에서 관련되는 사고방식이며 두 세계관이 결합된 생태 아나키즘 세계관은 인간과 인간의 사회구성이 자연을 배제한 상태에서 이루어질 수 없음을 확인하는 것이며, 자연의 중요성을 깨우칠 때 인간 사회공동체도 바로 세울 수 있음을 보여주는 것이라 하겠다.

2. 국권상실기의 생태 아나키즘 문학의 모습

기술주의와 자본주의가 결합해 생태계를 파괴한 것으로 나타났던 부정적 근대성의 극복은 보다 한 단계 높은 이상사회를 지향한다. 그것은 기술문명의 발달을 염두에 두면서도 자연과 조화하는 생태학적 유토피아를 지칭한다. 흔히 에코토피아(ecotopia)로 불리는 이 이상사회는 90년대 들어와 생태시, 생명시가 논의되면서 나온 용어다. 21세기를 맞이하여 기술적 유토피아, 즉 테크노피아(technopia)가 가지는 한계를 인식하면서 생태학적 사고를 바탕으로 자연과 인간의 황금 고리를 끊지 않고 이 양자를 통합하는 일원적 사고체계를 확립하고자 할 때 생태학적 유토피아는 절대적인 미래 사

---

7) 위의 책, 128~129쪽.

회로 요청된다.[8)]

그러나 이러한 에코토피아도 사회제도적 차원의 비판이 전제되지 않을 때 하나의 관념적 세계로 후퇴한다. 흔히 말하는 '자연 중심', '생명 중심', 또는 '동양 정신'을 강조하는 생태주의적 사고방식은 실제 생태계를 망치게 한 현실적 모순을 희석시키고 추상적인 차원에서 '인간' 또는 '인류' 일반에 책임을 전가함으로써 반동적이고 수구적인 경향으로 나아가게 하는 가능성이 농후하다. 즉 근본 생태주의라 칭해지는 이와 같은 태도는 도구적 이성이 가져온 부정적 근대성을 극복하기 위한 심층적 대안의 성격은 조금 갖고 있겠으나, 현실적 개혁의 측면에서 볼 때 다분히 추상적 관념의 세계로 나아감으로써 구체적 사상이 되지 못하고 있다. 그렇게 볼 때 '사회적' 비판과 '사회적' 변혁에 확고하게 뿌리를 내린 생태주의만이, 자연 '그리고' 인류에게 유익한 방식으로 사회를 변혁하는 수단을 제공할 수 있다.[9)] 이러한 생태주의는 바로 자본주의의 모순을 비판하고 모든 권위주의적 사회 제도를 거부하는 아나키즘 사상에 바탕을 둔 생태주의, 즉 사회 생태론, 혹은 생태 아나키즘을 일컫는다. 이 생태 아나키즘만이 진정한 생태계 파괴의 현실을 극복해 갈 수 있는 구체적 대안 사상이 될 수 있다.

이러한 생태 아나키즘적 세계관을 가지고 20세기 한국 아나키즘시를 살펴볼 때 국권상실기부터 이러한 세계관을 가진 다수의 시가 발견된다. 이것은 아나키즘 사상 자체가 자연론적 사회관을 바탕으로 한 만큼 아나키즘시는 은연중 자연 속의 삶을 예찬하게 되기 마련이고 그러면서 당시 사회의 제도에 대한 비판을 행할 수밖에 없음을 말해주는 부분이다.

이를 가장 먼저 보여준 시는 아나키스트 흑성(黑星) 권구현의 시이다. 1926년에 발간된 『흑방(黑房)의 선물』에 실린 권구현의 시에서는 이러한 '자연', 혹은 '자연스런 삶'에 대한 갈망이 대다수를 이룬다. 그것은 곧 현실

---

8) 최동호, 「21세기를 향한 에코토피아의 시학」, 『하나의 道에 이르는 詩學』(고려대 출판부, 1997), 223쪽.
9) 머레이 북친(박홍규 역), 『사회생태주의란 무엇인가』(민음사, 1998), 16쪽.

속의 삶이 자연스럽지 못했음을 보여주는 반증이라 할 수 있다.

동모여
들으라 들으라
저 奏樂을
無限한 生命力의
行進曲을 아뢰는
저 壯嚴한
大自然의 奏樂을

오 동모여
저 奏樂의調子를싸라
춤추며 노래하자
生의 光榮을—
서로서로 붓들고
춤추며 노래하자

— 권구현, 「奏樂」 전문

도라를가자
도라를가자
누덕이의 옷을벗고
마음의 누덕이의 옷을벗고
福스럽고도 귀여운
알몸이되야

도라를가자
도라를가자
無限의靜肅으로
永遠의平和를 말하는
저 거룩한 싸의어머니의
慈愛로운 품으로—

— 권구현, 「도라를 가자」 전문

위 두 시에 나타난 자연의 모습은 아나키즘 사상의 모태가 되고 있는 '자연'이다. 즉 아나키즘 사상이 지향하는 자발과 조화, 균형의 개념, 곧 정의로운 사회 규범을 가리키는 기틀로써 자연이다. 또는 인간이 추구하는 유일성, 화합성, 무위성, 자율성 등의 이념으로서 자연이다.[10] 권구현이 말하는 "大自然의 奏樂"이 "無限한 生命力"을 고양하는 것임을 의미할 때, 이는 곧 자연의 삶, 다시 말해 자연적 삶이 인간의 완전성을 보장한다는 아나키즘 사상이 배여있는 것이다. 그래서 그에게 "따(땅)"는 "永遠의平和를 말하는" "어머니의 / 慈愛로운 품"에 비유될 수 있는 것이다.

이러한 인식 위에 서 있기 때문에 권구현은 자연의 완전성을 두고 '낙원'이라는 생태 아나키즘적 유토피아성을 부여하고 있다 ("따위에 萬物이생겨날쌔에 / 太陽은 쌋듯한 키쓰를주엇나니 / 萬物은 福스럽게도 자라나도다"-「樂園」에서). 그래서 아나키즘 사상을 달성 지향한다는 의식의 차원에서 권구현은 자연의 세계, 전원의 세계로 가기를 권고한다.

가자
가자
田園으로 가자
우리의먹을 것은
그곳에서 엇나니
푸른풀욱어진
田園으로 가자
심으고 매려
그곳으로 가자

毒魔의巢窟을 써나
餓鬼의 싸움터를버리고
都市를 버리고

---

10) 방영준, 앞의 논문, 54쪽.

田園으로 가자
健全한 알몸이되야
自然의惠源을차저
가자
가자

　　　　　　　　　— 권구현, 「田園으로」 전문

　이 시에서 보아야 할 것은 도시와 자연의 이원적 대비다. 도시는 "독마(毒魔)의 소굴(巢窟)", "아귀(餓鬼)의 싸움터"로서 허식과 악마적 공간이고, 이에 비해 전원(田園), 즉 자연은 '건전'함과 '혜원(惠源)'이 깃든 진실과 안락의 공간이다. 이러한 대비의 이면에는 당시 도시적 현실에 대한 강한 부정이 존재하는데 이는 곧 근대화, 문명화를 명분으로 일본에 의해 식민지화된 조국 현실을 마귀의 소굴, 도시로 인식하고 그에 대한 저항을 시적으로 형상화한 것이다. 즉 머레이 북친의 견해로 보자면 올바른 사회를 구성하지 못한 사회 제도를 비판함으로써 생태적 바른 삶을 추구하는 것에 해당한다.

　그 점에서 위의 시에서 주목해야 할 것은 "健全한 알몸"이라는 표현과 "自然의 惠源"이란 개념이다. 이 때 건전한 알몸은 인위와 제도에 오염되지 않은 순수한 인간 본연의 상태를 지향하는 의미며, 그런 의미에서 그의 시에 나오는 야성과 원시의 생명의식은 바로 복고적인 역사의식과는 거리가 먼, 오히려 역사의 체험 끝에 우리 인간이 찾아야 할 미래지향적 인간 정체성이라 할 것이다. 또 자연의 혜원(惠源)이란 개념도 인류의 원초적 꿈이었다 할 수 있는 황금시대에서의 총체성처럼 인류의 미래에 회복되어야 할 유토피아의 한 전형으로 제시되고 있는 것이다. 때문에 그의 자연주의에 입각한 아나키즘적 유토피아 사회상은 당대의 비인간적 현실을 비판하여 극복하고자 하는 인간의 원초적 열망과 관련하여 해석되어야 할 사항이다.

　이러한 아나키즘 속성은 부정적 근대성, 즉 자연이나 타자를 물화(物化)나 수단으로 치닫게 하는 '기술적 근대성'에 저항하는 요소로 등장한다. 아나키즘 사상은 분명 타자를 자기의 보존을 위한 도구로 사용하는 관점이나 행동에 대해 반대한다. 아나키즘은 모든 사람이 이성과 양식에 따라 자발과 평등의 호혜로운 원칙 위에서 사회를 구성할 것이라고 믿는다. 그 점은 앞에서 보았던 자연론적 사회관의 반영이다. 그것은 지배자의 특권에만 봉사하는 과학과 자본주의의 발달을 부정하는 측면에서 도덕적 특성을 강조하는 전근대적 사고라 할 만하다. 그러나 여기서 전근대성은 복고주의적 차원에서 말해질 것은 아니다. 이 때의 전근대적 사고 방식은 근대적 방식이 갖는 어떤 한계를 드러내거나 교정한다.

근대성을 비판하는 개념으로서 전근대성은 바로 기술적 근대성이 갖는 도구성에 대한 반감의 표현이다. 이때 아나키즘 사상에서 내세우는 반감의 구체적 실례들은 중세적 질서로 대표되는 공동체주의다. 공동체주의의 사고는 근대성이 갖는 개인주의적이고 분열적인 현상에 대하여 전체적인 시각과 소외없는 이념으로서 동질성을 환기시킨다. 이는 마치 역사 속의 낭만주의 운동이 각 나라마다 정도의 차이는 있지만 프랑스 대혁명 이후 영국에서 시작된 산업화가 구미 각국에 확산되면서 전대미문의 급격화를 겪은 산업자본의 사회에서, 여러 형태의 '소외'를 경험한 지식인들이 부르주아 산업문명에 보여준 적의에 찬 반응과 자본주의 이전의 과거 사회로 되돌아가고자 하는 동경, 즉 낭만주의적 반자본주의의 세계관을 드러낸 것[11]과 같은 이치다.

이러한 생태주의적 관점에서 인위적이고 부정적인 근대성에 대해 비판의 인식은 민족주의에서 무정부주의로 사상적 전화를 보인 단재 신채호의 작품에서도 볼 수 있다.

3.
일시적 순간적인 너의 몸을 바치어
동포 국가 사회 인류 모든것을 위하라는
너희의 가진 윤리 싸움질을 못 금한다.

---

11) 임철규, 『왜 유토피아인가』(민음사, 1994), 359쪽.

싸움 없는 매암의 사회 윤리를 어데 쓰랴
온 세계의 모든 겨레 한 소리로 화답하자 매암매암

4.
수천 여년 기업으로
문학 미술 정치 풍속 모든 것을 창조해 온
너희의 가진 역사 종 되는 禍를 못 구한다.
자유 자재 매암이 나라 역사를 어디 쓰랴
자연으로 만든 풍류 또 한 마디 아뢰어라 매암매암

5.
여름은 우리 시대 綠樹는 우리 家鄕
이슬은 우리 양식 생활이 평등이다.
좋을씨고 매암이 생활 매암매암 매암매암
아비가 매암이면 아들도 매암
사내가 매암이면 아내도 매암
이름도 차별없다
좋을시고 매암이 이름 매암매암 매암매암
                    ― 신채호, 「매암의 노래」에서

　　신채호가 무정부주의에 빠져들면서 썼다고 추정되는 이 시는 자본주의
적 삶을 부정하고 공동생산, 공동분배를 통해 소유욕 자체를 없애버리는 무
정부 공산주의, 즉 유기적 공동체주의의 한 양상을 잘 보여준다. 특히 인간
의 인위적이고 강제적인 사회 제도를 비판하고 있다는 점에서 전형적인 생
태 아나키즘적 세계관을 보여주고 있다.

　　이 시는 총 6연으로 된 장시인데 1연과 2연에서 주체성과 도덕성을 노래
한 뒤 3연에 가서 매미 입장, 즉 생태 아나키즘적 입장에서 인간을 준열하
게 꾸짖는다. 곧 3연에서 인간의 윤리로는 싸움을 그칠 수 없다라고 말한
뒤 "싸움없는 매암의 사회 윤리"를 제시하는데 이 윤리는 자연적 자발적 합
의에 의해 도출된 윤리이기 때문에 아나키즘 사상에서 말하는 윤리, 곧 크

로포트킨의 「상호부조」의 정신을 일컫는다. 이런 상호부조의 정신 속에서 드디어 유기적 공동체 사회로서 아나키즘적 이상 사회상을 5연에서 제시한다. 매미 생활로 비유하여 보여주고 있는 이 사회상은 우선 "여름은 우리 시대 綠樹는 우리 家鄕"이라는 표현에서 볼 수 있듯 자연과 조화되는 삶을 의미한다. 이는 아나키즘 사상이 자연의 원리를 그 바탕으로 하고 있음을 염두에 둔 표현이다. 즉 호혜적(互惠的)인 자연성이 모든 윤리적 가치 기준을 결정하고 그것이 정의로운 사회임을 뜻한다는 푸르동이나 크로포트킨의 사상을 지지해주고 있는 것이다. 쾌적한 자연적 삶의 양상은 이후 아나키스트들이 가장 염원하는 이상적 세계의 상징이다. 그리고 "이슬은 우리 양식 생활이 평등이다"와 "이름도 차별 없다"에서 신채호가 바라는 이상적 사회상의 성격을 간취할 수 있다. 즉 지상의 모든 물적 재산에 대하여 공동 소유임을 인정하는 차원에서 그는 양식과 생활의 평등이 전제되지 않은 삶이란 자유와 행복이 없음을 인식하고 있다. 철저히 동등하면서 그 개별성과 주체성이 보장된 사회, 바로 아비와 아들, 사내와 아내가 함께 평등히 꾸며가는 유기적 공동체 사회로의 지향이 이 5연의 주된 의미가 되는 것이다. 이것은 바로 신채호가 당시 역사적 현실에서 발생하는 궁핍과 억압에 대한 이상적 전망을 떠올린 생태 아나키즘적 유토피아 상인 것이다.

이 지점에서 또한 일제 치하 아나키즘 사상을 그 창작의 바탕으로 삼은 유치환의 강렬한 생명성과 원시주의도 생태 아나키즘의 해석 선상에서 살펴 볼 수 있다.

나의 지식이 독한 회의를 구하지 못하고
내 또한 삶의 애증(愛憎)을 다 짐지지 못하여
병든 나무처럼 생명이 부대낄 때
저 머나먼 아라비아(亞剌比亞)의 사막으로 가자

거기는 한 번 뜬 백일이 불사신같이 작열하고
일체가 모래 속에 사멸한 영겁의 허적(虛寂)에

오직 아라―의 신만이
밤마다 고민하고 방황하는 열사(熱沙)의 끝

그 열렬한 고독 가운데
옷자락을 나부끼고 호올로 서면
운명처럼 반드시 '나'와 대면케 될지니
하여 '나'란 나의 생명이란
그 원시의 본연한 자태를 다시 배우지 못하거든
차라리 나는 어느 사구(沙丘)에 회한 없는 백골을 쪼이리라
　　　　　　　　　　― 유치환, 「生命의 書(1章)」 전문

　이 시의 서정적 자아가 거처하는 곳은, "나의 지식이 독한 회의를 구하지 못하고 / 내 또한 삶의 애증(愛憎)을 다 짐지지 못하여 / 병든 나무처럼 생명이 부대낄 때"로 두고 볼 때, 부정적 근대성이 표출된 사회 속임을 알 수 있다. 따라서 그러한 자아에게는 도구적 상태에서의 탈출이 필요한데 유치환은 이를 절대의 사막 '아리비아 사막'으로 형상해 놓고 있다. 그런데 이러한 절대의 사막이란 나에게 "생명이란 / 그 원시의 본연한 자태를 다시 배우"게 하는 도량의 의미를 가진다. 이것은 도구적 근대성을 극복할 하나의 비전으로서 원시주의, 또는 생명주의가 된다. 즉 부정적 근대성에 대립한 이미지로서 야성적 생명 공간인 생태주의적 성격을 지닌다.

　유치환 시에서 이러한 원시성과 야성적 생명 공간이 가지는 의미는 물론 명백할 것이다. 그것은 당시 일본 제국주의에 의해 자행되는 독점 자본주의의 포악성에 저항하는 면역체의 의미를 가지는 것이다. 그에게 아라비아 사막으로 대변되는, 지금 이곳의 파편적 근대성을 넘어서는 원시적 공간은 일제에 의해 사물화되는 자아를 지켜내기 위한 의식적 투쟁 장소였다. 그 점에서 원시주의로 대표되는 생명성은 바로 생태 아나키즘적 사유를 바탕으로 자아의 파편화와 인식의 해체로 특징지워지는 근대에 있어서 그것을 통합하는 유용한 방법 가운데 하나로, 현실적으로 해결할 길이 없는 모순에

대한 상상적 해결을 발견하는 데에 그 기능이 있다.[12] 유치환은 이러한 상상력을 통한 자기 해소로 일제의 파쇼化되어 가는 악랄한 상황에서 그들의 논리에 수렴되지 않고, 즉 도구화의 길을 걷지 않고 살아남을 수 있는 힘을 얻게 된 것으로 보인다. 그것은 바로 그가 생태 아나키즘의 인식을 통해 당대 현실을 바라보고 있었다는 사실의 확인인 셈이다.

3. 해방 후의 생태 아나키즘 문학의 양상

이러한 생태 아나키즘적 관점에서 아나키스트들의 시는 해방 후에도 계속된다. 신동엽이 해방 후 대표적 아나키스트라 할 수 있는데, 그의 이러한 생태 아나키즘적 인식의 구체적 표현으로서 유기적 공동체의 모습은 하나의 이상사회의 모습을 띠고 있다.

스칸디나비아라든가 뭐라고 하는 고장에서는 아름다운 석양 대통령이라고 하는 직업을 가진 아저씨가 꽃리본 단 딸아이의 손 이끌고 백화점 거리 칫솔 사러 나오신단다. 탄광 退勤하는 鑛夫들의 작업복 뒷주머니마다엔 기름묻은 책 하이덱거 럿셀 헤밍웨이 莊子 휴가여행 떠나는 국무총리 서울역 삼등대합실 매표구 앞을 뙤약볕 흡쓰며 줄지어 서 있을 때 그걸 본 서울역장 기쁘시겠오라는 인사 한 마디 남길 뿐 평화스러이 자기 사무실문 열고 들어가더란다. 남해에서 북강까지 넘실대는 물결 동해에서 서해까지 팔랑대는 꽃밭 땅에서 하늘로 치솟는 무지개빛 분수 이름은 잊었지만 뭐라군가 불리우는 그 중립국에선 하나에서 백까지가 다 대학 나온 농민들 추럭을 두대씩이나 가지고 대리석 별장에서 산다지만 대통령 이름은 잘 몰라도 새이름 꽃이름 지휘자이름 극작가이름은 훤하더란다 애당초 어느쪽 패거리에도 총쏘는 야만엔 가담치 않기로 작정한 그 知性 그래서 어린이들은 사람 죽이는 시늉을 아니하고도 아름다운 놀이 꽃동산처럼 풍요로운 나라, 억만금을 준대도 싫었다 자기네 포도밭은 사람 상처내는 미사일기지도 땡크기지도 들어올 수 없소 끝끝내 사나이나라 배짱 지킨 국민들, 반도의 달

---

12) 김형효, 『구조주의의 사유체계와 사상』(인간사랑, 1989), 201쪽.

밤 무너진 성터가의 입맞춤이며 푸짐한 타작소리 춤 思索뿐 하늘로 가는
길가엔 황토빛 노을 물든 석양 大統領이라고 하는 직함을 가진 신사가 자전
거 꽁무니에 막걸리병을 싣고 삼십리 시골길 시인의 집을 놀러 가더란다.
— 신동엽, 「散文詩 1」 전문

　이 시는 전형적인 미래의식의 선취로서 에코토피아적 사회상을 드러내
고 있다. 당시 60년대 분단의 모순 속에 얽매여 있는 지식인에게 대통령도
자전거를 타고 시인의 집으로 놀러가는 낭만적 비전은 앞으로 우리 사회가
지향해야 될 무계급사회의 한 유토피아적 꿈일 뿐 아니라 생태주의적 세계
관의 표출에 해당한다. 특히 이 시에서 대통령, 즉 시인의 집에 놀러가는 대통
령은 인위적 제도를 부정했던 동양 자연론자 장자(莊子)가 꿈꾸는 이상사회
지덕지세(至德之世)의 "민여야록 상여표지(民如野鹿 上如標枝)"의 '표지'와 같
은 의미다. 다시말해 제왕은 한 그루 나무 끝에 달린 가지처럼 그 지위는 매
우 높지만 자연에 따르고 작위하는 것이 없는 존재13)로서 대표성만 지닌다
는 것이다. 때문에 착취와 압박의 상징으로서 대통령의 의미는 아니다. 그
리고 제국주의적 폭력으로부터 포도밭을 지키는 농민들의 상(像)으로 반외
세 및 자주적 세계의 확립뿐만 아니라 그가 다른 시에도 강조하는 '전경인
(全耕人)'의 사상, 즉 농본주의적 상상력을 통해 부정적 근대성을 극복하는
모습은 바로 생태주의 세계관과 아나키즘 세계관의 한 절묘한 결합 양상이
라 할 수 있다. 그리고 중립에 대한 의미부여도 인위적 제도에 대한 거부로
서 자연적 질서를 택하겠다는 의지로 보여지며, 무엇보다 대통령의 이름도
모른다에서 보듯 인위적 정치질서에 대한 부정의식으로 읽혀진다.
　이것은 모두 생태 아나키즘 입장에서 제도적 비판을 통한 이상사회 건설
의 꿈을 드러낸 것에 해당한다. 즉 이 시는 생태주의적 세계관에 바탕을 둔
전형적인 동양적 유토피아상, 즉 노자의 소국과민(小國寡民)과 장자의 지덕
지세(至德之世)의 금욕적이고 정적인 유토피아 상에 충실한 모습임을 말해

---

13) 진정염·임기담(이성규 역), 『중국의 유토피아 사상』(지식산업사, 1993), 93쪽.

준다.14) 즉 그 말은 노자의 정신을 하나의 사표로 삼고 있는 그에게 노자의 정신과 그 맥을 같이 한 아나키즘 사상을 접했을 때, 자연스럽게 두 사상은 융합 발전돼 제도적 비판의 생태 아나키즘 문학으로 발전하게 되었다는 뜻이다.

이러한 생태 아나키즘 인식은 신동엽에게 바로 상호조응과 식물적 이미지로 세계를 포용하는 단계로 나아가게 한다. 이 때 시인은 바로 이상사회로서 무정부 마을을 건설하는 대지의 아들이면서 화합과 조화의 전인적 인간으로 선다. 이러한 시인의 모습을 신동엽은 「둥구나무」에서 찾고 있다.

뿌리 늘인
나는 둥구나무.

南쪽 山 北쪽 고을
빨아들여서
좌정한
힘겨운 나는 둥구나무
다리뻗은 밑으로
흰 길이 나고
東쪽 마을 西쪽 都市
등 갈린 戰地

바위고 무쇠고
투구고 憎惡고
빨아들여 한 솥밥

---

14) 그것은 신동엽이 산문에서 "「治大國 若烹小鮮」 老子 五千를 속에 있는 말이다. '大國을 다스림은 흡사 조그만 생선을 지짐과 같아야 한다.' …… 중략 …… 나도 내 인생만은 조용히 다스려 보고 싶다. 큰소리 떠든다고 세상 정치가 잘 되는 것이 아니듯이 바삐 서둔다고 내 인생에 큰 떡이 돌아오진 않을 것이다."라고 말한 데서 알 수 있다. 신동엽, 「서둘고 싶지 않다」 『신동엽전집』(창작과 비평사, 1992), 344쪽.

　　樹液 만드는
　　나는 둥구나무

　　　　　　　— 신동엽, 「둥구나무」 전문

　이 시에서 그가 인식하는 둥구나무는 바로 분단 조국이라는 역사적 현실에서 참된 인간적 삶을 지향하는 존재로서 상호부조와 생명의 원리를 바탕에 깔고 있는 존재자다. 그가 서 있는 역사적 벼랑은 "힘겨운" 상태지만 언제고 남쪽, 북쪽, 동쪽, 서쪽 등으로 갈라진 싸움터를 "한 솥밥"으로 만들고야 말겠다는 역사적 소명의식과 의지로 가득 차 있다. 그의 이러한 조화의 원리, 혹은 융화의 원리로서 살아 있는 나무의 이미지는 바로 자유와 평화를 사랑하는 사람이면 누구나 느낄 수 있는 것이지만 그러한 실천의지와 사상의 깊이가 도저한 경지에까지 이르지 못한 사람에게는 나타날 수 없는 이미지다. 따라서 신동엽 시인이 자신을 인식하는 세계 속의 둥구나무, 다시 말해 무정부 마을에 서 있는 둥구 나무는 바로 생명의 나무요, 지혜의 나무로서 아나키즘 사상이 갖는 생태주의적 세계관의 의미를 갖는다. 그가 가닿는 아나키즘 사상의 궁극적 이미지는 비로소 조용히 생명의 열로 타오르는 평화스러운 식물 이미지인 것이다. 유토피아 이미지가 사랑, 평화, 협동을 강조하는 여성적 이미지로 나타남을 그 역시 잘 구현하고 있는 셈이다.[15]

　해방 후 또 이러한 생태주의적 삶의 유토피아성을 가장 잘 형상화하고 있는 시는 아나키즘 운동을 역사 현실에서 실천한 바 있는 아나키스트 박노석의 작품에 잘 나타난다.

　　다시 돌아온 癸丑年 나의 돌해에
　　이런 저런 世間이 겨워
　　山으로 들어 餘生을 산다.

---

15) 임철규, 「역사의 바보들」, 앞의 책, 42쪽.

여기는 언젠가는 돌아가야 할
永遠한 우리의 本鄕!
나의 寢室 온돌방과 咫尺인
뜨락엔 數百으로 櫛比한 墓碑
고된 삶의 나래 접고
平安히 누운 魂靈들ㅡ

이 慈悲로운 고요와 永樂의 世界에
東天의 햇빛 玲瓏히 떠오르면
울울창창 湧天山 溪谷엔
구슬을 굴리는 맑은 물소리
거기 와서 지저귀는 山새소리
그 소리들에 어울려
나는 冷水浴을 즐긴다.

西山에 해가 걸리는 저녁나절
곱게도 노을이 물들면
땔나무를 하다가도 일손을 멈추고
저 白雲山 기슭에 피었다
스러지는 구름떼를 하염없이
건너다 보기도 한다.

또한 대낮의 無聊함을 달래서일까
짙푸른 하늘 半空中을 旋回하는
솔개라도 뜨는 날이면
그 雄渾하게 펼쳐진 날개를 우러러
壯快한 律動에 흠뻑 취해도 본다.
밤이 오면 버려진 地域 같지만
北斗七星 三台星 北極星 등
綺羅星들이 제자리에 나와 앉고
휘영청 달이라도 밝아 오면
이 靜寂의 天地는 원통

나로 하여 神韻속에 잠기려 하느니

때로는 컬컬히 막걸리라도 한사발
젊은이와 어울려 주욱 들이키면서
날품팔이 人夫들과
弄談도 싱그러이 걸어도 본다.

나의 人生과 眞實은 조촐하지만
그러나 淸明할손 이렇게
한편의 詩를 가꾸며 余生을 산다.
— 박노석, 「山으로 들어 餘生을－白雲墓苑에서」 전문

　서정적 낭만주의시의 전형이라 할 만한 이 시는 아나키즘 사상적 측면에
서 볼 때 상당한 의의가 있다. 박노석이 이 시에서 표현하고자 하는 것은
바로 자연과 조응하고 자연에서 삶의 의미를 찾아내는 자세인데 중요한 것
은 그러한 삶을 실제로 살았다는 점이다. 그런 점을 그는 산문집에서 「돌아
간 봄 다시 오는데」라는 글을 통해 "일찍이 장자(莊子)가 말한 '여천위도'의
경지, 자연과 동화되어 하나가 되는 데에 삶의 참뜻과 기쁨을 얻으려 함인
지도 모른다."16)라고 말함으로써 동양적 유토피아상으로서 자연 속의 삶을
말하고 있다. 그러나 위 시의 본질은 역시 아나키즘 입장에서 문명이 갖는
인간의 소외현상을 자연론적 사회관의 투사로써 비판하는 차원에 그 의미
가 크다. 박노석도 그의 이런 자연적 삶이 무엇을 의미하는지 「가진 것 없
는 억만장자란다」라는 글에서 다음과 같이 말하고 있다.

　내 손수 일군 여남은 평 되는 채전밭에 올라서 거기에 자라고 있는 온갖
채소를 어린아이 돌보듯 조심스레 돌본다. 그러한 작물들은 모두가 주인의
발자국소리에 큰다는 재미스런 말이 있다. …… 중략 …… 인간생활을 유익
하고 편리하게 하기 위하여 인간자신이 온갖 연구와 노력으로 이룩한 과학

---

16) 박노석, 『行雲流水－奴石 박영환 팔순 기념문집』(빛남, 1994), 221쪽.

적 물질문명은 오늘날에 와서는 도리어 그로 인한 문제들로 하여 인류의 앞길에 큰 불안을 안겨주고 있다. 어떻게 해서라도 우리는 이러한 불안에서 벗어나야 할 절박한 시간에 와 있는데 그 같은 자연을 보호하고 그 자연의 품 속에서 살아가는 소박한 인간자세로 돌아가야 모든 인간이 영육간에 건강을 얻을 것이다.[17]

이 글의 내용을 두고 볼 때 자연에 손수 노동하고 그 노동의 대가로 얻는 작물을 먹을 때, 정신과 육체의 분리 없이 건강하고 행복하게 살아갈 수 있다는 전언이다. 즉 그가 이러한 자연을 "여기는 언젠가는 돌아가야 할 / 永遠한 우리의 本鄕!"이라 말할 때, 거기는 이상적 삶의 사회상이 투사되어 있다. 이는 미국 아나키스트 H. 소로가 월든 호숫가에 집을 짓고 채소와 농작물을 직접 길러 먹으면서 당시 문명에 의해 오염된 도회적 삶을 부정하고 자연적 삶을 추구한 경우와 유사하다 할 것이다.[18]

또한 그러한 삶이 "淸明할손 이렇게 / 한편의 詩를 가꾸며 余生을 산다."처럼 예술적 삶이라 할 때 생태 아나키즘 사상의 가장 고도한 발현인 셈이다. 박노석의 자연주의적 삶은 아나키즘 사상이 추구하는 사유재산 부정으로서 무소유와 상호부조의 자연적 질서 속에 살기를 몸소 실천해 보여주고 있는 것이라 하겠다.

4. 생태 아나키즘 문학의 의의와 전망

이상으로 볼 때 한국 생태 아나키즘 시는 일정한 역사 사회 현실에 대응하는 시적 인식을 표출해 왔다 할 수 있다. 특히 사회적 현실의 모순과 제도적 왜곡에 대한 비판을 통해 자연적 삶과 이상적 사회상을 추구하고 있다는 점에서 추상적 생태주의에 빠지지 않았다는 점이 지적되어야 할 것 같다. 도구적 근대성이 갖는 물화와 수단화에 저항하여 자연적 삶이 갖는 가치와

---

17) 위의 책, 210~211쪽.
18) 헨리 데이빗 소로우(강승영 역), 『월든』(도서출판 이레, 1993).

아름다움을 서정의 결로 표현해 내고 있음은 한국 생태 아나키즘 시의 그 미학적 역사적 가치를 엿보게 한다.

이러한 생태 아나키즘시는 사실 21세기를 맞는 이 시점에서 더 활발히 전개되고 있다고 말해야 옳으리라. 이윤택을 비롯한 김지하, 송재학, 서림의 일부 시에 보이는 제도적 차원의 근대성 비판과 자연 중심의 삶 추구는 사회 생태론적 입장에서 해석될 여지를 주고 있다. 그들이 비록 아나키스트라 자처하지는 않더라도 그들의 시적 세계가 앞서 살펴보았던 생태 아나키즘의 인식을 드러내고 있다고 보여지는 대목이 많으므로, 21세기를 맞는 이 시점에서 자유와 자발과 자치의 생태 아나키즘 사상의 실천 가능성으로 우리에게 다가온다고 말할 수 있을 것이다. 그리고 이들의 역사성으로 보아 앞으로 여러 시인들이 자유와 평등에 대한 인식 속에서 자연적 삶의 본질에 바탕을 둔 이상적 사회상을 탐구하게 될 것을 예측하게 될 때 생태 아나키즘 시의 전망은 밝다 하겠다.

유토피아 인식이 당대 현실의 모순에 대한 보다 철저한 비판 위에 서 있음을 전제할 때, 아나키즘에 기반한 에코토피아의 전망은 현재 우리들의 결핍된 삶을 메꿔주고 풍요로운 미래적 삶을 준비한다는 점에서 역사의 절대적 요청이다. 때문에 인간의 삶의 조건이 되는 자연과 그 연장 선상의 사회의 원리를 형상화하고 있는 생태 아나키즘 시를 지속적으로 관찰해 보는 것은 동시대적 삶의 지형도를 그려보고 그것의 지향점을 확인해 보는 것으로서 의의있는 일일 것이다.

눈부신, 새살처럼 돌아오는 아픔
— 「십우도」의 사상을 중심으로 —

신 덕 룡*

1. 머리글

어느 시대나 위기나 종말에 대한 의식은 있었다. 우리 현대사에 있어서 이런 위기나 종말의식의 대부분은 정치적 현실과 밀접하게 연결되어 있다. 6,70년대의 개발독재와 80년대의 군사독재는 우리의 삶 전부를 질곡 속에 몰아넣고 있었기 때문이다. 산업화와 반공 이데올로기가 결합하면서 괴물로 변해버린 독재정권은 우리 사회의 보편적 가치관이나 개개인의 자율성, 도덕관념에 이르기까지 철저하게 왜곡시켜 왔다. 우리의 모든 촉각은 정치적 현실과 이에 대한 변화에 맞춰질 수밖에 없었던 것이다.

이런 현실에서 김지하는 불꽃같은 삶을 살았다. 그는 엄혹한 정치적 현실 앞에서 누구보다도 삶의 자유를 높이 외쳤다. 투옥과 석방, 재투옥으로 이어지는 그의 삶은 우리 현대사의 고난을 보여주고 있었던 것이다. "숨죽여 흐느끼"면서도 이 땅의 민주주의를 향한 열정을 포기할 수 없다(「타는 목마름으로」)는 그의 전언은 강렬한 호소력으로 많은 독자의 심금을 울려 왔다. 시와 삶의 일치를 지향하면서 6,70년대의 길고 긴 가시밭길을 걸어온 그의 삶을 생각할 때 이 시의 진정성은 더 큰 공감과 감동으로 다가올 수 있었다. 그러나 80년대 중반에 들어서면서 그의 시는 변화의 곡선을 그리고 있다.

---

* 문학평론가 · 광주대 교수

그 변화는 '타는 목마름으로' 부르는 민주주의에서 "캄캄한 지하실 시멘트 벽에 피로 그린"(「소를 찾아 나서다」) 애린을 찾아 나서는 것으로 나타났다. 이를 두고 생명사상에로의 방향전환이라고 말하고 있거니와, 오늘날 그의 생명사상은 동학사상과 결합하면서 많은 영향력을 발휘하고 있다.

80년대 이후 발표된 그의 시를 논의하는 자리에서 생명사상은 '애린'의 정체와 의미를 밝히는 작업부터 사상적 전개과정을 밝히는 것에 이르기까지 폭넓게 검토되고 있다. 물질적 풍요와 세속적 욕망의 범람 속에 드러나는 90년대의 정신적 위기, 이로 인한 종말론적 분위기 속에서 그의 생명사상은 우리 삶에 새로운 지평을 열어주는 한줄기 빛으로 다가왔기 때문이다. 그러나 그의 시를 논할 때, 많은 평자들은 시보다는 사상적 편력에 맞춰서 시를 해석하고 있다. 즉 그가 설파한 사상의 내용을 전제로 시를 해석하고 이해하려는 태도를 취하고 있다는 사실이다. 물론 이런 태도가 전적으로 그르다는 것은 아니다. 다만, 그의 시가 주체가 되지 못하고 사상를 설파하는 수단으로서의 역할에 고정될 수 있다는 우려에서다. 이미 이런 우려는 현실로 나타나고 있다. '애린' 연작(41~46)에 대해 '자심 정정하여 무실무득의 경지에 도달했음을 말해준다'는 것이나, '이제 그가 이룬 세계는 삶과 죽음의 세속적 갈림을 탁탁 털고 넘어선 해탈의 지평' 에 이르렀다는 평가 등이 그것이다. 이런 논리라면 시인 김지하는 이미 존재하지 않는다. 그의 시 역시 깨달음을 얻은 자의 오도송(悟道頌)이라 해야하지 않을까.

진실로 깨달은 자의 노래인가? 이 글은 여기서 출발한다. 이런 물음은 당연히 시 그 자체에 대한 탐색으로 시작하여, 시 속에서 깨달음을 향해 나아가는 여정에 의미부여를 하는 것으로 이어질 것이다. 이를 위해서 그가 자신의 정신적 변모와 깊이를 형상화하기 위해 차용한 불교적 상상력과 그 방편들에 대한 이해가 병행될 것이다. 따라서 필자가 대상으로 삼는 것은 생명사상의 구체적 실현인 『애린』이후의 시편들이다. 이들을 통해 깨달음을 향해가는 과정의 진실성, 즉 시를 통해서 그의 내적체험의 경로를 추적하고자 한다.

2. 헤맴, 찾아 나서기

김지하의 투사로서의 이미지는 『애린.1』에 와서 변모한다. 그의 「애린」 연작은 십우도에 의지해 '애린'을 찾아 나서는 여정을 형상화한다. 주지하다시피 십우도는 소를 잃어버린 목자가 야성의 소를 찾아 길들임으로써 소와 하나됨을 실현해 간다는 열 개의 연속된 禪家의 그림이다[1]. 이 그림은 선의 수행과정과 깨달음의 단계를 보여주는 텍스트로, 그 참된 의미는 인간 본래의 참모습 즉 '참된 자기'를 실현해가는 경계를 보여주는 데 있다. 김지하는 이 십우도를 단지 선에 한정하지 않고 자신의 실존적 상황으로 응용한다. 이런 의도로 인해 그의 시는 상당부분 불교적 상상력에 바탕을 두고 있으며, 그 바탕에서 자아의 관계정립을 시도하고 있다. 따라서 십우도에서 목동과 소의 관계를 나와 애린의 관계로 환치시키면서, 시 속에 구체화된 '애린'의 모습을 통해 생명사상을 보여주려 한다. 이런 '애린'을 찾아 나서는 여정은 과거의 시편들에서 보이는 폭력적 현실에 대한 대결의식이 아니라 내부지향의 치열함으로 나타난다. 그는 더 이상 불의와 폭력이 난무하는 역사의 현장에 뛰어들지 않는다. 오히려 자신의 내면에서 새로운 삶을 찾아가는 계기를 마련한다.

> 네 얼굴이
> 애린
> 네 목소리가 생각 안난다
> 어디 있느냐 지금 어디
> 기인 그림자 끌며 노을진 낯선 도시
> 거리 거리 찾아 헤맨다
> 어디 있느냐 지금 어디
> 캄캄한 지하실 시멘트벽에 피로 그린

---

1) 이희일, 『십우도』(경서원,1990).
   장순용 편, 『선이란 무엇인가』(세계사,1992).

네 미소가
애린
네 속삭임 소리가 기억 안난다
지쳐 엎드린 포장마차 좌판 위로
타오르는 카바이트 불꽃 홀로
가녀리게 애잔하게
가투 나선 젊은이들 노래 소리에 흔들린다.
　　　　　　　　　　　—「소를 찾아 나서다」 전문2)

　이 시의 첫머리는 십우도의 첫째 단계인 「尋牛頌」으로 이루어져 있고, 위에 인용한 시는 「尋牛頌」에 비견될 자신의 심정을 구체화한 것이다. 우선, 위의 시는 무엇을 보여주고 있는가. 한마디로 애린을 찾으면서 겪는 고통과 번민이다. 그의 고통은 '애린'을 찾으려 하지만 흔적도 찾을 수 없다는 사실에서 온다. 애린은 어디에도 없다. 더욱이 애린의 '얼굴', '목소리', '미소', '속삭임'-어느 것 하나 기억할 수 없다. "캄캄한 지하실 시멘트벽에 피로" 그렸을 정도로 어둡고 괴로웠던 순간에 위안을 주었던 '애린'이었음에도 불구하고. 절실한 구원의 대상이면서도, 그것의 구체적 형상을 어느 것 하나 기억할 수 없는 절망적 상황이 그를 감싼다. 드디어 그는 지쳐 '포장마차 좌판' 위에 엎드려 절망하고 있다. 그런 그에게 "가녀리게 애잔하게 / 가투 나선 젊은이들 노래 소리" 가 들려온다.

　"가투 나선 젊은이들 노래 소리"는 이 시의 의도에 비추어 「尋牛頌」의 결구인 "저문 날 단풍숲에서 매미 울음 들려오네"와 정확히 대응관계를 이룬다. 그렇다면 이는 목동이 소를 찾아 하루종일 헤맸지만 이미 날이 저물고 번뇌와 망상으로 도저히 소를 찾을 수 없는 처지에 있듯, 그 자신 역시 찾는 것을 기억하지도 못한 상태에서 절망에 빠져 있음을 의미한다. 중요한 것은 '가투 나선 젊은이들 노래 소리'에서 연상되는 번민의 내용이다. '애린'이 미

---

2) 본문에서 인용하는 시는 솔출판사 판 『결정본 김지하전집 1~3』(1994)과 『중심의 괴로움』(1996)에 따른다.

래의 삶을 예비하는 것이라면, 이런 노래 소리는 과거의 삶과 연결되어 있다. '캄캄한 지하실'에서 나와 새로운 삶을 찾으려는 그에게 과거의 삶에 대한 미련이 앞길을 막고 있는 셈이다.

기억조차 할 수 없었던 애린의 모습은 「문두드리는 소리」에서 부분적으로나마 그 실체가 드러난다. 애린은 기억의 저편에서 나타난 "피묻은 흰 손"이라는 시각적 심상을 통해 뚜렷하게 다가온다. 이후 시적 자아는 보다 육화된 애린의 모습을 보게 된다. 그는 얼어붙은 남한강가를 지나다가 한 겨울을 나는 애기파밭에서 애린을 본다. 애린의 모습을 대하고 시적 화자는 "알 수 없다 / 살아 있으면 갓 서른 / 젊으나 젊은 네 나이 / 왜 머리빛이 희냐"(「남한강에서」)고 한탄한다. 애린은 이미 죽은 자의 넋이라는 구체성을 띠고 다가오는 것이다. 죽은 자의 넋으로서의 애린은 "애잔한 노을"(「또 남한강에서」)로, 술병 속에 갇혀 있다가 "유리조각들 속에 흔들리는"(「갇힘」) 모습으로, "가늘어져 가늘어져 / 난초"(「살림」)가 된 모습으로, 쓰레기에서 "분홍빛 새살로"(「1」)나타나기도 한다. 더욱이 애린은 "똥 속에서"(「똥」), 쓰레기에서, "쉼없이 흐르는 물"(「1」)에서, "흩어진 겹동백의 지저분한 죽음"에서도 나타난다는 사실이다. 이제는 "낯설디 낯선"(「꿈에」) 애린이 아니다. 오히려 시적 화자 곁에 수시로 볼 수 있고, 느낄 수 있는 온갖 형상으로 편재해 있는 것이다.

애린의 존재양상 속에 공통적으로 드러나는 것은 애린이 연민의 대상이라는 점이다. 애린이 먼 옛날 "우는 애기 입 틀어막아 싸안고"(「악박골」) 숨죽여 울고 있었고, '피묻은 흰 손'을 지녔고, 설움에 사무쳐 "춥고 고달픈 눈빛"을 지닌 애처로운 모습으로 나타나는 데서 알 수 있다. 화자는 고통과 설움으로 응어리진 더할 수 없이 비통한 모습의 애린을 떠올린다. 따라서 애린은 자신의 삶과 관련된 특정인의 모습[3]에서 한을 지니고 죽었지만 언제든 되살아나는 모든 존재의 형상으로 확대된다. 그는 이런 애린에 대한

---

3) 유중하, 「원형의 전설」, 『문예중앙』(1991. 5), 187~194쪽.

연민을 '가슴에 아프게 불로 지져' 놓으면서 그 고통을 함께 한다. 어째서 그는 끈질기게 애린을 찾아 나서는 것일까? 애린이 "찬 것 / 모난 것 / 딱딱한 것 녹슨 것 / 낡고 썩고 삭아지는 것"(「결핍」) 들로 둘러싸여 "내 마음 마저 녹슬고 모가" 난 것을 동그래지고, 보드라워지고, 해맑아지게 하는 존재이기 때문이다. 차고 모나고 딱딱한 것들의 세계가 시적 자아를 둘러싼 공격적인 현실이라면, 그 역시 이러한 현실에 맞대응하기 위해 미움과 노여움, 슬픔과 원망으로 내면을 채우고 있는 셈이다. 이런 세계는 서로가 서로를 죽이는 세계이기도 하다. 그는 여기서 벗어나 화해와 조화, 이해와 사랑의 세계로 나아가고자 한다. 애린은 이런 세계에서 시적자아를 구원해 줄 유일한 존재다. 그러나 '애린'은 애린대로 자신의 한을 지니고 있고, '나'는 나대로 애린에게 매달려 있다. 여기서 애린이 새롭게 태어나야만 내가 새롭게 살아갈 수 있다는 관계양상이 드러난다.

> 부숴라
> 애린
> 끊어라 애린
> 탈출하라 바람부는 저 벌판으로
> 내 사랑하는 애린
> 한떨기 들꽃으로 시뻘건 흙으로
> 살아나라
> 다시 다시 살아나라
>
> —「살림」에서

　시적 자아는 자신이 주체가 되어 애린을 해방시킨다. 내가 살기 위해 스스로가 감옥이었다는 인식, 그 감옥 속에서 '난초'로 있었던 애린을 해방시키고자 한다. 화자는 난초에서 풀려난 애린이 "한떨기 들꽃으로 시뻘건 흙으로" 살아날 것을 요구한다. 더 이상 애처롭고 고통스런 모습이 아닌 새로운 삶을 지닌 존재로서의 전환을 요구하고 있다. 존재전환은 해원을 전제로 이루어진다. "설움 한무더기 원한 한 삼태기 / 술도 노래도 주먹질, 칼부림도 잊고"(「이슬털기」) 새로운 존재로 다시 태어나야 한다. 그렇다면 애린은 '설움을 지닌 존재', '갇힌 존재'여서는 안된다. 이제는 화자의 마음 속에 갇힌 '난'과 같은 존재가 아니라 '한떨기 들꽃으로', '시뻘건 흙으로' 새롭게 살아나야 하는 것이다.

애린은 재생을 통해 시적 자아의 모난 세계를 어루만지고 변화시키는 존재에 그치지 않고 재생과 부활로 특징지어지는 모든 생명체 삶으로 확대된다. 새로운 생명으로서의 삶은 재생과 순환, 모든 존재 속에 보편적으로 내재한 평등한 생명의 세계로 나아감이요 그 현현이 될 것이다. 그렇기에 애린의 형상이 죽음에서 생명으로, 밥에서 똥으로 순환되는 생명의 질서 속에 널리 편재해 있음을 보는 일은 자연스럽다. 이런 주객의 일치, 너와 내가 다르지 않고 모든 삶이 서로에게 연관되어 있으면서 또한 각각의 존재를 이루기 위해 애린의 해한(解恨)을 통한 존재전환이야말로 가장 절실한 선결조건이 되었던 셈이다. 이런 과정을 통해서 애린은 가장 고통스럽고 비천한 모습에서 나아가 세상의 모든 고통과 죄악을 감싸안는 무한한 포용력을 지닌 존재가 되기도 하며, 모든 생명체에 내재한 공통된 삶의 원리로 작용하기도 한다. 김지하 자신의 말을 빌면, '죽임'의 세계에 해당하는 이곳을 벗어나 '살림'의 세계로 나아가기 위해 필사적으로 찾지 않으면 안될 대상이 되는 것이다.

죽임에서 살림의 세계로 나아가는 기로에서 그가 발견한 것은 '애린'이 바로 그 자신이라는 깨달음이다.

> 땅 끝에 서서
> 더는 갈 곳 없는 땅 끝에 서서
> 돌아 갈 수 없는 막바지
> 새 되어 날거나
> 고기되어 숨거나

바람이거나 구름이거나 귀신이거나간에
변하지 않고는 도리 없는 땅 끝에
혼자 서서 부르는
불러
내 속에서 차츰 크게 열리어
저 바다만큼
저 하늘 만큼 열리다
이내 작은 한 덩이 검은 돌에 빛나는
한 오리 햇빛
애린
나.

―「50」 전문

이 시에서 보듯 시적 자아는 더 이상 갈 곳도 되돌아 갈 수도 없는 "변하지 않고는 도리 없는 땅 끝"에 홀로 서 있다. 물러서면 다시 죽임의 세계로 떨어지고, 나아가자니 살림의 진정한 세계가 보이지 않는 궁극의 지점이다. 자신이 "변하지 않고는 도리없는" 지점에서 그는 드디어 애린이 곧 자신의 모습이었음을 발견한다. 여기엔 자신의 현재가 어찌해볼 도리없는 극한의 상황이라는 인식과 이를 바탕으로 전개되는 변화, "내 속에 차츰 크게 열리어" 스스로를 돌아보는 계기가 마련되어 있다. 즉, 애린의 비참한 모습이나 그를 찾는 시적 자아 앞에 출현한 갖가지 형상, 또 해한을 통해 새로운 삶으로 나아가고자 하는 열망―그 전과정이 자신의 생애를 통해 드러난 자아의 모습이었으면서 그의 내부에서 애처롭게 꿈틀대던 새로운 삶을 향한 생명의 모습이었던 셈이다.

3. 칼과 사슬, 벗어나기

애린이 다름아닌 자기 자신임을 발견한 것은 그에게 있어 크나큰 깨달음이다. 이어 그는 애린과 더불어 살아갈 길을 마련한다. 그러나 애린과 하나되어 살아간다는 것은 쉬운 일이 아니다. 자기 자신의 생명, 그 자체가 애린이라는 깨달음은 곧 이제 겨우 잊고 있었던 자신의 실체를 알아차린 상태에 불과하기 때문이다. 또한 이런 깨달음이 자성(自性)에 대한 진지한 탐구과정에서 얻어진 것도 아니다. 그래서 애린을 찾는 여정은 이제 진정한 자신의 모습을 찾는 내적성찰로 이어지게 된다. 애린이 곧 자기라면, 참된 자아란 무엇인가? 라는 물음 앞에 서게 되는 것이다. 이 질문 앞에 시적 자아는 과거의 삶에 얽매여 있는 자신의 내면을 보게 된다.

① 대흥사 동백은
　날 위해 피었는가

　대흥사 동백 위해
　내 가슴 속 피멍 여기 피었는가

　모든 것 다 잃었는데
　사슬 소리는 여전히 거느리고

—「겨울 거울·3」에서

② 두렵다
　칼이 눈에 띄면
　칼을 잡고 누군가 쑤시던가
　나를 찌를 것 같아 두렵다

—「악마」에서

③ 해는 중천인데
　닭 울음소리

　햇살 거느리고
　잠 속으로 깊이 빠질수록
　자본과 자본론에 묶여

헤어나지 못하는
이 잠 속에서
낮닭 울음 소리

해는 중천인데
요란한 닭 울음 소리.

—「겨울 거울·4」 전문

①에서 우리는 동백꽃의 색깔에서 피멍을 연상하는 시적 자아를 본다. 가슴 속의 피멍은 곧 과거의 상처다. 그의 과거가 반독재 투쟁, 수배, 감옥행, 사형언도, 석방, 재수감으로 이어져왔듯 생애는 상처로 가득차 있다. 그 상처는 "사람의 물결에 실려 / 자유를 외치던 때"(「마른번개의 날에」), "외마디 기인 / 비명이 나를 뺏던"(「지혜」) 때의 체험들과 연관되어 있다. 이런 체험은 이미 지나가버린 과거의 내용이지만, 잊으려해도 잊을 수 없는 것들이다. 과거의 상처로 인한 후유증은 그로 하여금 오늘날까지 병마에 시달리게 하고 있다. 그는 질병에 시달리며 "병든 나를 찾지마라"(「편지」)기도 하고, "날 찾을 이 없음도 다 알고" 있으면서도 "망연히 앉아 있는 나날"(「바램·2」)의 외로움을, "한식 청명 좋은 날에 / 방안에 묶여"(「한식 청명」) 바깥 세상을 엿듣고 있는 자신을 노래하기도 한다. 스스로 이런 것들로부터 빠져나올 방법을 터득하기란 쉽지 않다. 그 상처는 기억으로만 존재하지 않고 지금의 병든 육신으로 나타나고 있기 때문이다. 이런 상태에서 "모든 것을 잃었지만" 아직도 사슬소리가 여전히 귓가에 맴도는 것은 당연한 일이다.

더 고통스러운 것은 영혼의 상처다. 영혼의 상처는 풀래야 풀 수 없는 피해의식과 진한 노여움의 형태로 남아 있다. ②에서 보이는 피멍으로 인한 시적 자아의 내면풍경이 그러하다. "칼이 눈에 띄면 / 칼을 잡고 누군가 쑤시던가 / 나를 찌를 것같아 두렵다"는 고백을 듣게 된다. 번뜩이는 칼의 이미지는 피해의식과 함께 강렬한 복수심이라는 이중적 의미를 지니고 있다. '나를 찌를 것'같다는 데서 보듯 불안한 심리는 아직도 그가 과거의 공포에서 자유롭지 못함을 의미한다. 또하나는 자신의 심연에서 증오심을 발견하는 것이다. 칼로 인해 상처받은 기억, 나에게 상처를 주었던 누구에겐가 보복을 하고 싶다는 적개심이 그것이다. 그의 피멍은 나에게 상처를 준 대상을 향한 노여움으로 응어리져 있는 것이다. 그의 내면에 깔려있는 피해의식이나 적개심 모두 그의 삶을 옭죄는 '악마'이며, 그는 이 악마로부터 자유롭고 싶어한다. 그러나 자신을 다독거리는 일과 남을 용서해야 하는 일, 공포와 노여움의 극복이라는 두가지 과제를 풀기는 힘들다. 그래서 시적자아는 " 마음속 깊이 가득 찬 / 칼들 그대로 둔 채로" 자신에게서 벗어나지 못하고 있음을 안타깝게 노래한다.

③은 앞으로 가야하는데 갈길이 나타나지 않는 답답함을 보여준다. 해는 한낮인데 화자는 아직도 깊은 잠에서 깨어나지 못하고 있다. 잠이란 자본과 자본론 사이의 갈등과 싸움의 공간이다. 과거의 삶으로서의 자본론과 현재의 삶을 살아가는 방식으로서의 자본과의 갈등이다. 그렇다면 낮닭의 울음소리는 과거의 미망과 현재의 삶을 비집고 들어서는 틈새를 의미한다. 이 틈새는 곧 새로운 삶의 길이다. 그러나 그 틈은 쉽게 열리지 않는다. 요란한 닭 울음소리에 마음만 조급할 뿐이다. "옛삶은 끝났지만 / 새 삶은 시작되지 않"(「불면」)았다는 고백이 실감나게 다가오는 것은 이 때문이다.

애린의 해한을 통해 자유롭고자 했던 그는 다시금 과거의 회한과 노여움을 맞닥뜨리고 있다. "이리 괴로운 건 옛일 때문이다 / 옛일에의 집착 때문"(「속·1」)이라고 말하고 있듯, 과거로부터의 벗어남이 새로운 삶의 전제조건이 되어 있다. 문제는 과거가 흘러가버린 것이 아니란 사실이다. 과거의 상처와 분노와 회한은 그의 기억 속에 언제든지 현재화되는 것들이다. 따라서 털어내지 못한 육체적 질병, 노여움으로 밖에 달랠길 없는 영혼의 상처와 새로운 삶을 살고자하는 열망 사이의 고통은 결국 자신의 실존적 위기를 말해준다. 그렇기에 고백이 진실하면 진실할수록, 위기가 절박하면 절박할수록 이를 맞대결하고자 하는 시적 자아 앞에 "난데 없는 희망 한오리"(「만남」)가 나타나기도 하고, "내 몸 어딘가에서 아련히 / 새살 돋아 오는 아픔"

(「목련」)을 느끼기도 한다. 비록 순간이나마 과거에 대한 집착이 끊어진 자리에 '난데없이', '아련히' 자아의 참모습이 떠오르는 것이다. 이런 점에서 다음의 시는 애린 연작 「50」에서 보여 주었던 깨달음과 대칭을 이룬다.

> 생명
> 한 줄기 희망이다
> 캄캄 벼랑에 걸린 이 목숨
> 한 줄기 희망이다
>
> 돌이킬 수도
> 밀어붙일 수도 없는 이 자리
>
> 노랗게 쓰러져버릴 수도
> 뿌리쳐 솟구칠 수도 없는
> 이 마지막 자리
>
> 어미가
> 새끼를 껴안고 울고 있다
> 생명의 슬픔
> 한 줄기 희망이다.

—「생명」 전문

시적 자아가 실존적 위기와 맞대결하기 위해 서 있는 상황은 "캄캄한 벼랑에 걸린 목숨"과도 같다. 자아를 찾기 위한 여정의 막다른 골목에 이르른 셈이다. 자아가 결코 과거의 자아가 될 수는 없고, 그렇다고 자아의 본질이 무엇인지 속시원히 드러나지 않는 자리인 셈이다. 떨어져 고통과 노여움, 자본론에 빠질 수는 없고 또 털어내고 낮닭이 우는 새날을 맞을 수도 없는 "돌이킬 수도 / 밀어붙일 수도 없는 이 자리"다. 그러나 그는 끝끝내 "한줄기의 희망'의 끈을 놓지 않는다. 그 끈을 잡고 견디고 있다. 죽음(어둠)과 삶(새날)의 경계선에서 그가 죽음을 떨치고 일어설 수 있음은 생명이라는 '한줄기 희망'을 간직하고 있었기 때문인 것이다.

쓰러져버릴 수도, 솟구칠 수도 없는 "이 마지막 자리"는 절대 고독의 자리다. 자기가 자신에 대해서 묻는 궁극의 지점이기 때문에 절대 고독의 자리면서 동시에 실존적 위기를 넘길 수 있는 마지막 희망의 자리다. 그는 여기서 새로운 생명의 모습과 만난다. 다름아닌 애린이 곧 나요 나와 애린의 존재이유가 곧 생명에 있고, 생명의 끈을 통해 '자아'와 '자아를 찾던 자기'의 통일이 이루어진다. 시적 화자의 삶을 구원해줄 대상으로서의 애린, 그 애린이 다름아닌 과거에의 집착으로 인해 실존적 위기를 맞고 있는 자아라는 것 그리고 애린과 자아가 둘도 아닌 생명의 끈으로 이어진 존재 그 자체라는 사실에 대한 깨달음이다. 그러나 그 생명은 "어미가 / 새끼를 껴안고 울고 있"는 데서 보듯 철저히 비극적인 상황 속에 발견된다. 생명의 모습이 애처롭게 펼쳐지는 것이다. 이 애처로움이 곧 자아를 비롯한 모든 존재의 근원적인 모습이요, 그렇기에 마지막까지 지켜야할 희망인 셈이다.

4. 나무그림자, 꽃피우기

자아의 본질이 다름 아닌 애처로운 생명에 지나지 않음을 발견한 것은 김지하의 시가 또다른 차원으로 나아가게 하는 바탕을 이룬다. 이것은 내부의 피나는 싸움을 통해 얻어진 것이기에 더없이 귀중한 체험이다. 싸움에서 이기고 얻은 경계에서 그가 발견한 것은 새로운 생명의 힘이다. 누구도 대신할 수 없었던 고독의 자리에서 그는 새로운 삶의 지평을 열어나간다.

    저녁 몸속에
    새파란 별이 뜬다
    회음부에 뜬다
    가슴 복판에 배꼽에
    뇌 속에서도 뜬다

> 내가 타죽은
> 나무가 내 속에 자란다
> 나는 죽어서
> 나무 위에
> 조각달로 뜬다
>
> —「啐啄」1, 2연

내 몸 곳곳에 '새파란 별'이 뜨면서 존재 양상이 달라진다. '내가 타죽은 나무'가 다시 살아나 내 속에서 자라고, 나는 그 나무위에 조각달로 뜬다는 자기 부정을 통해 긍정의 세계로 나아가는 모습을 본다. 이런 부정과 긍정의 모습은 '새파란 별'과 '타죽은 나무'와 그 위에 뜨는 '조각달'의 이미지로 인해 아름답지만 섬뜩하기조차 하다. 한 밤중을 배경으로 펼쳐진, 모든 생명이 죽어버린 살풍경한 겨울의 이미지가 중첩되고 있기 때문이다. 이를 배경으로 모든 것이 죽어버린 심지어 자신조차 '타죽은 나무'가 되어버렸다는 인식은 지금까지 자신을 구성하던 모든 것을 부정한다는 것이요, 그렇기에 새로운 존재로 살아갈 수 있는 전기를 마련했음을 의미한다. 자기부정을 통한 새로운 긍정은 위의 시 마지막 연에서 다음과 같은 다짐으로 이어진다.

> 껍질을 깨고 나가리
> 박차고 나가
> 우주가 되리
> 부활하리.

우리는 여기서 '껍질'과 '부활'의 대조적 이미지를 본다. 그에게서 '껍질'은 이제껏 자신의 실체를 이루어왔다고 믿었던 것들이다. 자신의 내면에 깊숙히 자리한 설움과 분노, 사랑과 미움이 자신의 본모습을 가리고 있었던 것이다. 따라서 '부활'이란 자신의 내면을 이루고 있었던 것들 그리고 그 대상조차 다 태워버리고 새롭게 태어나겠다는 의지의 표현이게 된다.

　이러한 시적 자아의 모습은 인위적인 자기변신의 결과로 여겨지지 않는
다. 앞서 살펴보았듯, 이런 단계에 이르기까지 그는 모순된 내면에 대한 탐
색을 계속해왔던 것이다. 추하고 불완전한, 애증과 고독, 공포와 노여움으
로 고통받던 내면―이 모두는 자신의 숨길 수 없는 모습이었다. 다시 한번
강조할 것은 이런 불완전한 자아가 자신의 참모습이 아니었다는 자각과 깨
달음을 얻었다는 사실이다. 이런 깨우침은 우연히 얻어진 것이 아니다. 철
학적·종교적 배경을 이루고 있되 그것이 단순히 지식으로 얻어지고 또 고
백하는 것이 아니라 끊임없는 수행의 과정을 통해 체험으로 얻어진 것이다.
더욱이 이런 고통을 통한 존재전환의 역동성은 이미 시적 과정으로 수용된
십우도의 명상과 수행 속에 구체화되고 있었다는 사실이다. 그렇다면, 명상
과 수행을 통해 도달한 시적 자아의 깨달음은 어디에 와 있는가? 자신의 참
모습을 본 단계다. 자아의 참모습을 본다는 것은 지금까지 자신을 구성해왔
던 근거를 부정할 수 있었던 데서 비롯되었다. 자신의 모든 것을 부정하고
의식의 획기적인 대전환이 일어난 자리에서 '타죽은 나무'라는 자아의 참모
습이 드러난 것이다. 모든 것을 버리고 난 뒤 비로소 잎새로 치장했던 아름
다운 겉모습을 떨치고 시커멓게 '타죽은 나무'와 '내'가 하나일 수 있었다.
자신을 비우고 난 자리에 우뚝 솟은 타죽은 나무와 그 위에 뜬 조각달―모
든 것이 '내'가 아닐 수 없다는 깨달음이다.

　이와 같은 자아의 발견과 확인은 그의 시에서 '메마른 나무그림자'와 '뼈'
의 이미지로 구체화된다.

　　예전엔 풍성했던
　　온갖 생각들 자취없고

　　빈 자리에
　　메마른 나무그림자 하나

　　　　　　　　　　　　　　―「예전엔」에서

뼛속에서
풀잎 자라고
해와 달 뜨고

밤낮
굿치는 소리 들린다

— 「一山詩帖·5」에서

　위의 시편들은 정신적인 한 경계를 보여주는 것들이다. 참된 자아를 찾는
과정이 밖(애린)과 안(내면), 두가지 경로를 통했었음을 상기할 때 이 시편
들은 자아를 찾고 난 뒤의 열림으로 나아가는 시편들이다. 이것은 '뼈'와 '메
마른 나무그림자'의 상징성 속에 극명하게 드러난다. 우선, '풍성했던 생각
들'과 '메마른 나무그림자' 관계를 보자. 이미 지나가버린 과거의 풍성했던
생각들은 앞서 살펴보았듯 자신 내부에서 떠나지 않고 자신을 괴롭히던 것
들이다. 그 내용은 불안과 공포, 연민과 절망, 설움과 노여움 등으로 나타났
다. 그러나 이런 것들은 나뭇잎과 같이 일시적인 것이요, 나무의 본질을 이
루는 것이 아니었다. 그 스스로 "내가 타죽은 / 나무가 내 속에 자란다"고 말
하고 있듯, 이 역시 깨달음의 내용과 연관된다. 즉, 깨닫는 순간, 지금까지의
자신이 허상에 지나지 않았음을 알아차린다. 자아란 무엇인가. 모든 나뭇잎
이 다 떨어져버린 메마른 나무요, 그 그림자일 뿐이다. 형상은 없으되 실체
는 있는, 그러면서 생명을 발산하는 존재로서의 자기인식이다. 이와같은 인
식은 '뼈'의 상징성에서도 여실히 드러난다. 뼈에 붙은 '살'이 모습을 이루는
것이라면 '뼈'는 모습을 이루는 바탕이 된다. 따라서 뼈의 단단함은 자신의
내부에 숨어서 더 이상 파괴되지 않는, 파괴할 수 없는 생명의 바탕이요 실
존의 핵심을 의미한다. 즉, 메마른 나무와 뼈의 이미지가 유사성을 이루면
서 존재 자체가 생명의 씨앗을 담지하고 있음을 의미한다. 그렇기에 뼈만
남은 자아 속에서 "풀잎이 자라고 / 해와 달이 뜨"는 것을 스스로 체득할 수
있었고, 그 자리가 곧 "천지를 키우는 자리"이며, 모든 생명의 삶과 죽음,

메마름과 풍요로움, 추락과 상승, 한과 사랑이 함께 어우러져 "밤낮 / 굿치는" 공존과 화해의 세계임을 노래할 수 있었던 것이다.

이로부터 시적 자아는 '나'와 '남', '나'와 '사물' 사이의 경계를 뛰어넘어 모든 생명을 지닌 존재들에게로 공감을 확산시킨다.

봄에
가만 보니
꽃대가 흔들린다

흙밑으로부터
밀고 올라오던 치열한
중심의 힘

꽃피어
퍼지려
사방으로 흩어지려

괴롭다
흔들린다

나도 흔들린다

내일 시골 가
가
비우리라 피우리라.

—「중심의 괴로움」 전문

이 시에서 볼 수 있는 것은 나와 사물과의 교감이다. 시적 자아는 모든 존재들 사이의 기쁨보다는 슬픔과 연민 속에 스며든다. 그는 봄에 만물이 소생하는 모습을 본다. '꽃대가 흔들리는' 모습에서 "흙밑으로부터 / 밀고 올라오던 치열한 / 중심의 힘"을 느낀다. 중심의 힘은 곧 생명의 힘이다. 모든 생명은 자신을 꽃 피우려는 본성을 지니고 있기 때문이다. 그러나 시적 화자는 그 생명의 힘에서 슬프도록 안타까운 생명의 실체를 노래한다. 생명의 소리는 "삼라만상 / 숨쉬는 소리"(「빗소리」)이기도 하지만, 새로운 존재로 소생하려는 안타까운 몸부림의 신음소리이기도 하다. 여기엔 풀씨 → 뿌리내림 → 싹틔움 → 꽃피움에 이르기까지 계속해서 자신의 존재를 변화시키려는 과정과 노력이 있다. 더욱이 그 노력은 절대 고독한 자리에서 자기와의 싸움이다. 이 싸움과 변화를 주도하는 것이 곧 생명의 힘이며, 그 생명의 고통스런 여정을 통해 새로운 존재로 세상에 현현하는 것이다. 화자는 이런 교감의 차원에 머물지 않는다. "비우리라 피우리라"에서 보듯, 생명에서 느꼈던 연민이나 괴로움까지 던져버린다. 그야말로 무아(無我)의 상태에서 생명의 모습을 보고, 그 숨결에 동참하고자 하는 것이다.

이런 점에서 시적 자아와 사물 사이의 교감은 새로운 존재에 대한 축복이며, 동시에 일체가 되어 느끼는 생명의 충일감이다. 따라서 이런 시적 자아가 "보이지 않는 숲 속의 / 벌레들 애잔한" 신음소리(「외로움」)를 듣는 것이나, 꽃눈 트는 가지에서 "내 삶에 한줄기 / 물오르는 소리"(「빈 가지」)를 느끼는 것은 당연한 일이다. 그것은 모두 " 내 속에 / 텅 빈 속에 / 바람처럼 움트는 / 웬 첫사랑 우주소리"(「無」)에서 보듯 비어있음으로 충만한 생명의 세계다. 그 속에서 움트는 모든 것이 생명의 현현이고, 나 역시 그 생명의 하나이고 그렇기에 내가 아님이 없는 것이다.

5. 마무리

우리는 지금까지 김지하의 시를 '자아의 현상학'이란 관점에서 그가 실존적 삶과 정신적 지향을 어떻게 일치시키려 했고, 그 과정의 진실성을 탐색해 왔다. 특히 명상과 수행 그리고 자아의 진지한 내면 성찰은 많은 공감을 불러 일으켰다. 그 과정에서 실존적 위기를 극복하고 정신의 높이를 추구해 온 솔직하고도 고통스런 내면의 변화를 통해 생명사상의 맹아와 발현을 엿

보는 것은 기쁜 일이었다. 그것은 우리네 삶 속에 생각치도 못했던 새로운 세계의 발견이었으며, 동참의 즐거움이었다. 따라서 그가 꿈꾸는 생명의 세계 역시 물질적 풍요와 탐욕으로 길들여진 우리에게 새로운 삶의 지평으로 다가올 수 있었다.

그가 궁극적으로 꿈꾸는 생명의 세계는 과거도 미래도 아닌 현재에 이루어지는 세계다. 모든 생명이 동등하게 어울리며 빛을 발하는 "살아 / 넘치는 지금 여기 / 끝없는 그날"(「그날」)은 현재의 세계다. 여기는 "흙도 물도 공기도 바람도"(「새봄 · 3」) 모두 형제가 되고, "내 마음 열리어 / 삼라만상을 끌어"(「一山詩帖 · 4」)안기도 하고, "지난날 회한도 / 이제는 즐거움"(「서편」)으로 살아오기도 하는 무궁한 생명의 세계다. 즉 내 몸은 하나의 개체이면서 동시에 생명 공동체의 일원이고, 나아가 모든 생명이 내가 아님이 없다는 생명관의 표현이다. 이를 두고 해월의 향아설위(向我設位)의 생명관을 창조적으로 계승한 것으로 해석한다4). 중요한 것은 자신의 본성에 대한 올바른 발견 그리고 모든 것이 나와 같은 존재라는 인식 속에 우주와 하나가 되는 경지는 이미 종교적인 깨달음의 자리라는 사실이다. 그렇기에 그는 이미 한없이 낮아져 있고, 모든 것에 공경의 마음을 보내고 있다. 이 경지에서 그는 기쁨과 환희 그리고 자신이 깨달은 생명의 비밀을 풀어내는 노래를 부르고 있다.

그렇다면 그의 노래는 깨달은 자가 부르는 오도송이고, 깨닫지 못한 자에게 보내는 연민의 노래며, 죽음의 세계에서 찾아낸 생명의 노래에 그칠 것인가? 그가 빌어온 불교적 상상력, 굳이 십우도의 단계를 빌어 말하자면, 애린을 찾아나서는 과정(심우)에서 애린과 자신이 같은 존재임을 알고 자기의 참모습을 성찰하는 과정(견적)을 거쳐, 이제 그는 자아의 참모습을 본 자리에서 생명의 비밀스런 모습들을 형상화하고 있다. 문제는 깨달음의 내용을 실생활에 활용하면서 자신을 심화시키는 일이다. 이런 그의 노력은 「산」, 「

---

4) 홍용희, 「신생의 꿈과 언어」, 『초록생명의 길』(시와 사람사, 1997), 208쪽.

정발산 아래」, 「틈」, 「나는 지금」 등의 시편에서 살아있는 삶의 지혜를 구체화하는 것으로 나타나고 있다. 그러나 그가 깨달음의 노래, 세속적인 욕망이나 갈등이 배제된 긴장이 없는 세계를 노래한다면 이미 시인으로서의 존재가치는 소멸하고 만다. 소의 고삐를 쥐고 있음을 잊어서는 안된다는 의미에서다. 팽팽하게 당겨진 고삐를 통해서만 '살아 있는 지금 여기'의 진실이 생생하게 전달될 수 있다. 만일 고삐가 결코 풀리지 않는다는 믿음으로 소의 야성을 무시한 채 노래한다면, 그것은 허망한 초월주의자의 노래에 불과할지도 모른다. 이미 이런 징후는 시집『중심의 괴로움』곳곳에서 나타나고 있다. 「태고」, 「들녘의 꿈」, 「나 한때」—등의 시편들에서 자아와 우주가 일체가 되어 노니는 만법일여, 무실무득의 세계를 보게 되는 것이다. 물론 이와 같은 경지를 체험하지 못한 사람들이 이를 이해하기는 어려운 일이다. 다만, 이 모든 것이 시라는 형식을 빌어 나타났고, 시가 사상가나 수행자 이전에 시인의 고통과 고뇌 속에 자아와 세계의 일치를 꿈꾸는 형식이란 점에서 이런 우려는 당연한 일이다.

리듬의 형이상학 – 김동리와 유기(체)론

김 주 현*

1. 들어가는 말

'21세기 문학의 유기론적 대안'이라는 책의 주제에 필자가 택한 것은 '김동리'이다. 왜 하필 김동리인가? 어찌 보면 그는 21세기와 가장 멀어 보이고 무관해 보이는 작가가 아니던가. 그는 1930년대부터 우리가 근대라고 불러온 담론들에 대해 저항하고 비판하지 않았던가. 그래서 전근대적이라는 비판을 받아오지 않았던가. 그런 작가에게서 21세기적 대안을 찾는 것은 무리인지도 모른다. 그러나 필자의 생각은 좀 다르다. 김동리의 문학 세계는 반근대, 전근대, 탈근대 등 그 성격이 다양하게 언급된다. 그렇게 다양하게 불릴 수 있는 근거는 무엇인가. 그것이 단순히 연구자의 시각 차이 때문인가, 아니면 그의 세계가 그만큼 폭넓다는 의미인가? 필자는 김동리의 문학이 담지하고 있는 세계관을 통해 그 질문에 다가서고자 한다. '토속적', '샤머니즘적', '민속적' 심지어 '원시적'이라는 표현들은 '근대 이전'이라는 의미를 띠고 있다. 그런데 그의 문학이 여전히 '현재성'을 띠고 읽히는 것은 무엇 때문인가? 김동리 문학에 대한 연구는 적어도 이에 대한 해답은 아니더라도 실마리를 제시해야 한다는 게 필자의 생각이다.

김동리는 나름대로 당시 근대주의의 대명사였던 막시즘과 그것의 문학

---

* 문학평론가, 경주대 교수

적 발로였던 사회주의 리얼리즘에 온몸으로 대항한 것이 사실이다. 그것은 단순히 그 시대 문단에 헤게모니를 장악하려는 음모 이상의 것이었다. 그는 당시 사회주의자들과는 다른 사상을 담지하고 있었고 그들과는 다른 세계관을 피력했을 뿐만 아니라 그들에게 그것의 중요성을 인식시키고 싶어했다. 그것은 흔히 '구경적 삶의 형식'이라는 문학관에 내재된 사상이기도 하다. 그는 그것을 통해 1930년대부터 해방공간에 이르기까지 사회주의자들과 맞서 왔다. 그렇게 오랫동안 그의 문학이나 문학론에 일관되어온 사상의 정체는 무엇이었던가. 근대의 세계사적 국면이었던 막시즘에 대항한 철학적 기반은 무엇이었던가. 그것은 그의 문학에 중요한 핵을 이루고 있고, 그에 대한 연구가 해명해야 할 필수적 과제임에 틀림없다. 그것에 다가서는 것이 김동리의 본질과 접하는 것이 아니겠는가.

필자는 이제까지 해오던 방식과는 조금 달리 김동리에 다가서기 위해 우회적인 방법을 택하기로 했다. 그것은 다름 아닌 그의 사상의 본류라고 할 수 있는 성리학의 유기체적 자연관이 어떻게 그의 문학에서 발현되고 있는가를 살펴보는 일이다. 그래서 그의 대표작 몇편을 갖고 작품의 형상화 과정에 나타난 작가의 인식론 및 사상적 역할을 논의의 중심으로 삼기로 했다.[1] 작가 형상화의 측면은 작가의 세계관을 잘 보여주는 것으로 그 부분의 해명을 통해 인간 김동리, 또는 그의 문학에 한발짝 다가서고자 한다. 그리고 그의 문학(론)이 갖는 현재적 의미를 고찰해 보고자 하는 것이 이 글의 의도이다.

2. 자연과 인간의 교섭

김동리는 "경주란 데는 산에서나 물에서나 들에서나 수풀에서나, 그리고

---

[1] 이 글은 김동리 문학, 또는 문학론의 본질을 규명하기 위한 필자의 이전 논의들 「김동리 문학론의 사상적 기반에 관한 연구」, 『김동리』(살림, 1996), 「김동리 소설 연구」, 『논문집』(경주대학교, 1998), 「김동리의 전후소설 연구」, 『한국 전후문학의 분석적 연구』, 학천 박동규 교수 화갑기념논문집(월인, 1999)의 연장선상에 있다.

언제 어디서고, 여러분들이 진실로 구하고 원한다면 시와 소설과 그림과 음악이 샘솟듯 푹푹 솟아나는 고장"이라고 말했다.[2] 그의 부인이자 작가인 서영은은 '김동리 안의 핵을 경주'로 규정하고, 그의 문학에 내재된 신화성, 토속성, 운명성이 경주라는 시공간으로부터 숙성되어 온 것이라 설명했다.[3] 김동리는 경주를 언급하면서도 문화유적이나 역사적 도시보다 산·물·들·수풀 등 자연으로서의 공간을 먼저 언급한다. 그렇다면 자연과 예술은 무슨 관련이 있다는 말일까? 김동리를 이해하는 코드로서 경주(또는 인근)의 자연 공간은 주요한 의미를 지닌다. 이 글에서는 김동리의 초기(6.25 이전) 주요 소설이 지니는 의미와 그의 문학 세계를 이해해 보기로 한다. 김동리의 대표작이라고 할 수 있는 「무녀도」(1936), 「황토기」(1939), 「역마」(1948)는 시대적 상거에도 불구하고 밀접한 유사성을 띠고 있다. 그것은 단순히 기존의 논자들이 말하는 인간의 운명성만을 의미하는 것이 아니다. 이들 모두 작품의 서두에 배경을 제시해놓고 작품을 풀어가고 있다. 여기에서는 그러한 형상화의 측면을 통해 작가의 세계에 다가서고자 한다.

1. 강(물)과 인간의 교섭 — 「무녀도」와 예기소

경주를 흐르는 강으로 치술령 쪽에서 발원하여 동해쪽으로 흘러가는 형산강이 있다. 이것은 서천의 주류를 이루며 경주 지역에서 북천을 만나 합수하기에 이른다. 그가 태어난 성건동은 이들 서천(형산강)과 북천(알천)에 근접해 있다. 경주 이씨의 시조 알천공의 설화를 비롯 무수한 설화를 요소요소에 꿰며 흐르고 있는 두 강, 그곳은 신라의 발상지이자 김동리 문학의 발원지이기도 하다. 이 두 강이 합수되는 지점에 예기소가 있다.

「예기소」에서 합친 서천(西川) 알천(閼川) 두 갈래 물은, 금장(金丈) 나루

---

2) 김동리, 「선도산」, 『꽃이 지는 이야기』(태창, 1978), 136쪽.
3) 서영은(권영민 편), 「김동리 안의 경주, 또는 무극」, 『김동리가 남긴 시』(문학사상사), 153쪽.

를 지나자 다시 두 줄기로 벌어져 흘러 내리는 것이었다. 서쪽 넓은 바닥으로 퍼져 흐르는 것이 흐름의 줄거리로 보아서는 역시 형산강(兄山江) 본류로 되어 있었으나, 그 수심에 있어서는 동쪽 줄기에 비길 나위가 없었다. 동쪽 줄기는 본디 바닥이 깊고 언덕이 높은데다 두어 마장 아래는 울창한 고목 숲이 가로 놓여 있고, 그 숲 머리에다 보뚝을 막아서 짙푸른 물은 호수 같이 언제나 고요히 담겨 있었다.[4]

예기소는 그의 많은 작품에 배경이 된다. 「무녀도」를 비롯하여 「달」, 「유혼설」이나 시 「이무기」, 「이무기는」 등이 그런 경우에 속한다. 그러므로 예기소는 김동리의 인식을 살펴보는데 간과해서는 안될 매체적 구실을 한다.

뒤에 물러 누운 어둑어둑한 산, 앞으로 폭이 넓게 흐르는 검은 강물, 산마루로 들판으로 검은 강물 위로 모두 쏟아져 내릴듯한 파아란 별들, 바야흐로 숨이 고비에 찬, 이슥한 밤중이다. 강가 모래펄에 차일을 큰 치고 차일 속에 마을 여인들이 자욱이 앉아 무당의 시나위 가락에 취해 있다. 그녀들의 얼굴들은 분명히 슬픈 홍분과 새벽이 가까워온 듯한 피곤에 젖어 있다. 무당은 바야흐로 청승에 자지러져 뼈도 살도 없는 혼령으로 화한 듯 가벼이 쾌자자락을 날리며 돌아간다 ……[5]

「무녀도」의 서두를 장식한 무대가 바로 예기소이다. 작품은 모화의 딸 낭이가 그린 모화의 마지막 초혼굿 장면 그림에 대한 묘사로 시작된다. 이 부분은 작품 전체로 볼 때 액자의 구실을 하는데, 초혼굿을 벌이는 마지막 장면과 연결된다. 「무녀도」의 대단원을 장식한 예기소에서의 굿 장면은 여러 가지 면에서 중요한 의미를 지닌다. 실제 그곳에는 대갓집 외동딸 '예기'가 단오날 그네를 타다 물에 빠져죽었다는 슬픈 전설이 전해 내려온다.

굿이 열린 백사장 서북쪽으로는 검푸른 솟물이 깊은 비밀과 원한을 품

---

4) 김동리, 「달」, 『황토기』(인간사, 1959), 28쪽.
5) 김동리, 「무녀도」, 『한국현대대표소설선』 5(창작과비평사), 112쪽.

은 채 조용히 굽이돌아 흘러내리고 있었다.(명주꾸리 하나 들어간다는 이
깊은 소에는 해마다 사람이 하나씩 빠져 죽게 마련이라는 전설이었다.)[6]

작가는 앞 부분에서 "읍내 어느 부잣집 며느리가 '예기소'에 몸을 던진
것이었다"고 하여 굿거리가 벌어지는 장소가 예기소임을 분명히 언급하였
다. 단순한 '소'이어도 무방할 것을 작가는 친절히도 소의 구체적인 명칭과
더불어 '비밀과 원한'이라는 의미를 제시하였다. 그 뿐 아니라 괄호 속에 전
설의 내용마저 소개함으로써 그 의미를 더욱 분명히 하고 있다. 그 내용은
없어도 무방할 터인데, 작가는 왜 하필 강조하여 넣은 것일까?[7] 그것은 은
연 중 이 이야기를 전설의 내용과 연결시키고자 한 의도 이상으로 비친다.
예기소는 달리 '예기청수'라고도 불리며, 「무녀도」에서 무녀 모화의 사설 중
에 "깎아질린 돌베랑헤, 쉰길 청수헤", "아니 가고 봐하면 쉰길 청수헤" 등
3 군데나 언급되고 있다. 그렇다면 예기소의 전설이란 무엇인가.

> 예기청수란 경주(慶州) 서북편에 있는 유명한 소의 이름이다. 서천(西川
> ―兄山江)과 북천(北川―閼川)이 합수(合水)되는 곳으로, 눈이 꽹과리만한 이
> 무기가 물 속에 살고 있다는 등, 명주 구리 하나가 다 들어간다는 등, 해마
> 다 사람들이 둘 이상 반드시 빠져죽어야 한다는 등, 별별 전설이 다 붙어
> 있는 무서운 소였다. 해마다 반드시 둘 이상은 모르지만 사람이 빠져죽지
> 않은 해라고는 거의 없을 정도로 익사(溺死)사건이 자주 나는 것도 사실이
> 었다. 그래서 사람들은, 그곳엔 반드시 물귀신이 있다고들 믿고 있었다. 그
> 래 한 번 발을 들여놓기만 하면 그 물귀신이 사람을 끌어들이는 것이라고
> 들 했다. 그것은 마치 기생이 사람을 유혹하듯 한다 해서 「예기청수」라는
> 이름까지 붙었던 것이다.[8]

---

6) 같은 책, 133쪽.
7) 괄호 속의 전설이 처음 발표된 『중앙』(1936. 5)과 『무녀도』(을유문화사, 1947)
   발표본에는 없다. 그것은 『등신불』(정음사, 1963) 발표본에서 처음 나타난 것
   으로 보이며, 그 후 『김동리대표작선접』(삼성출판사, 1967)에 나타난다.
8) 김동리, 「유혼설」, 『꽃이 지는 이야기』(태창출판부, 1978), 228쪽.

이것은 「유혼설」의 내용이다. 예기소와 관련된 첫 번째 전설로 눈이 쟁가리만한 이무기가 살고 있다는 것이다. 이러한 전설은 그의 시 「이무기」, 「이무기는」에서도 제시되고 있다. 그곳은 또 '명주꾸리 하나가 다 들어간다는 둥, 해마다 사람들이 둘 이상 반드시 빠져죽어야 한다는 둥, 별별 전설이 다 붙어 있는 무서운 소였다.' 예기소는 전설의 증거물이자 전설을 생산·유지하는 공간으로 기능한다. 사실 그곳은 '사람이 빠져죽지 않은 해라고는 거의 없을 정도로 익사(溺死)사건이 자주' 일어났고, 어린 김동리는 실재로 그곳에서 죽음과 대면하기도 한다. 결국 그는 설화와 현실의 합일된 공간으로 예기소를 끌어들인 것이다. 그는 「달」에서 정국이와 달이가, 그리고 「무녀도」에서 부잣집 며느리가 그곳에 빠져 죽은 것으로 그리지 않았던가. 그곳은 사람들에게 '한 번 발을 들여놓기만 하면 물귀신이 사람을 끌어들이는 것'이라는 믿음을 낳기에 이른다. 그 물귀신은 다시 예기(藝妓)로 화하면서 '로렐라이 전설'과 유사한 의미를 지니기도 한다.

「무녀도」에서 전설 운운한 까닭은 바로 이러한 전설과 현실의 동시성을 문제삼은 것이 아니던가. 그렇다면 우리는 전설의 내용과 현재적 사실이 상보적 관계―융의 표현으로라면 '동시성의 원리'―에 있다는 사실을 발견하게 된다. 그러한 설화 속에 읍내 부잣집 며느리의 죽음도 귀속된다. 우리는 여기에서 죽음을 끝으로 인식하지 않는 영원회귀의 독특한 시간관을 만난다. 그런 점에서 초혼굿은 의미를 지닌다.

> (가) 서양에도 신비주의(神秘主義)나 신비사상(神秘思想)은 얼마든지 있다. 그럼에도 불구하고 「신비적」이란 조건이 왜 하필 「동양적」이란 관념으로 옮겨졌는가. 여기엔 졸연치 않은 작가적(作家的) 연유(緣由)가 있다. 다시 말하자면 내 자신의 세계관(世界觀)이라든가 인생관(人生觀)이라든가, 하는 것과 결부되어 있는 것이다.9)

---

9) 김동리, 「창작의 과정과 방법」, 『신문예』(1958. 11), 5~6쪽.

(나) 모화는 김씨 부인이 처음 태어났을 때부터 물에 빠져 죽을 때까지의
　　 사연을 한참씩 넋두리하다가는 화랑이들의 장구 피리 해금에 맞추어
　　 춤을 덩실 거렸다. 그녀의 음성은 언제보다도 더 구슬펐고, 몸뚱이는
　　 뼈도 살도 없는 율동으로 화한 듯 너울거렸고 …… 취한 양, 얼이 빠
　　 진 양 구경하는 여인들의 숨결은 모화의 쾌잣자락만 따라 오르내렸
　　 다. 모화의 쾌자자락은 모화의 숨결을 따라 나부끼는 듯했고, 모화의
　　 숨결은 한 많은 김씨 부인의 혼령을 받아 청승에 자지러진 채, 비밀
　　 을 품고 조용히 굽이 돌아 흐르는 강물(예기소)과 함께 자리를 옮겨
　　 가는 하늘의 별들을 삼킨 듯했다 …… 중략 …… 모화는 넋대를 따라
　　 점점 깊은 물속으로 들어 갔다. 옷이 물에 젖어 한 자락 몸에 휘어감
　　 기고, 한 자락 물에 떠서 나부꼈다. 검은 물은 그녀의 허리를 잠그고,
　　 가슴을 잠그고 점점 부풀어 오른다 …… 중략 …… 모화의 몸은 그
　　 넋두리와 함께 물속에 아주 잠겨져 버렸다. 처음엔 쾌자자락이 보이
　　 더니 그마저 잠겨 버리고, 넋두리만 물위에 빙빙 돌다가 흘러내렸
　　 다.[10]

　왜 하필 무당인가? 작가는 그것에 대해 (가)에서 설명하고 있다. 즉 그는
신비적 주제가 동양적인 것으로, 그리고 무속적인 것으로 동기화되었다는
것이다. 또한 무속적인 것에 자신의 인생관과 세계관이 결부되어 있다고 밝
히고 있다. 소설(나)에서 모화의 숨결은 여인들의 숨결과 동화되고 강물과
함께 흘러간다. 우리는 여기에서 자연의 율동에 접한 모화의 모습을 만날
수 있다. 작가는 이를 "거기엔 밤(자연)의 리듬과 사람의 호흡이 무당의 춤
을 통하야 혼연히 융화되어 있었다"[11]라고 말하고 있다. '巫'는 그 한자적
의미에서 보듯 위(천상 : 우주)와 아래(지상 : 인간)을 연결하는 사람이다. 그
녀는 자연(우주)의 리듬과 인간의 호흡을 일체화시키는 신적 인간(샤먼)인
것이다.

---

10) 『한국대표소설선』 5, 134~136쪽.
11) 김동리, 「무녀도」, 『중앙』(1936. 5), 120쪽. 이 내용에서 '밤'은 '밤'의 오식으로
　　 보인다.

모화는 소의 소용돌이 속으로 자취를 감춘다. 모화가 강물에 완전히 잠겨 버리는 것은 인간에서 자연(물)으로 돌아가는 모습이다. 물은 안개나 이슬이 되기도 하고, 비나 눈·서리나 얼음, 심지어 무지개가 되기도 하는 등 그 조화의 원리가 무궁하다. 그러나 그 존재는 사라지는 것이 아니라 늘 그러한 변화 속에 자신의 본질을 유지하고 있다. 모화 역시 '자연 그 자체'이자 '무한에의 통로'이기 때문에 자연의 이치와 감응하고 교섭하여 그 리듬에 혼연일체가 된다. 작가는 이를 "「물아동체」라는 그녀의 특수한 생리와 의식을 모르는 일반 사람이 볼 때는 죽는 것 같이 보이지만, 그녀 자신은 같은 「율동(律動)」-맥박-으로써 살고 있는 것이다"12)라고 진술하였다. 모화가 죽는 것이 아니라 살아 있는 것과 다름이 없다('死生一如')는 것은 작가의 과장이 아닐 수 없다. 그러나 그 내면에 자연은 기계, 도구로서의 자연이 아니라 유기체로서의 자연이라는 동양, 특히 성리학적 자연관을 지니고 있다. 자연의 율동에 화한 한 인간의 모습이야말로 무아경의 내면 세계이자 도취와 황홀의 신비 세계이다. 그것은 인간이 곧 자연이며 자연이 인간이라는 물아일체의 사상이다.

서천은 북천과 예기소에서 만나 소용돌이를 일으키며 동해로 흘러간다. 소용돌이 속에서 모화는 죽음을 맞지만 딸 낭이는 그녀의 아버지를 만나고, 말문을 열게 된다. 그리고 나귀를 타고 함께 떠난다. 그것이 예기소의 자연적 배경이 지시하는 우주의 이치이며, 그 공간 속에 살아가는 인간이 자연과 교섭한 결과이다. 모화의 죽음과 낭이와 아버지의 만남, 그리고 그들의 새로운 삶의 전개는 이미 예기소가 전제한 흐름이 아니었던가. 작가는 인간에 앞서 자연이 존재하고 자연이 인간에게 운명지어준 방식으로 살아가는 것이라는 것을 믿도록 하기 위해 「무녀도」에 현실적 공간으로 '예기소'를 끌어넣었으며 그렇게 함으로써 자신의 세계관을 분명히 제시하고 있다.

---

12) 『신문예』(1958. 11), 11쪽.

2. 산맥(땅)과 인간의 교섭 — 「황토기」와 금오산

경주를 감싸고 있는 주요 산은 토함산과 선도산, 그리고 남산을 들 수 있다. 토함산은 동쪽으로 가로 놓여 있고, 선도산은 서쪽에, 남산은 남쪽에 위치하고 있다. 남산은 고위산(수리산)과 금오산 두 정상이 자리해 있고, 금오산이 제일 주요한 봉우리이어서 흔히 남산을 금오산이라 부르기도 한다. 김동리는 소년 시절에 쓸쓸함과 외로움을 달래기 위해 자주 금오산에 올랐다.13) 산과 수풀은 그에게 마치 어머니의 품과 같은 것이었다. 그 산은 「황토기」의 배경이 된다.

> 금오산(金鰲山)과 수리재(瑪述嶺)에서 뻐쳐내리는 두 산맥이다.
> 등성이를 벌거벗은채 이십리 삼십리씩을 하나는 서북, 하나는 동북으로 보고 뛰어 내려 오다가, 겨우 황토ㅅ 골 이라는 조고만 골작 하나를 낳은것 뿐으로, 거기서 그 앞을 흘러가는 내물(龍川)을 바라보며, 동네 늙은이들 입으로 전하는 상룡(傷龍), 혹은 쌍룡(雙龍)의 전설을 이룬, 그 지리적 결구는(地理的結構)는 여기서 끝을 맺는 것이다.
> 룡내(龍川)을 건너 황토ㅅ 골 앞 들에는 두레논을 매는 한 삼십여명되는 사람이 한일자(一字)로 하얗게 굽으려 있고 논 두렁에는 농기(農旗)를 든 사람과 풍물치는 사람이 모다 너댓이나 나서 있다.14)

이 부분은 「황토기」의 프롤로그에 해당한다. 작가는 소설의 첫 구절에서 공간적 배경을 제시한다. 수리재(瑪術嶺)는 금오산에서 남쪽으로 14km쯤 떨어져 있으며 경주와 울산의 경계지점에 속해 있다. 그러므로 '금오산과 수리재에서 뻐쳐내리는'이라는 표현은 적절치 않다. 그래서 이후『황토기』(1959)에서는 "주리재(瑪述嶺)에서 금오산(金鰲山) 쪽으로 뻗쳐 내리는

---

13) 김동리는 소년 시절 가장 많이 오른 산이 집에서 가까웠던 서산(선도산을 포함하여 옥녀봉, 송호산 등)이었고, 다음이 남산(금오산)이었다. 김동리, 「가랑잎 위에서」, 『생각이 흐르는 강물』(갑인출판사, 1985), 26쪽.
14) 김동리, 「황토기」, 『문장』(1939. 5), 78쪽.

……”으로 고쳐 위치적인 전개를 보다 선명히 하고 있다. 왜 작가는 굳이 소설의 머리에서 없어도 그만인 위 부분을 제시하고 있을까. 그것은 ‘동기의 구체화’에서도 나타나 있지 않다. 작가는 ‘억울한 인생’, ‘불우한 운명’, ‘절망적인 고독’ 등을 이 작품의 동기로 제시하고 있다.

> 내가 경상남도 사천군 다솔사(泗川郡 多率寺)에 묵고 있을 때다 …… 중략 …… 나와 만허선사(滿虛禪師)는 석란대(石蘭臺)에서 한담(閑談)을 하고 있었다. 그때 「만허선사」는 문득 다음과 같은 이야기를 했다.
> ―옛날 경주 부근 어느 산골짜기에 늙은 두 장사가 살고 있었다. 그들은 둘이 다 보통 사람과는 비교할 수도 없는 초인적(超人的)인 힘을 가지고 있었다. 그런데 그들은 하는 일 없이 서로 싸우기를 잘 하였다. 왜 싸우는지는 아무도 몰랐다고 한다. 그렇게 그들은 까닭 모를 싸움만 하다가 그대로 늙어 죽고 말았다.15)

이 대문에서 볼 수 있듯 두 장사의 이야기는 금오산이나 치술령과는 직접 관련이 없다. 그러면 지리적 배경에 왜 굳이 치술령과 금오산을 등장시켰는가. 물론 이야기의 배경이 ‘경주 부근’이었다는 것이 한 몫을 했을 것이다. 그리고 작가는 김정숙과의 대담에서 그 까닭을 남산에 있는 황토흙에 기인한 것으로 말하긴 했지만 그것은 그리 간단한 문제가 아니다.16)

> 동으로는 토함산(吐含山) 준령(峻嶺)이 길게 가로놓여 있고, 서쪽으로는 웅장한 단석산(斷石山)과 치술령(鵄述嶺)이 아득하게 마주 보이며, 남으로는 용장계곡(茸長溪谷) 저편에 해발 494m의 수리산(高位山)이 거대하게 솟아 있

---

15) 김동리, 「주제의 발생」, 『신문예』(1958. 12), 9쪽. 그러나 작가는 이후 『소설작법』(청운사, 1965)에서 “옛날 어느 산골짜기에 …… ”라 하여 ‘경주 부근’을 빼고 있다. 그것은 개작본, 『김동리대표작선집』(삼성출판사, 1967)에서 “솔개재(鳶介嶺)에서 금오산(金午山) 쪽으로 …… ”라 하여 배경 자체를 허구화시킨 것과 같은 맥락이다. 작가는 나중에 이야기를 현실적인 맥락으로부터 거리를 유지시키려 했던 것이다.
16) 김정숙, 『김동리 삶과 문학』(집문당, 1996), 87쪽.

으니 수리산과 이곳 금오산을 합쳐서 남산이라 불러오는 것이다. 골짜기가 있으면 절이 있고 절이 있으면 탑이 서고 좋은 바위가 있으면 부처가 새겨져 있으니, 신라인들에게 있어서 남산은 바로 부처의 산인 수미산(須彌山)이었고 하늘 위의 도리천이었으며, 또한 도솔천(도率天)이었던 것이다.[17]

작가는 동기를 구체화하기 위해 자신이 잘 알고 있던 남산(금오산)과 치술령을 「황토기」의 배경으로 가져왔다. 금오산은 신라의 각종 설화와 조선조 김시습의 『금오신화』가 잉태되었던 장소이고, 치술령은 신라 박제상과 관련된 「치술령곡」이 나왔던 장소이다. 그곳들은 무수한 전설들이 숨어있는 곳이 아니던가. 그러므로 황토골은 남산의 한 마을을 지칭하지만, 신라의 도읍 경주를 의미하는 것으로 뜻이 확대될 수 있다. 김동리는 단순히 그 지역을 잘 알고 있었기에 배경 정도로만 가져온 것일까. 그가 다솔사 시절에 들었던 이야기와 어려서 들은 장사의 이야기가 직접적인 동기가 되었다면 다른 곳을 배경으로 가져 올 수도 있었을 것이다. 왜 하필 금오산의 이야기를 넣었을까?

그 산이 낳은 전설, 가령, 옛날 등천(騰天)하려든 황룡(黃龍) 한 쌍이 때마침 금오산에서 굴러떨어지는 바위에 맞어 허리가 끊어지고 이 황룡 두 마리의 피가 흘러 황토ㅅ 골이 생긴 것이라는 상룡설(傷龍說)이나, 또 역시, 등천하려든 황룡 한 쌍이 바로 그 전야(前夜)에 있어 잠자리를 삼가지 않은지라 천왕(天王)이 노하야 벌을 내리사, 그들의 여의주(如意珠)를 하늘에 묻으시니, 여의주를 잃은 한 쌍의 황룡이 크게 슬퍼하야 서로서로 저이들의 머리를 물어뜯고 피를 흘리니 이 피에서 황토ㅅ 골이 생긴 것이라는 쌍룡설(雙龍說)이나, 혹은 상룡설, 쌍룡설들과는 좀 달리, 옛날 당(唐)나라에서 나온 어느 장수가 여기 이르러 가로되 앞으로 이 산맥에서 동국(東國)의 장사가 난다면 능히 대국을 범할 것이라 하야 이에 혈(血)을 지르니, 이 산골에 석달열흘 동안 붉은 피가 흘러 내리고, 이로 말미아마 이 일대가 황토지대로 변한 것이라는 절맥설(絶脈說)이나, 이런 것들이 다 본대 그의 운명에 아

---

17) 윤경렬, 『경주 남산─겨레의 땅 부처님의 땅』(불지사, 1993), 351쪽.

주 교섭이 없으리란 법만도 없는 터이었다.[18]

우리는 이 부분에 이르러 작가의 의도를 보다 여실히 보게 된다. 그는 경주지방에 산재된 용신 설화를 끌어들이고[19] 또한 그것을 천지 발생 설화와 연결시키고 있다. 용의 인간화, 또는 인간의 용신화 흔적은 이 소설에 남아 있다. 그것은 용 →(황토골)→ 억쇠의 삶으로 이어진다. 여기에서 작가는 원시적인 이야기와 현실적 사건의 매개항을 자연공간(황토골)으로 삼는다. 그것은 설화로 볼 때, 막연한 증거물에 속한다. 그러나 김동리는 그것을 자연과 인간이 교섭하는 매개물로 삼은 것이다. 그리하여 상룡설, 쌍룡설, 절맥설 등의 피의 설화는 "한 덩어리로 어울어진 그들은 …… 두 사람의 온 낯과 어깨와 가슴은 어느듯 아주 벍언 피투성이로 변하여져 버렸다"라는 현실적인 문맥으로 건너오는 것이다. 거기에 우주의 리듬과 자연 및 인간이 서로 하나가 될 수밖에 없다는 김동리의 우주관이 자리한다. 그것은 자연이 인간과 감응하며 직접적인 연관(천인상관설)을 갖는다는 주자학적 우주관이다.[20] 그러므로 작가는 금오산과 치술령에 깃든 설화를 현재 인간에게 매개하여 인간의 삶 자체를 자연과 동일화시켜 버린다. 그는 그것을 "이러한 전설을 서장에 기록함으로써 이 소설의 전설적인 스타일과, 주인공들의 운명을 상징적으로 암시해둔"[21] 것으로 설명하고 있다.

치술령에서 금오산에 이르는 산맥과 황토골의 내력은 하나의 상징적 공간이며, 그것은 현재에도 인간의 삶을 규정하는 신화적인 힘을 발생하고 있다. 그러한 사실은 "하긴, 그의 하라버지나 아버지들이 다 저 산에서 새어나

---

18) 『문장』(1939. 5), 79쪽. 필자가 현대적 띄어쓰기로 고침.
19) 대표적인 것으로 죽어서 용이 되어 국가를 지키겠다는 문무왕과 동해 용왕의 아들 처용에 관한 설화를 들 수 있다. 그밖에도 용과 관련된 무수한 설화들이 경주 지역에 산재해 있다.
20) 주자학적 우주관에 대해서는 山田慶兒(김석근 역)의 『朱子의 自然學』(통나무, 1992)을 참조.
21) 『신문예』(1958. 12), 13쪽.

는 물을 먹고 살다 도로 그리로 도라가 묻히었고 그 역시 오늘날까지 그 물을 먹는 터이매"라는 설명에서 잘 나타나 있다. 김동리는 사람과 자연의 리듬이 하나되는, 아니 하나가 되어야 한다는 것을 새삼 강조하고 있다. 강은 합쳐지고, 산맥은 갈라지는 것이 이치이다. 이 산의 이치는 설희와 분이의 죽음(이승과 저승의 갈라짐)과 억쇠와 득보의 마지막 승부(어느 한 쪽의 죽음이든 떠남이든)를 예견케 한다. 그리하여 '이런 것들이 다 본대 그의 운명에 아주 교섭이 없으리란 법만도 없는 터이었다'라는 결론에 이르게 한다. 그것은 자연적 조건이 인간적 운명과 교섭한다는 말이다. 그러므로 태초부터 허무적 색채를 띨 수밖에 없는 선사적 공간은 현재 인간들의 삶에도 직접적이게 된다.

3. 길(장터)과 인간의 교섭 ─ 「역마」와 화개장터

　지리산 자락의 남쪽 끝이자 경상도의 서쪽 경계인 화개는 산세가 험하고 골이 깊어 은신하기에 좋은 장소이다. 이 화개면에는 해인사의 말사인 쌍계사가 자리해 있다. 두 계곡이 문전에 흐르고 있어 쌍계라고 이름 붙여진 이 절에 김동리는 일제의 강제 징용을 피해 1943년경 6개월간 은신한 적이 있다. 이 시절 그의 경험은 고스란히 문학의 원천으로 자리한다. 「역마」가 그러한 경우인데, 이 작품은 앞의 소설들과 마찬가지로 작품의 서두에 인물에 앞서 배경으로서의 자연을 제시하고 있다.

　　'화개장터'의 냇물은 길과 함께 세 갈래로 나 있었다. 한 줄기는 전라도 땅 구례(求禮) 쪽에서 오고 한 줄기는 경상도 쪽 화개협(花開峽)에서 흘러 내려, 여기서 합쳐서, 푸른 산과 검은 고목 그림자를 거꾸로 비춘 채, 호수 같이 조용히 돌아, 경상 전라 양도의 경계를 그어주며, 다시 남으로 남으로 흘러내리는 것이, 섬진강(蟾津江) 본류였다.[22]

---

22) 김동리, 「역마」, 『한국현대대표소설선』 5(창작과비평사), 166쪽.

　화개는 경상도와 전라도의 분기점으로 서쪽으로는 전남 구례군이, 동쪽으로는 경남 산청군이 접해 있다. 그리고 북쪽에는 지리산이, 남쪽에는 하동이 위치해 있다. 그곳은 냇물이 세 갈래로 나있는 곳이다. 서쪽 구례와 북쪽 지리산에서 흘러들어온 물은 이곳에서 합수하여 남해로 흘러간다.

　동쪽으로 악양면(岳陽面)·청암면(青岩面)과 산청군 시천면(矢川面), 북쪽으로 함양군 마천면(馬川面)과 전북 남원시 산내면(山內面), 남쪽으로 전남 광양시 다압면(多鴨面), 서쪽으로 전남 구례군 토지면(土旨面)에 접한다. 남북이 길고 동서가 협소하며 지리산과 경계를 이루는 하동군 내 최고의 산악지대이고 형제봉(兄弟峰 : 1,115m), 불일폭포(佛日瀑布) 등이 면 중앙부에 있다.

　지리산이 인접하고 섬진강이 흐르는 곳, 산악 지대에 위치한 그곳은 동서의 사람들이 모여들어 옛부터 화개장터를 이루었다. 길이 통하기에 사람이 모이지만 뿔뿔이 헤어질 수밖에 없는 곳이기도 하다. 이러한 화개장터의 지역적 여건은 사람의 삶에도 영향을 미치게 된다.

　하동(河東), 구례, 쌍계사(雙磎寺)의 세 갈래 길목이라, 오고가는 나그네로 하여, '화개장터'엔 장날이 아니라도 언제나 홍성거리는 날이 많았다. 지리산(智異山) 들어가는 길이 고래로 허다하지만, 쌍계사 세이암(洗耳巖)의, 화개협 시오리를 끼고 앉은 '화개장터'의 이름이 높았다. 경상 전라 양도 접경이 한두 군데일 리 없지만 또한 이 '화개장터'를 두고 일렀다.[23]

　그러면 화개장터와 인물은 어떤 교섭을 이루는가. 길은 물의 방향처럼 세 갈래로 열렸다. 구례와 하동, 그리고 지리산 쌍계사로 이르는 길이 그것이다. 그 통로에 살고 있는 주인공 성기는 떠돌 수밖에 없는 인물이다. 그는 체장수의 딸 계연을 만나지만, 그녀와의 만남은 일시적인 것이다. 그는 쌍

───────────────

23) 『한국현대대표소설선 5』, 166쪽.

계사 칠불암으로 난 길을 통하여 계연과의 사랑을 확인한다. 그러나 이미 그 길은 속세를 벗어난 길이며 끝이 보이는 길일 뿐이다. 그것은 이미 자연적 조건이 부여한 삶의 이치가 아니던가. 서두에 제시된 화개장터가 단순히 배경 이상의 구실을 하는 것도 바로 그러한 까닭이다. 말하자면 배경으로서의 세 갈래 길은 인간의 삶을 규정하는 상징체로 자리했던 것이다. 그리고 마지막 장면이 다시 맨처음의 화개장터로 돌아오는 것도 바로 같은 맥락이다.

 그 발 앞에는, 물과 함께 갈리어 길도 세 갈래로 나 있었으나, 화갯골쪽엔 처음부터 등을 지고 있었고, 동남으로 난 길은 하동, 서남으로 난 길이 구례, 작년 이맘때도 지나 그녀가 울음 섞인 하직을 남기고 체장수 영감과 함께 넘어간 산모롱이 고갯길은 퍼붓는 햇빛 속에 지금도 환히 장터 위를 굽이돌아 구례 쪽을 향했으나, 성기는 한참 뒤 몸을 돌렸다. 그리하여 그의 발은 구례 쪽을 등지고 하동 쪽을 향해 천천히 옮겨졌다.
 한걸음 한걸음 발을 옮겨놓을수록 그의 마음은 한결 가벼워져, 멀리 버드나무 사이에서 그의 뒷모양을 바라보고 서 있을 어머니의 주막이 그의 시야에서 완전히 사라져갈 무렵 하여서는, 육자배기 가락으로 제법 콧노래까지 흥얼거리며 가고 있는 것이었다.[24]

성기는 자신의 이모 계연과의 근친적인 사랑을 멀리하고 길을 떠난다. 계연은 돌아온 아비를 따라 강의 상류인 구례를 향하여 떠나지 않았던가. 짧은 동안 각별한 애정을 느꼈던 성기는 계연과의 연분을 잊기로 하고 방랑의 길을 떠나는 것이다. 그러므로 길(화개장터)은 만남의 장소이며 떠남의 장소이다. 그 만남에는 할머니와 남사당의 만남이 자리하고 어머니와 스님, 어머니와 체장수, 계연과 성기의 만남이 자리한다. 그러나 이들의 만남은 모두 헤어짐으로 귀결되며, 만남—헤어짐의 반복 속에 핏줄·운명은 물·길과 더불어 동질적 구조를 이루고 있다.
 부녀간, 그리고 모자간의 상봉은 언제나 자연의 이치, 즉 만남과 헤어짐

---

24) 『한국현대대표소설선 5』, 185쪽.

의 원리 속에 귀속될 뿐이다. 그들의 삶은 세 갈래의 물과 길에 이미 구조화되어 있다. 길의 중심에 놓여있는 화개장터는 만남이 이루어지만 각각 자신의 길로 돌아가야 할 수밖에 없는 장소이다. 만남의 중심에서 다시 제 자신의 길로 떠나야 하는 운명이기에 성기는 상류인 구례 쪽을 등지고 강의 하류인 하동 쪽을 향해 떠날 수밖에 없는 것이다. 길의 분기는 이들의 헤어짐을 의미하지만, 상류·하류는 이미 둘의 근친적 연속성과 위·아래라는 서열의 자리매김을 의미하는 게 아니던가. 선조건으로 자연의 원리가 인간 세상에 주어져 있고, 그것은 개인의 삶에 직접적인 상징으로 자리한다. 결국 물과 길이라는 자연적 조건(상태)과 계연과 성기, 그리고 어머니라는 인간적 삶(운명)이 서로 교섭하고 그 리듬이 합치하기에 이른 것이다.

3. 자연과 인간 – 리듬의 형이상학

앞에서도 살펴본 것처럼 김동리에게 있어서 자연은 유별난 존재이다. 자연은 그에게 하나의 우주이며 천지인 것이다. 그것은 수화목금토 오행이 활동하는 시간이며, 천지를 포함하는 공간인 것이다. 그러므로 인간은 자연의 일부이며, 한편으론 자연에 포함된 세계 내적 존재이다. 그에게 자연은 살아있는 유기체로서의 자연이며, 그리하여 그것은 신적 존재로 자리한다.

> 우리가 살고 있는 천지 또는 우주는 살아있는 것이다. 우리 자신이 살아있는 것처럼 이 우주(천지)도 살아있는 것이다. 우리가 생각하고 행동하고 말하는 것처럼 땅 위에는 꽃이 피고, 물이 흐르고, 새가 우짖고 하늘에는 해가 빛나고, 별들이 돌아가고, 구름이 흐르고, 우뢰·천둥·번개가 울부짖고 하는 것이다 …… 중략 …… 우리는 사람이 천지(우주) 속에서 생겨났다는 사실을 의심할 수 없다. 따라서 천지가 가진 생명의 리듬과 사람 속에 있는 생명의 리듬이 같은 원천에 속한다고 볼 수밖에 없다. 따라서 사람이나 동물이나 산천초목이나 또는 해와 달이나가 다 각각 나름대로의 리듬을 보유하고 있지만, 동시에 그것은 같은 리듬의 원천에 통하고 있다고 볼 수 있게 된다.[25]

그에게 있어서 천지는 우주의 다른 이름이다. 이 우주는 인간적인 측면에서 말하면 세계(현실)이며, 한편 온갖 물상들이 존재하고, 생성 소멸하는 공간으로서의 자연인 것이다. 자연은 인간처럼 우짖고 울부짖는 생명의 리듬을 가진 존재이다. 이러한 그의 자연관은 성리학의 유기체적 세계관을 바탕으로 한다. 그에게 성리학은 그가 자랑스레 여겼던 백부 김범부의 영향이 오롯하다. 그러므로 김동리를 이해하기 위해 김범부를 인식할 필요가 있다. 김범부의 사상적 근원은 화랑, 김시습, 최제우로 이어지는 사상적·학문적 편력을 통해 이해할 수 있다. 그리고 조선조 성리학의 한 축을 형성했던 김종직의 가문이라는 사실도 상기할 필요가 있다.

김동리의 사상은 경주라는 지역적 특성으로 신라정신(화랑)에서 동학사상(최제우)에 이르는 한 축과 김종직에서 김범부에 이르는 성리학(주자학)적 전통이라는 또 다른 한 축이 중심을 이루고 있다. 특히 어려서부터 김범부 아래에 있었던 김동리에게 성리학의 영향은 절대적이었다. 그러므로 성리학은 김동리를 이해하는데 중요한 규준이 된다. 그가 사물의 원리를 궁구하는데 『주역』을 많이 내세우는 것도 그러한 까닭이다.

> 본디 천지만물에는 그것이 운행(運行)되는 질서와 규율이 있다. 날(日)에 밤 다음 낮, 낮 다음 밤이라든가, 달(月)에 참(盈)과 기움(虧), 해(年)에 춘하추동이 차례대로 운행되는 따위가 그것이다. 주역(周易)에「해달의 운행이 한 번 춥고 한 번 덥다(日月運行—寒—暑—繫辭傳)」라고 한 것이 바로 이것이다. 다시 말하면, 천지자연의 운행에 내재된 질서 내지 규율이 있고, 이것을 가리켜 천리 또는 천도(天道)라고 일컫는 것이다.
> 그런데 인간도 천지의 산물(産物)인 동시에 천지의 분신이기 때문에 인간 속에도 이 천리(또는 천도)가 부여 되어 있다고 본다. 이 인간 속에 부여된 천리 (또는 천도)를 가리켜 성(性) 또는 성리(性理)라고도 하고, 또 이와 조금 다른 측면에서는 명(命) 또는 천명이라고도 하는 것이다. 이 성(성리)과 명(천명)은 다같이 천리에서 온 것이지만 인간 속에서 행(行)하는 작용은

---

25) 김동리,「리듬의 철학」,『생각이 흐르는 강물』, 330~331쪽.

다른 측면을 가진다는 뜻이다. 본디 천리도 천지만물에 통해 있는 리듬이기 때문에 리듬의 법칙에 의해서 양면성을 가지는 것이고, 그 양면성이 인간에게 와서는 성(性)과 명(命)으로 갈라진 것이다.[26]

위 구절에서 '천리', '천도', '성리'니 하는 모든 것들은 성리학적 인식을 바탕으로 한다. 김동리는 천지만물의 이치를 '리듬의 철학'으로 구현했다. 그것은 『주역』의 '율려론'에 다름 아니다. 그는 "적어도 우리와 天地 사이엔 떠날래야 떠날 수 없는 有機的 關聯이 있다는 것과 및 이 「有機的 關聯」에 關한 限 우리들에게는 共通된 運命이 賦與되어 있다"는 주장을 내세운다.[27] 그것은 자연의 호흡과 인간적 맥박은 서로 통한다는 것으로, 성리학에서 '천인상관론' 및 '감응 이론'과 일치한다. 이러한 그의 성리학의 유기체적 세계관은 문학관에도 절대적이게 된다. 그것이 "한 作家의 生命(個性)的 眞實에서 把握된 世界(現實)에 비로소 그 作家的 리얼리즘은 始作하는 것이며 그 世界의 呂律과 그 作者의 人間的 脈搏이 어떤 文學的 約束 아래 有機的으로 肉體化하는 데서 그 作品(作家)의 리얼은 成就"[28]된다는 '생의 구경으로서의 문학관'인 것이다. 이 역시 인간이 자연(우주)의 일부이며, 참된 문학은 그것의 리듬에 부합하는 것이라는 인식에 기반하고 있다.

> (가) 그 이름이 무엇이든, 그러한 자연과 더불어, 자연과 한 덩어리가 되어 살고 있는 고대인의 생활 감정이 『시경』속에서 흐르고 있는 것이다 …… 중략 …… 이것은 『시경』의 첫머리에서 몇 절을 옮겨 본 것이다. 어디를 펼쳐도 자연과 인생의 혼연 일치(渾然一致)를 발견할 수 잇는 것이 『시경』이다. 자연 속에 인생이 융해(融解)되어 있다고 할지, 인생 속에 자연이 융화(融和)되어 있다고 할지 모를 정도다 …… 중략 …… 그러나 『시경』에서 보는 「자연과 인생의 융화」에는 무언지 다

---

26) 김동리, 「천명을 즐긴다」, 같은 책, 174~175쪽.
27) 김동리, 「문학하는 것에 대한 사고」, 『문학과 인간』(인간사, 1952), 100쪽.
28) 김동리, 「나의 小說修業」, 『문장』(1940. 3), 174쪽.

른 악센트가 느껴진다. 그냥 자연을 사랑한다거나, 자연 속에 묻혀 산다거나 하는 따위와는 다른 무엇이 있다. 종교적(宗敎的)인 귀의(歸依)랄까, 신(神)을 믿는 사람이 신에 귀의하는 모습이랄까, 그러한 절대적(絶對的)이며 구경적(究竟的)인 귀의랄까, 동화(同化)랄까 하는 것이 느껴진다.[29]

(나) 한 개인의 주체적 감정에서 출발하는 강렬한 정한이 그 대상의 일시적 특수성에 고정되지 않고 일반적·보편적 체계성을 띠게 될 때 그 한 개인의 체계화된 정서는 이미 인간 전체의 「신」에 대한 귀의심(歸依心)이나 혹은 자연에 대한 향수(鄕愁)의 세계로 통하게 되는 것이다.[30]

그는 소설 창작에서 뿐만 아니라 많은 작품평에서도 자연과의 동화, 또는 일치를 강조하고 있다. (가)는 『시경』 평에, (나)는 김소월 평에 해당한다. 그는 인간의 자연 귀의, 또는 동화의 경지를 문학이 도달해야 할 절대적 수준으로 평가하고 있다. 그것이 바로 자연과 인간의 리듬의 일치에 대한 강조가 아니겠는가. 결국 그에게 비친 자연이란 신의 개념에 부합한다. 자연과 인간의 조화, 그것은 곧 세계의 여율과 인간적 맥박이 유기적으로 육체화된 세계, 곧 우주의 리듬의 형상화가 아니었던가. 그가 추구하는 궁극적인 세계는 유기체적 자연(신)으로 귀의하는 형이상학의 세계였다. 그곳은 오묘하고 신비한 질서와 리듬이 숨쉬는 인간의 본원적 세계이다. 그에게 자연은 인간과 같이 호흡하는, 그리고 결코 떼어놓을 수 없는 그런 대상이며, 인간은 자연(세계) 내적 존재로 함께 호흡하며 존재할 따름이다.

4. 마무리 — 21세기와 새로운 자연관

자연은 우리가 존재하는 공간이고 살아 존재해야 할 공간이다. 인간은 그

---

29) 김동리, 「귀뚜라미」, 『한국현대문학전집 13』(삼성출판사, 1981), 369쪽.
30) 김동리, 「청산과의 거리」, 같은 책, 434쪽.

곳으로부터 무수한 혜택을 누리면서 삶을 영위하고 있다. 자연은 인간과 뗄래야 뗄 수 없는 존재이다. 오래 전부터 자연은 인간의 경외와 숭배의 대상이 되어왔다. 그러나 산업화가 진행되면서 자연은 개발과 이용의 대상으로 전락되었고, 또한 무분별한 체취와 파괴로 자연 생태계의 질서는 무너지게 되었다. 인간은 자연을 지배하고 종속시키려고만 하여 공생, 공존의 틀은 깨어지고, 이제 공해나 오염, 환경 재해 등으로 생존마저 위협받고 있다. 인간은 개발과 이윤이라는 명목하에 자연속에 존재해야 할 질서—이를 김동리식으로 표현하면 '리듬'이고, 카프라식으로 얘기하면 '시스템'이 된다—를 짓밟아버린 것이다. 그것은 상생의 위치에서 공존 공영하던 유기체의 자연이 공해와 파괴의 메카니즘에 의해 상극과 공멸의 단계로 들어선 것이다. 이러한 때 생태주의적 세계관은 무엇보다 중요하게 대두된다. 그것은 인간이 이 우주 속에 살아가기 위해 피할 수 없는 선택이다. 그러므로 우리는 유기체 조직에서 망가진 '그물코'를 회복해야 한다. 더 이상 자연을 도구로 인식하는 기계론적 자연관에 벗어나 '구두끈', 또는 시스템으로 이뤄진 유기체적 관계를 회복해야 한다.

김동리의 자연관이 오늘날 생태주의자들의 자연관과 일치한다고 하기는 어렵다. 김동리의 자연관은 성리학적 자연관이며 어떻게 보면 전근대적인 성격을 띠고 있다. 그러나 인간의 의식은 기계적이고 단선적으로 진행되어 가는 것이 아니라 변증적이고 순환적으로 전개되어 간다. 자연과 인간의 조화, 또는 상생의 공간으로서의 김동리의 자연관은 생태주의자들의 자연관과 본질적인 측면에서 일치한다. 오늘날의 생태주의는 1930년대 김동리, 김달진, 서정주 등 인간의 기계화에 맞서 생명을 중시하던 '시인부락'파의 사상과 닮아 있다. 특히 김동리는 동양 사상의 유기체적 자연관을 인간과 세계의 관계로 확대하여 설명했다. 그것은 기의 자연학이 리의 인간학으로 넘어가는 주자학의 기본 원리에 상응한다. 그의 사상은 자연의 질서 속에 인간을 편입한다던가 인간의 운명을 자연에 종속시키는 등 오늘날에서 보면 신비적인 요소(이를 비과학적 요소로만 규정해선 안된다)가 없지 않지만,

그러한 관념을 바탕으로 한 유기론적 자연(세계)관은 오늘날에도 평가받아야 마땅하다. 그러한 토대를 인정하고 제대로 용인할 때 그의 문학은 제대로 평가될 수 있다.

김동리는 막시즘의 기계론적 세계관에 대항하여 유기(체)론적 대안을 견지하였다. 그것은 현대 물리학자들이 기계론적 세계관의 한계를 명확히 인식하고 유기적, 생태적 세계관으로의 전환을 외치는 것과 같은 맥락이다. 그러므로 김동리의 사상은 새로운 21세기를 당면하여 더욱 문제적이 된다. 그를 중심으로 한 '시인부락'파는 1930년대에 유기론적, 생태적 세계관을 통해 사회주의적 근대에 맞섰던 것이다. 그러므로 오늘날 생태주의, 생태시학을 그들로까지 확대해서 논의할 필요가 있다. 왜냐하면 그들은 우리 문학사에서 1990년대 말부터 범문단적으로 논의되어온 생태시학의 한 원류를 이루고 있기 때문이다.

근원을 향한 갈망 – 기독교 생명시학

금 동 철*

1. 생명의 본질에 대한 향수

현대성 속에 내포된 생명 파괴의 힘을 견뎌내면서, 새로운 서정의 가능성을 찾는 작업은 현대 서정시에 부여된 매우 절박한 과제의 하나이다. 90년대 후반에 새롭게 부각되기 시작한 서정시에 대한 관심과 탐색은 현대 문명이 부딪힌 한계에 대한 인식과 그것을 뛰어넘고자 하는 시적인 탐색이라고할 것이다. 현대 문명은 물질적인 풍요를 통해 인간의 본질적 삶을 해체하고 인간을 물질의 노예로 만들어 왔다. 뿐만 아니라 산업화, 근대화의 과정을 숨가쁘게 달려온 현대 산업문명은 각종 질병과 전쟁, 온 지구적인 환경문제 등 그 속에 내재해 있던 여러 모순들을 토해내면서, 그 문명을 창조하고 만든 인간들의 설 자리마저 위협하는 상황에 이르게 되었다. 이성에 의해, 인간의 능력에 의해 이 땅에 유토피아를 건설할 수 있을 것이라는 장미빛 환상 속에서 출발했던 현대문명의 극한에는 이와 같은 한계 상황이 자리잡고 있는 것이다.

현대 문명의 또 하나의 토대인 자본주의 이데올로기는 인간 자신까지 포함한 모든 사물들을 물질화 시키는 강한 힘을 지니고 있다. 이것은 모든 것을 자본이라는 가치 하나로 통일시키는 힘, 즉 다른 가치들을 무화시키고

---

* 문학평론가, 서울대 강사

오직 자본으로 환산할 수 있는 교환 가치로 환원시켜버리는 무한한 능력을 말한다. 이러한 힘 앞에서 인간은 존재의 근원이나 본질적 가치가 존재한다는 사실조차 망각한 채, 오직 자본주의에 의해 주어진 현실 원리에 충실한 자본의 노예로 전락하게 되는 것이다. 결국 인간은 자본의 논리 속으로 자신을 해체한 것이며, 이러한 인간성의 해체 속에서 허무주의가 자리잡는다.

90년대의 서정성 탐구는 이러한 허무의식의 극복이라는 과제를 강하게 지니고 있다. 사실 전통적인 서정시는 현대성의 엄청난 회오리 속에서 끊임없는 해체의 길을 걸어왔다고 해도 과언이 아니다. 특히 모더니즘에 의해 이루어진 서정성의 해체는 극단적인 포스트모더니즘이나 해체시에까지 이르게 되고, 여기에서 서정시 혹은 서정성은 더 이상 그 존재를 주장할 수 없는 지경에까지 이른 것이다. 이러한 현상은 현대성이 가져온 생명 파괴의 힘이 그대로 서정성의 파괴로 이어진 결과라고 볼 수 있다.

생명시학은 현대성의 이러한 극단적인 힘을 명확하게 인식하고, 생명에 대한 인식을 통해 새로운 서정성을 탐색하는 시학이다. 서정시는 에른스트 피셔의 지적처럼 본질적으로 근원에 대한 강한 집착을 보이는 장르이다. 여기서 말하는 근원이란 서정적인 자아가 궁극적으로 지향하는 세계라고 할 수 있는데, 자아는 이 세계에서 자아와 세계가 분리되지 않는 근원적인 합일을 체험하게 된다. 그 세계는 또한 본질과 현상이 분리되지 않고 기표와 기의가 일치하는 이상적인 유토피아 공간으로 나타난다.

그런데 현대성이 지배하는 오늘날의 세계는 더 이상 이러한 유토피아적인 공간을 허락하지 않는다. 탈신비화된 자연은 이제 그러한 공간을 제공하기에는 너무나 낡아버렸고, 근대 문명의 산물인 도시는 비생명성과 비인간성으로 인해 그러한 공간은 인정할 수 없게 되었기 때문이다. 이러한 세계에서 기호 또한 지시대상과의 행복한 일치를 이루지 못하고 그 기원을 상실한 채 끊임없이 부유하고 미끄러지게 된다. 이러한 '기원이 사라져버린 시대'에 모든 사물들은 그 자체의 존재 가치에 의해 의미가 부여되는 것이 아니라, 오직 화폐에 의한 교환 가치 속에서만 의미가 부여된다. 다시 말해 사물들은 본질적인 가치나 의미를 지니지 못하고 차가운 물질성으로 떨어지게 되는 것이다.

이러한 시대에 인간의 눈은 사물의 이면이나 정신, 또는 초월적 절대성을 찾는 것이 아니라, 사물들의 표면에 고정되어버리고 그 물질성에 탐닉하게 된다. 이전까지 인간은 사물의 의미 곧 본질이나 정신의 세계를 표현하기 위해 사물 너머로 끊임없이 시선을 던졌다면, 이제는 이러한 초월적이고 본질적인 가치에 대한 관심은 사라지고 오직 사물들이 보여주는 표면적이고 물질적인 현재성 자체에만 관심을 기울이게 된 것이다. 이러한 세계에서 모든 기호는 더 이상 자신의 기원으로서의 지시대상을 지칭할 수 없게 되며, 물질적 대상의 선험적 가치나 본질적인 의미 같은 것 또한 더 이상 존재할 수 없는 환상에 불과하게 된다. 현대 문명이 가져온 이와 같은 기원 혹은 근원 상실은 현대인들이 지니게 된 허무의식의 토대가 된다. 모든 사물뿐만 아니라 자신의 삶까지도 차가운 물질성으로 다가오는 자리에서 삶의 의미나 가치를 추구하는 자세는 더 이상 무의미해지기 때문이다.

서정시에 대한 탐구는 바로 이러한 파괴적인 현대성을 뛰어넘는 작업이다. 헤겔이 설명하고 있는 바와 같이 서정시가 내적 총체성을 표현하는 장르라면, 현대성이 가져온 해체적이고 파괴적인 힘은 분명히 서정시와 대비되는 자리에 서는 것이다. 생명은 그 자체로 통일적이고 총체적인 특성을 지닌다. 하나의 유기체로서의 생명은 그 속에 존재하는 모든 부분들을 하나의 전체로 묶어 단순한 부분들의 집합 이상의 것으로 승화시키는 힘이다. 이 과정에서 생명은 자신을 파편화시키고 해체하는 시간의 힘을 극복하게 되는 것이다. 그러므로 생명이 보여주는 총체화의 힘과, 그 자체에 내재해 있는 충일한 생명력, 성장에의 욕구, 역동적인 운동성 같은 것들은 서정성의 파괴와 해체라는 상황에 직면한 현대 서정시의 문제들을 해결하는 중요한 요소가 된다. 서정시를 생명시학적 관점에서 연구하는 것이 필요한 이유가 여기에 있다.

생명시학은 생명의식이 서정시 속에 어떤 양상으로 자리하며, 어떤 의미를 지니고 있는지를 구체적으로 살펴보는 시학이다. 이러한 생명시학은 서정시의 본질 중의 하나를 드러낼 수 있기 때문에 서정시 연구의 중요한 틀의 하나가 되는 것이다. 특히 이러한 생명 의식이 기독교와 결합할 때 어떠한 양상으로 나타나는지를 탐구하는 일은 생명의 본질 혹은 근원에 대한 탐구로 이어지는 것이다. 생명은 결국 그 존재의 본질, 그 창조적 힘을 신으로부터 부여받은 것이기에 생명의 근원에 대한 탐색은 곧 생명의 근원인 신에게로 이르는 길이 될 것이다.

서정시가 사물이나 기호의 표면을 뛰어넘어 근원에 이르는 힘을 지닌 장르라면, 기독교적인 생명시학은 이러한 근원의 자리에 이 세상을 창조하고 운행하는 하나님이 있음을 인정하는 시학이다. 결국 서정적 근원에 신을 놓고 그것을 탐색하는 시학인 것이다. 이러한 자리에서 생명은 죽음을 이겨내는 힘이 되기도 하고, 고단한 현실을 살아낼 힘을 얻게 하는 요소가 되기도 한다. 또한 그것은 생명의 근원을 향한 강한 향수로 나타나기도 하고, 삭막한 도시 공간에서 현대성의 파괴적인 힘을 견뎌낼 수 있는 한 줄기 시원한 생명수가 되기도 한다. 기독교 생명시학이 보여주는 이 모든 요소들은 결국 서정의 근원으로서의 신과 결합된 생명의 존재 방식을 보여주는 것이라고 하겠다.

2. 죽음을 이기는 생명의 힘 – 박두진의 시

박두진의 초기시에서 형상화된 자연은 매우 남성적이고 웅장하며 생동감 넘치는 언어로 장식되어 있다. 명령형의 어투라든지 강한 어감을 지닌 어휘의 사용 등에서 남성적인 강인함을 읽을 수 있는 것이다. 그런데 이러한 생동감 넘치는 초기시를 지배하는 또 하나의 이미지가 죽음 이미지라는 점은 매우 의미심장하다. 「묘지송」과 같은 작품에서 죽음을 상징하는 묘지가 직접적으로 드러나 있으며, 「해」와 같은 작품에서조차 '달밤', '눈물 젖은 골짜기' 등을 통해 죽음 이미지가 나타난다. 이러한 죽음 이미지는 일제 강점기 말기의 극한적 상황과 해방후의 혼란을 견뎌야 했던 당대의 삶의 공간이 지닌 특성 때문이라고 할 수 있을 것이다. 이처럼 박두진의 초기시에는 생동감 넘치는 자연과 죽음의식이 혼재되어 있는 것이다.

이러한 두 가지 상반된 이미지의 혼재를 가능하게 하는 것이 바로 그의 시에 나타나는 생명의식이다. 시인은 이 죽음 이미지로 인해 삶을 부정하는 허무주의로 빠져들지 않고, 오히려 이 죽음 이미지를 부정할 수 있는 요소를 마련한다. 그것이 바로 생명이 지닌 부활에의 의지이다. 박두진의 시에 형상화된 자연이 다른 자연시에 나타나는 자연과 구별되는 것은 바로 이 지점이다. 시인은 그 속에 귀의하여 안주하거나 음풍농월할 대상으로서의 자연이 아니라, 죽음이라는 강력한 파괴적 힘을 극복하고 새로운 생명이 가득한 유토피아적인 자연을 꿈꾸는 것이다. 이러한 부활의 의지가 강렬하면 강렬할수록 그의 시에는 더욱 역동적이고 생동감 넘치는 자연의 생명력으로 가득 차게 된다.

北邙이래도 금잔디 기름진데 동그만 무덤들 외롭지 않으이.

무덤 속 어둠에 하이얀 髑髏가 빛나리. 향기로운 주검읫 내도 풍기리.

살아서 설던 주검 죽었으매 이내 안 서럽고, 언제 무덤 속 화안히 비춰줄 그런 太陽만이 그리우리.

금잔디 사이 할미꽃도 피었고, 삐이 삐이 배, 뱃종! 뱃종! 멧새들도 우는데, 봄볕 포근한 무덤에 주검들이 누웠네.

—「묘지송」

슬프고 고통스런 죽음의 상황이 오히려 '향기로운' 세계가 되는 자리에 시인은 서 있다. 동그만 무덤들이 외롭지 않게 서 있는 자리, 살아 있음이 오히려 서러움이 되고 죽음이 오히려 서럽지 않은 자리에 시인은 서 있는 것이다. 죽음의 공간인 무덤 또한 어둡고 고통스런 공간이 아니라, 할미꽃이 피고 멧새들이 울며 포근한 봄볕이 내려 비치는 공간으로 형상화된다. 삶과 죽음에 대한 이와 같은 인식을 가능하게 하는 본질적인 힘이 어디에서 오는지를 밝히는 것은 박두진 시세계의 근원을 밝히는 작업과 관련된다.

현실로부터 분리되어버린 죽음 이후의 공간을 오히려 더욱 밝고 환한 공간으로 그려낼 수 있는 이유는 시인의 죽음에 대한 인식 때문이라고 할 것이다. 그의 시에서 죽음은 단순한 생의 끝이 아니라, 오히려 새로운 시작을 말해주는 것이다. 그의 시에 나타나는 여러 가지 기독교적인 이미지를 고려한다면 '무덤 속 화안히 비춰줄 그런 태양'은 기독교 신앙의 핵심이라고 할 수 있는 부활의 이미지임을 알 수 있다. 죽음을 이기는 부활의 이미지를 통해 주검이 누워 있는 무덤이 오히려 생명력이 넘치는 공간으로 탈바꿈할 수 있게 되는 것이다.

> 아랫도리 다박솔 깔린 山 그 넘엇 山 안 보이어, 내 마음 둥둥 구름을 타다
>
> 우뚝 솟은 山, 묵중히 엎드린 山, 골 골이 長松 들어섰고, 머루 다랫넝쿨 바위엉서리에 얽혔고, 살살이 떡갈나무 억새풀 우거진 데, 너구리, 여우, 사슴, 山토끼, 오소리, 도마뱀, 능구리 等 실로 무수한 짐승을 지닌,
>
> 山, 山, 山들! 累巨萬年 너희들 沈默에 흠뻑 지리함즉 하매,
>
> 山이여! 장차 너희 솟아난 봉우리에, 엎드린 마루에, 확확 치밀어오를 火焰을 내 기다려도 좋으랴?
>
> 핏내를 잊은 여우 이리 등속이, 사슴 토끼와 더불어 싸릿순 칡순을 찾아 함께 즐거이 뛰는 날을, 믿고 길이 기다려도 좋으랴?
>
> ——「香峴」

역동적인 산의 이미지는 '기다려도 좋으랴?'라는 구절에서 확인할 수 있듯이 미래의 사태라고 할 수 있다. 그렇다면 지금 현재의 산은 그러한 역동

성이 존재하지 않는 '누거만년 너희들의 침묵'이 지배하는 공간이다. 이처럼 침묵하거나 움직임이 없다는 것은 죽음과 연결되는 이미지이다. 그러나 시인은 이러한 죽음의 공간을 미래에 대한 희망을 통해 삶의 공간으로 바꾸어 놓는다. 봉우리와 산마루에서 '확확 치밀어오를 화염'을 기다리는 것, '여우 이리 등속이, 사슴 토끼와 더불어 싸릿순 칡순을 찾아 함께 즐거이 뛰는 날'을 기다리는 것은 죽음이 지배하는 현실적 공간으로부터 생명력이 가득한 부활 후의 공간으로 변화할 것에 대한 소망인 것이다.

시인의 시선이 현실 공간이 아니라 그 너머에 존재하는 부활 후의 공간을 바라보고 있다는 점은 매우 의미심장하다. 둘째연에서 산의 여러 모습을 묘사하고 난 다음에 나열된 머루나 다래와 같은 풀이나 너구리, 여우, 토끼 등과 같은 동물들의 이름만으로는 생명력을 찾기 힘들다. '침묵'이 지배하는 현실 공간에 존재하는 풀과 동물들이기 때문이다. 그러나 시인의 눈이 현실 공간으로부터 벗어나서 부활의 공간으로 다가갈 때 모든 생명들은 자신들의 본래적인 역동적 생명성을 강렬하게 드러낸다.

이러한 부활의 공간으로 향하는 시인의 시선은 첫연에서 시선의 이동으로 형상화된다. 산의 '아랫도리'로부터 산 정상으로, 다시 그 너머의 산으로 향하던 시선은 이제 하늘로까지 상승하여 구름에 이른다. 자신이 발을 딛고 있는 땅으로부터 하늘로의 시선의 이동은 위에서 설명한 현실 공간으로부터 부활 공간으로의 이동과 동일한 것이라고 할 수 있다. 굳이 성경의 이사야서에 묘사된 회복된 낙원의 이미지를 거론하지 않더라도 여기에서 형상화되는 부활의 공간은 기독교적인 유토피아의 이미지가 분명하다.

여기에 그의 생명의식의 독특함이 존재한다. 동양적인 사유구조 속에서 자연이 지닌 생명력은 생명 그 자체에 내재한 어떤 법칙 이상이 될 수는 없다. 그것은 생명의 원리일 뿐, 생명 너머에 존재하는 더 깊은 근원을 지칭하는 기호가 되지 못하는 것이다. 이에 비해 박두진의 시에서 자연은 존재의 본질을 자연 자체의 법칙이나 원리에서 찾는 것이 아니라, 신으로부터 말미암은 부활의 힘에 두는 것이다. 이러한 자리에서 나타나는 자연은 동양적인 자연보다 훨씬 더 역동적인 존재가 된다. 결국 이 자연은 죽음을 이기는 생명의 힘을 소유한 자연인 것이다.

> 먼 항하사
> 영겁을 바람 부는 별과 별의
> 흔들림
> 그 빛이 어려 산드랗게
> 화석하는 절벽
> 무너지는 꽃의 사태
> 별의 사태
> 눈부신,
> 아
> 하도 홀로 어느날에 심심하시어
> 하늘 보좌 잠시 떠나
> 납시었던 자리.
> 한나절내 당신 홀로
> 노니시던 자리.
>
> —「天台山 上臺」

　신과의 관계 속에서 존재하는 생명의 힘은 중기 이후의 그의 시에도 여전히 나타나는 요소로, 이 시에서 보이는 바와 같이 생명이 살기 힘든 절벽 위에까지 꽃의 사태를 만들어내는 역동성을 지니게 된다. 이 절벽 끝에 피는 꽃의 근원에는 하나님('당신')이 있다. 신의 창조의 손길이 절벽의 꽃 사태, 별 사태를 만들어내는 것이다. 꽃이 곧 별이 되는 자리, 거기에는 신의 창조의 손길인 빛의 흐름이 있고, 이 빛의 흐름이 닿는 곳에 환한 생명의 부활이 존재하는 것이다. 이처럼 박두진의 시에 나타나는 생명은 언제나 신과 닿아 있으며, 이것이 그의 서정성의 중요한 근원으로 자리한다. 신으로부터 말미암는 생명은 죽음을 이기는 힘이며 불모의 땅을 살아 움직이게 만드는 근원이 되는 것이다.

3. 위안으로서의 생명 − 박목월의 시

박목월의 초기 자연시에서는 자아가 현실로부터 분리된 자연 속에 안주하고자 하는 모습으로 나타난다면, 중기 이후의 시에서는 고통스런 현실 속에서 그 너머에 존재하는 유토피아에 대한 환상을 지닌 존재로 형상화된다. 그의 시에서 유토피아에 대한 환상은 향수의 미학으로 나타나기도 하고, 어머니에 대한 강한 그리움으로 형상화되기도 한다. 이러한 향수나 그리움의 근저에는 항상 절대자로서의 신에 대한 강한 지향이 깔려 있는 것이 박목월 시의 중요한 특징이다. 그가 형상화하는 고향의 이미지는 언제나 신에 의해 다스려지는 유토피아의 이미지가 어려 있으며, 그리움의 대상인 어머니 또한 언제나 신으로 나아가는 열린 문이 되는 것을 볼 수 있다.

박목월의 시에 나타나는 생명 또한 이러한 특성을 그대로 지니고 있다. 특히 고단한 생활 속에서 살아가는 자의 모습을 형상화하고 있는 중기시에 나타나는 자연은 이러한 특징이 더욱 분명하다. 그의 시에 나타나는 자아는 대부분 생활고에 눌려 힘든 현실을 고통스럽게 살아가는 왜소하고 초라한 자아이다. 이러한 왜소한 자아가 삶을 살아갈 수 있는 힘을 얻는 것은 바로 생명으로서의 자연이다. 자아는 자신의 외부에 존재하는 생명력을 자신의 것으로 받아들임으로써 자신이 현재 경험하고 있는 현실을 초극할 수 있는 힘을 얻게 되는 것이다. 여기에서 서정적 동일성의 세계가 형성된다.

儒城에서 鳥致院으로 가는 어느 들판에 우두커니 서 있는 한 그루 늙은 나무를 만났다. 修道僧일까. 默重하게 서있었다.

다음 날은 鳥致院에서 公州로 가는 어느 가난한 마을 어귀에 그들은 떼를 져 몰려 있었다. 멍청하게 몰려 있는 그들은 어설픈 過客일까. 몹시 추워 보였다.

公州에서 溫陽으로 迂廻하는 뒷길 어느 산마루에 그들은 멀리 서 있었다.

하늘門을 지키는 把守兵일까. 외로와 보였다.

　溫陽에서 서울로 돌아오자, 놀랍게도 그들은 이미 내 안에 뿌리를 펴고 있었다. 默重한 그들의. 沈鬱한 그들의. 아아 고독한 모습. 그 후로 나는 뽑아낼 수 없는 몇 그루의 나무를 기르게 되었다.

—「나무」

　유성에서 조치원, 조치원에서 공주, 공주에서 온양, 온양에서 다시 서울로 올라오는 길목에서 만난 나무는 처음에는 자아의 주변에 존재하는 단순한 사물에 불과했다. 그러나 이러한 만남이 계속되면서 그 위치는 차츰 자아의 내면으로 자리를 옮기게 되고, 자아와 대상으로서의 나무 사이에는 완전한 동일시가 이루어지게 된다. 동일성의 미학을 잘 보여주는 자아와 대상 사이의 간격의 사라짐은 매우 의미심장하다. 이 마지막 연을 통해 자아는 대상이 되고 대상은 자아가 되는 것이다.

　첫 연에서 세 번째 연 사이에 나타나는 자아와 대상 사이의 거리감은 자아가 대상을 묘사하는 어휘에서부터 나타난다. 자아와 대상 사이의 거리가 존재하는 곳에서 자아는 '―일까', '보였다' 등의 추측을 나타내는 어사를 사용하는데, 이것은 거리감 때문에 자아가 대상을 명확하게 파악하지 못했음을 보여주는 것이다. 이에 비해 마지막 연에서 자아는 나무의 모습을 '고독한 모습.'이라고 단정적으로 서술하는데, 이는 그만큼 자아와 대상 사이의 거리가 사라지고 자아의 정서와 대상의 정서가 일체화되었음을 말해주는 것이다. '수도승일까', '과객일까', '파수병일까' 등 추측을 나타내는 어미의 사용이 자아와 나무 사이의 거리감을 나타내는 것이라면, 이 거리를 메꾸기 위해 '묵중해 보였다', '몹시 추워보였다', '외로와 보였다' 등 정서적인 표현을 통해 자아와 대상 사이의 거리를 줄이고자 했지만 여전히 둘 사이는 분리되어 존재한다. 그런데 마지막 연에서 자아와 대상 사이에는 완전한 일체화가 이루어진다. 나무는 이제 자아의 외부에 존재하는 사물이 아니라 자아의 내면 속에 들어와 자아와 완전히 하나된 존재로 뿌리를 내리게 되는 것이다.

　그런데 대상으로서의 나무를 자아의 내면속으로 끌어들여 일체화시키는 것은 나무가 지니고 있던 신에 대한 지향을 그대로 자아에게 전이시키는 결과를 가져온다. 나무를 묘사했던 '수도승', '과객', '하늘문을 지키는 파수병' 등의 이미지에는 기독교적인 세계인식이 깔려 있다. '수도승' 혹은 '과객'이라는 단어 속에는 이 땅의 삶이 그것으로 끝나는 것이 아니라, 신의 다스리던 곳으로부터 와서 그곳으로 돌아가는 길에 잠시 머무는 나그네의 삶에 불과하다는 인식이 내재되어 있는 것이다. '하늘문'의 이미지를 통해 하늘을 향한 갈망을 또한 은연중에 드러내기도 한다.

　여기에 박목월 시에 존재하는 생명의식의 특징이 있다. 그의 시에서 자연은 자아와 분리된 그 무엇으로서의 자연이 아니라 자아의 내면에 뿌리를 내리고 살아가는 일체화된 자연이며, 항상 기독교적인 신과 연결된 존재이다. 그만큼 그의 시에 나타나는 생명은 신의 세계에 대한 강한 지향을 지니고 있다. 현실적인 삶이 어려우면 어려울수록 이러한 지향은 더욱 강하게 나타난다.

　　平生을 나는 서서 살았다. 앉을 날이 없는 나의 슬픈 遍歷을. 아담의 이마
　에 소금이 절이는 세상에 앉아서 환한 꽃나무.

　　닳을수록 두터워지는 발바닥의 愚鈍한 생활을 버스는 달린다. 처重한 엉
　덩이를 흔들며 늙은 愛嬌냥 미련한 세상에 뜰에는 앉아서 滿發한 꽃나무.

　　갈수록 힘에 겨운 人間의 義務를, 벗을 수 없는 苦役을 超滿員의 버스는
　달린다. 허리에 오는 重量感. 구을며 磨滅하는 中古品 다이아의 세상을 뜰에
　는 앉아서 瞑想하는 꽃나무, 생각하는 꽃가지.

—「作品五首 5」

　시인에게 평생은 행복하고 아름다운 시간으로 가득 찬 것이 아니라, 언제나 서서 살아야 하는 시간으로 이루어져 있으며, 그래서 그 세상은 '아담의

이마에 소금을 절이는' 그런 세상이 되는 것이다. 아담의 이미지를 첫연에서부터 도입함으로써 자아가 현재 살아가는 그 삶이 낙원으로부터 추방당한 아담의 힘겨운 삶과 동일한 공간임을 드러낸다. 이러한 삶은 초만원의 버스처럼 스스로 짊어지기 힘든 고통을 지고 살아가야 하는 의무와 고역의 삶이다. 그에게 삶은 언제 부서질지 모르는 위험과 중고품 타이어로 비유된 삶, 그래서 평성을 서서 사는 삶이며 항상 움직여야 하는 '우둔한 생활'이 되는 것이다.

이에 비해 뜰에 앉아 있는 꽃나무는 전혀 다른 삶의 모습을 보여준다. 움직임을 멈추고 앉아서 명상하고 생각하는 꽃나무의 이미지에는, 바쁘게 돌아가는 현대 도시인의 삶을 반성하는 시인의 시선이 드리워져 있다. 꽃나무가 만들어내는 '환한' 세상은 현실적인 세계에서 영위되는 미련하고 우둔한 일상의 삶과는 상반된 자리에 존재한다. 즉 이 꽃나무의 자리는 신의 영역과 이어진 세계이다. 나무의 수직적인 상승이 신의 세계로 향하는 길목이 되는 것이다. 이러한 세계 앞에서 자아가 영위하는 일상적인 삶은 그만큼 초라하고 힘겨운 것이 될 수밖에 없다. 시인은 이러한 꽃나무를 바라봄으로써 고단한 일상의 삶으로부터 위안을 얻는다. 다시 말해 시인은 자아와 대상으로서의 꽃나무가 하나로 일체화되는 자리를 소망하는 것이다. 이러한 일체화를 통해 시인은 '중고품 다이아'를 달고 의무와 고역 속에서 살아야 하는 일상의 삶을 초극하고자 하는 것이다.

이러한 초극을 가능하게 하는 것이 신의 은총이다. 꽃나무가 환하게 빛날 수 있는 이유가 바로 신과 연결되어 살아가기 때문이라면, 자아에게 주어진 꽃나무의 위안은 신으로부터 오는 것일 수밖에 없는 것이다. 이러한 신의 은총에 의한 삶의 위안은 후기시에 오면 달관의 경지로까지 나아간다.

고모요,
막내 고모요.
花川ㅅ 골 진달래는

지천으로 피는데
사람 평생
잘 살믄 별난기요.
그렁
저렁
살믄 사는 보람도 서고,
아들이 컸잖는기요.
저 덩치 보이소.
며누리 보고 손자 보믄
사람 일 다 하는거로
유달리 넓직한
경상도 뽕잎에
밤이슬은 왜 이리도 굵은기요.

—「노래」 중에서

가난하고 힘든 삶임에는 분명하지만 오히려 그 삶을 그렁저렁 살면 사는 보람도 선다고 생각하는 시선이 이 시를 지배한다. 잘 살기 위해 혈안이 되어 있는 것이 아니라, 삶을 관조하면서 즐길 수 있는 자세를 보이는 것이다. 이는 경제적인 부를 절대의 가치로 여기고 다른 모든 것들을 포기하는 현대인의 삶의 방식과는 전혀 다른 자리이다. 이것을 가능하게 하는 것이 바로 경상도 뽕잎에 내리는 밤이슬이다. 굵은 밤이슬을 받는 경상도 뽕잎의 존재방식은 곧 생명의 존재방식이라고 할 수 있다. 뽕잎이 유달리 넓직하다는 것은 그만큼 풍성함을 말하는 것이고, 이것을 가능하게 하는 자리에 '밤이슬'이 존재한다. 밤이슬은 자신의 노력이나 인품에 의해 얻어지는 것이 아니라 하늘로부터 자연스럽게 내리는 것 즉 신으로부터 쏟아지는 은총이라고 할 수 있으므로, 뽕나무는 은총에 힘입어 풍요한 삶을 살 수 있게 된다. 여기에서 신이 내리는 은총이 목월의 후기시에 나타나는 달관을 가능하게 하는 조건임을 알 수 있게 된다.

박목월의 생명시에 나타나는 특징은 바로 이것이다. 현실적인 삶의 간난 속에서도 오히려 하늘로부터 오는 위로를 발견하는 자리에 박목월의 시는 서 있고, 그의 시에 형상화되는 자연은 바로 이러한 인식을 가능하게 하는 매개로 작용하는 것이다. 삶의 조건을 뛰어넘어 신으로부터 오는 은총과 위로를 누리는 자리에 생명은 존재하는 것이다.

4. 생명, 근원을 향한 갈망 — 조창환의 시

생명의 중요한 본질 중의 하나는 움직임이라고 할 수 있다. 그 움직임은 나름의 선명한 방향감각을 지니게 되는 바, 이러한 방향감각은 생명의 존재 본질을 파악하게 만드는 매우 중요한 특징이면서 사람의 시선을 붙잡는 경이로운 것이기도 하다. 조창환의 최근 시에는 이러한 생명의 지향성에 대한 경이로운 인식이 자리잡고 있다. 그의 시에 나타나는 생명의 움직임은 크고 분명하여 누구나 인식할 수 있는 그런 것이기보다는, 매우 작고 사소하기는 하지만 오히려 그렇기 때문에 생명이 지닌 본질을 더욱 분명하게 보여주는 것이기도 하다. 게다가 그 움직임은 단순한 물질적인 영역을 넘어서 정신과 영혼의 영역까지 미세하게 표현해 주고 있어 더욱 의미심장한 것이다. 생명이 어떠한 모습으로 살아서 활동하는지, 어떻게 존재하는지, 어떤 힘으로 죽음이라는 거대한 덫을 이겨나가는지를 아주 세밀하면서도 미세한 움직임을 경이로운 시선으로 묘사해 내는 것이다.

아직은 이른 봄, 바람 사나운데
찬 비 내린 날 아침 노란 산수유꽃들
새앙쥐 같은 눈 뜨고 세상을 본다.

연하고 여린 것들 마음 설레게하여
메마른 가지에 바글바글 붙어 있는
산수유꽃들 시리게 바라본다.

세이레 강아지들 눈 처음 뜨고
마루밑에서 오글오글 기어나오듯
산수유꽃들도 망울 터뜨리고
새 세상 냄새 맡으려 기어나온다.

산수유 마른가지에 노란꽃들이
은행나무에 은행 열리듯
다닥다닥 맺혀 눈 뜨는 것을 보면

찬비 그친 봄날 아침, 흐윽 숨 막혀
아득한 하늘 보며 눈 감을밖에.

—「산수유 꽃을 보며」

'흐윽 숨 막혀 / 아득한 하늘 보며 눈 감을밖에' 없는 자아의 경이에 찬 시선을 통해 묘사된 생명이란 아주 사소하고 매우 여린 산수유꽃들일 뿐이다. 거대하고 위대한 그 무엇이 아니라 오히려 사소하고 조용하면서도 앙증맞고 귀여운 생명이 보여주는 아름다움을 이 시는 우리 앞에 펼쳐 놓는 것이다. 산수유의 그 노란 꽃잎은 어떤 의미에서는 봄날의 화려하고 찬란한 꽃들과는 비교할 수 없을 정도로 초라하고 볼품없는 것이다. 그럼에도 불구하고 시인의 눈은 경이로운 시선으로 이 꽃의 아름다움을 인지하고 그 감흥을 노래한다. 마른 가지에 볼품없이 붙어 있는 조그마한 노란 꽃들 속에서 '새앙쥐 같은 눈 뜨고' 세상을 처음 바라보는 생명의 경이를 읽어내는 것이 이 시가 지닌 힘이다.

이 시에 사용된 비유 또한 주목할 필요가 있다. 어린 산수유꽃을 묘사하기 위해 가져온 새앙쥐의 눈이나 세이래 강아지들의 처음 뜬 눈과 같은 것을 통해 새로운 생명이 주는 싱그러움과 경이로움을 강조하는 것이다. 이러한 이미지들은 모두 새롭게 시작되는 생명의 경이와 관련되어 있다는 점에서 동일성을 형성한다. 모두들 작고 여리지만 이 세상을 새롭게 시작하는 새 생명의 경이로움이 그 속에 존재하는 것이다. 산수유의 작은 꽃에서 이러한 이미지들을 읽어낼 수 있기에 시인은 '흐윽 숨 막혀' 하며 생명이란 존재가 가져오는 경이로움을 온전히 가슴으로 받아들일 수 있게 되는 것이다.

그런데 이 시에 나타나는 생명의 신비에 대한 인식 저변에는 시인의 생명에 대한 태도의 일단이 드러난다. 메마른 가지에 바글바글 붙어 있는 산수유꽃을 바라보던 시인의 시선은 마지막 연에 와서 하늘로 이동하고, 그 하늘을 바라보며 눈감는 자리에까지 이르게 된다. 이러한 시선의 이동은 매우 중요한 의미를 지닌다. 외부 사물로서의 산수유꽃을 있는 그대로 인식하고 바라보는 자연중심적인 인식 태도를 넘어서 그 자연의 생명력이 과연 어디에 근원을 두고 있는가를 인식하고자 하는 태도를 보여주기 때문이다. 아득한 하늘을 바라보는 행위에는 자연에 충만한 생명력의 근원이 바로 그 하늘의 신에게 있음을 인정하는 태도이며, 그래서 눈감고 기도하게 되는 것이다.

<blockquote>
사람이 등장하지 않고 덩굴풀
더듬이만 기웃거리는 풍경은
아슬아슬하다.

실핏줄 같은 말간 줄기 끝으로
허공에서의 도약을 시도하는
등나무 덩굴에 숨은
狂氣
혹은 傲氣.

건너편 기둥, 혹은
높은 천장을 향해 온몸을 던져
고개 내어미는 연두빛
속살을 들여다 보면
간밤 별빛 내리던 하늘 꿰뚫어
피울음 솟구치는 기도 응어리진
</blockquote>

멍자국들이 보인다.

풍경은 짐짓 기웃거리는 시늉으로
숨을 고르지만
등나무 잎에 바람 무심히 불 때
온몸이 피리처럼 떨린다.

　　　　　　　　　　　　　　　　　　　　　　　　　─「힘」

　조창환의 시에 나타나는 생명은 '광기 / 혹은 오기'를 지닌 존재이다. 그런데 그 광기 혹은 오기가 발동하는 방향성에 그의 생명의식이 지닌 진정한 의미가 존재한다. '실핏줄 같은 말간 줄기 끝으로 / 허공에서의 도약을 시도하는' 등나무의 생명력을 통해 생명이 지닌 광기 혹은 오기의 본질을 담아내는 것이다. 그 본질에는 분명한 방향성이 존재한다. 위로 나아가고자 하는 의지, 하늘을 향해 팔을 벌리는 강한 지향 의지를 읽을 수 있는 것이다. 이것은 「산수유 꽃을 보며」에서 시인의 내적인 지향이 가 닿은 곳이기도 하다. 이러한 지향은 곧 '피울음 솟구치는 기도'가 엉어리진 흔적이며, 전 존재를 던져 간절히 소망하는 신의 은총에의 지향이기도 하다.

　이러한 근원에의 지향이 생명에 진정한 힘을 부여하는 원인으로 작용한다. "가장 부드러운 것이 가장 놀라운 힘을 감추고 있다. 그런 힘을 주시는 이가 있음을 생각하라. 내 안에서 우러나지만 내 밖에서부터 얻어지는 힘의 신비로움에 몸 떨지 않을 수 있으리."(「힘에 관하여」, 『현대시학』 1999. 8월호 중에서)라고 말하는 시인의 태도에서 쉽게 생명이 지닌 힘의 근원을 짐작할 수 있게 된다. 연약하고 부드러운 것들 속에 존재하는 가장 놀라운 힘. 그것을 시인은 생명의 힘이라고 말하고 있으며, 그 생명의 힘이 존재할 수 있도록 하는 이가 있다고 밝히고 있다. 자신의 밖에서 얻어지는 힘의 신비로움 앞에 몸을 떨 수 있는 존재, 그것은 이 땅의 생명들에게 존재할 수 있는 힘을 주는 신에 대한 경외와 신앙의 마음이다. 자신의 밖에서 오는 힘은 모든 생명의 근원으로 작용한다. 그것은 단순한 파워 이전에 생명을 가능하게 하는 존재의 조건이며 근거이다. 그래서 시인이 파악하는 생명은 언제나 이 근원을 향하는 특징을 지니게 되는 것이다. 담쟁이덩굴이 '벽이 끝나는 곳에서 / 물끄러미 하늘을 올려다보고'(「하지」 중에서) 있는 이유도 바로 자신의 생명이 발원한 자리로서의 근원에 대한 지향을 보여주는 것이다.

조창환의 시에 있어서 생명이 보여주는 근원에의 지향은 기독교 생명시학의 중요한 한 양상을 말해준다. 생명의 근원에는 신이 존재하며, 생명은 본질상 이 근원을 향한 지향을 내포하게 된다는 점이다. 수술과 투병생활을 통해 시인이 얻은 생명에 대한 새로운 인식의 저변에는 깊은 신앙이 깔려 있기에, 이러한 그에게 진정한 아름다움은 '수술 끝내고 / 처음 음식 먹게 되었을 때'(「기도」 중에서) 흰죽 한 숟갈 위로 흐르는 맑은 눈물로서의 기도이며, 입원실 침상에서 바라보는 포도당 수액에서 발견하는 우주를 담아 흘리는 '한방울의 참회'(「한 방울」 중에서)가 되는 것이다. 그러하기에 시인의 눈은 언제나 신을 향해 열려 있고, 이 땅의 모든 생명을 신과의 관련 속에서 파악하게 되는 것이다.

5. 현대성의 파괴적 힘을 견뎌내는 생명 – 서림의 시

서림의 시에 나타나는 생명은 차디찬 죽음의 공간인 도시 속에서 자신의 존재를 끊임없이 이어 나가는 끈질긴 견딤의 미학을 내포한다. 그의 시에 나타나는 공간은 어김없이 도시이다. 도시는 현대성이라는 거대한 벽으로 존재하면서 생명의 자연스러운 발현을 억누르는 힘이 된다. 자본주의와 산업문명의 산물인 도시는 거대한 인공의 세계 속에 생명을 가두어버렸으며, 생명은 그 속에서 자기 존재를 유지해 나가야 하는 절대절명의 과제를 부여받는다.

마포 내 방.
하루 종일 햇볕도 들지 않는
방범창으로 둘러쳐진 감옥같은 내 방.

피를 어지럽게 돌리고
살과 영혼이 팅팅 부어오르게 만드는
이 도시의 소음,
콘크리트 벽으로도 스치로폴로도 이중창으로도
막아낼 수 없는 소음,
소음 위에 이리저리
개밥풀처럼 떠 다니는 내 방.

내 방에 2천원짜리
국화 화분을 갖다 놓는다.
빛도 들지 않는 북쪽 창틀에
심듯이 모셔 놓는다.

─「소음 위에 떠 있는」 중에서

　도시 공간 속에서 자아에게 부여된 생활의 공간인 방은 그저 '개밥풀처럼 떠 다니는' 존재가 되고 만다. 생명이 뿌리내리고 살아갈 수 있는 땅과는 완전히 분리된 콘크리트로 만들어진 공간에 불과한 도시란 죽음으로 이어지는 길이 될 뿐이다. 이 도시는 땅으로부터 분리된 공간일 뿐만 아니라 소음으로 가득 찬 공간이기도 하다. 이러한 도시는 생명 자체를 파괴하는 거대한 힘으로 작용한다. 이성의 기획으로 출발했던 근대 산업문명이 도달한 이와 같은 자리에서 생명은 사라질 위기에 처하게 된 것이다. 서림의 시에 나타나는 도시에 대한 인식은 현대 문명이 지닌 이와 같은 파괴적 속성을 단적으로 드러낸다. 그에게 현대 문명은 생명이 뿌리내릴 땅을 빼앗는 힘일 뿐이다.

　소음 덩어리 속에서 떠 다니는 존재, 즉 부유하는 존재란 근원을 상실한 존재의 모습 바로 그것이다. 현대 문명은 물질적인 풍요와 안락함을 통해 도시 속에 인공낙원을 건설하고 인간을 그 곳으로 유혹한다. 이렇게 건설되는 인공낙원 속에서 흙과 자연은 사라지고 상하좌우 모든 공간은 인공물로 가득 차게 된다. 문제는 이 인공 낙원이 생명의 본성이나 본질을 마음껏 드러낼 수 있는 자리가 아니라는 점이다. 이 인공 낙원을 가득 채우는 것은 생명을 태동시키는 부드러운 흙이나 따뜻한 빛이 아니라 차가운 콘크리트 벽에 둘러싸인 어지러운 소음의 공간이며, 하루 종일 햇빛조차 들지 않고 삶과 영혼을 팅팅 부어오르게 만드는 죽음의 공간에 불과한 것이다.

인간은 이러한 죽음의 공간 속에서도 생명의 가능성을 찾는 존재이다. '빛도 들지 않는 북쪽 창틀'에 갖다 놓는 국화화분으로 표상되는 것이 바로 그것이다. 생명의 힘이 신비로운 것은 바로 이러한 공간에서조차 살아갈 수 있는 길을 마련한다는 점에 있다. 서림의 시에 나타나는 생명은 이와 같은 공간의 척박함을 이겨내는 끈질긴 생명력을 소유한 존재들이다.

이 도시 중심에 휩싸여
이리저리 개구리밥처럼 떠 다니는,
뿌리가 없는 내 이층방
싸구려 화분 30개.
허공에 떠서
뿌리가 땅에 미치지 못하는
국화, 장미, 소심란, 선인장 …… 들,
내 방을 땅가죽에 한번 붙여보려고
뿌리가 화분 밑바닥을 뚫어보려 애쓰다
그만 실타래처럼 엉켰네.

—「뿌리가 땅에까지 못 미치는」 중에서

도시라는 파괴적인 힘 앞에서 개구리밥처럼 부유할 수밖에 없는 존재들이지만, 조그마한 화분 속에서나마 허공에 떠서도 살아보기 위해 애쓰는 생명들의 끈질김이 그의 시를 물들이고 있다. 인공낙원으로서의 도시 속에서 살아내기 위한 생명의 힘은 현대성의 파괴적 힘을 견뎌내는 힘이라고 할 것이다. 존재의 본질, 생명의 본질을 끊임없이 해체하고 파괴하는 현대성의 파괴력을 견뎌내고 자기에게 부여된 생명을 최대한 살아내는 생명 자체에 대한 강한 지향을 시인은 지니고 있는 것이다. 삭막한 현대적인 도시라는 삶의 조건을 이겨내는 생명들을 발견할 수 있기에 시인의 눈에 비친 삶은 그래도 아름다울 수 있다. "역시 / 나는 기계도 짐승도 아니었다는 생각이 듭니다. // 아름다울 수도 있는 남자란 사실에 가만히 시큰해져옵니다."(「서쪽으로 난 창」 중에서)라고 노래할 수 있는 이유도 바로 이 생명력을 인식했기 때문이다.

여기에서 문제가 되는 것은 이러한 인식을 가능하게 하는 조건이다. 삭막한 도시 공간 속에서도 끈질기게 살아남을 수 있는 생명의 힘이 어디에서 오는가에 대한 나름의 인식이 서림의 시에 나타나는 생명의식의 주요한 특질을 형성하는 것이다. 그의 시에 나타나는 생명은 한 마디로 이 세상을 창조하고 생명을 부여한 근원적 창조자로서의 하나님으로부터 오는 것이다.

> 태초의 명령을 수행하여
> 보도블럭에도 쓰레기더미에서도
> 부지런히 탄성을 내지르며
> 솟아오르는 저 잡풀들
> 저 잡풀들 겨드랑이로
> 스쳐가는 바람
> 바람같은 힘,
> 때로 비를 몰아가다가
> 먼지를 씻겨주는 그 힘,
> 끝도 없이 먼지 먹고 사는
> 때 절은 이 도시에서
> 스스로의 힘만으론
> 씻을 수 없는 속내 먼지 닦아주는
> 부드러운 물살같은 그 힘.
>
> ― 「부드러운 물살같은」

잡풀들이 지닌 끈질긴 생명력은 누구나 인정하는 바이지만, 서림에게 그것은 태초의 명령을 수행하는 것으로 인식된다. 태초의 명령이란 곧 이 세상을 창조한 창조자로서의 하나님의 명령 바로 그것이다. 그런데 그 힘은 창조의 순간에 생명에게 명령으로 주어진 채 소멸되어버린 것이 아니라, 지금 이 순간에도 여전히 작동하는 현실적인 힘이다. 이 힘은 잡풀들의 겨드랑이 사이로 바람을 불어주며, 비를 몰아다 먼지를 씻겨주는 부드러운 물살 같은 힘이다. 여기에 그의 시가 지닌 역동성이 존재한다. 이 역동성은 생명 내부에 태초에서부터 명확하게 각인된 생명 발현의 명령에 의해 나타나는 것이기도 하며, 그 명령을 현실 공간에서 실현할 수 있도록 부드럽게 도와주는 힘에 의해 나타나는 것이기도 하다.

생명의 근원으로서의 신에 대한 인식은 서림 시의 중요한 한 축을 형성한다. 신을 믿지 않는다면 결코 얻을 수 없는 이 역동성을 통해 현대라는 파괴적인 힘을 생명은 극복해 내는 것이다. 여기에 서림이 추구하는 유토피아가 존재한다. 도시 속에 매몰되지 않고 생명의 본질을 있는 그대로 피워낼 수 있는 자리가 바로 그곳이다.

이처럼 신으로부터 유래하는 힘에 의해 만들어지는 유토피아를 확인하는 것은 그가 이전에 보여주었던 세계로부터 상당한 진전을 했음을 보여주는 대목이다. 그는 자본의 가속도 속에서 유토피아조차 상실한 채 어디에도 탈출구가 없는 현대 도시공간을 우울하게 살아나갈 수밖에 없는 자아를 통해 "아황산가스 오존을 마시며 삭여내며 / 모질게 독하게 싹을 틔워야 한다"(「오존주의보가 내려도」 중에서)고 고통스럽게 내뱉고 있었다. 이것은 현대성의 거대한 힘 앞에서 오직 오기만으로 버텨내고자 하는 고통스런 고백에 불과하다. 이러한 시인이 이제는 그 견뎌냄을 가능하게 하는 근원과 연결됨으로써 현대성의 파괴적인 힘을 견뎌낼 수 있는 생명력을 얻은 것이다.

기독교 생명시학을 가능하게 하는 근거는 바로 이러한 자리에서 존재한다. 생명의 본질이 어디에 있는지를 인식하는 것은 인간들의 삶에서 부딪히는 다양한 고통과 어려움 등 생명을 파괴하고 억누르는 힘들을 극복할 수 있는 유일한 해결책을 발견하는 길이 된다. 이와 같은 기독교 생명시학의 특징은 여타의 생명시학과는 본질적으로 다른 부분이다. 자연 자체에 내재되어 있는 생명력을 찾는 것에만 만족하는 태도로는 결코 도달할 수 없는 진정한 역동성이 기독교 생명시학의 토대가 되는 것이다. 자연 자체에만 시선이 머무를 때 생명은 차가운 물질성을 뛰어넘기가 어렵다. 이것을 위해 물활론적인 세계관을 도입하여 자연 사물에 생명을 부여하기도 하지만 이렇게 부여된 생명은 그 사물 너머에 존재하는 영혼이나 본질까지는 담아내지 못하는 한계를 지닌다. 그러나 정신의 영역, 영혼의 영역까지 담아낼 수 있는 것이 바로 기독교 생명시학이다. 서정적 근원으로서의 신을 인정한 자리에서 출발하는 기독교 생명시학은 자연에 충만한 생명 속에서 존재의 본질을 형성하는 영혼의 영역까지 담아내는 것이다.

김현승 시의 생명시학적 연구

손 진 은*

1. 서 론

이 글은 김현승 시의 생명시학적 검토를 위하여 쓰여진다. 주지하다시피 김현승은 한국시의 형이상학적인 한 부분을 개척한 시인으로 평가된다. 그는 관념의 사물화 내지 물체화 경향의 시를 주도한 특이한 시인[1]으로 연구자들에 의해 탐구되어져 왔다.

그는 경험적 세계나 구체적인 존재 자체를 드러내기보다는 이들 세계가 갖는 의미차원을 드러내고자 한다. 그는 확실히 드물게 보는 지성의 시인이다.[2] 이 때 지성의 시인이란 의미는 관념적이고 현학적인 시인이라는 뜻이 아니라 삶의 진지한 이해를 위해 노력하고, 이를 정확한 언어로서 표현한다는 의미에서 그렇다는 말이다. 흔히 그를 일컬어 '고독'의 시인이라고 말할 때도 이와 같은 그의 도덕주의적 정신의 자세와 무관하지 않을 것이다. 그의 '고독'은 한 논자에 의해 신앙과 분리되어진 것으로 파악[3]된 바 있지만, 그것으로 그의 시가 가지고 있는 기독 사유적인 성격들이 소진되지는 않는

---

* 시인, 문학평론가, 경주대 교수
1) 김종길, 「견고에의 집념」, 『창작과 비평』(1968. 여름호), 358쪽.
2) 김우창, 「김현승의 시」, 『다형 김현승 연구』(보고사, 1996), 154쪽.
3) 김윤식, 「신앙과 고독의 분리문제」, 『한국현대시론비판』(일지사, 1978), 143쪽. 『다형 김현승 연구』(숭실어문학회 편, 1996)에 재수록.

다는 점에서 여전히 유효한 논의점을 제공한다. 많은 시편들이 증명하고 있지만 재생과 창조적 의지를 바탕으로 한 기독교적 세계관은 김현승의 시적 사고와 인식태도를 규정하는 보이지 않는 원리로 작용하고 있다. 그는 기독교적 인식을 육화시키면서 시를 써 왔다. 그러나 기존의 논의에서는 기독교적 인식의 틀 역시 '고독'이나 '사물화'에 논의의 초점이 모아짐으로써 그의 시를 일견 단순화시켰던 것도 부인할 수 없는 사실이다.

김현승 시에 나타나는 생명시학적 요소는 그의 시의 가장 중요한 특징에 해당한다. 이 글은 이러한 문제점에 착안하여 김현승에 나타난 기독교적 사유를 생명시학적으로 검토해 봄으로써 그의 시의 본질들을 새로이 부각시키고자 하는 데 목적을 둔다. 본고는 그의 생명시학이 표출되는 방식과 의미를 몇가지로 나누어 고찰하고, 생명의식의 내밀한 구조를 밝혀보고자 한다.

이 논의는 김현승 시의 주제 표출양상은 물론 내적 원리를 밝히는 데 기여할 수 있으리라고 생각한다.

2. 모순의 통합과 생명성

김현승 시의 미학적 구성 원리로 가장 먼저 등장하는 것이 모순의 통합이다. 이는 기실 그의 모든 시의 구성 원리가 되는 것이다. 이는 그의 시가 가시적이며 가변적 세계의 외양을 뚫고 불변적이며 항구적인 요소를 찾아 거기에 시적 주체의 전 존재를 투영시킴으로써 대상의 본질을 발견하는 데 바쳐지고 있기 때문이다. 그의 시는 우리들 일상이 드리우고 있는 사물, 존재의 안을 향하며 부동불변의 가치인 형이상학적 세계를 지향한다. 시인 스스로 "결국은 상대적이고 가변적인 것에 불과한 어느 사상을 내 시정신의 지표로 삼기보다는, …… 보다 영원하고 근본적인 진실이나, 생명감을" 노래하고 싶다[4]고 밝히고 있듯, 변화의 운명을 그러쥐고 있는 가변적 세계의

---

4) 김현승, 「나는 시를 이렇게 쓴다」, 『김현승전집 2』(시인사, 1985), 291~292쪽,

모순, 대립, 통합을 통하여 부동불변의 확고한 궁극적 실체를 드러내는 것
은 그의 시작 방법의 중추적 요소이다.

> 그늘,
> 밝음을 너는 이렇게도 말하는구나,
> 나는 기쁠 때도 눈물에 젖는다.
>
> 그늘,
> 밝음에 너는 옷을 입혔구나,
> 우리도 일일이 形象을 들어
> 때로는 眞理를 이야기한다.
>
> 이 밝음, 이 빛은,
> 채울 대로 가득히 채우고도 오히려 남음이 있구나,
> 그늘— 너에게서 ……
>
> 내 아버지의 집
> 풍성한 大地의 食卓마다,
> 그늘,
> 五月의 새 술들 가득 부어라!
>
> 이깔나무—네 이름 아래
> 나의 고단한 꿈을 한때나마 쉬어 가리니 ……
>
> —「五月의 歡喜」 전문

이 시는 형상과 진리, 즉 현상과 실재의 문제를 이야기하고 있다. 말할
것도 없이 '그늘'은 현상이요 '밝음'은 실재이다. 시인은 현상을 가변적이고
일시적인, 육안의 눈으로 확인되는 상태로 파악한다. 1연에서 그늘은 밝음
을 가리는 것이 아니라 오히려 더욱 드러낸다. 그것은 기쁠 때 흘리는 눈물
이 웃음보다 더 기쁨을 주는 것과 같은 이치이다. 시인은 녹음의 아름다움
을 통해 심정의 움직임을 함께 포착한다. 2연에서 그늘은 밝음에 옷을 입힌

것으로 파악된다. 즉, 오월의 짙은 그늘은 그의 형상으로 밝음을 더 잘 보게 하여 준다. 3연은 2연을 더 구체적으로 부연하고 있다. 밝음은 그늘 속에서 철철 흘러 넘치고 있다. 4연에서 그늘은 오월의 새 술들로 표상된다. 마지막으로 5연은 이깔나무라는 그늘 아래서 고단한 삶의 여정을 멈추고 한때나마 쉬어가겠다는 소망을 피력하고 있다.

전체적으로 이 시는 신록의 푸르름을 통하여 짙어지는 그늘이 실상은 밝음이라는 메시지를 깔고 있는 것이다. 우리는 그늘을 통하여 밝음을 드러내는 독특한 미학적 원리에 주의를 기울일 필요가 있지만, 이러한 미학적 원리의 밑바탕에는 창조주의 섭리에다 생의 근원을 두는 밝은 세계관이 숨어 있다는 것을 인식할 필요가 있다. 그는 그늘에서 생명의 환희를 본다. 이는 이 시의 원제목이 「오월의 그늘」이었음을 볼 때도 확연히 드러난다.[5] 그늘을 비애나 어두운 패배의식으로 보지 않고 가장 강력한 긍정의 사고로 보는 관점은 기독교의 부활 즉 재생사상에 의거한 생명시학이다. 또 밝음이나 빛은 성서 상징으로 볼 때 하나님의 영성을 뜻하며, 이 빛이 인간의 도덕의식과 이성에 두루 편만하게 되는 것이다.[6] "그늘 / 밝음에 너는 옷을 입혔구나"에 나오는 '밝음'은 현상적인 밝음이다. 그러나 '그늘'은 생명의 내밀한 환희를 동반하는 눈부신, 영적인 깨달음을 통한 믿음과 구원의 의지를 드러내는 밝음이다. 이 의지는 "시간은 다시 황금의 빛을 얻고, / 의혹의 안개는 한동안 우리들의 불안한 거리에서 / 자취를 감출 것이다"(「四月」) 같은 구절에서도 공히 나타난다.

재생과 창조의 기독정신에 바탕한 생명시학은 아래의 시들에서 극명하게 드러난다.

---

5) 시인이 직접 해설한 자선시 가운데 이 시의 제목은 「오월의 그늘」로 되어 있다. 『김현승전집 3』(시인사, 1985), 152쪽.

6) 박이도, 『한국현대시와 기독교』(종로서적), 123쪽. 그는 「오월의 환희」에 나오는 "그늘 / 밝음에 너는 옷을 입혔구나"의 구절을, 시편 104편 2절 "주께서 옷을 입음같이 빛을 입으시며"라는 구절과 연관시켜 관련성을 해명하고 있다.

아름다운 나무의 꽃이 시듦을 보시고
열매를 맺게 한 당신은,

나의 웃음을 만드신 후에
새로이 나의 눈물을 지어 주시다.

—「눈물」 부분

지우심으로
지우심으로
그 얼굴 아로새겨 놓으실 줄이야

흩으심으로
꽃잎처럼 우릴 흩으심으로
열매 맺게 하실 줄이야……

비우심으로
비우심으로
비인 도가니 나의 마음을 울릴 줄이야……

사라져
오오,
영원을 세우실 줄이야……

어둠 속에
어둠 속에
보석들의 광채를 길이 담아 두시는
밤과 같은 당신은, 오오, 누구이오니까!

—「離別에게」 전문

우리의 기쁨이
기쁨의 불꽃에 재가 될 때
우리는 自由를 얻는다.

—「自由의 糧食」 부분

우리는 여기서 소멸을 통해 존재를 드러내는 사물의 신비와 생명성을 발견한다. 꽃의 소멸은 소멸 자체로 없어지는 것이 아니라, 열매라는 형태로의 변화를 통해 생명을 지속한다. 그 열매는 가변적인 실체를 넘어서는 영원의 현존이다. 「離別에게」는 '지우심' / '새겨 놓으심', '흩으심 / 열매 맺게 하심', '사라짐 / 영원'의 대립 명제를 생명성으로 무화시키며 결국 생명성의 근원인 "어둠 속에 / 보석들의 광채를 길이 담아 두시는 / 밤과 같은 당신"의 존재를 발견한 자의 시선을 보여주고 있다. 그의 이미지는 표면에 나타나는 모습이 전부가 아니며 그 반대되는 쪽으로 뻗어가는 충일한 생성의 의지로 가득차 있다. 여기서 어둠은 그 속에 밝음까지를 함유하고 있는 힘의 실제적인 발현체라는 사실이 드러나는 것이다. 여기서 생명을 만드는 주인으로서의 타자—하나님—가 "밤과 같은 당신"으로 나타난다는 것은 주목할 만한 일이다.

'재' 역시 동일한 역동적 상상력을 유발하는 이미지이다. 여기서 '재'는 자신을 소진하는 가장 헌신적인 자세를 뜻하는 것으로 보인다. 가장 낮은 존재로 자신을 태워 형태를 없앨 때, 그 부재 속에서 역설적으로 가장 큰 자유를 얻는 정신 역시 생명시학의 발현된 모습이다. '재'가 드러나는 시는 이외에도 「재」, 「四行詩」, 「불을 지키며」 등이 있다.

마찬가지로 그는 검은 빛에서 "빛을 넘어 / 빛에 닿은 / 단 하나의 빛"(「검은 빛」)을 보는 예지를 보여주며, 여기에서 더 나아가 밤의 내부에서 "무르익은 / 과실의 密度와 같이" 달디단 '고요'(「밤은 영양이 풍부하다」)를 본다. '검은 빛'은 외면적으로 확산하여 퍼져나가기보다 흡수하고, 분리하기보다는 종합하여 간직한다는 점에서, 또 모든 빛깔들이 되돌아오는 근원적인 빛이라는 점에서 그 함의는 생명성의 근원으로 수렴되어 있다. 이를 확인하기 위해 「밤은 영양이 풍부하다」를 인용하며 논의를 전개해 보기로 한다.

무르익은
과실의 密度와 같이

밤의 내부는 달도록 고요하다.

잠든 내 어린것들의 숨소리는
작은 벌레와 같이
이 고요 속에 파묻히고,

별들은 나와
自然의 구조에
질서있게 못을 박는다.

한 시대 안에는 밤과 같이 解體나 分析에는
차라리 무디고 어두운 시인들이 산다.
그리하여 토의의 시간이 끝나는 곳에서
밤은 상상으로 저들의 나래를 이끌어 준다.

꽃들은 떨어져 열매 속에
그 화려한 자태를 감추듯 ……

그리하여 시간으로 하여금
새벽을 향하여
이 풍성한 밤의 껍질을
서서히 탈피케 할 줄을 안다.
— 「밤은 영양이 풍부하다」 전문

시인 자신이 그 이미지를 '까마귀'에서 얻었다고 말하는 '검은 빛'7)은 김
현승 시의 해명에 중요한 이미지가 된다. 1연에서 밤은 과실로, 밤의 내부는
과실의 밀도로 비유된다. 밤이 지닌 생명성은 씨앗이 지닌 재생력뿐만이 아
니라 '무르익은', '달도록' 같은 형용어들을 동반하는 과육의 사랑과 관능의

---

7) 신익호, 「한국현대기독교시연구」, 전북대학교 대학원 박사학위논문(1986), 65
쪽.

이미지마저 가지면서 원초적인 생명력의 공간으로 기능한다. 2연에 오면 밤은 어린이와 벌레의 이미지로 변용된다. 어린이나 벌레는, 왜소하다는 측면과 호흡하는 생명이라는 측면에서 1연의 씨앗 이미지와 유사하다. 그러나 보조관념인 '작은 벌레'의 원관념이 어린것들이 아니라 어린것들의 '숨소리'라는 점에서 이미지의 변용은 더 섬세하다. 밤은 벌레같이 꼬물거리는 어린것들의 숨소리를 감싸고 있다는 뜻이다. 어린것들의 숨소리는 밤의 입자가 되어 밤의 고요 속에 파묻힌다. 여기까지에 이르면 밤과 어린것과 벌레는 생명력을 지니고 움직이고 있는 존재임을 알 수 있다. 3연에서 "나와 自然의 구조에 / 질서 있게 못을 박는" 별들은 자아와 세계 사이가 생명의 실체로 의미와 질서를 잡아가고 있음을 보여줌은 물론, 나아가 밤의 공간 속에서 비로소 눈 뜨게 되는 자아의 모습을 암시한다. 이는 "이 어둠이 내게 와서 / 밝음으론 밝음으론 볼 수 없던 / 나의 눈을 비로소 뜨게 한다! // 마치 까아만 비로도 방석 안에서 / 차갑게 반짝이는 이국의 보석처럼"(「이 어둠이 내게 와서」)과 같은 의미작용으로 읽힐 수 있다. 4연은 낮과의 대조를 통해서 밤의 의미를 강조하고 있다. 시인은 낮의 시간은 해체와 분석, 토의가 지배하는 시간이며, 밤의 시간은 상상이 지배하는 시간으로 본다. 주지하다시피 상상이 직관에 기초하고 있다면, 해체와 분석은 이성적 사유에 기초하고 있다. 따라서 낮이 일상적 시간이라면 밤은 순수한 존재의 시간이다. 리차즈가 '상상력'을 모순되는 가치 혹은 의미들을 종합하는 힘[8]으로 정의했듯이, 밤의 존재인 시인은 상상력을 바탕으로 한 몽상을 즐길 수 있는 것이다. 시인은 세속적 생활과 거리를 지니고 천진스러운 삶을 영위한다는 점에서 어린이와 가까우며, 그 안에 끊임없이 솟아나는 달콤하고도 싱그러운 생명과 관능의 힘을 가졌다는 점에서 과실과 유사하다.[9] 5연에서 시인은 '밤'을

---

8) I. A. Richards, Principkes of Literary Criticism, London : Routledge(1967), p.193.

9) 이를 비롯한 이 시 해석의 많은 부분은 오세영, 「밤은 영양이 풍부하다」, 『한국현대시 분석적 읽기』(고려대학교출판부, 1998), 294~301쪽을 많이 참조하였다.

'열매'와 동일시한다. 당연히 '낮'은 '꽃'과 연결된다. 이것은 매우 중요한 암시인데, 우리는 여기서 그가 다른 시들에서도 지속적으로 쓰고 있는 열매의 이미지와 밤의 이미지가 합치된다는 사실을 확인할 수 있다. 밤-열매의 해명은 그의 시의 해석에 중요한 기여를 할 것으로 생각된다. 6연은 밤이 가진 창조적 자발성을 그리고 있다. 밤은 스스로 새벽을 향하여 나아가는 자율성과 역동성을 가진 존재가 된다. 이렇게 볼 때 이 시는 매연마다 밤은 재생과 창조의 시간이라는, 등가적 의미를 가진 문장이 반복과 확장을 거듭하고 있는 구조10)로 되어 있다. 이는 앞서 인용한 「눈물」, 「離別에게」를 비롯한 김현승의 거의 모든 시들에서도 두루 나타나는 구조이다. 지금까지의 논의로 우리는 김현승 시의 모순과 통합의 원리에 사용된 시들에 나타난 이미지들을 계열화시켜 아래와 같이 정리해 볼 수 있을 것이다.

> 가변적인 세계 : 웃음-화려한 형상이나 일시적-꽃 -낮의 시간-
>   일상성
> 불변적인 세계 : 눈물-사라짐을 통해 거듭남 -열매-밤의 시간-
>   직관

그의 시는 가변적인 세계 속의 일상의 존재성을 벗어나 재생과 창조로 승화되는 불변적인 세계로의 지향을 드러내고 있다. 김현승 시에 나타나는 모순과 대립은 생명성을 효과적으로 전달하기 위한 방식으로 역설적인 진리로 통합되면서 무화되고, 더 높은 가치체계로 승화된다. 이것은 확대하면 가시적이고 가변적인 삶에 대한 항구적이며 불변적인 가치와 삶의 훌륭한 상징이 되는 것이다.

그것에는 사물의 본질을 파악하여 표현하려는 정신의 매서움 외에도 심화된 생명의 순결성과 가시적인 세계를 넘어서려는 시인의 기독 사유적인

---

10) Michael Riffataire, Semiotics of Poetry, Bloomington : Indiana Univ. Press, (1978), pp.47~63.

혼적이 여실히 드러난다. 즉 재생과 창조 사상에 드러나는 생명성의 시화가 모순과 통합이라는 방식으로 승화된 것이다. 그의 역설적 사고가 궁극적 가치를 얻는 것은 이 지점에서이다.

3. 응집과 확산의 동력학

많은 논자들이 김현승 시의 고독을 이야기하면서 견고함, 응고, 축소와 더불어 인간적 감정의 배제를 중심으로 논지를 펼쳤다.[11] 이 경우 김현승의 어둠, 침묵과 견고함의 이미지들은 신앙과 고독의 대립, 또는 분리에 맞춰져서 내면적인 의식세계를 드러내는 방식으로 고찰되었다. 그러면서도 이들 논문들은 그런 축소와 응집의 면모에 초점을 맞추었을 뿐, 한없는 축소의 과정을 거친 후에 다시 무한의 확대 과정을 거치는 것이라는 사실을 주목하지는 못했다. 즉 작품의 내적 원리를 섬세하게 파악하여 생명의식의 내밀한 구조를 밝히는 데까지는 이르지 못했다고 본다. 당겨서 말한다면 김현승의 시는 '겨울·침묵·어둠·작아짐·흙·무덤' 등의 공간으로 하강, 침잠하다가 그 내밀한 생명의 핵으로 그 동심원적 파장을 통해 확산되는 것이다. 이것이 김현승 시학이 가지고 있는 또 하나의 생명 시학의 모습이다.

김현승의 시에 드러나는 축소공간의 방향성은 자신의 내면 속으로 들어가는 자아의 의지와의 관련 속에 해명되어질 것이다. 운동성의 방향으로는 상승보다는 하강, 공간상의 측면에서는 지상 공간, 지표 공간, 흙속 공간의 양상으로 변주되어 나타난다.

---

11) 대표적인 논의는 다음과 같다.
장백일, 「원죄를 끌고 가는 고독」, 『현대문학』(1969. 5).
김윤식, 앞의 논문.
범대순, 「시적 고독―김현승의 경우」, 『현대시학』(1974. 12).
권영진, 「김현승 시 연구―고독의 의식화와 시적 변용」(고려대학교 대학원 석사학위논문, 1980).
김　현, 「보석의 상상세계」, 『우리 시대의 문학』(문장사, 1980).

이름 모를 東 과 西
또 南과 北,
그 빈 하늘에 쫓던 내 마음의 날개,
이제는 땅에 내려와
아주 가까이 땅이 되어버려,
내게는 처음이 될지 모르는
이 마지막 봄비에 소리 없이 젖어보고 싶다
—「내 마음 흙이 되어」 부분

해변에선
별장들의 덧문을 닫고,
사람마다 사람마다
찬란턴 마음의 샹들리에를 졸이고,
저녁에 우는 쓰르라미가 되는
지금은 폐회와 귀로의 시간
—「가을이 오는 시간」 부분

神도 없는 한 세상
믿음도 떠나,
내 고독을 純金처럼 지니고 살아 왔기에
흙속에 묻힌 뒤에도 그 뒤에도
내 고독은 또한 純金처럼 썩지 않으련가
—「고독의 純金」 부분

무덤에 들 것인가
무덤 밖에서 뒹굴 것인가
—「題目」 부분

서릿발 치운 이 겨울
언어와 침묵의 가지 끝에는
피가 흐르지 않는다

허파의 더운 피가 미치지 않는다.

—「詩의 겨울」부분

김현승은 초월을 위해 세계 속으로 자신을 넓히는 것보다는 축소와 하강의 방향을 취한다. 「내 마음 흙이 되어」는 분산보다는 응집, 상승보다는 하강으로 향하는 시인의 의식지향을 보여주고 있다. 대부분의 시에서 초월은 상승적인 공간으로 이루어지는데 김현승의 시는 반대양상으로 나타난다. 이는 자아의 개인적인 내면의식의 표출이 더 용이하게 드러나기 때문일 것으로 판단된다. 마찬가지로 「가을이 오는 시간」에서도 "마음의 샹들리에를 졸"인다거나, "우는 쓰르라미가" 된다거나, "폐회와 귀로의 시간" 등에 나타나듯 자아는 존재를 밀어 외부의 공격성으로부터 피하기 위해 내면으로의 칩거를 선택한다. 자연히 인간적 감정은 배제되고 사물성이 드러나게 된다. 그러나 아직 방어에 급급하여 내적 충일을 기하기 어려운 형국이다. 「고독의 純金」과 「題目」에 이르면 지상과 흙 위에 머물렀던 탐구가 흙속과 무덤에까지 침투하면서 자아의 고투의 치열성을 보여준다. 이러한 깊이에의 경사는 높이에 대한 의식과는 다르게 보다 가치 있는 것, 보존하여야 할 것을 드러내는 데 사용된다. 이 두 편의 시들에서는 또 삶~죽음의 경계공간을 넘어서는 지점으로까지 의식의 모험을 감행하는 모습을 보이고 있는 것이다. 「詩의 겨울」은 시인이 이러한 모험을 언어에까지 피를 없애는 과정을 통해 수행하고 있음을 말하고 있다. 무덤은 공허한 공간으로서 일상성의 관점에서는 죽음의 기호로 나타나지만, 재생을 예비하고 있는 공간으로서의 기표를 가진다는 점에서 시사적이다.

우리는 이제 의식적으로 아래로의 기투를 택했던 자아가 그 작은 공간 속으로 웅크리고 벌이는 생명성의 내밀한 모습을 살펴볼 때가 되었다.

타자의 공격성에서 유발한 자아의 내부로의 칩거는 역설적으로 자아를 내적인 충일로 그 속에서 거주하며 몽상을 꿈꾸게까지 한다. 자아는 그 공간이 데워질 때까지 기다린다.

잘 익은
스토브 가에서
몇 권의 낡은 책과 온종일
이야기를 나눈다.

겨울이 다정해지는
두꺼운 벽의
고마움이여,
과거의 집을 가진
나의 고요한 기쁨이여.

깨끗한 불길이여,
죄를 다시는 저지를 수 없는
나의 마른 손이여

마음에 깊이 간직한
아름다운 寶石들을 온종일 태우며
내 영혼이 호올로 남아 사는
슬픔을 더 부르지 않을
나의 집이여

—「겨울 室內樂」 전문

　여기서 벽은 외부로부터 자아를 보호해주는 거소로서의 기능을 가지고 있다. 자아는 '두꺼운' 벽을 통해 밖의 공격으로부터 자신을 보호하며, 미래의 불안한 기투(企投)로부터 '과거'의 내밀함으로 후퇴한다. '외부-거대-추위-미래'에 대해 '내부-응집-따스함-과거'로 방어하고 있는 형국이다. 그 공간 속에서 '겨울의 다정함'을 인식하고 내밀한 행복을 즐기는 것이다.12) 집은 겨울의 공격을 받게 되면 내밀의 가치가 더욱 증폭된다. 밖이 춥고 황량할수록 내면은 더욱 아늑하고 평화로운 것이 된다. 여기서 집은

---

12) 이와 유사한 분위기는 「病」이라는 시에서도 잘 나타나고 있다.

친화력과 내면성, 그리고 휴식과 보호로 그를 감싸고 있는 행복한 몽상의 공간으로 바뀐다. 그런데 집은 또 그 속에 또 하나의 내밀함을 키운다. 책이다. 자아는 "몇 권의 낡은 책" 속으로 깊이의 몽상을 경험하는 것이다. 그것은 꿈으로의 초대이다. 그러므로 자아의 몽상은 다중적이다. 생각과 추억("과거의 집을 가진 / 나의 고요한 기쁨이여")과 꿈을 한 데 통합[13]하는 것이 '집'으로 나타나는 김현승 시학의 공간이다. 내밀한 행복과 힘을 확보하는 그 공간은 당연히 자신 속으로의 응축 상태로 고정되지 않는다. 그 내밀함은 외면으로 확산되면서 그 엄청난 에너지를 가지고 있는 힘으로 기능하는 것이다. "은밀한 생명이란 바로 확산된 열인 것이다."[14] 공간의 응축과 확대에 더 많은 파장을 열어주는 것은 관형어, 부사어의 적절한 사용이다. 1연의 "잘 익은 스토브"와 "낡은 책", 2연의 "두꺼운 벽", "과거의 집"과 "고요한 기쁨", 3연의 "깨끗한 불길"과 "마른 손", 4연의 "온종일"과 "호올로"는 투명성 / 불투명성, 밝음 / 어둠, 시간 / 공간, 순수성 / 불순성 등의 감각적 성질상의 역학적 관계뿐만 아니라, 더 본질적으로 가벼움 / 무거움, 상승 / 하강 사이의 대비를 통해 표면적으로 드러나 있지 않은 내밀성의 역동적인 에너지를 뿜어올리는 것이다. 이미지의 대립을 통한 울림은 행복감과 안온감과 함께 "자욱이 퍼지는 언어의 무게"(「지상의 시」)로 술렁대고 확산되면서 생동한다. 하강과 축소와 과정에서 드러났던, 「詩의 겨울」에 나타난 핏기 가신 언어의 건조성과 비교하면 엄청난 변화라고 할 수 있다.

　지표공간으로서의 집으로의 은거를 통해 의식의 행복한 몽상을 펼쳤던 자아는 이제 흙속 공간에서까지 그러한 활동을 개시한다. 그러나 '방'이 예비되었던 집에서와는 달리 이곳에서는 몽상을 펼칠만한 공간이 마련되지 않는다. 당연히 자아는 공격성을 띠게 된다.

---

13) 바슐라르(곽광수 역), 『공간의 시학』(민음사, 1990), 118~119쪽.
14) 바슐라르(민희식 역), 「불의 정신분석」, 『세계사상전집 10』(삼성출판사, 1978), 76쪽.

너희들의 외면하는 낡은 제목들은
그러므로 시간의 썩은 흙 속에 파묻혀 버리리라.

그러나 나는 그 어둡고 낡은 땅 속에서
금은보다 더 빛나는 애정을 캐내어서,
뜨거운 나의 가슴 속에 넣으리라!
무거운 세월에 눌려 깊이 파묻힌 제목들—
그 뿌리와 뿌리의 매장에선
석탄보다 단단한 불꽃을 튀게 하리라
　　　　　　　　—「나의 심금을 울리는 제목들」 부분

　지상으로 더 깊이 파묻혀 내려갈수록 자아는 더 뜨거운 기운을 내장하고 있다. 타자들이 "외면하는 낡은 제목들"을 땅 속에 묻고, "금은보다 더 빛나는 애정"을 캔다. 그것은 다시 가슴 속에 들어가 석탄보다 단단한 불꽃으로 탄다. 자아의 내밀성이 적극적인 운동을 하는 지점이다. 불은 생명이고 불을 간직하고 있다는 것은 생명을 간직하고 있다는 것이다. 어떤 우주론적 꿈속에서는 불의 한 분자만 있으면 세계를 충분히 태워버릴 수 있는 것이다.[15] 은밀한 생명이란 바로 확산된 열이다. 그 불의 생명성은 타지 않을 때에도 꺼지지 않는다는 데 있다. 그 불은 그 때에도 생생한 물질 속에서 응고할 따름이다.[16] 지하의 공간에 들어간 자아의 의식지향은 이런 불꽃의 힘으로 상승을 거듭한다.

　희망
　희망은 스스로 네가 될 수도 있다.
　다함없는 너의 사랑이
　흙 속에 묻혀,
　눈물 어린 눈으로 너의 꿈을

---

15) 바슐라르, 위의 책, 71~72쪽.
16) 바슐라르, 위의 책, 79쪽.

먼나라의 별과 같이 우리가 바라볼 때……

—「희망이라는 것」 부분

내 입 속으로 부는 불꽃으로
까마득한 들의 가넉까지를
나는 따뜻하게 품어 주려 한다.

—「나의 知慧」 부분

우리는 첫 번째 시에서 흙에 묻힌 '너의 꿈'이 천상공간의 '별'이 되는 것을 본다. 즉, 자아의 의식 속에서 흙 속 공간과 하늘 공간은 비슷한 성격과 기능을 가지면서 위치만 대척점에 서 있는 공간으로 화해 있는 것이다. 이렇듯 김현승 시의 생명시학은 하강과 축소를 거듭하는 물질이 땅 속에 그대로 묻혀만 있는 것이 아니라 천상공간으로 초월하고 새롭게 태어나기도 하는 것이다. 두 번째 시에서 드디어 자아 속으로 끌어들여진 생명의 불길이 세상을 온전히 데우고 품어안는 지경까지 이른다. 상상력은 의지나 생명의 비약보다도 더 심적 생산의 참된 원천이다. 우리는 여기서 이러한 내밀성이 응축된 하강과 축소된 공간이 엄청난 생명의 에네르기로 충일한 공간임을 인식하게 된다.

사실 김현승이 추구하고 있는 이 세계는 가시적인 실제공간이 아니라 의식의 차원에서 전개되는 비가시적 공간이다.[17] 외부세계, 즉 사물을 묘사하고 있더라도 김현승의 관심은 외부세계에 있지 아니하다. 그는 외부세계에 조차도 자신의 내부를 투영시키고 있다. 스스로의 내면을 투영시켜 가만히 들여다볼 수 있었기에 자신의 내면 깊숙히 들어갈 줄 알았고, 그 즐거움을 알았기에 세계의 깊이에 눈을 뜰 수 있었던 것이다.

---

17) 김인섭, 「김현승 시의 공간연구」, 『숭실어문』제5집(숭실대학교 숭실어문연구
회, 1988. 4), 215쪽.

4. 사물화와 생명시학

김현승의 시에서 가장 자주 드러나는 시어들은 딱딱함을 표상하는 말이다. 실제로 그의 시는 '창', '첨탑', '보석', '열매', '씨', '마른 나뭇가지', '파편', '무기', '황금', '무쇠' 등의 명사는 물론, 이를 수식하는 '마른', '모진' 등의 형용사, '여위어 간다' 등의 동사가 빈번히 쓰이고 있다. 심지어 "시인들이 노래한 일월의 어느 언어보다는 / 영하 五度가 더 차고 깨끗하다"(「新雪」) 같은 구절에서는 언어마저도 휘발되어버릴 정도로 그의 사물화에 대한 관심은 지대하다. 문제는 그의 사물화 내지 견고의 이미지들의 속성이 더 넓은 생명 시학으로의 길을 예비하고 있다는 것이다.

그는 확실히 넓이와 높이보다는 '깊이'를 추구(「가을의 詩」)한다. 그것은 고투하는 자아의 외로움을 수반하는 것이었고, 더더욱 "눈물과 같은", "傷하고 아름다운 것"(「가을의 香氣」)들의 , "외로움의 향기"(「無等茶」)를 자아에게 주는 것이다. 그러나 그것은 사라짐이 아니라 "沃土에 떨어지는 작은 생명"(「눈물」)으로 거듭난다. '눈물'은 응결과 반짝임의 속성이 강화되면 보석으로, 물의 이미지가 강화되면 열매가 된다. 말하자면 물과 돌(보석)이 양가성으로 녹아 양쪽 방향으로 확산을 하고 있는 매재라 할 만하다. 의미론상으로도 눈물은 슬픔과 힘의 양가성을 밀어내며 시에서 견고성으로 축소되는 것을 막아주는 생명의 씨앗이 배태되고 있기 때문에 더욱 탄력을 가질 수 있는 것이다.

김현승의 상상력은 이 지점에서 날카롭고 지적인 투명한 인식으로 빚어진 작아짐, 견고함으로 표상되는 내적이고 윤리적인 엄격성의 방향과, 생명성 쪽으로 촉수를 드리우는 지향성의 두가지 방향으로 뻗는다. 「인간은 고독하다」, 「돌에 사긴 나의 詩」, 「古典主義者」, 「고독」, 「고독의 풍속」, 「良心의 金屬性」, 「고독의 純金」, 「絶對 고독」, 「고독의 끝」, 「鉛」 등의 시가 전자에 속한다면, 「파도」, 「플라타나스」, 「밤은 영양이 풍부하다」, 「순수」 등의 시를 비롯하여 나무, 계절을 다룬 많은 시들이 후자에 속한다. 전자의 시들은 "너의 밝은 銀빛은 모나고 粉碎되지 않아, // 드디어는 無形하리만큼 부드러운 / 나의 꿈과 사랑과 나의 비밀을, / 살에 박힌 파편처럼 쉬지 않고 찌른다"(「良心의 金屬性」), "내 마음은 사라진 것들의, 푸리즘을 버리지 아니하는 / 보석상자 …… // 사는 날, 사는 동안 길이 매만져질, / 그것은 변함없는 시간들의 결정체!"(「古典主義者」) 등의 시에서처럼 최소한으로 오므라든 이미지들과 함께 강한 명징성에의 의지가 두드러진다. 절대적 물질성으로 응고되는 지점에 이르면 주체는 생명적 기능인 모든 감정, 정서 등을 소거해 버리고 앙상한 잔해들만 남는다. 그에 의하면 본질을 덮고 있는 덩어리들은 삶의 고통과 미혹을 만드는 물질이다. 시인은 이와 대립가치인 절대적 자족성으로 있는 견고한 사물을 지향한다. 세계는 반인간화되고 인간 역시 반인간화된다. 견고한 것에의 집착은 역사, 영혼, 영원, 신앙 등의 관념어들로부터 음성, 눈빛, 불꽃 들에 이르기까지 물체화시켜버릴 정도로 치열하게 진행된다. 모두가 견고한 사물로 변화한다. 이러한 광물질의 의식작용은 불변의 견고한 실체를 얻고자 하는 관념론적 인식이 도달한 세계이다.

그러나 이러한 견고한 것에의 고투가 치열하면 치열할수록 그 속에는 생명의식이 배태된다. 그 사물들은 앞장에서도 언급한 바와 같이 내면의 신화에 의해 역설적이게도 아주 거대한 힘을 내포한 것으로 몽상된다. 작은 것의 실체로서 가장 작은 내면에는 거대하고 강렬한 힘이 집중 응축된 것으로 꿈꾸는 것이다. 작은 것은 큰 것의 내밀한 구조이다. "참나무가 탈 때, / 그 불꽃 깨끗하게 튄다. / 보석들이 깨어지는 소리를 내며 / 그 단단한 불꽃들이 튄다."(「참나무가 탈 때」) 견고한 이미지들은 불꽃의 생명성으로 전이되는 것이다. 의식의 끝간 데 없는 추구는 파멸을 부르거니와, 어떤 사유의 극단은 현상적으로 그 반대편의 속성을 부르는 것이 상례이다. 우리는 「눈물」에서 뚜렷하게 드러났던 두 이미지의 공존이 다른 시편들에서는 외형적으로는 어느 한쪽이 우세한 것으로 치우치는 면들을 보여주고 있지만 의식의 밑바닥에는 이 두 가지 속성이 공존하고 있음을 확인할 수 있다.

"파도가 될 것인가 / 가라앉아 진주가 될 것인가"(「題目」)에서 나타나듯

'파도'와 '진주'는 의식의 측면에서는 분리가 가능할지라도 대립명제가 아니라 공유하는 하나의 속성이다. 이 두 가지 매재는 한 나무에서 뻗은 다른 가지인 것이다. 이와 같은 의식은 「겨울 寶石」, 「寶石」에 이르면 더 구분할 수 없이 두 이미지가 공존내지 통합되고 있음에서도 드러난다.

    이 겨울은
    저 별의 보석 하나로 산다.

    끝까지 팔지 않고
    멀리 차갑게 떤다.

    갈가마귀 녹슨 칼의
    울음 소리도 지나
    더욱 멀리 분별없이 흐르는
    저 異邦의 눈물……

                              —「겨울 寶石」 부분

  "사랑은 마음의 / 보석은 눈의 / 술"(「寶石」)과 같이 물과 돌의 이미지의 속성이 서로 스며들어 하나의 이미지로 통합되고 있는 지점에서 이 시는 마련되고 있다. '별'은 그의 마음의 지향인 바, 외부세계의 물질을 그는 끝까지 간직("팔지 않고")하며 "꿈 하나로 말하는데", 그 별은 바로 "멀리 분별 없이 흐르는 / 異邦의 눈물"이기도 한 것이다. 이 쯤에서는 견고성의 이미지와 물의 이미지는 하나로 통합되어 자연스레 생명성으로 수렴되는 것이다. 그의 생명성의 의지는 "플라타나스의 筍들도 염소의 뿔처럼 / 돋아나지 않"은 시기에도 "그들 첨탑 안에 예언의 종을 울려/파종의 시간을 아뢰어 준다"는 「四月」에서는 잔설을 의미하는 "낡고 허연 붕대"와 "어린 염소의 뿔" 플라타나스의 筍의 대비를 통해서 드러나는 신선함도 돋보이지만, 견고성의 이미지의 극점에 놓인 '첨탑'이 그 안에 '씨앗'을 '설렘의 미신'("또다시 우리의

가슴을 설레게 하는 / 이 달은 어딘가 미신의 달 ······ ")으로 내장하고 있는
데서도 생명성의 도저한 흐름을 읽을 수 있다. 푸르게 타는 불을 예언의 종
소리로 울려퍼지는 생명의 예감은 시인의 생명시학의 가장 빛나는 부분에
해당한다.

> 아, 누가 여기
> 죽음 위에 우리의 꽃들을 피게 하나.
> 얼음과 불꽃 사이
> 영원과 깜짝할 사이
> 죽음의 깊은 이랑과 이랑을 따라
> 물에 젖은 라일락의 향기
> 저 파도(波濤)의 꽃떨기를 7월의 한 때
> 누가 피게 하나.
>
> ─「波濤」4연

　　이 시는 생의 정감적인 면을 노래하고 있다. 앞 연들에서 파도는 "술위에
술", "가슴", "성보다 깨끗한 짐승"이라는, "저무는 도시와 / 병든 땅"으로 표
상되는 무생명성과 대조되는 신선한 감각적 비유로 나타난다. 그러나 마지
막 연인 4연에 이르면 그 의미는 증폭된다. 수평선 이 쪽에 피는 라일락의
향기 같은 저 파도의 꽃들도, 실은 위태로운 죽음을 상징하는 "깊은 이랑"
들과 이웃하며 피고 있다는 인식을 보여주고 있다. 생명의 꽃은 "얼음과 불
꽃"의 물(혹은 돌)과 불의, 영원과 순간(영원과 깜짝할 사이)의 접점뿐만
아니라 죽음 위에서 피고 있다는 생명의식의 극점을 노래한다. 죽음의 불안
에서조차 피어나는 생의지, 감각은 그의 생명시학이 어디에 위치해 있는가
를 알려준다.

　　그것은 자연스럽게 사회역사적인 상상력과 결합되면서 시인의 현실인식
을 드러낸다. 아래의 시들에 대한 독서는 역사적 차원의 감수성을 요구한다.

만일 이 강물과 저 평야와 산들이
모두 금은보석으로 만들어졌다면,
그 때는 한 줌의 흙을 얻기 위하여
사람들은 오늘과 같이 싸웠을 것이다.

순수란,
자기의 처지와 동포의 문제를
한 줌의 흙을 사랑하듯,

씨를 뿌리며
꽃나무를 가꾸는 마음……

―「순수」 부분

온 세계는
황금으로 굳고 무쇠로 녹슨 땅,
봄비가 내려도 스며들지 않고
새 소리도 날아 왔다
씨앗을 뿌릴 곳 없어
날아가 버린다

―「흙 한 줌 이 슬 한 방울」 부분

　시인은 세계 내 존재로서 역사적 집합적 삶 속에 자신을 위치시킨다. 일찍이 고독의 시화에서도 드러났듯이 세계의 투시를 거쳐 자신을 바라보려는 노력은 역사가, 현실이 그에게 무슨 삶을 요구하고 있는가에 대한 당위를 묻는다. 심지어 이들 시에서 '금은보석', '황금', '무쇠' 등은 어느덧 자아의 치열성을 예표하는 상징으로 기능한다기보다 근대문명의 황폐를 드러내는 매재로 쓰이는 것이다. 그리고 그것의 반대편에 '흙', '씨앗'의 상상력이 개입한다. "자기의 처지와 동포의 문제"는 한 줌의 흙을 사랑하는 마음과 동격이 된다. 우리는 결국 그의 사물화의 의지 역시 생명 시학을 드러내기 위한 전략이었음을 확인하게 된다.

이는 고독의 가장 치열한 부분을 건드리고 있다고 평가받는 아래의 시에
서조차 시인은 생명성을 노래하고 있는 데서도 드러난다.

껍질을 더 벗길 수도 없이
단단하게 마른
흰 얼굴.

그늘에 빛지지 않고
어느 햇볕에도 기대지 않는
단 하나의 손발.

(3, 4연 생략)

뜨거운 햇빛 오랜 시간의 회유에도
더 휘지 않는
마를 대로 마른 목관악기의 가을
그 높은 언덕에 떨어지는,
굳은 열매

쌉쓸한 자양(滋養)
에 스며드는
네 생명의 남은 맛!

—「견고한 고독」 부분

1연은 본질에 가까운 고독의 형상화이다. 그것은 2연에서 '그늘'이나 '햇
볕'으로 표상되는 타락한 현실, 부도덕한 세상과 단절하고 고매한 정신 하
나로 살아가려는 준열한 윤리의식으로 연결된다. 생략된 3, 4연에서 시인은
"모든 신들의 거대한 정의 앞에" "가느다란 창끝으로 거슬"리는 모험을 감
행한다. 이 부분은 따로 설명을 요하는 부분인데, 김현승은 스스로 그의 시
작의 방법을 "기본적인 일반정신과 구체적인 특수정신의 두 가지로 나누고
나의 시에 있어서는 기본적인 정신을 매우 가치 있는 것으로 믿고, 그 바탕

위에서 나의 구체적인 시 정신을 건설하여 나가고 있다. …… 더욱이 앞으로의 나의 시는 아무래도 기독교의 신을 상대로 형이상적인 세계로 나가기 쉬울 것 같이 나 자신 느낀다"[18]고 진술하고 있거니와 그의 시학은 결국 기독교적 사유를 바탕으로 하고 있다. 5연은 고독이 곧 죽음을 뜻하는 것이 아님을, 6연은 삶을 더욱 삶답게 해주는 최후의 진실인 생명의 본질은 생명임을 역설적으로 암시한다. 고독이 견고성으로 치달을수록 생명시학 쪽으로 기울게 되는 것이다. 그래서 김현승이 이야기한 절대고독의 끝간 데는 생명으로 내밀히 연결되어 있다. "보다 아름다운 눈을 위하여 / 보다 아름다운 눈물을 위하여"(「지상의 시」)에 나타나듯 "저울눈과 같은 正確"(「겨우살이」)과 "영혼의 滋養"(「山葡萄」)은 서로 모순될 듯하면서도 더 큰 울림은 만들어내는 요인이 되는 것이다.

5. 결론

우리는 앞에서 김현승의 시를 모순의 통합, 응집과 확산의 원리, 사물화와 생명시학 등의 항목으로 검토를 하여 보았다. 이들은 모두 그의 시의 주제를 효율적으로 드러내기 위한 방법론이었음을 우리는 살폈다.

아울러 그 방법론이 가변적 세계의 외양 속에 존재하는 불변적인 본질 발견이라는 인식을 드러내기 위한 수단만이 아니라 반대가 반대를 낳는 역설을 깔고 이룩된 세계이며, 그 밑바닥에는 땅 / 하늘, 靜/動, 빛 / 어둠, 혼동 / 정제 등의 가치체계를 넘어서는 생명원리가 작동하고 있었음을 확인했다. 그 사유의 바탕에는 생명의 순결성과 가시적인 세계를 영원하고 본질적인 생명을 추구하려는 기독교적 사유가 기조를 이루고 있었다. 기독교의 부활사상에 드러나는 생명성의 시화가 모순과 통합이라는 방식으로 승화된 것이다.

---

18) 김현승, 「인간다운 기본정신」, 『현대문학』 통권, 117권, 42쪽.

우리는 이 과정에서 그의 시편들에 여러 차례 나타나는 이미지들을 '웃음 –화려한 형상–일시적–꽃–낮의 시간– 일상성'의 가변적 세계 계열과, '눈물–사라짐–재생–열매–밤의 시간– 직관'의 불변적인 세계 계열로 나눌 수 있었다. 특히 밤과 열매의 이미지가 합쳐지는 지점은 김현승 시의 해명에 하나의 중요한 열쇠가 됨을 알 수 있었다.

또 김현승의 시는 높이의 시보다는 깊이의 시라 볼 수 있다. 이는 그의 시가 하강과 축소의 방향으로 침잠하는 특징을 보여주고 있기 때문이다. 그러나 그 하강과 축소는 자아의 고투의 기록이다. 자아는 그 속으로 끊임없이 응집되다가 그 내밀한 생명의 핵으로 그 동심원적 파장을 통해 확산되는 면모를 보인다. 이것이 그의 시가 지니고 있는 또 하나의 생명 시학의 모습이다. 본고는 이를 지상 공간, 지표 공간, 지하 공간으로 나누어 세밀하게 살폈다.

마지막으로 본고는 사물화 내지 견고의 이미지들의 속성이 생명성과 대립적인 것으로서만이 아니라 더 넓은 의미에서 생명 시학으로의 길을 이미 그 속에 깔고 있음을 밝혔다. 아울러 그것은 근대의 황폐를 극복하려는 노력의 일환으로 시도된 것임을 알 수 있었다.

우리의 논의는 따라서 '고독'과 사물화의 경향을 중심으로 파악되던 기존의 논의의 허점을 짚고 주제 표출양상은 물론 내적 원리를 생명시학 쪽으로 연결시킴으로써 김현승 시를 새로이 접근시킬 수 있는 가능성을 열어 놓은 셈이다.

<h2 align="center">★ 참고문헌 ★</h2>

1. 기본자료

김현승, 『김현승 전집1 – 시』, 시인사, 1985.
______, 『김현승 전집2 – 산문』, 시인사, 1985.
______, 『김현승 전집3 – 한국현대시 해설, 세계문예사조사』, 시인사, 1985.

2. 논문 및 저서

곽광수·김현, 『바슐라르 연구』, 민음사, 1976.

권영진, 「김현승 시 연구 - 고독의 의식화와 시적 변용」, 고려대학교 대학원 석사학위논문, 1980.

김우창, 「김현승의 시」, 『다형 김현승 연구』, 보고사, 1996

김윤식, 「신앙과 고독의 분리문제」, 『한국현대시론비판』, 일지사, 1978

김인섭, 「김현승 시의 공간연구」, 『숭실어문』제5집, 숭실대학교 숭실어문연구회, 1988.

김종길, 「견고에의 집념」, 『창작과 비평』, 1968년 여름호

김 현, 「보석의 상상세계」, 『우리 시대의 문학』, 문장사, 1980.

박이도, 『한국현대시와 기독교』, 종로서적, 1987.

박태일, 「한국 근대시의 공간현상학적 연구」, 부산대학교 대학원 박사학위논문, 1991.

범대순, 「시적 고독 - 김현승의 경우」, 『현대시학』, 1974.12.

손진은, 「김현승 시 연구」, 경북대학교 대학원 석사학위논문, 1988.

숭실어문학회, 『다형 김현승 연구』, 보고사, 1996.

신익호, 「한국현대기독교시연구」, 전북대학교 대학원 박사학위논문, 1987.

안수환, 「김현승 시 연구」, 명지대학교 대학원 박사학위논문, 1989.

오세영, 『한국현대시 분석적 읽기』, 고려대학교출판부, 1998.

장백일, 「원죄를 끌고 가는 고독」, 『현대문학』, 1969. 5.

바슐라르, 『공간의 시학』, 곽광수 역, 민음사, 1990.

______, 『불의 정신분석』, 민희식 역, 세계사상전집 10, 삼성출판사, 1978.

______, 『공기와 꿈』, 정영란 역, 민음사, 1994.

보프, 레오나르드, 김항섭 옮김, 『생태신학』, 가톨릭출판사, 1996.

Richards I. A., *Principkes of Literary Criticism*, Routledge, 1967.

Riffataire M., *Semiotics of Poetry*, Indiana Univ. Press, 1978.

◆ 최 승 호(책임 편집인)

시인(필명 : 서림).

1956년 경북 청도 출생.

서울대 국어국문학과 및 동대학원 졸업.

현재 대구대학교 국어교육과 교수

저 서 : 韓國現代時와 東洋的 生命思想(다운샘,1995)

　　　한국적 서정의 본질 탐구(다운샘,1998)

　　　말의 혀(새미,2000)

편 저 : 서정시의 본질과 근대성 비판(다운샘, 1999)

시 집 : 이서국으로 들어가다(문학동네, 1995)

　　　유토피아 없이 사는 법(세계사, 1997)

　　　세상의 가시를 더듬다(문학동네, 2000)

21세기 문학의 유기론적 대안

인쇄일 초판 1쇄　2000년 11월 05일

　　　　　2쇄　2015년 10월 29일

발행일 초판 1쇄　2000년 11월 10일

　　　　　2쇄　2015년 11월 04일

지은이 최 승 호 외

발행인 정 진 이

발행처 새미

등록일 1994.03.10, 제17-271호

서울시 강동구 암사동 463-25 2층

Tel : 442-4623~4 Fax : 442-4625

www. kookhak.co.kr

E- mail : kookhak2001@hanmail.net

ISBN 978-89-89352-04-4

가 격 12,000원

* 새미는 국학자료원 의 자매회사입니다.

*저자와의 협의 하에 인지는 생략합니다.